本书获得

国家社科基金"中国网络文学的文化传承：叙事·镜像·记忆"（编号：22FZWB093）后期项目资助

江苏省第十八批重点扶持文学创作与评论工程
"中国苏派网络文学文化地图与审美现代性：神话、城市与传统"项目资助

Platform

作为

群体记忆的

The field

网络

文学

Rheology

张春梅　著

黑龙江人民出版社

图书在版编目(CIP)数据

作为群体记忆的网络文学 / 张春梅著. —哈尔滨:
黑龙江人民出版社,2023.9
ISBN 978-7-207-13041-9

Ⅰ.①作… Ⅱ.①张… Ⅲ.①网络文学—文学史研究
—中国 Ⅳ.①I207.999

中国国家版本馆 CIP 数据核字(2023)第 127851 号

责任编辑:李 珊
封面设计:霍志龙

作为群体记忆的网络文学
ZUOWEI QUNTI JIYI DE WANGLUO WENXUE

张春梅 著

出版发行	黑龙江人民出版社	
地 址	哈尔滨市南岗区宣庆小区 1 号楼	
网 址	www.hljrmcbs.com	
印 刷	三河市中晟雅豪印务有限公司	
开 本	787mm×1092mm 1/16	
印 张	16.5	
字 数	290 千字	
版 次	2023 年 9 月第 1 版	
印 次	2023 年 9 月第 1 次印刷	
书 号	ISBN 978-7-207-13041-9	
定 价	66.00 元	

序

  中国网络文学自 20 世纪 90 年代萌发，迅速在新世纪崛起而蔚为大观，尽管学术界对其文学身份、地位的争议仍余音未了，但在当代文学乃至文化场域，这个独特的文学现象却以不折不扣的事件的方式宣告着文学格局的新变，甚至在一定程度上标示着文化序列的转换。毫无疑问，数字技术和网络通信技术的发展，是催生这一文学新变的关键要素，因而，关注网络文学的"网络性"或"新媒体性"，在媒介革命的层面上把握其发生、发展的意义，是非常必要和重要的。不过，媒介与文学的关系问题贯穿了文学发展的整个历史过程，每一次媒介革命都使文学的样式、活动形态和价值意义发生重大的变化，但要阐明文学新变发生的缘由及其产生的效应，仅仅止步于载体本身的变革是远远不够的。媒介技术变革总是内在于人类社会历史的变迁，而新的媒介技术与文学的接合同样总是发生在这个宏阔的历史进程之中，如此，对媒介与文学之关系的审视，如果不首先对两者进行充分的历史化，就很容易陷入或媒介技术论或文学本体论的误区。

  毫无疑问，从印刷时代到网络时代，文学生产和传播的媒介技术条件发生了革命性的变化，新的数字–网络技术对文学的文本形式和交流形式产生的影响也的确有目共睹，网络文学的发生与崛起正是最好的明证。但这并非单纯缘于媒介技术自身的作用，或者说，数字–网络技术尽管是不可或缺的关键要素，却并非起最终决定作用的要素。且不论媒介技术变革本身与社会历史之间复杂的缠绕，单从媒介技术的变革到文学技术的革新来说，也是经过社会历史中多个场域及其特定关系中介的结果。换句话说，网络技术与网络文学的关系，是一个需要更多社会历史分析才能把握的复杂过程。与此同时，相对于文学实践领域的剧烈变动，存在着稳定得多且相对保守的文学知识。这种在印刷时代确立权威地位并以维持相应文学权力机制为己任的文学知识，当然并非只在观念层面运作，相反，它总是伴随着包括媒介在内的一整套复杂的物质性实践机制,进而使某一种"关于文学的意识形态"成为文学批评实践的底层逻辑。美国媒介环境论者沃尔特·翁有言,文艺复兴以来的西方文学批评理论,都根植于书写-印刷媒介这一基础上。或许我们可以更准确地说,根植于以书写-印刷媒介为技术条件的一整套文学实践机制之上。只要这套服务于既存文化权力机制的文学实践机制仍然在文学领域占据主导地位,那么,传统的文学观念就会作为批评阐释者们的潜意识继续构成批评实践的底层逻辑。有鉴于此,尽管网络文学巨大的事实已经引发越来越多文学研究者的关注,但要摆脱理论惯习的制约,全面描述网络文学的发展进路、准确把握其复杂的文学、文化意味,却并非信手拈来、易如拾芥。换句话说,如果缺少严肃的社会历史视野与方法论自觉,网络文学研究就会深陷强大的批评惯习与巨大的文学新变之间的紧张与冲突而徘徊不已,无疑,我们已经在围绕网络文学研究所形成的诸多议题中看到太多相关的批评症候。

张春梅教授的新著《作为群体记忆的网络文学》正是在突破上述研究困境的意义上非常重要而及时。从网络文学研究中普遍存在的"网络+文学(基本上)=网络文学"之底层逻辑的质疑开始,作者尝试通过"悬置"的方式摆脱所谓传统文学观念的拘囿,对网络文学发展的进程加以最大限度的现象学还原,力求更为立体地呈现中国网络文学实践的多个面向;在多个议题的设置与分析中,深入理解网络文学实践中蕴蓄的创造性文学经验乃至文学的可能。在作者看来,如果没有对文学本体论惯习的反思与清理,"网络+文学"的网络文学概念就会自然而然地构成阐释与批评的底层逻辑,而从这一底层逻辑出发,对网络文学现象的削足适履式阐释往往就会沦为某种"文学的意识形态"注脚。作者充分意识到媒介技术变革在网络文学实践中的重要意义,更难能可贵地显示出对既有理论范式的自觉反思。本书开篇即明确主张:"在言谈网络文学时,必须要首先并时刻把握其媒介性与空间性,必须限制经意不经意地把网络文学拉回既有文学标准的企图和心理暗示。"在我看来,在这一主张里面,更重要的是两个"必须"的并举,是"媒介性"与"空间性"的相随。只有摆脱既有文学标准的束缚,才能以更为开放的心态理解网络文学提供的新的文学经验和文学可能;只有具备了更具包容力和张力的文学发展观,才能既避免把网络文学变成某种特定文学传统的注脚,又避免在网络文学与文学之间制造二元对立式的断裂,把网络文学简单归入后现代文化的杂物筐。同样,只有走出媒介技术(乃至媒介环境)决定论的抽象推演,从其社会空间属性上细致描述网络文学的媒介性,才能发现被网络文学所复活的多样持存的文学需求,才能在网络文学与传统文学之间梳理出有机的连续性,也才能发现文学经验的创新和文学发展的可能——与文学史塑造出的某种既定传统文学之流脉相比，存在着一种社会史中远为浩繁廓大的文学生活之江河水系，时移势易，包括媒介环境在内的社会历史地形沧海桑田，又怎么不会带来文学生活形态的天翻地覆？

本书的导论部分很好地体现了作者的上述主张。我们看到，作者提出要"在新旧媒体的关系之上"理解何谓网络文学，但对媒体机制转换的描述，则迅速落脚于媒介变革所引发的文学生活和文化空间的历史性变化。即就文学领域而言，网络，"这两个简单的字带动起广阔的'异度空间'，它标志着传播方式、媒介以及关于文学场域和文学关系的变迁"。具体而言，网络技术在文学领域的应用，使读者群体不再处于匿名状态，而读者对文学活动参与度的大幅提升，则使网文写作成为一种"共空间"的写作。正是基于这个不同于印刷时代文学活动的"共空间"，从为何写、如何写、写什么到写作的资源、文本的形式、文学的功能与效应等等，文学活动不同环节的既存样态发生了巨大的变化。不过，新的文学生活样态并不意味着网络文学与文学传统之间的断裂，与其更多谈论网文如何"与传统文学秩序拉拉扯扯"，不如集中关注它基于当下受众社会文化心理如何激活包括传统文学在内的文学、文化、历史、宗教、民俗等等更为丰富的传统，如何由此重塑了文学的形式、样态及其与社会现实和大众心理之间的接合关系。

本书第一部分以"平台"为切入点，借用布迪厄的场域理论和文化资本理论为方法论，对网络文学发展至今的历程进行了更为有机的描述和更为辩证的分析。平台，在此被视为构成网络文学大世界（大场域）之"小世界"（子场域）的载体，其历时的演进变化和共时的结构状态，成为考量参与网文场域构造的诸多要素之行动脉络及相互关系网络的可把握的物质性技术空间。作者出色地分析了不同类型资本在网络文学场域的竞争、转换和斗争，通过对网络文学具体发展历史的钩沉，在诸多典型子场域的描摹中有效地将平台、市场、技术、作者与读者群体、文本、批评、政治等要素融合起来，寻绎出网络文学场域演化的复杂动力机制，令人信服地阐明了网络文学不同阶段、不同节点的特征，也有效解释了如玄幻等类型小说为何成为网文主流的原因。

值得特别指出的是，作者对西方理论的运用并非简单套用，而是立足中国社会文化现实，通过对平台、类型、文本等网络文学实践环节的细致描述，着力凸显出网络文学之"中国性""本土化"的创构。诸多论者均意识到网络文学作为中国独有之文化景观在全球文化领域的重要地位，但少有人从世界文学发展的高度论及中国网络文学的意义与贡献。实际上，如果如作者一般能够自觉摆脱西方现代性语境所确立之文学标准的限定，中国网络文学完全可能不会被简单等同于后现代式的消费文化，或被仅仅视为屈身传统雅俗文学格序的通俗文学再世，倘若研究者在面对网络文学现象时具备火中取栗的勇气，从中发现这个大变局时代文学生产的"中国式道路"乃至世界文学的某种别样可能就并非天方夜谭。在我看来，中国网络文学无疑体现出某种先进的文学生产力。之所以说其先进，是因为它也许是人类有史以来吸引最大规模群体参与其中的文学生活，而之所以在中国率先出现，除了中国传统文学与文化的丰富多样，也许还应该充分考虑到社会主义中国所创造的特定社会历史条件，比如最大规模的掌握数字读写能力的群体，比如人民立场的文艺大众化路线及其文学经验的积累，比如社会主义民主所缔造的社会平等正义的价值预期，比如新的数字媒介技术应用推广的国家战略，比如社会主义市场经济体制下平台资本的有效竞争，等等。

上述问题无疑都是亟需研究者认真思考的，但从积极的猜想到严肃的判断，除了对网络文学生产要素的外部观察，更需要深入网文生产内部，特别是对网络文学文本的大量阅读、鉴别和分析，从这些所谓文化快餐中提取出严肃的文学和文化议题，就此来说，本书的第二部分和第三部分分别从类型与叙事入手，结合具体典型的网文文本，对中国网络文学中的主要小说类型、叙事策略和重要主题分别进行了详细而深入的论述。在这些细致的拣选与分析工作中，我们会一再发现，无论是中国传统文化还是西方现代、后现代文化，都已经被会聚在当下网络空间的群体借助互联网技术提供的便利而资源化，而与此同时，这种资源化同时又奇妙地铭刻着某种根深蒂固源远流长的民族化特征，以一种动态的、此在的状态延续着中华民族的文化心理。在作者看来，网络文学作为一种"群体文化记忆"，"几乎所有在社会上体会到的宏大意识、主体困惑、生存困境，在这万千变化的网络世界尽可寻得"。换句话说，网络文学看似虚幻、虚拟的想象世界，实则又时时回应着当下社会的难题。葛兰西敢于在有着"诚然是落后的、传统的道德和精神世界"的人民文化沃土上想象"民族-人民的"文学，对于我们时代最大的文学事实，这个"作为群体记忆的网络文学"，是否有可能成为创造属于我们的"民族-人民的"文学之基础的重要部分呢？

蒙春梅女史信任，遵嘱谈一谈学习新著的心得，奈何本人在网络文学研究领域左冲右突多年，自觉力所难逮，乃惴惴不安。韩愈观终南山有言：团辞试提挈，挂一念万漏。惟愿枝言蔓语，反激起读者诸君径向书中拾珠捡玉，不敢称序。

乔焕江

2023 年 8 月 2 日

目　录

中编 / 场域

下编 / 流变

导论　我们共享着可见与不可见的群体记忆

　　《作为群体记忆的网络文学》是从网络文学平台、网络文学类型和网络文学文本出发,经由大量资料收集整理和文本细读,具体探讨产生于网络媒介却又与传统文学丝丝相连的网络文学,究竟以何种原因或者力量联通"文学"的跨媒介之途,并在人们的线上线下生活中成为安放心灵、摆脱恐惧的涉渡之舟。这一问题的答案在于人本身,在于作为社会人的我们是有根的一族,我们共享着可见与不可见的群体记忆。

　　传统文学和网络文学的关系,前人已有诸多论述,但是,总体来说,这两者的关系似乎并不那么自然,摆在一起总有些拧巴。不像电影文学和文学、戏剧文学和文学,我们在提起它们时,总能找到相应的杠杆来比附,并将其逻辑化。到底是什么使这两种均以汉字作为主要书写方式的"文学"间有了问题? 甚至某些不容置疑的硬件存在使此问题变得根本化而不可通约? 也就是说,它们干脆就是两种有着质的区别的表达方式? 各种疑问,越发牵引我的思路走向寻觅二者的"不同","同"似乎很自然地被丢向远方。

　　慢慢地,我发现了一个误区,那就是我们常常将"文学"视作一个有固定本体的范畴,一旦如此,凡出现不符合"文学"规定的表达方式皆被视为异类,手机小说、微信小说,加之网络小说,开始都屈居在这个范围之内。相应地,"传统文学"和"网络文学"相较于"文学"的规定性而言,都是在强调其"文学"的底子之外,加上一些大而化之的修饰词罢了,诸如"传统",诸如"网络"。但显然,"传统"这个修饰词比之"网络"拥有太多的想象空间、意识形态意味和充盈的文化,因此也就不证自明地担负起了"文学"的历史和文化表述职能。我们常见的话语如传统文学、现代文学,基本上处在一个水平线上。但如今的话语将网络文学与传统文学摆在一处,实际上是取消了传统文学与网络文学的区别,直接将其定位于已有的文学形态。换句话说,存在于网络文学与文学之间的问题,被化约成为网络写作与既有文学形态之间的关系。这样一来,问题就变得简单了,因为网络文学呈现出的样态实际上与既有文学(也可说传统文学)没有根本区别,无论是编故事还是在写人物,依旧采用汉字,网络文学也就是文学的一种。在这个过程中,网络+文学(基本上)=网络文学。对这样一个推演过程我存在疑惑:一是确否存在一个独立的"文学"本体? 对此已经有不少学者提出疑问,德里达、福柯都曾尝试作出回答,可见这并不是一个简单的问题。二是如果网络文学不存在什么问题,我们为何不干脆取消"网络"二字,直接将其划归文学大家庭呢,又何必多此一举地成立什么网络文学协会?

所有问题归结起来,其实就在于一个梗——网络。这两个简单的字带动起广阔的"异度空间",它标志着传播方式、媒介以及关于文学场域和文学关系的变迁。我个人主张,在言谈网络文学时,必须要首先并时刻把握其媒介性和空间性,必须限制经意不经意地把网络文学拉回既有文学标准的企图和心理暗示。这种时候,现象学的"悬置"是很好的策略。只有搞清了何为网络文学,才有可能去追踪网络文学与传统文学的关系。当然,这又将涉及一个关键问题:为何网络文学独独与传统文学关系如此紧密,却很少听到网络文学与现代文学或者其他什么文学有这样的联系? 以上两个问题是本书论述网络文学与传统文学时必须面对的关键。

一、何谓网络文学

可是,要搞清何谓网络文学,又岂是一个简单的问题。其关节点在于作为作品,它同样需要有读者,而这个读者又几乎可以确定是经过了上述所谓"传统文学"的给养而成就。因此,在言谈网络文学时,一种围绕网络文学的关系图就已经开始呈现,也就是说,"网络文学"实际上是建构在新旧媒体的关系之上。单纯强调网络性,或者只强调其文学性都是不够的。除非我们能够列举出网络上的"文学"与已有传统文学迥乎不同,比如我们常听的"爽""撩""酷"等,但这些显然也是不够的,因为这些身体感官表述在通俗文学中早已有之,又怎能以此作为网络性的固有特征。只能说,它有,却不独有。当我们将网络文学与传统文学、通俗文学联系起来的时候,可能有一种很自然而潜在的"去差别""去陌生化"的惰性倾向,似乎只有将其归为已有领域才安全,依照麦克卢汉的说法,这实际上是一种对旧习惯和旧媒介的麻木机制在起作用。但我们越拒绝,结果可能就是以更快的速度向着新媒介的方向发展——网络文学的发展速度之快就是最直观的事实。

在这个迅捷的过程中,一个关键的领域冒了出来——读者,或者更准确地说,是受众。以受众作为中介,我们明显看到"网络文学"与"传统文学"的不同,后者受众的参与是在后期,也就是作者完成作品并与读者见面之后,当然,这中间也有作家依循所谓"大众心理"和"市场"所作出的揣测,但确定的是,读者并没有在写作过程之中现身,并改变其创作行程。在这个意义上,传统写作可以说是作家的独立创作,在现代社会主要是指文人独自创作,因此,文学的专有性、独尊性和不可重复性是其表征。但"网络文学"却不同。在"网文"发布的过程里,写手与读者是随时随地不可分的一体,没有读者,那这个"文"的命运基本就是消失。读者是跟随着写手的不断"更文"一起存在,如影随形。这样的读者也在不断演变,从普通读者,到粉丝,再到余兴未尽的同人创作、批评,就形成了与传统文人创作非常不同的读者。甚至可以说,"网文"世界的读者已经自成一格,是一个有共同趣味、共同追捧的对象的群体或者部落。这个群体的力量强大到可以"催更",可以就"文"的某个人设(人物设计)、某个情节、某个"坑"发表自己的意见,直接影响写手的写作方向,还可以在后期一系列传播链条中发挥作用,如出书、拍电影,郭敬明的粉丝在《小时代》的市场份额上起的作用已不是什么秘密。从这个角度看,读者或粉丝,是网络文学非常关键的一环。此其一。

因为读者的存在,改变了写作的环境。此其二。过去的创作是个人创作,因此是具有隐私性质的,有个人空间。但网文的写作方式和阅读机制,决定其写与看基本处于同一个时空之内,我们可以将其称为公共空间。在这个公共空间,写者与读者之间更像是面对面的沟通和交流,我们经常可以看到,写手会在篇章开始像写日记一般说说自己最近甚至刚刚干了什么,自己的身体情况怎样,有什么想法,这些属于私人的东西基本以"公开"的形式出现。我们可以想象,写者与看者之间是一种近乎对等的关系,甚至有一种亲近感。从这一点,我们大概可以理解一个网络写手日更千字、万字这样耗费脑力体力的状态是如何维持下来的。当然,我们完全可以质疑这种"亲近"背后的"金钱"诱惑。但"金钱"诱惑难道在传统作家那里没有吗?20世纪90年代之后文学的市场化走向不就是一个强有力的证明?把市场作为一个背景,再来看两种写作方式的差别,其实质是清楚的。公共空间的存在,使"网文"处于共同创作的机制之中。而同时"在网"既是空间的,也是时间的,还是彼此主体意识共同参与其中。由此,网络这一媒介的功能完全得到凸显。这不仅要有电脑介质存在,还要有网络存在。急速的网络流将写者和看者置于迅捷的、四通八达的电流之中,其流动性、可变性和高速度为网文的"长""全""编"提供了可能,而这些也成就了网文的特质。

网文的第三个特征是在公共空间机制下的生产,即写什么的问题。在互联网机制下,写手与读者基本处于一个仿真空间,这个空间甚至可以被视作真实空间,在这里他们可以无话不谈,几乎没有什么禁忌。而"禁忌"却是传统文学非常重要的一个表征。作者和作品都是独立的,在印刷时代作者处于"唯我独尊"的位置,因此,只能是作者说什么,我们看什么,由于看者与作者同时处于各自的"私空间",看与写很难在一个线上,而大多数也是被牵着走。在这种情况下,隐私与禁忌,也处于压制的状态。换个方式,假如读者可以借着写者的手实现自己的隐私,或者说出自己想说的,情况就完全不同。显然,内容或者写什么,在很大程度上决定了网文的魅力。读者和写者在"写什么"上基本达成了共谋。从现在的网文看,那些在现实世界不能说出或做的事情生出了无限可能性,这与弗洛伊德的"作家与白日梦"如出一辙,只不过,那个"作家"是个体性的,这里的"写手"却有着群体性。从这个角度看,其实,无论是"穿越",还是"玄幻""武侠""耽美"等,都是有很强的社会性和心理走向的。所以,千万别光说"网文"瞎编,或者晦暗恶俗,实在是现实有之,以前或许没有说,如今借着二次元的世界洪流在群体的推动之下说出而已。这种力量的"摧枯拉朽",不能小觑。

网文的第四个特征也与共空间有关,即以怎样的方式说出自己的故事。请注意,我用的是"说出",而不是"写出",这是因为共空间决定了"理解"的重要性和"推动"故事的力量。要让写者和听者同在一个结构之中,就得用大家都能懂的语言。过去的文学性强的语言显然带有很强的个人特征,那么,网文的同时共在写作还能如此吗?或许,在这个意义上我们可以讨论网络写手的个人差异问题,即不在于雅俗、精英或大众,而是如何使用口语的区别。被称为"文青"的网络作家猫腻总是说自己实际上写的也是小白文,其意义也在此列。"甄嬛体",或者"红楼体",也还都是在口语的基础上对那个时代的想象性模仿,更多的是将现代口语直接加之于所穿越的对象,而且无往不利,无论写者还是看者,这叫一个"爽"!至于脏字、错字、达成共谋的"新创",都构成了网文合法化的一部分。如今,随着这些"新创"的"默契"越来越多,网文的"圈子化""部落化"日趋明显。不了解这些"新创",你很容易被"新"带来的压力弄得知难而退,于是,"圈子"更稳固地成了"圈子"。

尤其需要强调的是,网文的写作来源也借助网络生长的大众文化形式如游戏、动漫、博客、微博等,这些形式之间构成相生相长彼此融合的关系,构成媒介融合之势。

网文的第五个特点依然离不开共空间,即网文的推手,网文运营商或网站,普通读者、粉丝、弹幕、跟帖、不同品级的批评、排行榜等,维持或者促成一个网络作家的诞生,也可能很快就将一个写手拉下马来。这种速度与力量绝不是报纸上的"连载"能够比拟的。从这个角度,也可以看出网文与报纸连载还是有质的不同。IP的意义,更加重了网文周边的力量。在邵燕君撰写的2014网络文学总结中,有一点很准确:中国网络文学十几年来之所以能获得如此蓬勃的发展是基于两个核心动力——"有爱"和"有钱"。"起点模式"之所以成功,正是因为它把"有爱"和"有钱"落实进以"粉丝经济"为基础的商业模式中,从而建立起一支覆盖全国的、数以百万计的写作大军,会集起无数以各路"大神"为号召、以各种书评区/贴吧/论坛为基地、以月票/打赏/年度评选等制度为激励的"粉丝部落"。这个生生不息的动力机制才是网络文学的核心资源。①

第六个特点是从这个共空间引申而出,即网文的政治性和社会性,并决定其情感结构。这是我尤其要重点谈论的问题。或许,也是在这个问题上,使其与旧媒介有千丝万缕的联系。形式上,网文有自己独有的特征,但是在情感结构上却既是依赖性的,也是革命性的。受到传统文学的熏陶(熏陶程度高低,这个自不必言),有不少作家原本就是在大学中文系学习,或者是文学爱好者。更多的写手,却是来自现实社会的不同阶层、不同行业,或者有不同喜好,是不同群体的"迷"。将自己私密的情感体验以公开的形式见之于众,这恐怕也是网络的一大功效,当初的九丹、木子美,就是典型的例子。其发布之迅速、关注之浩浩汤汤,成名之迅捷,断不是传统文学作家可以比拟的。可以说,把"八卦"堂而皇之地"说出",并且事无巨细地"说出",这些原本属于边缘的、裂隙之处的存在,反而构成了强大的网络力。这一点,进而构成"网文"本身一大特征:对故事的不知疲倦的追求。这种"追求"之下,"长"也就是自然而然的事了!因此,若把"长"作为网文的一个标识,则必须看到背后的"暴露和追私"诉求。

性别问题,是网文的关注焦点。国家政治问题,是另外一个重点,而且常常与性别问题搅在一起,二者互为镜像。中原与蛮荒之地或者边缘蛮荒部族的关系则是另一现实镜像,玄幻、武侠、宫斗、穿越,莫不如是。网文是个混杂的世界,过去的、现在的、未来的,全部搅和在一起,借助网络的速度和力量,尽情释放。

其六,"网文"的物理存在,也就是我们可以触摸到的实体是什么,我认为,是多媒体纠缠。这原本不是个问题,但当很多"大神级"作品被线下出版社以纸质的形式出版之后,就成了问题。也就是说,在纸质文本和以二进制形式编码而成的线上创作的"网文"之间,哪个代表了"网文"?当下常常听到的一种描

---

① 邵燕君.网络文学2014:多重博弈下的变局[N].文艺报,2015-02-04:2.

述是"收编"，就是说这些"网上"写作的"写手"或者实现了终南捷径，这是有意为之；或者在不得已的情况下委曲折向"传统作家"的路子，并成为体制的一部分。当然，现在谈"体制内外"是没有太大意义的，一方面，各地"网协"正是大展宏图的时候，另一方面，这些作家的创作并没有因为"网协"或者"收编"而转向，或者停止。写作依然在进行。至于改变了什么可能才是真问题。回到我们前面说的，到底哪种才能代表网文的"实体"？我想答案还是确定的，自然是"网络的"为本。倘若这个是确定的，那么，纸质版的作品就不是"网文"，最多只能算是"网文"的减缩版。因为大量的写手与读者之间的互动，写手对情节的交代和设计，即大量的"作者有话要说"；读者对人物投出的"地雷"或者"灌溉营养液"，如"蟹蟹萌萌们的留言和霸王票支持"；不定期在章节之后出现的网评、每天的"更"文、每周的打榜、通过字限的时间、版权问题，诸如此类，这些都是"网上的"有机组成部分。倘没有这些，遑论网文？

其七，作家的成就感不同。传统作家的写作过程是属于自己的，这大概是可以站得住脚的。因此，作品写成之后是否能够给自己带来荣誉，或者能否得到读者喜爱和批评家的关注，是处在不确定的状态，很难由自己掌握。也因此，这种"孤独写作"和"个体世界"成为传统作家为人称道的部分，是作家成为"精英"的主要原因。"网文"写手却一改这种写作模式。在他开始写作的时刻，就基本上与读者共在，阅读的数量和"打赏"的多少始终伴随着写手的沉浮，自然成就感也在其中。这一过程伴随着"写作"突破规定字数和规定读者的标准而时时鼓荡于心。换句话说，"网文"写作是在时时被观看的状态下完成，因此有非常强烈的仪式感和表演感，那种"展示"之中的愉悦和激情可以想见，这种"居间的""看与写共在"带来的体验是传统作家无法感受到的。弗洛伊德把作家的写作与白日梦联系在一起是指借用写作来实现隐在的无意识和欲望，写作是个人在做梦，将这个解释放之网文，却是身在现实世界，借助网络平台公然与大家一起"造梦"，而且常常是长年累月，每天都有大概固定的时间共同在网上生活。

其八，为"自己"而写，且门槛低。"网文"写作与写博文是不同的。博文常常会陷入"为他人而写"的困境中，很多博址是与其他网址链接的，从而形成一个关注的网络。而且，博客的"名人"和"日记"性很突出，后来就有些"发布明星公告"的味道，今天的"微信公众平台"也有这个倾向。其"门槛"相对而言是"高"的。但"网文"的写作，却并不受水平高低、身份高低或者是否名人的限制，一个"化名"便解决了这些问题。在最初的写作中，最关键的是"故事"编得如何？是否吸引人？是否有长制作的构想？烂尾之作何其多！这些都是对"写手"的考验。相比之下，"网文"的公布并不难，也就是与读者见面是在最初时刻发生,是双向选择的结果;而传统写作者,要想让作品公之于众,却必然要倚赖传统媒介——报纸、期刊或者图书。两种媒介的区别也就出来了,网络显然更大众化,在权力的设置上也更直接而简单。当然,随着国家净网力度的加大,网络运营商管控能力的增强,经济因素暴涨式的凸显,"自己"的力量能否保存或者朝什么方向发展,恐怕就是正在发生之中的变数。

二、当历史或传统弥散在网络文学空间

以上网络文学特征种种,莫不与传统文学或者既有文学传统发生这样那样的联系,却也在媒介、写作方式、与现实的关系等诸方面与传统文学构成尖锐的冲突。且不论传统意义上的作家群对网文不算少数的嗤之以鼻,即便是在网文的发展之路上,大概在前十年,不少以网文起家的写手也常在"有名"之后与之渐行渐远,甚至回避网络作家这样的称呼。我以为,这并不表明"网文"的规定性在进行自我拆解,而就在与传统文学秩序拉拉扯扯的过程中,"网文"世界渐渐形成,各种类型文、同人写作以及众筹等形式的存在,表明网文已经有了自己的阵地。

接下来我们要看的就是这个阵地与传统文学有着怎样的勾连,是弃之不用,是改造,还是有选择地利用,或者重新发明,甚至这些方式在传统文学写作中也正作为新的表达方式被运用?

一个明显的征象是网文中充满了各种"传统"的影子,文学的、文化的、历史的、宗教的、神话的、民俗的,比比皆是,甚至因此形构出不同的类型文,而"传统"本身所负载的意义的双重性也体现无遗。如"传统的"一词所涵盖的"过时""迷信""民间"等意义在仙侠类、盗墓类、修仙类、玄幻类等"文"中得以焕发生机,并成为代表网文的标志性文本。另一堪称典范的文本是穿越文,无论是作为"清穿"标志的《梦回大清》,还是掀起收视高峰的《步步惊心》,其所对应的是所谓"架空"背后的历史想象,今日观众的"清史"知识多为此类文"喂养"而成。要说这些文本是瞎编也好,乱写也罢,在某些具体的部分如宫廷规矩、器物、礼仪、言谈方式甚至具体的生活都力求"种田"式的精确。这样做显然是写者和看者的"合谋",在"如何真"上着实下了功夫。在《临高启明》这部类似"跑团"文的见面会上,作者吹牛者就说到吸引"粉儿"关注的兵器知识是来自类似"兵器大全"或"兵器制造"的书。同样地,在各种文中我们见到大量的细致的对一些经典的引用,如佛经、《山海经》《道德经》《周易》等,不但粉饰了文的"古气",有时就成为勾勒全篇的底本,修仙文大多如此。这并不一定说明写手对这些文化传统有多么精深的研究,大幅的引用基本可以证明这一点;但却告诉我

们一个事实:网文得以立命的一个重要根基就是依托、借用了各种可资考证的史料或者野史。到现在为止,清朝的各个皇帝差不多已经被写遍了,而上至春秋战国,下至民国军阀混战,都在"穿越"或者"历史"的视野中被编成了各种各样的故事。至于《三生三世十里桃花》《花千骨》《诛仙》《斗破苍穹》一类的玄幻修仙文是否代表了道家文化的当下复兴,还是来自网络游戏如《仙剑奇侠传》的滋养,此游戏本身又经历了从台湾到日本再至内地的旅游线路,这种难辨出身的复杂性恰恰讲述着网文发生发展的环境与多媒体的融合之密。这也提醒我们在习惯性地讨论传统文学与网络文学的关系时,不能忘记其生成的多种可能。欧阳友权在《中国网络文学编年史》中曾分析 2003 年最早连载于幻剑书盟网站上的一部网络古典仙侠小说《诛仙》,说"萧鼎稳稳地立足于中国传统文化,坚定地承袭着中国古典志怪、神魔小说的衣钵,将玄怪奇幻与江湖风云很好地捏合在了一起"①,这是看到了该作与传统文化的谱系,但与 20 世纪 90 年代以来的大众文化的关联恐怕还需再细细理清。

对文学经典的改编、改写或者解构是传统文学直接进入网文的明显表征。这在初期的网文写作中尤其突出。2000 年开始在论坛上出现的今何在之《悟空传》,现已拍成电影与观众见面,只是大伙的反映并不是很好,尤其是当年受到网文版冲击的"读者粉儿"更是反映强烈,都认为电影失去了当年的锋芒和指斥天地的豪气,仅仅剩下豪华景观和形象展示。两种媒介,一个文本,一个编剧,却出现不同的表现和观者体验,媒介的不同是重要原因,更重要的还在于说话的时空环境早已世异时移,今昔不同于往日。《悟空传》出炉的时间,恰恰是网文刚开始进入大众视野的时间,这些刚刚"触网"的写手大多并非新手一个,反而是力图从传统文学秩序之外找到"自由"发生的空间,网络为他们提供了这种可能性。李寻欢、邢育森、安妮宝贝等是其中的佼佼者,今天再来看初期的网络作品,很难将其划归几年之后形成的"类型文"系列,其症结便在于传统文学或者文学经典的滋养,而不是"读者粉儿"和市场的合谋。《悟空传》显然与文学经典《西游记》连成一条鲜明的谱系,但在精神气质上与电影《大话西游》系列更亲近,突出了孙悟空、唐僧的个体性和反叛气质,同时充满世纪末的语言狂欢。这是暗合那一时代的文化精神的,朱文等人的"断裂问卷"、韩东的《有关大雁塔》、卫慧的《上海宝贝》、九丹的《乌鸦》、绵绵的《糖》以及安妮宝贝文本中充满都市文青小资气质的薇薇安,都把"个人"+"自由"推向前台。这些作品既承接了后现代的解构热潮,同时暗合大众文化的日常审美需求,在文学与大众、大

---

① 欧阳友权.中国网络文学编年史[M].北京:中国文联出版社,2015:155.

众与个体之间进行链接。倘若我们想要否定这些网文与文学传统的联系，显然是不能够、也不实事求是。但我们又必须看到，随着网络文学网站逐渐成熟、写文机制逐渐健全，写手与网站的关系逐渐稳定成一种工作关系和生活来源，"读者粉儿"的队伍逐渐庞大到可以决定一个"文"的生死，文学传统在网文世界的存在不再像初期那样直接拿文学经典下手（当时有大量的"红楼"系列、"西游"系列），而选择将文学传统与故事连接起来，或是人物的文化素养，或以之为文本发生发展的线索，或与某一经典形成对话、致敬格局，或将某些母题或文类辅以大量的故事发展成网文系统。可以举例来说明。如穿越文中的男女主，有的在穿越之前并没有什么古文根底，却借助超现实的记忆力在穿越后的世界大秀特秀唐诗宋词，《绾青丝》《女帝本色》《醉玲珑》皆在此列，这差不多是穿越者在异世界的必杀技。如修仙历史文，常将某一经典摆在重要位置，作为修炼升级的境界之镜，这方面《周易》和《道德经》是用之最广的，《将夜》《朱雀记》便是显例。而《雪中悍刀行》不仅如此，还将《红楼梦》坐落到其中一个女子王初冬身上。猫腻的《庆余年》则直接将《红楼梦》的记忆变成促进故事发展的线索。说到文学传统成为叙事线索，Priest 的《默读》直接将《红与黑》《洛丽塔》《基督山伯爵》等变成案情的关键，可谓做到了极致。还有一些写手专门从已有的演义传奇下手，演绎出绵延数年的故事，《新宋》《隋乱》是此类中的佼佼者。从这个意义上说，文学传统委实反哺了网文并使其具有了生发的广度。

而要说到文学命题在网文中的发展，言情和武侠可能是最突出的。这两种文类与世俗和大众生活的密切以及在中国受众中的影响力由来已久，能够在网文世界有深刻的根基与此有关。我想特别提到的是，尽管网文主要以类型存在，但言情和武侠基本上以兼类的形式存在，也就是说，在修仙类文中，杂有言情和功夫几乎是自然而然的，在穿越文中，男女主也差不多都是文武双全，而爱情则是屡试不爽的良钥。在前面说到的《新宋》《隋乱》这样的长篇历史文中，江湖草莽与庙堂秩序中之将帅若不是因了"侠义"和"武功"，魅力不仅会大打折扣也会拖住其延宕的脚步。可以说，言情和武侠在各种类型的网文中遍布，类似《斗罗大陆》《斗破苍穹》这样的打怪升级文，也少不了它们的滋养。在这些文中，有庙堂、有江湖、有战争、有边塞、有蛮族与知书识礼的世俗眼光，同时有对大漠的向往，种种空间糅杂在一处，使得故事光怪陆离，同时又因有惯常的体验而充满期待。追根溯源，关于民族与边疆的书写，似乎离不开汉唐时期的边塞诗，尤其是有唐一代的边塞诗体现了康健有力征服四方的魄力，而有意思的是，这些边塞诗多是以中原的征服者对蛮夷的征服为观看主体，所以才有"不斩楼兰终不还"的气概，这也常被教科书称为"英雄气概"。这些诗中的匈奴、突厥、吐蕃等异族的形象多数模糊乃至不可见，但有了"醉卧沙场"的气魄和"为国杀敌"的立场，被征服的一方自然被放在了相反的方向。后来的武侠小说尤其是香港武侠小说延续了这样的脉络，只不过随着时代的变迁，"敌人"逐渐有了不同的映射；总之，是对国家有侵略之心的外来之敌；也因此，金庸、梁羽生、萧逸等的武侠小说以其豪气、爱国、侠肝义胆赢得了大众的喜爱。但网文中所谓的礼仪之邦和蛮族间的关系却精彩纷呈，不是上述那样单一的面貌。且不说《九州缥缈录》中来自蛮族的吕归尘如何帮助中州兄弟成就大业，《挽天河》直接设计了所谓发达文明之地的中原王朝在一片颓败之中败给异族朝廷的结局。这种变化在以往的武侠小说鲜有，却展示出当下受众对生活、文化乃至政治认知的不拘一格。

三、群体记忆：网文的限度和启发

若说网文与传统文学或者文学传统无关，那是自说自话，上面提到的诸种表现都说明二者关系之密切。但若避开或者无视网文已经形成的独有的创作方式和文化场域，那也只是盲人摸象，甚至掩耳盗铃。

除却网文在形式上、类型上和媒介上所生发的质的规定性，网文在文化诉求和文化心理的表现上也显示出集中的力量。这是由多文本和长文本的特征推出来的文化现实，不容忽视。其中一个突出的领域是关于女性形象的塑造。几乎在所有的文本中都有一个光辉的女性形象，即便是由一帮男性编织的《琅琊榜》，也无损夏冬和霓凰郡主的荣光，而所谓"纯爱"文中的男男二主，实际上也有一个寄居在男性躯壳上的女性灵魂在熠熠闪光。还以武侠为例，我们可以见到女性被赋予了何种气质和力量。这是一种名曰"刚健"的气质，在历史文或者职场文、后宫文中都能找到印记，大凡男女主角都是"有生气""有活力""有胆识""敢爱敢恨"之人，看看若曦（《步步惊心》）、窦昭（《九重紫》）、青丘白浅（《三生三世十里桃花》）、芈月（《芈月传》）、北瑶光（《蛇君如墨》），就知此话不虚。这种特性在以往文学中的女性身上并不是太明显，琼瑶的女性已经是独立思想的标兵，但在"爱"的名义下多被取消了社会性，至于阶级差别、贫富差异等等都被见识和个性抹平。"网文"中则直接换掉以往的世界，建构一个"我主沉浮"的新世界，女性也随之获得了璀璨的光芒。天下归元的人物就像她的名字一样，或是当了皇帝，或是给皇帝都不做，但无论如何都是纵横四海的人物。尽管多数作品最后的落脚点依然是岁月静好，类似《凤囚凰》这样的"爱江山更爱美人"也不乏多见，关键在于，女子成了网文中闪光的形象群。这无疑是社会现实的一种征象和折射，对我们认识当下的女性心理和女性位置都是一种启发。

值得玩味的是，这些女子光辉的形象又悖论性地与另一个现象扭结在一起，即似乎写手和读者对"人类"和"起源"都很关注，大量作品将视线投向远古，仙侠妖兽纵横，但不管如何古怪，却总是有个权力中心。修仙、玄幻、穿越、升级打怪，大约都可摸到这一脉络，这很有点补偿心理的意思，我们或许可以将其理解为体现了底层草根对社会体制最高层的想象，并且倚靠大量的宫廷礼仪、器物、服饰的描写尽量"使其似真"，但又时常会加入当下的感受，这就很有点后现代主义的味道。往过去说，是"皇权"。那么，现在呢，写当下的作品呢？其实也大略如是，只不过在今天的社会里，取代皇权占据更重要位置的是：谁给自己发钱？因此，职场文写的就是霸道总裁，写老板、写上司，如风靡一时的《杜拉拉升职记》，这些事件发生的环境——公司——也类似一个宫廷机构，其实是换汤不换药的。若是国家发钱，那就写的是具象化的单位，像揭秘类大抵属于此类，如《第二首长》。

这就构成一个很有意思的话题，"极权"位置缘何如此受重视？为什么总是在一个支配者/被支配者的结构之中展开故事？写法上也可以推敲。像《琅琊榜》，看似来势汹汹，但实际上只是底层（其实还不算是底层，应该是政府高层，但相对于塔顶为低）想要有个更开明的领导，于是乎自己将被选之人拱上王位。这一过程其实是有协商意味的，断断说不上是革命。《甄嬛传》就又不同。皇权的象征性是在女人一步步走向"狠绝"的过程中慢慢堕入尘埃，但这显然是个人行为，"四郎"的死，并没有挡住"权力"在甄嬛手中的扩大化，所以，这就像是接力游戏：一个退出，另一个马上接手；一个皇帝死了，还有另一个皇帝。只不过，这个"新帝"却是在"女人"的支配之下享有权力。这就又引出另一个有意思的话题：女人在这些"极致想象"中的位置。《甄嬛传》的作者是流潋紫，《女帝本色》的作者是天下归元，在这些作品中，女人都获得了象征性的最高位置，但反讽的是，这些女人莫不是在"情感"的名义之下为男人守护"江山"。到底是"谁"的江山，答案显然是不言而喻的。但意义的归属并不仅仅在于最终如何，在漫长的篇幅之中，中间的过程：女人如何张扬、女人如何让男人俯首称臣、女人之魅力如何风华绝代，这些也是写作的重点。只是，"情感"的软化剂和依赖性在这个过程中如影随形。我很难说这是一种政治趣味或者皇权中心的内设，但大量的文本似乎也说明网文的限度和犬儒心态。

反过来看，网文的类型化走势在集束力量和反映现实文化心态上对传统文学也已构成强劲冲击，它对准读者心理，尽情倾泻情感、欲望、对现实的看法和对理想人生的想象。你可以笑其浅显，嘲其玛丽苏，嗤之小白，但你不能无视这些人物身上的力量和吸引力；你也可以笑其浅薄的岁月静好，笑它只会投其所好，却不能否定这些情感的温暖和并不算奢侈的希冀。最起码，网文抓住了越来越多的读者，也抓住了正在不断分化的市场，而同样需要读者的"传统文学"，正视这个曾被视为"垃圾"如今已成对手的存在，去研究现实和读者，显然并非多余而是必要。其实，我们真的应该好好思考一下，为何这么多的傻白甜被"粉儿"心甘情愿地接受？与其说网络文学与传统文学的关系，不如说是网络文学与大众心理来得更准确。

上编 / 平台

第一章　中国网络文学平台发展脉络钩沉[①]

中国网络文学已然走过二十余年,动辄百万上千万的文字产出成为互联网时代的奇观之一,从不被学界重视到成为学界热点之一,从网络小说到 IP 改编剧,网络文学可谓是百花齐放,独具特色,蔚为壮观。回望网络文学的兴盛过程,不免疑惑网络文学是如何在短短二十余年创造了如此之大的价值,它经历了哪些发展阶段,它的最初源头在哪里,不同阶段呈现出怎么样的不同特点?重新审视网络文学,这些疑问是无法逃避的,它们是现今在探讨网络文学所具备的文化价值、社会价值、未来走向时必须思考的重要命题,也是学界仍然在讨论的热点问题。

2011 年,全国网络文学研究会会长、中南大学欧阳友权教授在《中国网络文学编年史》一书中阐明了海外华文网络文学最早于 1991 年诞生在北美华人、留学生所创办的《华夏文摘》[②],而《华夏文摘》的创办孕育了中国网络文学的萌芽,他从"榕树下"由个人主页转变为公开网站、原创长篇网文《第一次亲密接触》的爆红、中国作家协会于 2008 年指导举办"网络文学十年盘点活动"三个重要事件出发,判断 1998 年是"中国网络文学元年"[③],目前多数学者也认同这一观点;《制作起源:中国网络文学的五种起源叙事》中则阐述了五种不同的起源,就具有底层逻辑的世界设定和"打怪升级换地图"的叙事模式而言,《风姿物语》为网络文学打开了一扇"创造自己的世界"的大门,切实实践并展示出文本何以从一两百万扩充至五百万,《风姿物语》及其后的网络小说,从电子游戏中学到的最重要一点,就是从底层逻辑入手,使用数学-物理学的方法去设定小说

①　华东师范大学硕士夏玉溪参与了有关"中国网络文学平台发展"讨论和写作,谨此致谢!
②　欧阳友权,袁星洁.中国网络文学编年史[M].北京:中国文联出版社,2015:1.
③　欧阳友权.中国网络文学二十年[M].南京:江苏凤凰文艺出版社,2019:1.

世界的规则,然后再以逻辑推演的方式去完善,而非只通过对现实世界的摹仿来想象一个虚拟世界"①,作者由此认为,从文学本体而言,《风姿物语》是最好的起点;而从生产机制而言,黄金书屋、榕树下都是过渡时代的产物,黄金书屋的核心模式是将纸质书电子化,是一种书站模式的代表,榕树下的编辑审稿制度与文本的刊发有较大的印刷文学基因影响,只有金庸客栈首具网络、文学、论坛三个特色,故而"金庸客栈"是真正的源头。可见,对于网络文学源头的探寻,从不同的视角出发往往能得出不同的结果,而网络文学的发展史也是如此。

2013年,结合"类型文学"与网络技术的发展,庄庸在《类型文学十年潮流的六个拐点》中将网络文学的发展细分为六个阶段,1990年代至2002年左右是"发轫时代",2003—2006年是"以类型命名的时代",2006—2008年为"类型小说商业化时代",2008—2010年是"'泡沫化'繁荣时代",2010—2012年是"跨界传播和商业链的大娱乐时代",2013年则是"现实主义网络文学"的开端;②从产业化角度出发,中南大学博士生严立刚提出了中国网络文学发展的四个阶段:1998—2001年为"前产业化时期",2001—2003年为"免费阅读时期",2003—2008年为"收费阅读时期",2008年以来为"全产业链开发时期"③。欧阳友权在《中国网络文学二十年》中则对网络文学平台的发展阶段做了详细的划分,1998—2002年是艰苦探索期,2003—2008年是商业化转型期,2009年至今是市场化运营的高效发展期。④

从平台、市场、技术、文本等维度,不少学者对网络文学发展的历史进行了详细的探究与梳理,但少有结合场域对网络文学史进行分析的。网络文学不仅仅包含了平台、市场、技术、文本等元素,从场域理论的角度再看网络文学发展史,将网络文学平台作为窥探网络文学场域的载体,依托平台的场域能够将以上元素融为一体,随着对场域内惯习变化、资本斗争认识和理解的加深,能够从更为整体的角度把握中国网络文学何以呈现如此面貌的原因。

---

① 吉云飞.制作起源:中国网络文学的五种起源叙事[J].文艺理论与批评,2021(02):147.

② 庄庸.类型文学十年潮流的六个拐点[EB/OL].(2013-07-26)[2022-05-20].http://www.cflac.org.cn/ys/xwy/201307/t20130726_208808.html.

③ 程海威.网络文学发展的成果检视与学理探讨——"中国网络文学二十年"全国学术研讨会综述[J].网络文学评论,2018(4):117.

④ 欧阳友权.中国网络文学二十年[M].南京:江苏凤凰文艺出版社,2019.

第一节　中国网络文学平台的场域构建与发展概况

　　"(场域)构成了不同事物相互区别的标志,也是不同场域得以存在的依据"①,从 20 世纪 90 年代至今,BBS、博客、网文网站、各类论坛等都是或曾是中国网络文学实践的载体,这些种类丰富的载体作为"中国网络文学平台"之一,具有一套自身运行的逻辑性和必然性,是相对自主的"小世界",它们的特性与"场域"的定义不谋而合,所以,它们可被视为是构成网络文学场域的基础,即网络文学"子场域"。一个"大场域"包含了无数个"子场域",网络文学场域作为一个"大场域"也是由无数个"子场域"所构成,所以"网络文学平台"作为"子场域"共同构成了网络文学"大场域",而每个"子场域"间又存在不同势力的资本(以下如没有特别强调"子场域",网络文学场域皆指的是网络文学"大场域")。从 20 世纪 90 年代发展至今,在资本的积累、博弈、合作中,众多中国网络文学平台会聚而成的网络文学场域经历了长达二十余年的自我生长,形成了和美国好莱坞、日本动漫、韩国电视剧并称的世界四大文化现象的中国网络文学现象②,网络文学场域被逐渐构建出来。

一、依托于平台的中国网络文学的场域构建

　　在网络文学场域中,文化资本分三种,具体化文化资本指读者与作者、编辑等行动主体的文化修养,客观化文化资本指作者、读者等所产出的网络小说、网络文学评论等,制度化文化资本指各个网站所确立的规则,这也逐渐成为网络文学场域的惯习之一;网络文学场域的社会资本即作者与作者之间的联络网、读者与读者间的交流群等社交网络,由此优质作者和作品背后自然携带着大量粉丝,"网络文学 IP"的出现意味着象征资本能够转换为经济资本了,当作者、作品、网络平台名称成为一个"网络文学 IP"的时候,它就成为一个"象征"。这一"象征"是建立在文本之上的,是建立在文化资本之上的,是文化资本吸引来了社会资本,才能够转换为象征资本,乃至经济资本。进一步对资本势力和地位进行分析,占据资本多、地位高的"子场域"共同构成了"主流子场域";占据

---

　　① 布尔迪厄,华康德.实践与反思——反思社会学导引[M].李猛,李康,译.北京:中央编译出版社,1998:133-134.
　　② 新华网.网络作家唐家三少:想创作出有世界影响力的中国 IP[EB/OL].(2018-01-23)[2022-04-12].http://m.xinhuanet.com/book/2018-01/23/c_129797306.html.

资本少、地位低的"子场域"共同构成了"小众子场域"。

中国网络文学场域的最基本要素是"行动主体",指在网络文学场域中活动的个体(如进行网络文学写作的作者、与作者互动的粉丝、默默阅读的读者、网站的运营维护者、研究网络文学理论的学者等)和与网络文学有关的外部关系网络[如网络文学实践平台与传统纯文学实践平台之间的关系、与其余网络门户网站(搜狐、网易等)之间的关系、与国家监管机构的关系等]共同构成。正如布尔迪厄所言:"任何场域的存在,主要决定于在其中活动着的行动者,在其行动脉络和过程中所形构的各种相互关系网络。"①行动主体的行为即场域实践活动。

网络文学场域构成的要素还有惯习(habitus)。从 Web1.0 时代向 Web2.0时代过渡时期,互联网技术越发强调人与人的互动,2003 年前后是 Web2.0 时代的开端,Blogger Don 在《Web2.0 概念诠释》中提出了较为经典的 Web2.0 定义:"Web2.0 是以 Flickr、Craigslist、Linkedin、Tribes、Ryze、Friendster、Delicious、3Things.com 等网站为代表,以 Blog、TAG、SNS、RSS、Wiki 等社会软件的应用为核心,依据六度分隔、xml、ajax 等新理论和技术实现的互联网新一代模式。Web2.0,是相对 Web1.0(2003 年以前的互联网模式)的新的一类互联网应用的统称,是一次从核心内容到外部应用的革命。"②相较于 Web1.0,Web2.0 弥补了其在参与、沟通、交流等方面的不足,强调信息互动和人与人之间的相互参与。这也奠定了网络文学平台行动主体的最基础的惯习(发帖包括发布作品、评论)与反馈(包括点赞、分享、收藏),它们为作者、读者、编辑、运营者等行动主体间搭建了一条能够实时交流的桥梁。另一方面,为了维护网络文学平台的正常运作,行动主体在投入自己的资本、参与网络文学生产的同时,必须遵守网络文学平台的规章制度,规章制度以制度化文化资本和惯习的形式存在。以上所涉及的惯习是各个网络文学平台的主要惯习。

但网络文学子场域与子场域之间存在较大差异,在网络文学场域中占据大部分资本的"主流子场域"比在各类资本上占据少量资本的"小众场域"更胜一筹,双方的差异会具体体现在制度化文化资本和惯习上。"场的结构,即资本的不平等分布,是资本之所以能产生特殊效果的根源,特殊效果指的是利润和

---

① 布尔迪厄,华康德.实践与反思——反思社会学导引[M].李猛,李康,译.北京:中央编译出版社,1998:55.
② 刘畅."网人合一":从 Web1.0 到 Web3.0 之路[J].河南社会科学,2008(2):138.

权力的呈现,这种权力能制定出最有利于资本及其再生产的场发挥作用的法律"①,场域本质上就是一个资本争夺的空间,以网络文学平台为载体的各个网络文学"子场域"在网络文学场域中不断地进行资本争夺,阅文集团、晋江文学城等网络文学平台之所以能够在网络文学场中占据更多的权力和资本,成为构成网络文学"主流子场域"的平台之一,正是因为其在网络文学场域探寻到了一条利于资本占有者利益获取、再生产的良性循环的道路,并将其转换为"主流子场域"的制度化文化资本(法律)和惯习。

2003 年,随着起点中文网率先推出了网文在线连载、VIP 读者付费阅读制度、作者分级付酬的网络版权签约制度,各大网络文学平台开始响应、接纳这一系列机制,使其成功发展至今,起点中文网也因此开拓了稳定、独立的内容生产渠道,成为名副其实的"媒介革命的先行者"②、网络文学"主流子场域"的领头羊。2004 年,起点中文网被盛大文学收购,随即大部分诞生于 20 世纪 90 年代即中国网络文学兴起阶段的榕树下、龙的天空、红袖添香等平台也被盛大文学收购。2008 年 7 月,盛大文学集团正式成立,一度占据整个网络原创文学市场 72% 的市场份额,形成了"一超"格局;17K 文学网、TOM、幻剑书盟等组成的梦网书城、纵横中文网等平台成为场域中的"多强"。2015 年 3 月,腾讯公司以 50 亿元收购了盛大文学,与腾讯文学合并后成立的阅文集团占中国全部网络作家的 88.3%(约有 530 万人)③,占据大半江山。可见,从 2003 年 10 月开始,"网文在线连载、VIP 读者付费阅读制度、作者分级付酬的网络版权签约制度"为网络文学场域开辟了一个新的时代,这一系列机制逐渐成为网络文学场域内成熟的资本转换体系,"阅文集团所属网站指定的付费标准在很大程度上代表了网络文学行业的一般定价"④(参见表 1-1 和 1-2),起点中文网(阅文集团的网络文学平台代表、国内最大文学阅读与写作平台之一)和内地著名的女性文学网站晋江文学城的升级体系虽有不同,但普通章节价格定价一致,而该标准便是由起点中文网首创,包括 VIP 读者付费阅读制度在内的一系列制度,便以规章制度的形式印刻在平台的"我是读者"或"我是作者"的分栏之中,成为"用户指

① 布尔迪厄.文化资本与社会炼金术:布尔迪厄访谈录[M].包亚明,译.上海:上海人民出版社,1997:197.

② 邵燕君,吉云飞,肖映萱.媒介革命视野下的中国网络文学海外传播[J].文艺理论与批评,2018(02):129.

③ 欧阳友权.从"阅文风波"看网络文学生态培育[J].中南大学学报(社会科学版),2020(5):7.

④ 欧阳友权,严立刚.新媒体文艺产业化的动势及其意义[J].湖南大学学报(社会科学版),2020,34(4):150.

南"之一,成为"主流子场域"的制度化文化资本,成为网络文学场域中的主流惯习。除了作家主动向网站提交签约,"主流子场域"还会积极开展培训计划、激励计划、文学比赛,以此挖掘场域中潜在的优质文化资本,而作为公众平台,为了响应国家政策,"请所有作者发布作品时务必遵守国家互联网信息管理办法规定,我们拒绝任何色情小说,一经发现,即作删除!"①等声明也以规章制度的方式留存在平台之中。

表 1-1 "起点中文网"VIP 读者付费阅读制度(升级方式与章节价格)

免费用户	普通会员	高级会员	初级 VIP	高级 VIP
注册起点账号	一次性充值 1 元	12 个自然月消费 ≥ 19 900 起点币 (1 元=100 起点币)	12 个自然月消费 ≥ 120 000 起点币 (1 元=100 起点币)	12 个自然月消费 ≥ 360 000 起点币 (1 元=100 起点币)
5 分/千字	5 分/千字	5 分/千字	4 分/千字	3 分/千字

表 1-2 "晋江文学城"VIP 读者付费阅读制度(升级方式与普通章节价格)

免费用户	普通会员	高级会员	初级 VIP	高级 VIP
注册后即为普通用户	充值或消费任意金额即为初级 VIP 用户	方式 1:单笔成功充值到账 3 000 点晋江币(人民币 30 元起)即可手动申请升级至中级 VIP 用户。 方式 2:自在网站首次消费之日起,15 天内累积消费满 1 500 点晋江币(人民币 15 元起),则从第 16 天起自动升级至中级 VIP 用户。	方式 1:单笔成功充值到账 10 000 点晋江币(人民币 100 元起)即可手动申请升级至高级 VIP 用户。 方式 2:自在网站首次消费之日起,30 天内累积消费满 3 000 点晋江币(人民币 30 元起),则从第 31 天起自动升级至高级 VIP 用户。	升级方式:自在网站首次消费之日起,365 天累计消费大于等于 120 000 点晋江币(人民币 1 200 元起),则自动升级至资深 VIP 用户。
5 分/千字	5 分/千字	5 分/千字	4 分/千字	3 分/千字

① 起点中文网:https://www.qidian.com.

"小众子场域"在惯习和制度化文化资本上与"主流子场域"有所不同。常见的小众平台有致力于发布二创文学作品的网络文学平台,如 2006 年建立的"随缘居"论坛、2020 年上线的 Wland 网站等,它们有自己的独立性,遵守另一套规则,如分级制度。另外,值得注意的是,小众子场域与主流子场域的转换并非只有主动转换一种形式,当小众子场域的读者、写手越来越多,文化资本的累积增多的时候,其被外界关注到的可能性也就越高,受到主流惯习影响、规训的可能性随之增强。为此,2020 年上线的 Wland 在网站规则中明确提出:不得主动宣传 Wland 平台,这是小众子场域确保自我独立性、远离主流子场域的方式之一。但如若"小众子场域"期望吸引更多的读者、作者,它必然会向"主流子场域"学习,并作出相应改变。比如 2011 年成立的轻博客平台网易 LOFTER。LOFTER 本是针对同人文学的小众平台,前期可以上传分级制内容,但当其逐渐发展成为国内同人主要阵地,并有意吸引更多资本后,LOFTER 所构成的网络文学"子场域"的惯习便慢慢发生了变化,如其对于内容的监督审核更为严格,出现了对于新人写手的激励计划、浪漫文学大赛、青禾计划等,这些政策制度与计划与"主流子场域"相似,起点中文网就有自己的"全面扶持计划:20% 返奖、4 500 元创作补贴、1 000 元写作激励、文以载道计划"①。

可见,每个平台都有其独特的来源与初心,它们会选择服务于不同的群体,处于不同的客观关系之中,有的网络文学平台选择守住自己的一片天空,圈地自萌,不与"主流子场域"争夺资本,有的则会主动或被动地向"主流子场域"接近,在不同的位置,行动主体会作出不同的行动,所以子场域与子场域之间的惯习就有所不同。

总结一下,中国网络文学生态主要在 2003 年经受了一次经济资本的冲击,其标志性事件是"起点中文网推出网文在线连载、VIP 读者付费阅读制度、作者分级付酬的网络版权签约制度";而在"净网行动",即国家监管政治资本的介入之后,网络文学生态又产生一次大转变。两次大的转变对网络文学场域的影响之大可以从网络文学平台的发展和变迁中看出,透过对网络文学"主流子场域"和"小众子场域"的分析,也能够看出场域内不同的资本力量与核心要素发生了怎样的斗争与改变。接下来,我们将首先理清网络文学平台的发展阶段,以此认识网络文学平台发展的起承转合,进而理清各阶段的场域特色与资本争夺,解答今日纷繁复杂的网络文学平台背后的变迁故事,比如,为什么不同的网络

① https://acts.qidian.com/2020/2020_09/index.html.

文学平台之间会有一定的共性,为什么盛大文学能够合并龙空等初期就建设而成的网络文学平台,以及为何部分网络文学平台子场域越来越具有封闭性?

二、萌芽与雏形期:Web2.0 时代带来的机遇(1990—2003 年)

1946 年 2 月 14 日,诞生于美国宾夕法尼亚大学的世界上第一台电脑 ENIAC 改变了人类的生活方式与文学创作模式。20 世纪 70 年代,随着欧美国家网上写作的兴起,海外网络文学进入萌芽期,到 80 年代,海外网络文学的创作走向自觉阶段。也是在这个阶段,美国与加拿大的华侨开始在华文网络论坛、网刊和网站上发表文学作品,北美的华文网络文学自然被看作汉语网络文学的发源地。① 1991 年,中国留学生梁路平、熊波等人在美国创办了全球第一家中文电子周刊《华夏文摘》(其前身是网刊《中国新闻摘要》)。该刊物不属于纯文学刊物,它是通过邮箱免费订阅的电子刊物,目的是促进中文信息电脑化、主动化、网络化。② 目前有记录的最早的华文网络小说是"马奇"在《华夏文摘》第 4 期发表的《奋斗与平等》(该小说由《中国之春》供稿,是否原创仍有争议③),该小说讲述了中国留学生是如何适应美国生活的自强故事。同年,全球第一个华文网络纯文学交流群"海外中文诗歌通讯网"建立,它也是建立在邮件订阅系统之上的。可以说,《华夏文摘》是 Web1.0 时代的经典产物,它实现了在一个网页里链来链去的资源共享,但读者与作者不能直接对话,只能以向编辑部反馈、投稿的方式进行对话。(Web1.0 和 Web2.0 的区别见图 1-1)

	Web1.0(1993—2003)通过浏览器浏览网页	Web2.0(2003—)分享的其他内容,更为互动,更有应用功能,而不仅是一个网页
模式	读	写作与贡献
主要内容单元	网页	发表/记录的信息
形态	静态	动态
浏览方式	互联网浏览器	各类浏览器、RSS 阅读器、其他
体系结构	Client server	Web services
内容建立者	程序员	人人
应用领域	初级的"滑稽"应用	大量成熟应用

图 1-1 Web1.0 和 Web2.0 的区别④

① 欧阳婷.北美华文网络文学的历史脉络及其特点和局限[J].南方文坛,2021(02):73.
② 欧阳友权,袁星洁.中国网络文学编年史[M].北京:中国文联出版社,2015:1.
③ 邵燕君,吉云飞.不辨主脉,何论源头?——再论中国网络文学的起始问题[J].南方文坛,2021(05):119.
④ 孙茜.Web2.0 的含义、特征与应用研究[J].现代情报,2006(02):70.

1992 年,第一个在网络上直接用中文进行交流的论坛"中文互联网新闻组"(ACT)建立,它标志着中文网络文学在互联网上的传播;同年,《联谊通讯》创刊(第二份海外中文电子版刊物),高雄中山大学的 BBS 建立,该 BBS 成为中国台湾 BBS 的滥觞。1993 年初,我国自主研发的 RIP 协议路由器搭建的局域网实现了互联,《窗口》《威大通讯》《枫华园》等杂志纷纷创刊,但由于中文国际网络处于才开始建立的阶段,有条件的、知道怎么上网的人多为海外大学学生、学者(以男性为主),他们的网络活动主要是为了交流、发泄,而非创作。① 1994年,万维网得到了普遍应用,电子刊物过渡到了论坛与网站阶段;同年,中国正式获准加入国际互联网,域名"cn"。1995 年,BBS"水木清华"(中国第一个可考的 BBS)在教育网上开通,一些爱好文学的大学生开始将海外网络文学、武侠小说转载到国内高校 BBS 上。② 由于当时几乎全部热门的 BBS 都是由大学成立并且提供经费的,所以高校 BBS 具有一定的排外性。1996 年,"金庸客栈"BBS 同体育沙龙一起出生于利方在线③,"这对'双子论坛'在 20 世纪最后几年里于全世界范围内都是中文互联网的核心舞台之一,地位绝非偏居一方、带有本地和本校色彩的各种论坛可比"④,另外"金庸客栈"也是最早以文学,尤其是武侠小说为主题的网络论坛,形成了较为完整的中国网络文学的论坛模式与文化,形成了能"解放大众文学生产力的 UGC(User Generated Content,用户生产内容)模式"⑤,成为"中国网络文学生产的根本模式——后来的文学网站,都是以书站模式为表,论坛模式为里"⑥,可见"金庸客栈"平台的建立打造出了"阅读、分享—生产—消费、营销、传播"一体化的网络文学场域的雏形。但"金庸客栈"并没有将其故事书写到今天,2000 年正处于鼎盛期的它陷入了"内乱"之中,由于互联网的大范围普及,大量慕名而来但受教育程度较低、文学修养趣味与论坛不合的新人与老人之间爆发了激烈的矛盾,早已不满新人"灌水"(即发无意义评论、闲聊帖等)的老人与不满老人"长期潜水"(即不经常发帖)状态的新人之间开始对骂、炸板⑦,导致论坛混乱,大批"老人"从论坛走出,最后"金庸客栈"走向了没落。

① 欧阳友权,袁星洁.中国网络文学编年史[M].北京:中国文联出版社,2015:15.
② 欧阳友权,袁星洁.中国网络文学编年史[M].北京:中国文联出版社,2015:30.
③ 1996 年 6 月开通的利方在线(www.srsnet.com)是国内最早的商业网站之一。网站最初为技术论坛,提供四通利方公司的汉化软件下载并解答用户提问。因客观上为网友提供了当时罕见的网上交流平台,话题很快就拓展到软件之外,网站顺势开辟了多个主题论坛。
④ 吉云飞.制作起源:中国网络文学的五种起源叙事[J].文艺理论与批评,2021(02):157.
⑤ 吉云飞.制作起源:中国网络文学的五种起源叙事[J].文艺理论与批评,2021(02):155.
⑥ 吉云飞.制作起源:中国网络文学的五种起源叙事[J].文艺理论与批评,2021(02):157.
⑦ "炸版"即有意通过大量发布无意义的帖子来淹没有效的讨论,使论坛的版面无法正常阅读。

1997年,国内网吧在各大城市出现,罗森《风姿物语》开始连载;美籍华人朱威廉在上海建立了个人主页"榕树下",随着来稿数量的增加,榕树下编辑部成立,它与网友自发组织的原创文学网站有所不同,朱威廉有意识地将网站带入商业化运作道路,1998年,中文原创文学网站榕树下正式开始以网络文学公司的身份运营①,但随着2001年的泡沫经济破裂,主要由朱威廉个人支撑的"榕树下"也陷入了困境,最终于2002年被贝塔斯曼收购。

1998年也是网易等互联网公司开始向个人提供免费的储存空间,使个人能够创建个人网页的年代。文学城、黄金书屋、书路便得益于此,它们是网络文学平台早期的另一种形式:个人书站。个人书站即在个人主页上刊发、存留转换成代码的文学资源,具体流程就是把实体书扫描之后上传到网页,以供大众阅读,其中黄金书屋的创始人youth有相当专业的信息管理能力和个人主页设计的能力,依靠细致的分类和丰富的资源,黄金书屋在"上线第一个月的日均访问量就达到3千人次"②,从其分类中也可以看到网络文学类型化传播的苗头(见图1-2)。同年,天涯社区以及西陆文学BBS相继上线,蔡智恒网络长篇小说《第一次的亲密接触》在台湾交通大学BBS上连载,迅速在中国各大论坛引起火热反响。

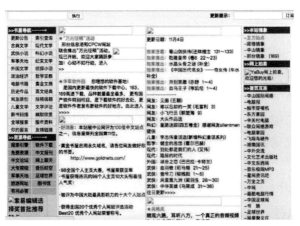

图1-2 黄金书屋的首页截图(1999年11月4日)③

1999年12月,黄金书屋被收购后由于担忧版权问题,就不再敢随意"搬运"书籍,内容优势逐渐失去,管理水平也下降,不免走向了衰落。2000年,泡沫

---

① 欧阳婷.北美华文网络文学的历史脉络及其特点和局限[J].南方文坛,2021(02):74.
② 吉云飞.制作起源:中国网络文学的五种起源叙事[J].文艺理论与批评,2021(02):150.
③ https://baijiahao.baidu.com/s? id=1711936553549730440.

经济破裂影响了网易等互联网公司关停免费的个人主页,加速了个人书站的淘汰,大量的网民急需转换驻扎地,此时依旧存留的西陆文学 BBS 成为网络文学的主要阵地。

2000 年,随缘、红尘、水之灵(流水)、五月天空(五月)、Weid 五位青年强强联手,将各自名下的"自娱自乐""一意孤行""红尘阁""五月天空乱弹"四个西陆文学 BBS 整合而成"龙的天空";与此同时,为了更好地助力中国武侠和奇幻网络文学发展,2001 年,书情小筑、石头书城、小书亭、凝风天下四个文学书站联合成立"幻剑书盟"。由于龙的天空原创联盟网站的空间稳定性、文化资本等都比当时的幻剑书盟更好,在 2001 年年初成为玄幻书站当之无愧的老大,一时盛极,达到了"当时没有一家网站没有龙空的资源,当时没有任何一个作者不知道龙空,当时没有任何一个读者不去龙空"①的程度,成为中国内地规模最大、访问量最多的原创联盟网站。然而随着网民数量的骤增,2001 年年中,如日中天的龙的天空访问速度越来越慢,人气慢慢下降,服务器资源不足成为其必须解决的问题,但龙的天空在购买新的服务器、扩大空间网站、保持网络垄断优势与放弃网站发展、走实体出版路线之间选择了后者,这一错误的选择导致管理层线上投入减少,龙的天空逐渐走向衰落。同一时期,幻剑书盟崛起,龙的天空积累的资本迅速流向幻剑书盟。但好景不长,幻剑书盟于 2002 年也遭遇了龙的天空曾经历的问题,网民数量的增加带来了流量的增长,即意味着需要更多的资金购买更大的服务器资源,空间费用变得越来越昂贵,此时,急需赚钱的幻剑书盟在网络广告萧条的情况下也转向了实体书出版,然而历史证明,实体书出版并不是平台主动转换网络文学场域资本的最好选择,所以这两位曾经的玄幻文学巨头都被后来居上的起点中文网超越了。

2001 年 11 月,宝剑锋等人在西陆文学 BBS 创建了玄幻文学协会(起点中文网的前身)。同年,潇湘书院成立。"新浪网读书频道""搜狐读书频道""腾讯读书频道"相继上线,人民网、千龙网、新华网等其他综合网站也开通了读书频道。2002 年 6 月,起点中文网开始试运行。同年,由于福建晋江电信局业务整理,决定对晋江文学城撤资,当时的联合管理人 iceheart 号召网友们集资一同买下了服务器,脱离了晋江电信,成为现今的晋江文学城。该网站原本是扫校、转载台湾言情小说后做成电子书,后来逐渐发布原创作品,2002 年,晋江文学城建立"原创试剑阁"栏目。至此,今天阅文系旗下的起点、晋江、潇湘、红袖等平

---

① 暗尘星岚.雨起点路——网文之历程[EB/OL].(2012-04-22)[2022-04-10].https://tieba.baidu.com/p/1542545518.

台均已诞生,个人书站、以 BBS 为依托的有一定限制或偏小众精英化的平台逐渐退出了舞台,专业文学网站拉开网络文学大众化的序幕。

2003 年 6 月,在"大然传奇中国首届奇幻文学笔会"上,宝剑锋等人提出了 VIP 方案。2003 年 10 月,虽然"天下书盟"推出了 VIP 计划,但其 10 分/5 千字的行业标准定价较低,VIP 付费制度取得初步成果还是由起点中文网来完成的。2003 年 10 月,起点中文网试行 VIP 方案,一个月后正式推出了第一批 8 部 VIP 电子出版作品,网文在线连载、VIP 读者付费阅读制度、作者分级付酬的网络版权签约制度正式启动,各大网站纷纷效仿,掀起热潮,自此,起点中文网开启了中国网络文学商业化模式的新时代,成为网络文学付费制度的标杆。

三、成熟期:资本争夺后的"一超多强"(2003—2008 年)

自起点中文网携手让 VIP 制度走向正轨后,网络文学场域的商业化主导模式基本确立,除了早就退出网络文学场域,走向线下出版的"龙的天空",翠微居、天鹰等所有在当时有影响力的网络文学平台都进入这次 VIP 运动之中。2003 年底,流量飞涨,而由于起点中文网率先在 Web2.0 时代通过建立 VIP 读者付费阅读制度、作者分级付酬的网络版权签约制度,将 Web2.0 所具有的特性与网络文学产业挂钩变现,起点中文网所积累的社会资本、文化资本、象征资本大量向经济资本转换,经济资本又吸引了更多社会资本、文化资本、象征资本,起点中文网成为网络文学界的领头者。2003 年 12 月,起点中文网签约作者最高收入可达 20 元/千字,一直到 2004 年年初,起点中文网收录的作品突破 3 000 部,相当于 2001—2002 年增长的总和。2004 年,起点中文网服务器崩溃,创始团队终于下定决心增值服务器,并开通了会员在线付款的通道,让汇款和捐赠变得更为方便。2004 年 4 月 1 日,随着新版 VIP 阅读器的推出,起点中文网 VIP 作品总数增加了 100 部,这 100 部作品无论从数量上还是质量上,都远远超过了其他网站;另一方面,起点中文网的最高稿酬已经达到 40 元/千字,稿费已和国内出版稿费持平了,这一消息又吸引了大量资本进入起点中文网,2004 年 2—6 月是起点中文网的第三次发展高峰,2004 年 6 月 1 日,起点中文网成为国内第一家跻身世界百强的原创文学门户网站,世界排名第 100 名。

如此一来,起点中文网在流量、VIP 会员人数上都与其他网站拉开相当大的差距,由于马太效应的缘故,资本的相互吸引促进了资本的增值,平台会员越多,就越利于吸引作者入驻;而优质的作品、作者越多,又反过来能吸引更多的会员。2003—2008 年,起点中文网涌现了大量读者喜爱的起点白金作家①,如唐家三少(代表作《斗罗大陆》)、我吃西红柿(代表作《星辰变》)、血红(代表作《升龙道》)等。可以说,起点中文网彼时已成为网络文学场域中的领跑者,获得了巨大成功。起点中文网的成功离不开其创始团队对商业模式战略选择的前瞻性,一方面,起点中文网紧密地维护和尊重作者权益,尽可能让利给作者,它首推将 VIP 制度前三个月的所有收益分给作者,激励作者创作,2005 年 3 月,起点中文网还推出了"起点职业作家体系",开始招聘"职业作家",给足保底年薪;另一方面,"起点中文网"也在不断地多次改版,以期为读者找书提供便利,并维护读者的权益,2003 年的二次改版依托 IE4.0,将阅读进行了浏览器化来防止盗版,以此减少了用 Flash 防盗版而造成的不稳定影响。无论作家激励制度、普通作家 2 分/千字的价格酬费,还是 VIP 读者付费阅读制度、作者分级付酬的网络版权签约制度,起点中文网所制定、执行的这些措施几乎被各网络平台所沿用,成为网络文学场域中的主流惯习。自然也有其余网络平台挑战起点中文网的地位,翠微居在 2003 年最快反击,试图用 6 分/千字吸引作者签约,但由于平台所积累的资本各方面都没有起点中文网雄厚,且读者也不愿意出高价加入平台,最终以失败告终;2005 年初,幻剑书盟、龙的天空、逐浪网、爬爬书库、天鹰文学网、翠微居六个网站联合组建"中国原创文学联盟"以对抗起点中文网,但起点中文网凭借丰厚的资本依旧领先;2006 年 5 月,由中文在线注资成立的 17K 文学网挖走了起点中文网的半数编辑,并以高价买断的方式挖走了原驻起点中文网的头部顶尖作者,如血红、云天空、酒徒、烟雨江南等,起点中文网冷静应战,开启了"白金作家签约计划",用于增补头部顶尖作者留下的缺口,这一制度取代了原来的"职业作家制",通过"白金作家签约制",起点中文网能够放大"腰部作者"的力量,增强对他们的栽培,削弱了平台对头部作者的依赖,一直延续至今。

可以说,网络文学"主流子场域"逐渐呈现出以起点中文网平台为主导,即"一超",其余平台为辅的话语权体系,各个网站间的惯习也趋近一致化,如一篇网文一般有公开章节和付费章节、平台会根据文章点赞、收藏的数量与作者进行签约等。而起点中文网之所以能够独占鳌头,离不开 2004 年 10 月盛大网络带来的大量经济资本,经济资本在良好的再循环体系中被迅速催生为优质的其

---

① 起点白金作家,即起点中文网白金级签约作家,也称为起点大神。一般都是特别受欢迎的小说作者。白金作家评选标准是必须有一本完本小说被订阅且在一万以上。

他资本,并与其他资本相互影响、相互转化。

盛大网络收购起点中文网而崛起呈现出 Web2.0 时代隐藏在互联网下的巨大经济潜力,一方面,小说阅读网、创世中文网、言情小说吧、起点女生网等文学网站如雨后春笋般大量涌现;另一方面,源源不断的商业资本涌入网络文学场域,各子场域间为了获得更多的资本、巩固有利地位、争取更高地位或改变自身在场域中的弱势地位,场域内开始了一系列的收购、兼并、合作、众筹……"多强"的局面形成。2006 年,无线互联网门户 TOM 在线收购幻剑书盟 80% 的股权。2007 年,中国移动梦网宣布与 17K 小说网、TOM、空中网、红袖添香、幻剑书盟、美通等共同打造"梦网书城"。

2008 年 7 月,盛大文学正式成立,它整合了起点中文网、晋江原创网、红袖添香、小说阅读网、榕树下、潇湘书院、言情小说吧六大原创文学网站以及晋江文学城(50%股权)、悦读网、天方听书网,同时还拥有三家线下图书出版社,占据了整个网络原创文学 70% 以上的市场份额,确定了网络文学场域"一超多强"的格局,网络文学出现了前所未有的、欣欣向荣的新局面。

四、规范与延伸期:政治场进入大规模集团化运营(2009—)

早在 2005 年我国便在全国范围内开展了打击网络侵权盗版专项治理行动,但此前关注更多的是盗版光盘、互联网非法传播电影、音乐、软件(游戏)、图书等作品的侵权行为。2009 年,我国开始重点打击网络侵权行为,以网络影视、网络文学、网络游戏为重点领域,集中强化对网络侵权盗版行为的打击力度。[①] 2009 年 10 月,新闻出版总署、全国"扫黄打非"工作小组办公室成立。2009 年以来,两部门对互联网出版的低俗内容进行全面清理,网络文学低俗内容整治工作取得显著成效,20 多家不良网络文学网站关停。新闻出版总署有关负责人表示,"在整治网络文学低俗内容工作方面,总署将与工信部一起尽快出台《互联网出版服务管理规定》,并会同国新办、广电总局、工信部等部门共同发布《手机媒体服务管理办法》"[②]。此外,总署还将进一步扩大网络出版专家审查委员会,尽快组建"新闻出版总署网络出版监测中心",加快制定网络文学、手机出版等相关管理办法,以便于规范网络文学出版行为,形成分类管理、有效监督、依

---

① 广东省广播电视局.中国严厉打击互联网侵权盗版[EB/OL].(2009-12-21)[2022-04-11].
http://gbdsj.gd.gov.cn/zxzx/bjxx/content/post_1799817.html.

② 中华人民共和国国务院新闻办公室.出版总署将与工信部尽快出台互联网出版法规[EB/OL].
(2009-10-22)[2022-05-09].http://www.scio.gov.cn/m/wlcb/yjdt/Document/442183/442183.html.

法行政管理的局面。2011 年 8 月 24 日,全国"扫黄打非"工作小组办公室、国家互联网信息办公室、工业和信息化部、公安部为依法严厉打击利用互联网制作传播淫秽色情信息行为开始实施特别行动"净网行动",关闭了近 200 个栏目和频道。旨在打击网络侵权盗版专项治理的"剑网行动"则于 2010 年 7 月 21 日在全国正式启动。2016 年 7 月 12 日,国家版权局、国家网信办、工信部和公安部联合开展"剑网 2016"专项行动启动,重点打击网络侵权盗版,并将网络文学纳入 2016 年网络版权重点监管工作。可见,政治场域以全网覆盖的形式大步挺进,涉入到网络文学场域之中,17K 小说网、晋江文学城、飞库网、路飞小说网、红茶、宗衡中文网、竹浪小说网等一大批"主流"网络文学平台都曾被给予过行政处罚,逐渐变得规范、规整。政治场域的涉入也促使小众子场域越发向"圈地自萌"的方向发展,以封闭的姿态保存纯粹性和多元性,为亚文化的成长提供港湾。

另一方面,网络文学主流子场域借无线网络服务的发展也在扩大其影响范围,并逐渐形成了大规模集团化运营的情境。成立于 2008 年的掌阅科技在 2011 年上线了第一款能在安卓端使用的 App 掌阅 iReader,以版权图书的电子化为主,虽然其大部分收入来自广告,但 iReader 的出现表明了网络文学移动内容平台的萌芽,盛大文学也跟上了移动内容平台无线服务的步伐,2010 年 9 月,云中书城测试版上线。2011 年 2 月,云中书城启用了独立的域名,8 月便可以在安卓端使用。11 月,云中书城的安装激活量突破了 80 万,由于云中书城包括了盛大文学拥有的线上网络文学作品和线下出版社等提供的版权作品,很快发展起来。在一年之内,用户迅速发展到 2 000 万,获得了最佳移动互联网应用奖。2012 年第一季度,无线阅读占总营收的 27.5%,共 5 278 万元,但倚靠着起点中文网资源的云中书城却没有让起点中文网管理层受益,相反,起点中文网在集团业务中越来越被边缘化,不仅很多本属于起点中文网的权限被收取(比如手机业务及版权业务),而且在利益待遇上更是被彻底打入冷宫。云中书城和起点中文网相比,相同工作岗位以及职级的员工,云中书城的工资可以是起点中文网的数倍[①],吴文辉(起点中文网创始人之一)及其团队表示过自己对于云中书城的不满,认为这个平台没有带给自己任何的资源,却强令起点中文网贡献自己的收入和资源。云中书城加深了起点中文网和盛大文学的利益失衡,

---

① 雷建平. 起点管理层与盛大决裂内幕[EB/OL]. (2013-03-07)[2022-05-09]. https://tech. qq. com/zt2012/tmtdecode/227. html.

随着时间流逝,两方的矛盾越发激烈。2012年下半年,盛大文学新来的总裁邱文友将Bambook(一款电子阅读器产品,见图1-3)并入了云中书城,认为要先做Bambook阅读器硬件,这使得原先云中书城做移动内容的战略方向发生了重大改变和方向性失误,原云中书城创始团队被迫大部分转岗作Bambook开发,使云中书城App在2012年底到2013年基本没有迭代更新,原云中书城团队几乎全部离职,项目也处于停止状态了。①

　　另一方面,盛大集团CEO陈天桥一直想将盛大文学卖个好价钱,不想流血上市,导致盛大文学上市计划一直拖延,吴文辉及其团队在2012年与陈天桥谈过起点中文网MBO(管理者收购)计划,一家PE打算收下起点中文网独立运营,出价是4亿~5亿元,但陈天桥却要求8亿元才能卖,此件事虽然已经过去,但在吴文辉及其团队心中仍然埋下了一颗分裂的种子。2013年1月,起点中文网副总经理罗立(网名:黑暗左手)宣布离职;当年3月,起点中文网核心团队包括创始人吴文辉和20多名核心中层集体辞职,他们接受了与腾讯的合作,加入到刚刚成立的腾讯文学,建立"创世中文网",这为日后阅文集团的成立埋下伏笔。2013年9月,男频网站"创世中文网"、女频网站"云起书院"以及数字出版平台"畅销图书"被纳入腾讯文学旗下,整合之后腾讯文学通过包括PC门户、无线门户、QQ阅读以及手机QQ阅读中心等渠道迅速发展起来。2013年12月,盛大文学CEO侯小强辞职。同月,17K小说网与创世中文网签订战略合作协议。盛大文学对网络文学市场近十年的统治地位摇摇欲坠,2015年3月,盛大文学被腾讯公司收购,阅文集团成立。

图1-3　盛大文学云中书城2011年的界面(左)和Bambook(右)

---

　　①　中国经济网.盛大拆分云中书城 亡羊补牢为时不晚?[EB/OL].(2013-07-26)[2022-05-21].https://finance.eastmoney.com/a2/20130726309945137.html.

其余互联网巨头公司也都被"网络文学"这块蛋糕吸引。2013 年,百度出资 1.9 亿元收购了纵横中文网,整合了 91 熊猫看书、百度书城等,成立了百度文学。2015 年,阿里整合了书旗小说、UC 小说、优酷书城并宣布阿里文学成立;掌阅科技宣布掌阅文学成立,旗下子公司有掌阅文化、红薯网、杭州趣阅。自此,网络文学平台的发展走向了大规模集团化运营的阶段,阅文集团在其间独占半壁江山。

虽然网络文学主流子场域经历了产业化重组,但是起点中文网、晋江文学城等老牌网站凭借其积累下来的资本,依旧是网络文学场域中占据主流地位的平台,比较可惜的是,由于资本竞争的激烈与盛大文学的操作不力,不少原来具有丰厚资本的平台都衰微甚至消失了,比如榕树下停运、大量网络文学贴吧关闭等。目前,阅文集团旗下平台所形成的子场域是当之无愧的"网络文学主流子场域",它们在网络文学场域中占据着头部资源,是龙头老大,稳定下来的它一方面以探索出来的商业化道路积累自己的资本,另一方面不断与其他场域合作、碰撞,不断地扩张网络文学场域所能涉及的范围。正因不断受到资本的青睐,网络文学场域从 2009 年开始就出现了"网络文学 IP"的概念,这一概念是泛娱乐文化场域与网络文学主流子场域合作的结果,不断增值着场域内已有的资本,后面会继续分析这一概念。

第二节　依托于平台的中国网络文学场域特色

邵燕君曾提出"网络文学"独具"网络性",而"文学性需要从网络性中重新生长出来"[①],可以视"网络性"和"文学性"为"网络文学"的两大基点。网络文学场域能够成立离不开"文学"基础,"文学"作为重要的文化资本起着关键作用,在网络文学场域的发展阶段,一个以平台为载体的子场域能够在网络文学场域中争夺到更高的位置、更权威的话语权,其原始资本都是由能吸引流量的文本而来。能够吸引流量的文本大体分为两种,一种是由积累了一定社会资本、象征资本的作家/平台推出,一种是凭借自身过硬的文本质量而被广为传播,但决定该文本是否能够长期吸引良性资本的是文本质量,前者所推出的

---

① 邵燕君.网络文学的"网络性"与"经典性"[J].北京大学学报(哲学社会科学版),2015,52(01):143.

文本如果质量不高会招来读者的不良反馈,折损自己的社会资本、象征资本。如曾蝉联中国网络作家富豪榜榜首的唐家三少因为《斗罗大陆》而累积了大量资本,"斗罗大陆"也成为一个热门 IP,改编自小说的动画版斗罗大陆已经拥有了超过三百亿的播放量,但其新书《重生唐三》却没有赢得读者青睐,尽管前期宣传火热,话题一度送上热搜,但终究由于其文本质量的不过关招致不良反应。

可以说,网络文学场域是文学场域在网络时代的变式,这也是网络文学场域与经济场域等其余场域最本质的不同,优质的作品才能使场域中的资本获得良性循环。而"网络性"则阐明了网络文学场域与文学场域的不同之处,在文学场域之中,"对于传统文学而言,读者的干预多是后置式的阅读评价"①,而网络技术带来的便易的交互性则能够让读者参与到作者的写作当中,实时了解读者对于剧情的反馈,读者从以往的接受者身份变成了参与者,文本中作者权威的身份被消解了。如果作者期望在网络文学场域中获得更多的资本,读者就会成为文学创作中的重要因素。但对于读者评论是否会影响作者创作这一点相对具有争议性,然而,毋庸置疑,网络文学之所以能够呈现出类型化的特色,正是由于某一类型的创作被大多读者所接受,后来者会开始有意模仿被多数人接受的文本创作模式,由此形成了"类型文学"。可见,"网络性"是网络文学场域中的核心,文学传播手段的改变影响着文学场域的改变,构建出了网络文学场域。

一、萌芽与雏形期:编辑权力消解和场域的丰富性、自发性

"场域"是布尔迪厄理论的基本分析单位,是一个关系性的空间,"我们可以把场域设想为一个空间,在这个空间里,场域的效果得以发挥,并且,由于这种效果的存在,对任何与这个空间有所关联的对象,都不能仅凭所研究对象的内在特质予以解释"②,而且它还是一个具有相对独立性、开放性的社会空间。如此,网络文学场域之所以能够存在的基础是"空间",网络"空间"的搭建又依赖于网络技术所创建的平台。

先从《华夏文摘》这一平台讲起。20 世纪 90 年代,中国大陆的网络文学场

---

① 宁传林,夏德元.场域理论视角下网络文学作者、编辑、读者的角色认知[J].编辑学刊,2018(1):16.

② 布尔迪厄,华康德.实践与反思——反思社会学导引[M].李猛,李康,译.北京:中央编译出版社,1998:138.

域的形成离不开海外华文网络文学场域的发展,而海外华文网络文学场域的构建始于Web1.0时代的典型产物《华夏文摘》。由于是建在海外的服务器且需要一定的计算机知识,《华夏文摘》的作者大多是一些有理科背景的留学生,而非专业的作家,相比于在传统文学刊物刊发文章、具有多年写作经验的专业作者而言,他们的平均写作能力显然稍显青涩,但《华夏文摘》接受了他们,将作者的准入门槛放低到了非专业写作者,可见,从《华夏文摘》所刊登的内容、作者来看,海外华文网络文学的场域准入机制是较宽松的,场域内行动主体庞杂多元,场域受到了Web1.0走向Web2.0时开始追求人人参与的影响,它已然呈现出中国网络文学场域萌芽和雏形期的主要特点。但此时,并没有达到人人皆可写作的无门槛准入。早期海外华文网络文学平台的运行机制与传统期刊有一定的相似性,《华夏文摘》与"海外中文诗歌通讯网"是建立在邮件订阅系统之上的,稿件刊出需要编辑部的审稿、刊发,传统文化基因仍然印刻其中,带有一定的精英价值导向,读者没有太多权力。

这种带有一定程度的排他性和精英价值导向的特点也可以在20世纪90年代中国网络文学平台,即部分个人主页和BBS中看出。1997年,国内成立最早的网络文学网站——榕树下——一开始是以个人网页的形式推出,美籍华裔朱威廉每天最多能收到几百篇投稿,投稿虽不限制创作者的身份,但文章的刊出会经过一定程度的审核,而后"榕树下"设置了编辑部审核大量来稿,与《华夏文摘》相似,"榕树下"也带有一定印刷文学、精英文学的基因。但这种模式在大众文化生产时代有着致命的缺陷,长期来看,来稿件数会远远超过审稿速度,这种模式跟不上大众文化生产的速度,无法维持良好的可持续发展,所以泡沫经济破裂之后,"榕树下"自然只能走向没落。而BBS作为Web1.0向Web2.0时代过渡的产物,至今对把BBS划分到Web1.0时代还是Web2.0时代仍有争论,在技术层面,BBS特指能够通过Telnet进行访问的服务器,而论坛(如天涯、猫扑等)、BLOG等更多是基于HTTP协议而发展出来的多媒体网页,由于是通过Telnet,用户在浏览BBS中会受到IP的限制(见图1-4),权限往往由管理员进行控制,这也是BBS能够带有精英化倾向的缘由之一,注册答题、邀请注册等机制也是从BBS中诞生,这为后来的"小众子场域"的形成埋下了伏笔。

图1-4　北大未名BBS,游客IP无法打开男孩子、鹊桥版块
(仅北大在校师生、毕业生、兄弟院校师生能够注册北大未名BBS)

随着一个个平台的出现、繁荣、没落,网络文学在互联网技术之上快速而自由地朝着"编辑权力消解"的道路发展起来。从小众精英化平台到专业文学平台,作为大众文化之一的网络文学逐渐呈现出雏形:编辑的审稿功用消散了,不需要通过审稿,任何人都可以自由的创作、发帖的时代到来了(但并非指编辑就不重要了,在尔后的发展中,编辑更多是其筛选的功用)。天涯社区(1999年)、红袖添香(1999年)、龙的天空(2000年)、起点中文网(2001年)、晋江原创网(2002年)等都是由意气相投的网友,在共同兴趣引导之下,自发地创建的中国网络文学平台。在这些平台中,读者没有特定的准入机制,作者同样也没有特定的准入门槛,人人都可以自行发帖、写作,这一模式打通了"阅读—分享—生产"一体化的道路。只要有条件能够上网,每个人都能够走进网络文学场域之中,每个人都能无限制地阅读、创作、评论。其实,无论是BBS,还是个人主页,它们都给网络文学场域注入了新的活力,BBS带来了读者和作者可以在同一个版面上进行留言与讨论的论坛基因,在功能上完成了读者与作者间的交互,呈现出了Web2.0时代的公共性特色;个人主页带来的分类管理网页设计模式,为网络文学小说类型化的出现奠定了基础。

[二公子]《西江月·题清韵演义》
弹剑谁嗟千古,雕虫自诩三分。骑驴吹笛入唐秦,雅聚一时清韵。
诗酒轰轰烈烈,风花假假真真。无端堕作此中人,只为那丝缘份。
[月暗]《清韵演义》
避日锦闱先已支,清箫古韵待谁吹。
欲参风雅何辞赝,既慕高枝不必疑。

三劫四恩容化去,情痴慨病苦相持。

空山特有人听雨,念此须吟一卷诗。

[喵喵2001] 沁园春《清韵演义》

羽檄纷纷,口舌频频,于今几期? 笔墨分门户,此长彼短,飞章走句,冷语相嗤。空名无非,长江一粟,是是非非久自知。君何不,酌兴亡千古,醉谱新诗。

休言才气高低,胡不见狼烟透铁衣? 莫青春作赋,穷经皓首,雕虫呕血,难入宗祠。死国无心,忧民惜力,日自东升月自西。能无恨,看此间处处,乱卷旌旗。

图1-5 曾经清韵书院"诗韵雅聚"论坛的活跃者的诗词①

其次,得益于整个网络文学场域的宽松条件与自由环境,在萌芽和雏形期,平台所拥有的网络文学种类丰富多样,有短诗、小说、散文等,多侧重抒情,平台的建立大部分也是自发的。1998年创办的以文化为主题的"清韵书院"论坛内就能看到诗歌、散文、短篇小说、长篇小说(见图1-5)等多种文学体裁。网站主编邓艳(网名:温柔)认为,创办网站的初衷,是"想把中国传统文化搬到网上来,给有此爱好的人一个交流思想的场所"②。["清韵书院"论坛创办于1998年,主办人是《华夏文摘》的老人——旅澳博士陈健(网名:老夫),刚刚推出不到半年就被海外华人选入十大网站之一,建立同时,就在进行从国外走向国内的行动,1999年底清韵把总部从澳大利亚迁到西安]。2001年创立的幻剑书盟是由书情小筑、石头书城、小书亭等网络文学爱好者所建的文学书站合并而成,更好地助力了中国武侠和奇幻网络文学的发展;晋江文学城的前身是由ID:sunrain的创始人在晋江电信所创立的小型BBS,起初主要是将台湾的言情小说整理成电子书,后来经网友集资,脱离晋江电信,建立晋江文学城……可见,情感驱动下的自发性也是早期网络文学平台被创办的主要原因。

二、成熟期:同一性和不稳定性

随着起点中文网网文在线连载、VIP读者付费阅读制度、作者分级付酬的网络版权签约制度的确立,网络文学场域内的内容体量越来越大。早前的网络小说更新压力不大,虽然仍有读者催更,但从客观条件来说,电脑尚未普及,很少有网民会选择整天泡在网吧、等待最新章节,所以,平台内的作品更新往往很

---

① 山菊知秋.【扪虱谈诗】《清韵》是一所自修大学[EB/OL]. (2020-12-02) [2022-04-10]. http://www.360doc.com/content/20/1202/12/72681346_949073617.shtml.

② 山菊知秋.【扪虱谈诗】《清韵》是一所自修大学[EB/OL]. (2020-12-02) [2022-04-10]. http://www.360doc.com/content/20/1202/12/72681346_949073617.shtml.

随性,作者有时间就多更,没时间就隔几天一更、周更、半月更、甚至月更;不同类型的作家更新频率也不一样,比如女性作家的文字相对细腻,以写情为主,投入的精力比较多,读者也愿意花时间等待更新。男频小说平台起初也没有所谓的"日更三千"的说法,直到血红的出现。血红一向以写得又快又好闻名,在幻剑书盟时,就以快速的更新速度著称,据传血红认为日更一万字以上是轻松平常的事。作品更新得快,在内容水平相差不多的情况下,就更容易抓住读者①,而血红的付出也获得了回报,他是第一个稿费过百万的网络写手。

2003 年,随着智能机越发普及,网络文学场域频频出现因撰写爆火网文而登上富豪榜的例子,网络文学职业写手成为众多小说爱好者的一个选择,作者撰写的小说文字越多,所获得经济利益的可能性就越高,由此,模仿血红,许多写作者开始日更上千,动不动就写出几百上千万的长篇小说。一位在 B 站的网文写手(ID:香酥鸡翅 zzZ)曾在视频中提到,字数对于网文作家的收入的影响完全是质变式的,长篇网文能够获得的收益不仅是读者阅读付费,更有潜力获得网络平台的推荐(推荐可视为子场域内的社会资本),也有更多机会拿到更多的渠道收入。② 2003 年,萧鼎开始写《诛仙》,完结时累计 151.16 万字;2004 年,辰东所撰《不死不灭》完结累计 79.61 万字;2005 年上架的《星峰传说》(我吃西红柿处女作)完结累计 153.54 万字;2006 年,《神墓》(作者辰东)上架,完结时累计 301.73 万字③……

久而久之,阅读、撰写超长篇小说成为网络文学场域内的惯习(尤其对于以撰写网络文学为生的作者而言)。但写得太快,又势必导致作品质量下降——注水、重复、套路成为场域内的严重问题④,网络文学场域的文字内容越发趋近一致化,呈现出类型化的特点,有人甚至直接总结出了网络文学创作的套路。⑤ 如就主角的设定和故事剧情而言,首先,无论身世,主角会有一个先天缺陷,《不死不灭》中主角独孤败天出生于已经没落的独孤家;《星峰传说》主角张星峰前身是渡劫失败的仙人。其次,主角在前期要有奇遇或自带独特的能力,《诛仙》中普通少年张小凡在机缘巧合下认识了普智高僧,获得了真法"大梵般若";《邪气凛然》

① 深海.网络文学流变 3:门户网站林立给网络文学带来的影响[EB/OL].(2020-02-23)[2022-04-10].https://zhuanlan.zhihu.com/p/108641220.

② 香酥鸡翅 zzZ.为什么网文动辄几百万字? 真的只为多赚点钱吗? [EB/OL].(2019-06-06)[2022-05-10].https://www.bilibili.com/video/av54700526.

③ 数据来源于起点中文网:www.qidian.com.

④ 深海.网络文学流变 3:门户网站林立给网络文学带来的影响[EB/OL].(2020-02-23)[2022-04-10].https://zhuanlan.zhihu.com/p/108641220.

⑤ 蛇蝎美女.武侠小说的经典模式(武侠套路的绝妙总结)[EB/OL].(2006-04-01)[2022-05-11].http://bbs.tianya.cn/post-no17-15254-1.shtml;一人红唇妃子叫.这是 YY 小说套路集成搞笑故事提纲(转载)[EB/OL].(2007-04-01)[2022-05-11].https://bbs.tianya.cn/m/post-no124-708-1.shtml.

（跳舞 2007 年的都市硬派作品）主角陈阳有一天突然获得可以控制自己运气的一个特殊本领。最后会有一个大 BOSS，主角的成长就是以击败大 BOSS 为目的，在此过程中还会穿插许多丰富的支线剧情，比如击败小 BOSS、小小 BOSS……《邪气凛然》的男主陈阳被叶欢出卖，最后陈阳一路杀到叶欢的老窝，中途在好兄弟的帮助下，杀了忌惮他的八爷，还完成了与女主的婚礼；《诛仙》男主张小凡在第二次正魔大战中杀死了鬼王，在大战之前作者还穿插了男主与碧瑶、雪琪的感情故事。而相对小众的子场域，比如同人文学平台、"小众菜园"读书论坛等，由于作者并不以写作为生，大多是出于兴趣爱好写作、评论，与利益挂钩程度不那么紧密，所以小众子场域内的内容更为丰富。清韵书院编委会曾出版的《2004 年中国网络文学精选》里包含了 2 部长篇小说、14 篇短篇小说、10 篇散文、7 篇杂记，该书中的长篇小说不像起点中文网里上十万、百万字数的超长篇小说，《呆子的爱情》共计 6 354 字[1]，另一篇长篇小说《处女自杀》曾刊登于《红豆》杂志。但在小众子场域中，行动主体基本是因兴趣而聚集在一起的，而兴趣不可能是永恒的，加之网络中潜藏数据可能消失的不稳定性，这就引出了另一个问题：网络传播所带来的小众子场域的不稳定性。

随着网络文学场域的成熟，研究者们也纷纷进入这一场域进行研究，网络中潜在的数据不稳定性的问题凸显出来。网络文学场域依托网络技术而建成，自然受惠于网络传播速度快、无门槛、可互动的优势，但与此同时也受限于网络技术，文本不再以可以存留的纸质出现，而是以随时可能消失的数据留存，这种不稳定性对于小众子场域的作品影响更大，如清韵书院"诗韵雅聚"论坛关停后之前的诗歌全没了，贺麦晓在访谈中也提出："（网络文学）那些经典作品可能找不到了。这是一种很奇特的现象，我们在教其他文学课程的时候，如果跟学生讲哪些是早期的重要作品，一般来说，学生都是可以找得到那些作品，但是目前来看，网络文学的教学可能做不到。"[2]如果是有一定社会资本积累的早期作品，尽管可能涉嫌违规，仍然有网站将其留存，如《邪气凛然》作为跳舞的封神之作，涉及一定程度的暴力和色情，起点中文网以"审核问题"将其下架，但目前在网络上依旧能够搜索到该文本；但如果是没有一定社会资本积累的、仅仅出于爱好的作品，在网站关停后它们便会消失不见，这对于小众子场域而言，是致命的。所以尽管网络文学场域会受到数据不稳定性的影响，但对于小众子场域而言，影响更为严重。

---

① 数据源自红袖添香：www.hongxiu.com.
② 易彬,贺麦晓. 新诗、文体问题与网络文学——贺麦晓教授访谈录［J］. 当代作家评论,2020（2）:205.

三、规范与延伸期：资本跨场域增值与小众平台的封闭性

在规范与延伸期，外在场域不断与网络文学场域进行碰撞和合作。2009年，随着付费阅读催生网络原创类型小说的大幅度繁荣，网络原创小说开始向影视、游戏、动漫、演艺、出版、周边等泛娱乐文化领域渗透与融合，"跨界"成为网站经营的利器，网络文学 IP 概念出现，形成以网络文学文化资本为源头的产业链，催生了 IP 经济。IP 经济为网络文学场域带来了更多的资本，促进了场域内资本的再生产与增值，粉丝文化、偶像文化等等也随着网络文学场域与其他场域的融合生长起来，目前众所周知的 Bilibili 弹幕网、LOFTER 创作平台等都是于这个阶段创立并被捧热的。邵燕君点明"网络文学"与"传统文学"有着本质上的区别，"网络文学已形成了自成一体的生产—分享—评论机制"①，她提出的"网络文学"的"网络性"正是网络文学场域能够在短时间与其余泛娱乐场域融合的基础，网络文学 IP 通过电影、电视剧、游戏的改编，扩大了自己的消费者（粉丝），实现了跨场域的资本增值，尤其是一些网络文学 IP 改编的高分作品，如《甄嬛传》（豆瓣 9.3 分）、《余罪 第一季》（豆瓣 8.4 分）、《琅琊榜》（豆瓣 9.4 分）、《隐秘的角落》（豆瓣 8.8 分）等，它们通过影视化，再次吸纳了一批粉丝群体，许多观看者在看剧之前并没有看过该部网络文学作品，但看剧之后，部分观看者会萌生关注作者、创作二次同人小说等的想法，这为该作品再次增值了各种类型资本，使 IP 价值更高了。可见，泛娱乐场域带来的机遇能够极大地开发场域内已积累起来的资本，促进场域内外资本的良性循环与沟通。随着网络文学场域越发成熟，主流子场域不断将其中资本累积丰厚的作品推出，以超级 IP 为卖点的游戏、改编剧、电影越来越多，可以说，超级 IP 的出现是网络文学场域"阅读、分享—生产—消费、营销、传播"一体化利益最大化的体现。

另一方面，随着政治场域涉入网络文学场域，出现了一些反对政治场域干涉、企图保留网络文学场域原有自由性的子场域。此类子场域与网络文学初期的子场域具有一定的相似性，但也有所不同。最主要的相似性在于场域内行动主体大多因为兴趣而聚集，没有严格的奖赏制度等鼓励创作，其经济资本大多来源于捐献。（见图 1-6）

---

① 邵燕君．"媒介融合"时代的"孵化器"——多重博弈下中国网络文学的新位置和新使命［J］．当代作家评论，2015(06)：181.

图 1-6　同人创作网站 Wland(上)和随缘居(下)捐助界面

　　不同之处则在于,由于小众平台需要在主流话语权下获得生存地位,场域自身便会呈现严格的准入机制,场域内逐渐被构建出了严格的惯习。如,想要在 Wland 上成为一名作者,必须通过试题(见图 1-7)测试;随着时间推移,如果出现了争论较大的问题,小众子场域基本会选择远离争论,如 2022 年 3 月 Wland 上由于存在大多与《光与夜之恋》相关的争议,4 月取消了该作品的创作权(见图 1-8)。另外,Wland 明确规定:不能直接对外宣传 Wland 的链接,以此保护该平台不被举报。(见图 1-7)

作者验证问答

◆ 自由创作的'自由'是什么?

| 保持底线和敬畏基础上的自由 | 毫无顾忌踏穿底线也没问题的自由 |

◆ 创作的底线是什么?

| 不拿战争或灾难的预性开玩笑 | 不拿民族、国民或大众开玩笑 | 不轻慢某些特定职业 |

| 以上皆是 |

◆ 可以创作儿童色/儿童虐待内容吗?

| 不可以 | 我喜欢你管不着 |

◆ Wland是停车场吗?

| 不是 | 难道不是吗 |

Wland读者礼仪授课

1. 应仔细阅读并悉知 服务条款　□确认
2. 遇上使用问题应优先查阅 帮助文档　□确认
3. 不可因私使用站务审查功能　□确认
4. 因私滥用站务审查会被封号公示　□确认
5. 遇上刷屏者请使用 屏蔽功能　□确认
6. 遇上乱写标签的作者请使用 屏蔽功能 或私下提醒　□确认
7. 设置了密码的作品应询问作者而非平台　□确认
8. 买卖成年及以上内容有违法风险,若爱请劝阻　□确认
9. 任何私人恩怨、争吵,不应牵扯平台　□确认
10. 订阅、收藏、赞美均不公开,请多多使用　□确认

完成礼仪课程

图 1-7　同人创作网站 Wland 作者答题界面(上)和读者礼仪(下)

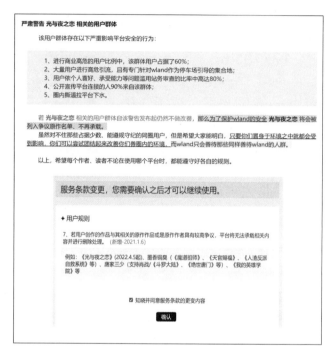

图 1-8　同人创作网站 Wland 对光与夜之恋用户的警告（左）和取消创作权的通知（右）

　　所以从场域视角看,小众平台与主流平台会在场域特点、场域惯习上存在一定差异。一方面是因为小众平台所认可的政策与国家政策有所出入,如 Wland 和随缘居都采用了作品分级制度,与外网 AO3 有着一定的相似性,但此类标准并不是能够在公共场合大肆宣传的标准,所以它们牺牲了社会资本和象征资本,以保护自己的存在;主流平台一般以国家互联网信息管理办法规定为管理标准之一,所以主流子场域能够在公众场合招揽资本,同时,小众平台构成的子场域内行动主体的关系黏度更高,平台常呼吁大家共同爱护自己的创作平台,遵守场域内的规则,因为在舆论环境复杂的条件下,行动主体只有监督、爱护小众平台,小众平台才能够在大环境下获得生存的机会。但小众平台与主流平台也有相似性,在政策上,各个小众子场域依旧严格地遵守如"抵制抄袭""严禁任何支持恋童/儿童色情的态度描写 14 岁以下未成年人性行为的图、文、MV 在版内张贴"等规则(见图 1-9),这一点与主流子场域遵守《关于办理侵犯知识产权刑事案件适用法律若干问题的意见》一致;其次,在行动主体的行为方面,网络技术带来的作者发帖、读者反馈的基础互动仍然是各子场域的通用惯习,这些同一性使得主流平台为主的子场域和小众平台组成的子场域共同构成了网络文学"大场域"。

◆ 用户规则

1、用户在发表创作时请务必遵循准则，严重践踏准则的用户，Wland有权对其账号进行封禁处理。

2、用户在发表创作时，若涉及成人或是敏感内容，必须设置 分级、倾向以及阅读警告。

Wland分级基准：

　大众　没有过激暴力、裸露性描写等内容，适合所有人阅读（包括年幼的小朋友）；

　少年　含有非官能向的轻微暴力或是轻微性暗示描写，不含过激暴力、裸露性描写，适合13岁以上人群阅读的；

　成年　含有官能向的暴力、性行为、性暗示、虐待等描写，需要读者有一定的受教育水平与心理承受能力，面向18周岁以上人群；

　成年+　除了含有官能向的暴力、性行为、性暗示外，还会有肢体损坏、残忍虐待等会让读者产生严重不适的猎奇描写，需要读者有较高的受教育水平与承受能力，面向22周岁或是25周岁以上人群。

3、未成年读者在浏览标有 　成年　 及 　成年+　、或是含有 ⚠敏感阅读警告 内容时，应有成年人陪同。

4、滥用 **公众监督** 功能的用户（包括且不限于 发起、投票 等操作），Wland有权对其账号进行封禁处理。
（新增·2020.11.26）

5、自2020年12月21日起，站内将禁止发布商业相关的高危内容，包括且不限于 纯链接中转、类爱发电平台售卖、商业平台已签约作者的停车场等。　（订正·2021.12.1）

本论坛严禁粗暴攻击作品，也严禁人身攻击
所有在贴下只发"好雷"回复的，一律删，两次删ID。
随缘居鼓励大家在文下进行讨论，但是讨论仅限于 文，角色走形请认真写出你的意见，和作者进行交流，而非简单粗暴的击或者嘲讽。
同时，所有创作者也应以正常心态接受相关评论，严禁谩骂或攻击回帖人，请牢记只有赞美的创作只可造成捧杀。
当然，如创作特殊题材，如女体化、生子、角色死亡、黑化、悲攻崩坏等，请在文前醒目位置注明，以免读者误入。
（注：OOC并非特殊题材，所以在标注OOC的文下讨论角色OOC并非违反版规。）
严禁掐CP、掐攻受，请大家在讨论时就文论文，不要上升到对发帖者或者族群的攻击，如果发生此类情况，轻者删帖禁言，重者删ID。
（由于论坛帖子太多，版主可能无法全面兼顾，出现争执无法自行解决的，可向版主投诉。）

本论坛严禁抄袭
具体处理方法和历年来抄袭者名单见此贴
http://www.mtslash.me/viewthread.php?tid=11207
抄袭是创作者身上无法洗掉的污点，请重视自己的声誉，不要为了一时快意进行抄袭。

作为一个日在线上千，日发帖几千的论坛，我们所有明令禁止的事项只有这么多，请大家严格遵守，发现问题及时举报，同维护论坛环境。

图1-9　Wland(上)与随缘居(下)的惯习规定

第三节　依托于平台的中国网络文学场域资本斗争

　　"资本"作为布尔迪厄场域理论的核心组成要素，是场域运作和转变的原动力。"在特定的时刻，资本的不同类型和亚型的分布结构，在时间上体现了社会世界的内在结构，即铭写在这个世界的现实中的一整套强制性因素，这些强制性因素以一种持久的方式控制了它所产生的作用，并决定了实践成功的可能性。"资本反映了场域的内在结构，是铭刻于社会实践中的强制性因素，这一必需的力量因素具有控制、决定实践成败的关键作用。

一、萌芽与雏形期：资本的原始积累与资本转换道路的探索

由于早期能够接触到互联网的大多是受教育程度较高的群体，个人书站的出现也是由于学历较高的青年群体需要阅读、需要小说，他们对通俗文学等内容有较大的需求量，其中一些有技术能力的青年便搭建了解决此类需求的一个共享平台，所以早期的高校 BBS 和个人网页带有一定的精英导向，也正是这种精英导向为网络文学场域积累了良好的文化资本，受教育群体将自己的文化资本留存在网络上，成为最初的客观化文化资本。然而，随着互联网的广泛普及，1997 年中国上网用户仅 62 万人①，2003 年年底就接近 8 000 万人了，其中有超过 20% 的用户常用 BBS 论坛、社区、讨论组、个人主页空间等功能②，网络文学场域内行动主体骤增，这就带来了第一个矛盾：各网络文学平台中的资本是属于精英的，还是属于草根的。"金庸客栈"的新人与老人之间的激烈矛盾所反映问题的实质是：有一定精英倾向的、具体化文化资本更为丰厚的网民无法容纳草根的、具体化文化资本不丰厚的网民，他们之间相互看不对眼，产生了较大争执，受教育程度较高的网民不希望看到质量低的文本产出，但受教育程度相对较低的网民追求的是能够通过网络达成与他人交互的目的，他们也看不惯受教育程度较高的网民随意指责他人。这种论战的底层逻辑与精英文学和大众文学的论争有其相似性，但传统文学之所以能够保持其精英性，与文学的地位是不可割裂的。文学是属于社会建筑的上层，自古以来，本就是向少数人开放的领域，而网络文学的建构基础是"网络"，网络作为一个公共性服务，是向大众敞开的。在这一场论争中，最后的赢家证实了网络文学场域中的资本是属于草根的，并且资源内容越贴近普通百姓越好，越具有包容性越好，越方便实用越好。"黄金书屋"的兴盛得益于资源的包容性与分类的方便实用，衰落本质上是由于搬运的资源内容的数量减少，不能满足大众；"榕树下"的兴盛得益于它在当时是少数不多的能够刊发原创文学的网络平台，衰落于编辑审稿制度与大众文化的发展相悖。

2000 年，个人书站、个人主页时代随着泡沫经济的破裂暂时落幕，从 BBS、

---

① 中国互联网络信息中心. 第 2 次中国互联网络发展状况统计报告［R/OL］. (1997 − 10 − 31)［2022 − 05 − 14］. http://www.cac.gov.cn/2014 − 05/26/c_126547905.html.
② 中国互联网络信息中心. 第 13 次中国互联网络发展状况统计报告［R/OL］. (2004 − 01 − 14)［2022 − 05 − 14］. http://www.cac.gov.cn/2014 − 05/26/c_126548128.html.

论坛中新兴的网络文学平台证实了越开放、越自由、越主动吸引资本的平台便能够在早期积累更多文化资本、社会资本和象征资本。Web1.0 向 Web2.0 过渡的时代是一个人人渴望参与、渴望交互的时代,随着天涯社区、红袖添香、龙的天空、幻剑书盟、爱情白皮书(中文同性恋网站)、露西弗俱乐部(中国第一个专门的耽美文学网站)等论坛和网站建立,网民们纷纷在虚拟社区中创作,文化资本、社会资本、象征资本不断在各大平台积累。天涯社区一开始并没有将自己定位为"文学"社区,但由于社区开放、包容的特性,渐渐发展成为"国内第一人文社区"和重要的原创与知识分享平台;天下霸唱的《鬼吹灯》、孔二狗的《黑道风云 20 年》、当年明月的《明朝那些事儿》等大量超级 IP 最早都是出自天涯社区,《藏地密码》作者何马、《诛仙》作者萧鼎、北大才女步非烟等知名网文写手都曾在此创作,这些文化资本和社会资本成就了天涯社区成为"国内第一人文社区";龙的天空原创联盟网站之所以能够在 2001 年盛极一时是因为飞凌、ly、杨雨、mayasoo、今何在、狼小京等是首批入驻龙的天空原创联盟网站的作者;幻剑书盟被喻为"网络小说界的龙头老大",也是因为《飘邈之旅》《诛仙》《搜神记》早期都在幻剑书盟得到了大量的关注;"榕树下"成功举办了第一届网络文学大赛、网易公司举行了"网易中国网络文学奖评奖揭晓新闻发布会";"三驾马车""四大杀手""五匹黑马"等网络文学作者闻名于各个网站论坛……热门文本、爆红写手、网络文学大赛等各种力量涌现,受其影响,又有更多的写手、读者投入到网络文学的写作、阅读、分享之中,这一时期的网络文学实践呈现出千姿百态的形式,资本与资本之间初步拥有了良好的再生产形态,即阅读、分享—生产一体化。可见优质的文化资本和自由性、包容性、主动性能够让网络文学平台积累起占据优势的社会资本,早期的资本积累是从文化资本和社会资本开始的。

起初,网络文学场域并没有形成一整套独立的经济资本转换机制,经费多为自付、捐助等"为爱发电"的行为。但随着网络文学实践的积累,行动主体在网络文学场域中占据的位置发生了改变,如幻剑书盟的运营者们原本只是为了更好地创作、传播玄幻小说,但随着网站流量的增加,行动主体的行动依据不得不从初始的兴趣逐渐转向如何能够更好地运营网站、如何能够使读者与作者双方获利、如何能够获得更多的资本与利益,实现资本的良性循环,行动者主体开始思考如何维护或增强自己场域中的力量,以便获取特定利润,让网站能够顺利运营。在努力实现经济独立的道路上,初期,不少平台选择了转向传统文学印刷出版的道路,龙的天空原创联盟网站转向了实体书出版,幻剑书盟在代理出版繁体书的同时积极寻找简体出版的办法,但历史证明,它们的选择并不是最为合适的选择,该选择丢弃了网络文学场域转换、自生资本的潜力,转而与其他场域争夺资本,不免落败。要实现场域内资本再生这一目的,就需要依靠劳动积累出来的资本。资本是铭刻于客观性之中的力量,拥有了它就可以大胆地争取未来。在寻求经济资本的道路上,谁能够挖掘出网络文学场域中资本相互转换的道路,谁就把握了未来。可见在这一时期,网络文学的生产基本上处在从自发向自觉、从免费到商业化试水转化的探索阶段。①

2003 年前后被认为是 Web2.0 时代的开端,"作为一个新的传播技术,Web2.0 以个性化、去中心化和信息自主权为其三个主要特征,给了人们一种极大的自主性"②,Web2.0 弥补了 Web1.0 网民无法互动、交流的缺陷,但"Web2.0 的缺点是没有体现出网民劳动的价值,不能满足现代人'渴望成为另外一个人'的深度体验。从这种意义上,Web2.0 很脆弱,缺乏商业价值,它需要与具体的产业结合起来才会获得成功"③,而 2002 年读写网的诞生则为 Web2.0 时代产业化前景打开了新的局面。读写网是第一个对网络小说实行收费的网络书站,但由于读写网是一个新网站,缺乏良好的作品、作者等文化资本与声望,后期运行过程中又存在剥削作者的问题,最终,读写网的付费运营以失败告终,不过读写网所开创的付费机制却激活了网络文学场域资本相互转换的可能性,它告诉网络文学平台的运营者:经济资本可以从网络中再生,网络文学场域是有可能联合网站、作者、读者三方共同收益的。

在其启发下,2003 年 10 月,起点中文网开始试点全面实行的网文在线连载、VIP 读者付费阅读制度、作者分级付酬的网络版权签约制度,这一系列制度是行动主体在网络文学场域中弥补其脆弱、挖掘网络文学场域自带资本商业价值的成功尝试。时间也证实了这一点,起点中文网网文在线连载、VIP 读者付费阅读制度、作者分级付酬的网络版权签约制度开启了中国网络文学商业模式新时代,经济资本的加入有力地推动了网络文学场域中各个资本的再生产。有了优秀的作者,大量的读者也就随之而来,而为了促进作者生产更加优质的文

---

① 乔焕江. 网生文化与网络文学的早期生态[J]. 天涯,2022(01):185.

② 喻国明. 关注 Web2.0:新传播时代的实践图景[J]. 新闻与写作,2007(01):15.

③ 刘畅. 网人合一·类像世界·体验经济——从 Web1.0 到 Web3.0 的启示[J]. 云南社会科学,2008(02):83.

化资本,签约写手、职业写手等称号意味着作者可以将自己的文化资本、社会资本、象征资本向经济资本直接转换,极大地增强了作者主动创作的意愿。而在线连载的方式又充分运用了网络文学平台的网络性,使得网络文学场域即使不与传统文学场域、出版场域竞争也能够为作者、读者提供一片文学创作与审美的天空,这标志着网络文学场域自成一体的资本转换、再生、增值的良性循环模式的初步建立。各类网文平台开始将网文在线连载、VIP 读者付费阅读制度、作者分级付酬的网络版权签约制度纳入到平台的管理之中,这一系列资本转换机制成为一种决定网络文学场域内在结构、游戏规则和利益所在的力量,自此网络文学场域在 Web1.0 向 Web2.0 过渡的时代被构建出来,并成为中国Web2.0时代独特的一类产业。

图 1-10　幻剑书盟与龙的天空所代理、出版的书籍

经济资本成为网络文学场域中重要的参与者后,社会资本、文化资本、象征资本与经济资本之间快速转换起来,商业化模式成为网络文学市场的新代言词,网络文学场域的雏形生成了。随着"商业化"的入侵,场域中的行动主体选择了不同的道路,有继续在场域中书写,借助这一制度获取大量经济资本的作家;也有认为"商业化"与自己网络写作初心相悖,重新回归传统文学场域的作家。安妮宝贝在 2001 年《彼岸花》出版以后悄然退出了网络写作,转向传统的纸质出版写作,她对自己早期的写作过程(20 世纪末曾在"榕树下"写作而广为人知)评价道:"自己对世界都还很迷惘,写下的只能是颓废。"①她写都市里的漂泊、死亡、爱情,《彼岸花》里的乔和南生"他们一直在死亡和欲望的阴影里,轻

---

① 柏琳.“虚无颓废”的安妮宝贝,为何畅销那么多年? ［EB/OL］.(2016-08-13)［2022-05-19］. https://www.sohu.com/a/110366919_239626.

轻呼吸"①,很多读者由此将她视为言情作家,但是安妮宝贝认为自己所写的是"都市小说"——是专注"灵魂"和"人性的虚无"的都市小说。"这是中国文学一直有缺陷空白的断层,他们写历史,写战争,写农村,惟独很少人关注在工业化城市生存的人群的焦灼感和空虚感"②,安妮宝贝从不将自己视为网络文学作者,"对网络文学不感兴趣,不关注,与其无关",她一直在探寻的、感兴趣的是"人性",说其为网络文学作者,不如说网络平台刚好在那个时间段成为她的创作平台,她否定自己的作品是"商业的流行的东西",期望着"读者仅以书本身和我沟通"。③ 可见安妮宝贝对于自己创作的认知与网络文学场域的特色、惯习有相当大的差异。

二、成熟期:以"网络"为核心的资本斗争与改变

随着起点中文网不断发展壮大,越来越呈现出"一超"格局,曾经占据过主流地位的网络文学平台开始联盟抢夺起点中文网的资本。翠微居、逐浪、逍遥、清新、读写、天鹰、天下书盟、爬爬 E 站组成六站同盟抵抗起点中文网,甚至滋生了恶性斗争事件。2004 年,爆发了"天鹰的逆袭"事件,天鹰统一教导新作者如何写网游类型的网络小说、如何打榜,所以,天鹰签约的作家作品基本都能上新书榜,如有起点中文网的签约作家上榜的话,天鹰就以高价签约的方式挖走他们,一时间,起点中文网在三个月内只签约了不到 10 部 VIP 作品。可见,行动主体的行为极大程度受到了其在网络文学场域中位置的影响,在萌芽与雏形期各个网站的建立大多是出于共同的爱好,网站合并也是为了更好地为场域内行动主体服务、共存,场域内资本虽然不均衡,但子场域之间的竞争性很小,多数的斗争其实是发生在平台内部的。但随着 Web2.0 时代的到来,网络文学场域的经济需求与超量的可用资本为原本以"文字""情怀"为主的场域带来了"商业化",带来了商人,带来了竞争,由此,"网络"开始超越"文学"成为网络文学场域内各个资本相互转换的核心。

幻剑书盟管理层是在起点中文网 2003 年 11 月发布了 VIP 成绩之后,在经济利益面前逐渐放弃了坚守"文学化"的道路,2004 年 1—2 月,"坚持文学化道

---

① 安妮宝贝.彼岸花[M].北京:北京十月文艺出版社,2011:30.

② 柏琳."虚无颓废"的安妮宝贝,为何畅销那么多年?[EB/OL].(2016-08-13)[2022-05-19].https://www.sohu.com/a/110366919_239626.

③ 傅小平,安妮宝贝.这不是属于我的时代——有关安妮宝贝长篇新作《春宴》的对话[J].作家杂志,2011(11):2-10.

路的幻剑书盟管理员放弃了大部分权益,彻底消失于茫茫人海中"①,由此幻剑书盟在商业化的道路上大步前进,可见,"文学化"是在网络场域的发展中逐渐被淘汰的路上,但并不是说"文学"不重要,"文学"仍然是生成优质文化资本、社会资本的基础,它们更直接地影响着场域行动主体的选择,始终是影响子场域在网络文学场域中影响力大小的最根本因素,只是"文学"与"文学化"是不同的,坚持向传统文学创作、出版道路的方向发展的话,是网络文学场域对传统文学场域的一种归化,但 VIP 读者付费阅读制度、作者分级付酬的网络版权签约制度却是将网络文学场域中独有的"网络性"转换为资本的选择,后者意味着这种资本转换的形式是全新的,具有无限的可能性,商业化在网络文学场域中击败了文学化的道路。2004 年,具有丰厚经济资本、缺乏其余资本的盛大公司斥资 2 000 万元收购了起点中文网,这一收购也表现出了经济资本向网络文学场域的优质社会资本、文化资本、象征资本主动靠拢、转换的趋势,辅之以起点中文网利用 VIP 制度不断促进子场域内资本再生、循环的能力,二者联手,为"一超"格局奠定基础。

商业化的逐步完善同时意味着受众人群的确立,不似安妮宝贝喜欢在文本中使用凸显小资情调的文字,如迷迭香、松木和薄荷的香精沐浴露,茉莉花、吊兰,小酒馆;醉虾、黄鱼羹、腌笃鲜,巧克力杏仁蛋糕,香草冰激凌;网络文学小说在用语上越来越直白,能够达到让人一目十行的效果,往往一个段落不超过 5 行(见图 1-11、图 1-12),尽管一个章节的字数可能多达 2 000~3 000 字,但其中的内容含量不多,读者能够轻松地读下去,"数据(第 15 次 CNNIC 的《中国互联网络发展状况统计报告》)比 CNNIC 前几次的数据相比有所变化,获取信息作为目的的比例在下降,娱乐的比例在上升"②,文本的娱乐性高于文本的审美性,所以不用太过于思考而能够看懂的口语化写作成为网络文学在网络时代发展的一个方向,而口语化又降低了读者的阅读门槛,使得网络文学在商业化道路上既能够选择识读能力有限的青少年(青少年是使用网络的主要人群),又能够为成人在休闲时间内提供另一个选择。而发展到后期,文本越来越精简、碎片化了,常见 1~2 行的文本,基本不会超过 4 行(见图 1-13)。文本体量、阅读时间的减少也反映了"碎片化"网络时代的特点,在成熟期已然

---

① 刀神李流水.网络小说从诞生到现在经历了哪些演变?[EB/OL].(2018-05-29)[2022-04-10].https://www.zhihu.com/question/278949349.
② 李斐,张晓薇,蒋乐进.网络文学与受众阅读环境[J].新闻前哨,2006(09):102.

看出场域围绕"网络性",依照其特性改变文本呈现形式与内容,吸引了读者、消费者,推动资本转换的征兆。

秘书小玉一直不明白自己公司的李强总经理,如此精明的人为什魔(么)喜欢和这个曾总混在一起,这个全通公司是一家标准的空壳公司,而公司老总曾伟光绝对是混世魔王,心里叹息一声又想:"老总的事,不是我们小职员可以问的。"摇摇头又忙自己的工作去了。

总经理的为人公司上下都很佩服,他凭著(着)闯劲,一个人以极少的资金创办这家贸易公司,从一无所有到拥有这家上千万资产的公司,只用了短短的六年时间,在商界虽然有很多人嫉妒,但是也不得不佩服他有魄力眼光独到,敢想敢干。

李强今年二十九岁,个头矮小,皮肤黝黑。他自小家境贫寒,凭著(着)过人的聪明和朋友的资助,磕磕绊绊的上完四年大学。由於(于)天生喜交友,人又仗义豪爽,因此结交许多朋友。

图 1-11　《飘渺之旅》第一章（2005 年，上）（节选）

夕阳西下,漫天晚霞映得海面一片金黄,微波摇荡,浩浩数千里尽是金光。

晚风煦暖,吹过这万仞绝壁上的杨树林,卷起漫天白絮,洋洋洒洒四处飘荡落在他的鼻上、脸上。温暖而刺痒的感觉,让他突然想起了小时的诸多事情。

这里是他初次看见大海的地方,想不到时光飞逝,造化弄人,他今日竟又来到这东海南际山。

此处正是南际山的正峰,他身边的山顶溪流汩汩流过桃树林,汇成激流,从龙牙岩飞泻而下,形成声势惊人的万丈瀑布。由于山势过高,瀑布倾落到半山腰,便被海风吹得飞花碎玉,各散西东。在山下龙潭边,早已见不着瀑布,只可感受漫天的毛毛细雨。

图 1-12　《搜神记》第一章（2004 年，下）（节选）

"穿越带来的治疗效果?"周明瑞翘了下右边嘴角,无声低语。

接着,他长长吐了口气,不管因为什么,至少自己还是个活人!

定了定心神,他拉动抽屉,拿出小块肥皂,从橱柜旁边挂着的破旧毛巾里取下了其中一条,然后打开大门,走向二楼租客公用的盥洗室。

嗯,头上的血污得处理一下,免得总是一幅案发现场的模样,吓到自己不要紧,要是吓到了明天得早起的妹妹梅丽莎,那事情就不好收场了!

门外的走廊一片黑暗,只有尽头窗户洒入的绯红月光勉强勾勒着凸出事物的轮廓,让它们像是深沉夜里默默注视着活人的一双双怪物眼睛。

周明瑞放轻脚步,颇有点心惊胆战地走向盥洗室。

他们面前摆着一张破旧的木质象棋盘,头顶上是红色的"福来超市"招牌。

"将军,"少年庆尘说完便站起身来,留下头发稀疏的老头呆坐着。

少年庆尘看了对方一眼平静说道:"不用挣扎了。"

"我还可以……"老头不甘心地说道:"这才下到十三步啊……"

言辞中,老头对于自己十三步便丢盔弃甲的局面,感到有些难堪。

庆尘并没有解释什么,棋盘上已杀机毕露,正是图穷匕首见的最后时刻。

少年面孔干净,眼神澄澈,只是穿着朴素的校服坐在那里,就像是把身边的世界都给净化得透明了一些。

老头将手里举起的棋子给扔到了棋盘上,弃子认输。

图 1-13 《诡秘之主》第一章(2018 年,上)(节选);《夜的命名术》第一章(2021 年,下)(节选)

欧阳友权曾言"网络文学场域有四个核心要素:资本、消费、法规和舆论"[①],而这四种要素随着网络文学场域的成熟,越发对网络文学场域产生影响。其中,舆论声音作为一种左右社会的资本力量,可小可大,小则被数据洪流裹挟,不留痕迹,大则会影响到子场域调整惯习。舆论是从评论中来的,由评论形成舆论力量实则是网络文学场域内行动主体自行针对问题发声而形成一股庞大的、民间的力量,它是以网络为载体,受益于网络传播的受众多、速度快而产生于读者与作者中的社会资本,具有一定的监管功能。魏岳在幻剑书盟发帖"疑问幻剑对文章的监督审核",引出了大家对于幻剑书盟文学环境的关注,阅读者们纷纷表达了对"黑社会"等不良边缘题材的抵制,倒逼幻剑书盟发布作品

---

① 欧阳友权.从"阅文风波"看网络文学生态培育[J].中南大学学报(社会科学版),2020,26(5):7.

收录原则 2.1 版,禁止情色、暴力描写作品上榜,驱逐了血红等作者;2003 年,中国反网络色情第一人王吉鹏在"博客中国"陆续发表《网站 CEO 的下一个称呼:老鸨》《经营网络色情的 CEO 能判多少年? ——网络色情的法律范畴分析》等文章,公然反对互联网传播黄色内容。但写情色、暴力情节往往能够吸引更多流量,带来更多资本,在早期不存在严格的实名制要求的情况下,为了博人眼球,吸引资本,也有像"翠微居小说网"公然以网络文学为名登载淫秽色情小说的社群。可见舆论虽有监管的作用,却不能在网络文学场域这种鱼龙混杂的场中达成百分百的约束力。

另一方面舆论也在抵制"盗版"、失德。2004 年,郭敬明出版的《梦里花落知多少》因在 12 个主要情节上、57 个一般情节和语句上与《圈里圈外》雷同,受到了作家庄羽的起诉,虽然法院于 2006 年终审判决了郭敬明抄袭的事实,但此事件一直发酵了 15 年,郭敬明的抄袭行为一直在遭受公众舆论的批判。2020年,郭敬明才在微博上公开向庄羽道了歉,承认自己的抄袭行为。随着 2004 年郭敬明抄袭门事件而来的是中国网络著作侵权第一案。2005 年 5 月 11 日,"红袖添香"文学网站起诉"联想经典时空",称北京联想调频科技有限公司开办的"联想经典时空读书空间"网站未经原告的许可,从红袖添香网站擅自转载了其享有专有使用权的 10 位作者的 12 篇作品,共计 177.6 万字,并采用收费的方式供其会员在线或下载阅读。此案为《互联网著作权行政保护办法》出台并实施后的第一起维护网络著作权的大案。这两种声音在这之后为政治场域的踏足埋下伏笔,为网络文学版图的再一次改写奠定了基础。

舆论力量也见于网络文学场域与传统文学场域的斗争,表现在大量文学作者、理论者对网络文学场域提出赞扬、批评或是争论。2006 年,陶东风在博客上发表了《中国文学已经进入装神弄鬼时代? ——由"玄幻小说"引发的一点联想》①,内容直指当下走红的玄幻类文学。萧鼎则在自己的博客上发表《究竟是谁在装神弄鬼? ——回陶东风教授》②一文作出回应,认为陶东风仅从三部玄幻小说和几部影视作品就得出结论,逻辑上成问题。而大量与网络文学相关的学术论文、社会评奖等都在一同塑造着新时代网络文学场域,它们或多或少都在

---

① 陶东风.中国文学已经进入装神弄鬼时代? ——由"玄幻小说"引发的一点联想[J].当代文坛,2006(05):8-11.

② 萧鼎.究竟是谁在装神弄鬼? ——回陶东风教授[EB/OL].(2007-06-22)[2022-04-10].http://bbs.tianya.cn/post-no124-556-1.shtml(该评论首发于 2006 年的 6 月 20 日,在萧鼎的个人博客 http://blog.sina.com.cn/m/zhuxian 上,但目前系统正在维护,无法打开,此处参考的是萧鼎在天涯论坛的发帖).

回答网络文学场域目前是怎么样的、为什么会这样、应该是怎么样的问题,如此,在场域的交涉之中,网络文学场域不断确立着自身的身份,成为一个互联网时代不可忽视的符号。

三、规范与延伸期:消费者的声音与政治场域涉入后的改变

网络文学IP概念的生成正是网络文学场域中客观化文化资本上升为象征资本、社会资本的一种体现,比如超级IP《盗墓笔记》本是南派三叔所撰写的一本网络小说,然而由于其粉丝数量庞大,自2013年南派三叔把《盗墓笔记》的影视版权授权给欢瑞世纪后(授权6年,9部小说,版权费为500万元),第一部冠以《盗墓笔记》之名的影视作品"爆火"。2015年6月,由李易峰、杨洋主演的网剧《盗墓笔记》先导集上线22小时后网络播放量破亿,创下了当时网剧首播最高纪录,并以27.54亿的播放量成为年度网剧收视率冠军,助力爱奇艺开启了会员差异化排播方式的付费时代。根据欢瑞世纪公布的财务报表估算,剧中的纯贴片广告和会员分成达到5 280多万元。① 不仅影视剧,但凡以《盗墓笔记》系列出售的广播剧、舞台剧、游戏、动画、周边等等,都能吸引一大批粉丝购买、消费。《盗墓笔记》系列已然产生了符号效益,这一符号一旦出现,就意味着文本背后有庞大的已然积累下来的丰厚的社会资本,社会资本即《盗墓笔记》系列所具有的巨大声望,这些资本支撑着这一系列成为超级IP。

"在《资本的形式》一文中,布尔迪厄指出,象征资本代表了一种通过符号合法化的权力关系,它是一种'合法的积累'形式,'通过这种积累形式,统治阶级保证了一种信誉资本,这种资本似乎与剥削的逻辑毫无关系。'只要被统治阶级发现把承认与合法化赋予统治阶级是合乎自己利益的时候,这种资本就从统治阶级那里扩展到了被统治阶级"②,可见,布尔迪厄在讲述象征资本时,主要强调了被统治方由于产生了"统治者在维护自己的利益"的想法而甘愿被统治者剥削。就《盗墓笔记》系列的超级IP影视化过程而言,无论制片方是否是打着造福粉丝的旗号隐藏利用象征资本的真正意图,从粉丝的反馈中,依旧能够看出制片方之所以使用《盗墓笔记》系列的超级IP,是出于获取经济利益的目的,而非致敬原作。虽然网剧《盗墓笔记》从先导集上线22小时后网络播放量破亿,但其豆瓣评分迅速跌至5.3分,豆瓣上不缺乏对于其角色塑造、剧本改变、剧情逻

---

① 爆侃网文.网剧《盗墓笔记》收益明细曝光赚5 280万 每集小说版权费才52万[EB/OL].(2016-05-17)[2022-05-13].https://weibo.com/2457974053/DvYXwbfco.

② 宫留记.资本:社会实践工具——布尔迪厄的资本理论[M].郑州:河南大学出版社,2010:157.

辑等的骂声,许多书迷表示对《盗墓笔记》网剧失望透顶,完全毁掉了自己的青春,差评的形式是场域内行动主体对商业化的自主反抗。但《盗墓笔记》系列 IP 的影视化开发没有停止,可以说一部比一部更加低质,评分勉强及格的只有《重启之极海听雷》(见图 1-14),不难看出制作方是在利用象征资本圈钱,《盗墓笔记》系列 IP 的价值在不断地丢失,质疑声越来越大,也有不少网友对南派三叔表示了否定,认为他的行为是在"吃烂钱",可见,如果把 IP 改编认为是一味地将 IP 本具有的文化资本、社会资本、象征资本还原为了经济资本的话,自然是会受到粉丝群体的社会资本力量的反抗,经济资本与其他资本转换的链条就会断裂。

虽然欢瑞世纪仍旧从《盗墓笔记》IP 改编中捞到了一大笔经费,但随着越来越多的 IP 改编剧的出现,烂剧再难获得利润。腾讯视频在 2017 年和 2019 年连续改编了《鬼吹灯之黄皮子坟》和《鬼吹灯之怒晴湘西》,试图将鬼吹灯打造为自己旗下的超级 IP,它还继续开发着《盗墓笔记》系列剧集,2018 年推出改编剧《沙海》,2019 年推出《怒海潜沙 & 秦岭神树》,但由于质量低劣,这些改编剧的评价很差,未能实现腾讯视频的最初愿想,这表明了网络文学场域始终是"阅读、分享—生产—消费、营销、传播"一体化,不将服务读者视为改编的起点,而仅将读者视为待薅的消费者的话,资本链条必然断裂,舆论力量汇集而成的社会资本是"超级 IP"能否形成的重要审核关卡,目前,网民所能接受的 IP 改编剧的标准已经越来越高,烂剧已然从"网络文学+"场域中逐渐淘汰。

图 1-14　部分《盗墓笔记》影视化评分与评论以及部分高分网改剧

另一方面,政治场域的涉入象征着网络文学场域已然不是个人的爱好。随着网络文学场域的影响力越来越大,它便具有了公共服务的公共性特质,政府自然会将其纳入到职责范围之内,场域中的核心要素法规也随着净网行动、抵制耽美文学等法律而来,并以网络文学平台的整改与关停打击了网络文学场域中的恶习。净网行动对于场域惯习改革的力度非常之大,但凡涉及政治问题、情色问题,网络小说都需要被下架,主流子场域的文化资本被强行约束,要求其运营者投入更多资本用于对场域内文化资本的自检,此时,编辑除了在择优方面发挥功效,还需审核文化资本是否违规。(见图1-15)

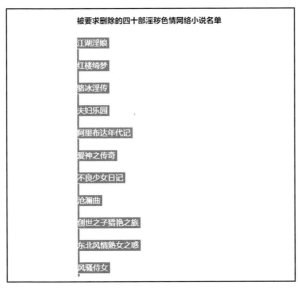

被要求删除的四十部淫秽色情网络小说名单

- 江湖淫娘
- 红楼绮梦
- 骆冰淫传
- 夫妇乐园
- 阿里布达年代记
- 爱神之传奇
- 不良少女日记
- 沧澜曲
- 创世之子猎艳之旅
- 东北风情熟女之惑
- 风骚侍女

图1-15 某论坛所总结的被禁小说目录(部分)①

随着大部分平台被国家力量强行关闭,文化资本需要法律约束的惯习被强制性嵌入到网络文学场域之中。但这也并非网络文学场域中唯一的声音,部分小众网络文学平台构成的子场域更倾向原有的自由性,从小众子场域的发声中可以看到:在处理网络小说内容上,一些小众平台将"分级制"作为它们首要的选择,情色文学并非是一文不值的,而支持这一选择的行动主体自然就成为小众网络文学子场域的资本,由此,出现了另一套新的、仅适用于小众子场域的惯习与资本运作方式,比如采用外部链接/长图来展示可能涉嫌违规的文化资本。

---

① 田秀968.被要求删除的四十部淫秽色情网络小说名单现身网络[EB/OL].(2007-08-30)[2023-07-22].https://www.xcar.com.cn/bbs/viewthread.php? tid=6061132.

但与网络文学场域初期的环境不同,选择对抗国家话语体系也就意味着主动从网络文学场域资本争夺中退场,资本争夺带来流量,提升关注度,但流量和关注度对于小众网络文学平台子场域反而是致命的,所以 Wland 选择由善于寻找的人主动找到其网址,随缘居选择将其服务器搬到海外……"227 事件"让中国内地屏蔽了 AO3,这是流量和关注度对小众子场域带来致命伤害的代表事件。本事件源于肖战粉丝与其他粉丝的争吵,于是大量肖战粉丝恶意举报 AO3 网址(AO3 非中国网络文学平台,但不少中国网络文学作家,尤其是同人创作者会在上面发表文章),宣扬 AO3 上刊登的内容情色、暴力,但 AO3 是典型的以"分级制"为代表的网络文学平台,除了 R18 分级制的内容,场域中也有众多优秀的清水文,更何况 AO3 是向世界所有热爱二次创作的人们开放的,不仅仅是只为肖战所出演的某一电视剧开放。故而,肖战粉丝恶意举报 AO3 导致其被大陆屏蔽这一事件迅速激起公愤,这一事件不仅是粉丝之间的相互攻击行为,更是对中国所有网络文学小众圈子的打击,而后被波及的众多圈子开始自主抵制肖战粉丝、肖战所代言的产品等等。从"227 事件"可以看出,小众子场域是隐藏在主流之后的,活动在其中的行动主体大多都是默默无闻的创作者,他们对于名利看得不是非常重要,更重要的是能够付出自己的喜爱之情,他们的行为和网络文学场域萌芽期行动主体的行为是非常相似的。

与主流平台相比,小众网络文学平台主动在场域中选择了较低的位置,放弃了资本最大限度的再生和增值,而这种选择留存下了小众网络文学平台所接纳的亚文化,虽然小众平台所构成的子场域从大众的视野里隐退了,但是它仍然在网络文学场域中安静地存在,仍然有那么一小群人,为了自己的初心和热爱,不断在场域内无私地贡献着自己的资本,也为有着共同爱好的人们提供了一个不被主流席卷而走的港湾,虽然这港湾可能是脆弱的,但它的存在弥足珍贵。

第二章　边缘化到大众化：
从网络文学评论拓开去①

　　自 1998 年第一本网络小说《第一次亲密接触》问世②，网络文学便以不可阻挡的势态发展，到了 21 世纪的第二个十年，已俨然成为中国一个全民化的文化现象。据阅文集团中期业绩公告显示，截至 2022 年 6 月，阅文平台上有 730 余万写手，作品总数达到 1 070 万部，其中包括来自自有平台的 1 020 万部原创文学作品、来自第三方在线平台的 34 万部作品以及 17 万部电子书，平均月活跃用户数 2.1 亿。无论这个数据是否掺了水分，网络文学如今的受众之多都是事实，中国网络文学甚至和日本的动漫、韩国的电视剧和美国的大片一起被称为"世界四大文化奇观"。同时，与之相关的文章也越来越多，学术界对它的关注也越来越多。接下来将以 CNKI 期刊网数据平台为依托，通过搜索"关键词"的方法检索与网络文学有关的文章，再经笔者人工对比整理出相关数据。根据这些数据，接下来将从网络文学相关论文数量变化、关注研究热点变化以及作为转折点的 2018 年等三方面来阐述网络文学发展历程中的文化变迁。

第一节　从网络文学相关文章数量
变化看网络文学的发展变化

　　下面是近二十年来和网络文学有关的论文数量变化和其刊登在核心期刊

　　①　江南大学网络文艺研究中心成员杨雨玄参与搜集资料和写作，谨此致谢！
　　②　关于第一部网络文学作品的说法学界尚有不同说法，由于《第一次亲密接触》是网文开始进入大众视野的作品，故一般会将此作为网文的开端。

上的数量变化表。

近二十年来有关网络文学的论文数量变化

	总量	增长数量	增长率	核心期刊	占比
1998	3	—	—	0	0%
1999	34	31	1033%	3	9%
2000	98	64	118%	25	26%
2001	148	50	51%	37	25%
2002	182	34	23%	61	34%
2003	183	1	1%	45	25%
2004	203	20	11%	60	30%
2005	237	34	17%	68	29%
2006	286	49	21%	66	23%
2007	338	52	18%	79	23%
2008	409	71	21%	91	22%
2009	549	140	34%	112	20%
2010	504	−45	−8%	115	23%
2011	656	152	30%	144	22%
2012	660	4	1%	136	21%
2013	642	−18	−3%	172	27%
2014	670	28	4%	151	23%
2015	706	36	5%	132	19%
2016	648	−58	−8%	144	22%
2017	787	139	21%	188	24%
2018	633	−154	−20%	171	27%
2019	881	248	39%	180	20%
2020	776	−105	12%	151	19%
2021	746	−30	−4%	174	23%
2022	268	—	—	64	—

注：此数据为笔者结合个人整理的数据与张仁竞发表在当代文坛上的《2000 年以来中国网络文学研究取向及热点变迁》(2017 年 8 月 29 日) 中已有的数据整合而成，与真实数据可能存在一定误差。

增长量和增长数量都是相对于前一年来说的，核心期刊占比指的是该年发表在核心期刊上的文章占那一年文章总量的比值。

此数据查询整合截止于 2022 年 5 月 18 日。

从表中可以看出文章数量整体是呈比较稳定的增长趋势的,但有几个时间点却明显不一样,分别是 1999 年、2000 年、2009 年、2013 年、2016 年。这几个时间点都明显地不同于整体变化趋势,这也从侧面说明在这几个时间点网络文学发生了什么重要的事情,从而导致了这样的变化与不同。

一是 1999 年。相比于 1998 年只有 3 篇文章的凄惨状况,1999 年整整有 34 篇文章与网络文学相关,增长速度可以说是惊人的。其实这个数量的变化反映的不只是 1999 发生的大事件,同样也反映出 1998 年的大事件,因为前一年发生的事情所带来的影响或者是人们对它的评论往往会更好地体现在下一年。1998 年是网络文学诞生的一年,第一本网络小说痞子蔡的《第一次亲密接触》问世,在这之后更多的网络小说也开始出现。但由于网络用户不多的原因,网络小说的受众只是一小部分,再加上这是一种人们之前没有接触过的全新的东西,人们对它的态度更多的是试探和好奇。这位署名"痞子蔡"的作者的部分文字相对于目前的网络外社会而言,不免还是"痞"得厉害了些。[1] 所以整个 1998 年的相关文章都很少。

而到了 1999 年的时候,虽然多数文章大部分还是刊登在大众读物上,但数量的增长却是实打实的。这主要是因为人们经过一年的观望对网络已经有了一些了解,不管是学者、媒体还是其他一些对此感兴趣的人,都开始对此进行探索式的研究。这种探索在两个方面有很好的体现:一是吴过的出现,吴过在 1999 年和一些网络作家进行了访谈,并将访谈内容发表,让大众能够获得一线的资料,因此他当时甚至被称为"网络文学评论的先行者"[2]。二是网易举办的"中国网络文学奖评选活动"。作为当时"中国知名度最高的网站",网易给网络文学颁奖一事引起了社会相当大的关注,相关讨论大量出现,因而关注的文章也变得更多,数量达到了当时文章总数的 1/6。

在这些事件的共同影响下,1999 年的文章总数得以大幅度增加,这表明部分群体已经认识到网络文学的发展空间,并且开始关注网络文学,但这不能代表社会全体。

二是 2000 年。2000 年的相关论文一共有 98 篇,比 1999 年多了 64 篇,增长率达到了 118%,其中来自核心期刊的有 25 篇,占比高达 26%。2000 年被认为是网络文学爆发期的开端,这时的网络文学已经比较成熟,出现了有名的"网络文学三驾马车",同时中文在线和龙的天空也于 2000 年成立,其中龙的天空

[1] 吴冠军. 后现代文学的斑马线——从一部网络小说谈起[J]. 粤海风,1998(05):66.
[2] 学彬. 网络文学评论的先行者——吴过[J]. Internet 信息世界,1999(09):77.

逐渐发展为最大的原创小说评论网。同年,在经过非文学网站网易给网络文学颁奖一事后,文学网站"榕树下"设立"网络原创文学作品奖",并邀请传统文学作家做评委。同时 2000 年也是学院派开始关注网络文学的一年,网络文学研究开始进入传统学院派的研究领域①,自 2000 年后发表在核心期刊上的相关文章也保持在一个相对稳定的值(和该年论文总数做对比)。

因而在网络文学发展日益成熟的前提下,相关大事件的发生带动 2000 年的相关文章数量增多。在这所谓的爆发期后,2001 年、2002 年的文章数量也呈现出较快的增长速度。

三是 2009 年。2009 年的数量增长是惊人的,增长率达到了 34%,这个数值在 2000 年之后是非常突出的,2009 年的文章数量甚至大于 2010 年的总数。但这并非只是说 2009 年网络文学发生了什么大事,更多地应该和 2008 年有关。2008 年正好是网络文学发展的第十周年,无论媒体还是学者,都对网络文学作了一个追踪溯源,相关的思考越多,文章也就更多。

同时 2008 年的确发生了一件对网络文学发展很重要的事情,那就是付费模式的引入。付费模式的引入可以说是网络文学成熟的一个标志,正是付费机制让网络文学得以长久的发展。付费模式使得网络文学逐渐商品化,这一模式保证了编辑和网络作家的收入,也从根本上支撑了网站的发展。曾经盛极一时的文学网站"榕树下"正是因为资金短缺问题又融资失败,没有得到很好的资本介入才会逐渐没落。就连"榕树下"的创始人也坦言"如果当时处于现在这样一个平顺的互联网发展时代,榕树下很容易被融资介入,能很快资本化、市场化迎来商机。但是当时所有路都绝了"②。但毫无疑问的是,起点中文网找到了适合当时网络文学发展的道路。起点中文网的 VIP 制度使得网络文学作家不需要依赖实体书出版就能直接实现盈利,而网站也可以因此获得额外的利润。这在一定程度上减轻了网站的负担,同时也一定程度上打击了盗版实体书的出版,在当时是实实在在地推动了网络文学更好发展。

同时 2008 年也是盛大文学正式成立的一年,盛大文学的成立可以说标志着中国网络文学商业化运作的全面升级,此后,盛大文学先后收购了红袖添香、小说阅读网和潇湘书院等网站,这意味着中国网络文学开始走上了集团发展的

---

① 张黎明.十年来网络文学研究述评[A]//天津市社会科学界联合会.天津市社会科学界第八届学术年会优秀论文集:科学发展 惠及民生[C].天津:天津人民出版社,2012:229.

② 程千千,章晓莎."榕树下"与网络文学 20 年:网络文学最好的时代已经过去了[N/OL].(2017-12-06)[2023-08-27].https://www.thepaper.cn/newsDetail_forward_1893518.

轨道。值得一提的是,2009年,起点中文网率先推出粉丝制度①和大神制度②,这使得网络文学粉丝经济初步形成。

经历十年的发展之后,无论是网络文学本身还是网站,都得到很大的发展。网络文学进入大众视野并且在娱乐方式中占据日益重要的地位,在这样的情况下,相关文章的增长也变得更快。

四是2013年。整个2013年的整体数量减少并不算太多,但它发表于核心期刊上的论文占比却远大于前后几年,十分突出。整体来看,2011年到2013年间网络文学好像并没有什么爆炸性的大事件发生,但这两年网络文学确实以相对较快的速度发展着。2011年3月,QQ阅读等移动阅读客户端上线,人们真正实现了随时随地随身阅读,网络文学这时候才算是真正走入了大众视野。就像玄幻作家大雪崩说的那样"从无线阅读也就是手机阅读开始,网络作家的收入开始暴增"③。手机阅读的便捷性直接导致网络文学的用户量增多,关注度飞涨,同时带来了网络作家的收入暴增。这也导致进入这个行业的青年写手越来越多,市场得以快速发展。

同时2011年腾讯集团副总裁程武提出"泛娱乐"的概念,给网络文学的发展提供了新思路。网络文学虽在此之前就有改编成影视剧的例子,却也只是少数,但在2011年之后,网络小说改编成影视剧的数量大幅度增加,呈现一种井喷式的增长。盛大文学作为当时我国最大的网络文学生产基地,2011年共出售作品版权651部。仅2012年1月至9月,盛大文学旗下7家文学网站包括晋江文学城在内,就出售包括《一代军师》《我的侦察排,我的兄弟》等75部小说的影视版权。同时据中国互联网信息中心的网络小说用户调研数据显示,网络小说用户中有79.2%的人愿意观看由网络小说改编的电影和电视剧。④ 2014年,"泛娱乐"一词被文化部、广电等中央部委的行业报告收录,等到2015年,"泛娱乐"被业界公认为是"互联网发展八大趋势之一"。2017年,ChinaJoy联合新华社瞭望智库发布《2017泛娱乐报告》,认为"泛娱乐"已成为文化领域最受关注

---

① 此处所说的起点中文网的"粉丝制度"即"粉丝值等级",粉丝值是读者对某一作品消费时所产生的相应的"粉丝积分"积累而来,不同数量的粉丝积分对应不同的粉丝等级。粉丝等级包括"见习、学徒、弟子、执事、舵主、堂主、护法、长老、掌门、宗师、盟主"11个等级,分别对应1 500、2 000、5 000、10 000、20 000、30 000、40 000、50 000、70 000、100 000个粉丝积分,粉丝等级越高则拥有的特权越大,而主要功效是获得作者的关注。

② "大神制度"是针对起点中文网签约作家的一个制度,每个签约作家根据固定的公式换算出自己的等级经验值,不同的经验值对应不同的等级,一共五个等级,大神(白金)作家为最高级。相应的,等级越高,网站福利越好。

③ 引自2018年11月19日大雪崩在江南大学与网络文学工作坊的访谈记实。

④ 李苑.网络小说改编影视剧新浪潮悄然来袭[N].光明日报,2012-12-10(009).

的商业模式。网络文学整体呈一种不急不缓的发展状况,同时网络文学界并无太多颠覆性的事件发生,由此整体文章数量变化不大。

但在严肃文学圈,网络文学开始逐渐被接纳。一是茅盾文学奖于2011年开始接纳网络文学作品参与评选,虽然前两届的情况都十分惨淡,但这至少从一定程度上反映出传统文学和网络文学开始握手言和。另一个就是中国作协从2012年到2017年间共吸纳网络作家165人,约占新发展会员的7%。同时在2010年时曾表示,今后中国作协会将吸纳网络作家转为一种常态机制。① 这些情况的发生无疑是给了传统文学作家圈一个巨大的"惊喜",学术界纷纷开始探讨网络文学与传统文学之间的联系与区别,而关于网络文学是否存在文学内涵与阅读意义等问题也引发更多人的思考,在这一情况下,核心期刊对这类文章的接受度也随之变高,愿意去发表一些关于网络文学研究的文章。

因而在2013年网络文学的发展虽然没有什么飞跃式的进步,但是在学术界和传统文学圈,网络文学确实引发了较大的讨论,与此同时也使得一些核心期刊更愿意去接纳与此相关的文章。

五是2016年。从数据上看,2016年的数据比前后两年的数据都要少,确实令人诧异,和2013年的数据一样,2016年的数据反映的也不只是2016年的情况,同时也是前一年的总结。与其说2016年是网络文学研究评论减少,不如说是网络文学的发展趋缓,而究其源是因为网络文学的发展开始受到约束。

2014年4月至11月,国家开展"净网"专项行动,关闭了一批涉黄文学网站。同年12月18日,新闻出版广电总局颁布了《关于推动网络文学健康发展的指导意见》,正式将网络文学的健康有序发展上升为国家意志和文化战略。随后党的十八大上,习近平总书记主持召开文艺工作座谈会,对网络文学这一支中国特色社会主义生力军表示了高度关切。中国作协网络文学委员会于2015年12月成立,上海,江苏等地也相继成立网络作家协会。这些机构或条例无疑都是有利于网络文学的规范发展的,但同时在短时间内也打击了网络文学的野蛮发展。网络文学本来是肆意生长的,从某种意义上来说就是作者情感的宣泄,作者可以不负责任,默认可以忽视社会影响和读者情绪。在这种情况下难免会产生很多含有暴力色情因素或是三观不正的作品,而条条框框的设立必定会使很大一部分这样的作品消失,同时也会让一些作家写起字来畏手畏脚,放不开手写作的结果是,在一段时间内导致部分作家作品的减少,而"避风头"

---

① 中国作协将把吸纳网络作家当常态[N/OL]. (2010-07-03)[2023-08-27]. http://news.163.com/10/0703/13/6AM2J07U00014AED.html.

也会连带着使相关的评论文章减少。

第二节　从研究热点的变化看网络文学发展变化

下表是1998年来网络文学评论部分研究热点的文章数量变化。表中所提到的研究热点都是近年来关注比较多的几个方面,并不包括所有的研究方向。

二十余年来网络文学相关评论研究热点文章数量变化

	文学批评	与传统文学	影视改编	文学网站	版权
1998	0	0	0	0	0
1999	1	1	0	0	0
2000	1	10	0	0	0
2001	4	39	0	2	0
2002	4	71	0	6	0
2003	6	36	0	2	0
2004	3	56	0	0	0
2005	15	54	0	3	0
2006	8	66	0	7	0
2007	28	74	0	9	0
2008	17	70	0	9	0
2008	17	70	0	9	0
2009	12	73	1	25	2
2010	39	92	1	29	5
2011	33	142	6	43	11
2012	38	147	18	56	12
2013	36	124	16	45	10
2014	37	136	18	54	17
2015	39	139	55	67	19
2016	79	164	75	66	86
2017	68	170	66	66	78
2018	49	151	48	48	42

续表

	文学批评	与传统文学	影视改编	文学网站	版权
2019	36	114	55	74	58
2020	30	112	40	59	45
2021	26	80	48	65	44
总数	610	2 122	447	735	429

注:本数据由笔者个人查询整理,存在一定的误差。

其中,"文学批评"指的是网络文学批评体系等方面问题的集合,"与传统文学"指的是网络文学与传统文学之间的联系、区别等问题。

此数据查询统计截止于 2022 年 5 月 18 日。

从表中可以看出,二十余年来研究者对于部分话题关注度的变化,其变化及原因分析如下。

（一）网络文学与传统文学

从表中很容易看出网络文学和传统文学之间的各种问题一直是研究者研究的热点,自 2000 年开始,相关文章数量就以相对稳定的速度增长,在 2002 年时达到第一个小高潮,在 2011、2012 年左右达到第二个小高峰,之后增长趋于平缓,2016 年时再次暴增,之后数值一直比较大。

网络文学才开始发展的前两年,正如前文提到的一样,关注它的人只是少数,并且大多关注的话题都是当时关于网文的时事热点。而 2000 年的网络文学已经走过了无人问津的草创期①,2000 年,学院派也开始关注网络文学,这时才出现了一些相对深入研究的文章。对于初次接触这种形式文学的学院派来说,网络能为文学带来什么及网络文学与传统文学间的关系成为他们最关注的话题。关于第一个话题,吴过在 1999 年就曾说过"从现象上看,网络给文学带来了无限的生机与活力""网络给文学带来的是一次新的契机、新的希望"②。由于网络文学具有极大的自由性和开放性,几乎绝大部分学者都认为,尽管网络文学的发展还不成熟,但它的出现使被逐渐冷漠淡忘的传统意义上的文学焕发了新的生命力。不过也正是因为传统文学逐渐被淡忘的趋势,让一部分人认为网络文学产生于文学的溃败。这种观点大多是因为网络文学的自娱性和创作主体的业余性。"在这里,传统作家的名字被淹没了,互联网上流传的是一些

---

① 吴晓明.网络文学创作述论[J].湛江师范学院学报,2000(04):58.
② 吴过.网络给文学带来了什么? [J].电脑爱好者,1999(20):62.

古怪的名字:痞子蔡,安妮宝贝,宁财神……""随着互联网和网络文学的崛起,传统的文学理念正在发生溃散。"①"曾经以为网络文学是我们这个时代的光荣和梦想,看来这注定只是一个被验证了的虚妄。体会到这些悲哀,你就不能不感慨:网络,能带给文学什么呢?"②网络文学类似快餐的生产和阅读机制,也让部分评论家和传统作家不能接受。

而第二个话题直到现在也是学者研究的热点之一,即网络文学和传统文学之间的关系,究竟是对立还是并存,二者之间是否存在联系,是否有高低之分等问题一直到现在争议也很大。社会各界的态度大多可以笼统地分为两类,即觉得网络文学根本登不上大雅之堂和二者都是文学表达形式没有太大区别两种立场。文学评论家白烨认为,网络文学是芜杂的文学,与传统文学不同,不在同一个水平上。③ 一部分评论家和学者认为网络文学甚至连"文学"二字都称不上,只能算作"网络写作"而已,而网络作家也不是作家,只是"写手"。但传统文学作家和评论家中也不乏支持网络文学的人,莫言就曾在《作家畅谈网络文学》中说过:"所谓网上文学跟网下的文学其实也没有什么根本的区别。如果硬要找出一些区别,那就是:网上的文学比网下的文学更加随意、更加大胆、换言之,就是可以更加胡说八道。"④更多的则是相信网络文学拥有巨大的发展潜力的言论,"我们有理由相信,随着网络时代的到来,网络文学能够迸发出它那蓬勃旺盛的生命力,拥有一个较为美好的未来"⑤。

2002 年时的增长可以说是惊人的,达到了一个短时间内无法企及的高峰。2002 年,起点中文网在"中国玄幻文学协会(CMFU)"的基础上成立,某种意义上标志着网络文学进入了大众化的时代,似乎给文学界带来了新的生机。但传统文学圈对此却不太看好,在"榕树下"第二届网络原创文学评奖期间,担任评委的传统作家王安忆就认为部分网络写手和网络文学爱好者"不是真正的文学青年"⑥。在这样的情况下,关于网络文学和传统文学的讨论自然少不了。

由于学院派的关注和网络文学自身的特点,关于网络文学和传统文学的讨论一直很多,到 2011 年和 2012 年时达到了第二个小高潮。其实这个变化的原因在前文中已经提到过一部分,茅盾文学奖和中国作协对网络文学的接纳相当于是传统文学对网络文学提出的和解,这也是变相地宣告,网络文学并非只是

① 席云舒.网络的崛起与文学的溃散[J].图书馆,2000(05):77.
② 丁德文.网络文学的悲哀[J].文学自由谈,2000(06):124.
③ 吴晓明.网络文学创作述论[J].湛江师范学院学报,2000(04):60.
④ 亚瑜.作家畅谈网络文学[N].生活时报,2000-08-17.
⑤ 王多.解读网络文学[J].探索与争鸣,2000(05):39.
⑥ 许苗苗.网络文学的五种类型[J].甘肃社会科学,2002(04):50.

人们所说的快餐文学,而是具有文学价值的文学作品。这种参评,不仅是对网络文学"文学"身份的接纳、认可和肯定,体现了对当下多元文学格局的一种注解,保证了一个国家级文学大奖面对整个文坛遴选的公正和公平。① 但同时网络文学的落选恰好也证明了网络文学还是缺少一些文学品质,而这个事件给了网络文学和传统文学一个相互交流借鉴的机会,二者终于不再相互观望,泾渭分明。这次新文学和传统文学的较量和交流无疑吸引了学者和评论家们的关注,相关评论和观点层出不穷,一时间相关文章数量大幅增加。

再下一个时间点是 2016 年和 2017 年。2014 年,中国作协网络文学委员会成立,从监管的层面上将网络文学放到了与传统文学相对平等的位置上。而在这一时期不仅是网络文学逐渐被传统文学认可,大部分纯文学作家也完成了"换笔",一些传统文学作家已经能接受将自己的作品发表在网络上了。网络文学似乎终于不再"无名无分",由此一来,评论家和媒体对于这一话题的关注度也随之提高。

无论评论界还是学术界对网络文学和传统文学之间的各种关系一直都十分关注,一开始是将网络文学放到了传统文学的对立面,无论是质疑还是支持,网络文学全新的运作模式受到越来越多人的关注,后来大家开始正视网络文学和传统文学之间的联系,试图将网络文学规范化,使得网络变成传播优秀文学的媒介。因而在传统纯文学这一主流文化的影响下,这一话题的关注度一直很高。

(二)网络文学批评

从表中也可以看出,除了网络文学与传统文学的关系以外,网络文学批评也一直是评论家所关注的话题之一,虽然一开始数量很少,直到 2005 年才突破两位数,但不能否认的是,评论家们从来没有忽略过它。网络文学评论的随机性让评论家从网络文学诞生开始,就对网络文学的评论体系表示了担忧,同时网络作品评论的质量也让人无法通过评论区鉴定一本网络小说的质量,因而如何评价网络文学一直都是热议的话题。

到 2007 年左右,学者们渐渐意识到传统的批评模式早已不适用于网络文学。网络小说一般篇幅很长,而传统的评论家在阅读有限的基础上去评论难免信心不足,这样的解读也缺少说服力,若强硬地套用传统的文论批评模式,则会

---

① 欧阳友权.《"茅奖"视野中的网络文学[J].小说评论,2016(01):76.

导致一些网络批评的聚焦失准。① 等到了2010年，如何协调传统评论家和网络文学之间的关系，显然变得更加迫切。因此，批评家们提出要为网络文学构建一套自己的批评体系。在大众传媒时代，构建一套与其相适应的全新的文学批评模式和话语体系显然十分必要。对此有学者提出过设想：这个体系至少应当包括：形成价值导向和创作导向，回答网络文学与人民、与时代、与社会主义核心价值观的关系；按照艺术规律、美学原则、读者人气来鉴赏和评价网络文学作品的思想内涵、艺术形式、审美风格，回答网络文学怎样实现认识、教育、审美、娱乐功能的途径；分析网络文学不同类型、不同风格、不同流派、不同文本的异同，回答现实主义、浪漫主义、现代主义等多种手法在网络文学中的表现，从中总结出带有规律性的东西。②

但对这种类型的观点，欧阳友权曾一针见血地指出其实现难度。他认为，传统评论家在面对网络文学时，往往会有两种情况：一是自踞心态；二是语境隔膜。前者出于某种自矜式批评立场，后者则肇始于数字传媒的知识贫困和文化壁垒。③

到2016年，相关文章数量突然快速增长，网络文学批评渐渐变成了一个明面上的热议话题。2015年12月23日，由北京大学中国诗歌研究院、中国人民大学文学院、南方文坛、广西师范大学出版社联合主办的以"批评的初心"为主题的首发沙龙在北京大学举行，一部分评论家和作家出席。在此次沙龙上，嘉宾们首先介绍并感谢了一部分批评家，尤其着重介绍了邵燕君，然后纷纷发言、阐述了自己对于批评的理解，最后强调网络文学批评的重要性。这次沙龙的举行在学术界引起了较大的关注，评论家和学者们纷纷开始讨论建立网络文学评论体系的可行性。而于2016年底由中国文联文艺评论中心、中国文艺理论学会网络文学研究会、湖南省文联联合主办的"网络文学评价体系构建"全国学术研讨会的举行则将这一话题的讨论推到了高点。如何构建网络文学评价体系、构建一个怎样的网络文学评价体系一时之间成为研究者们讨论的热点。

（三）文学网站

对于网络文学网站的关注从2001年开始便有，2002年相对较多，但一直到2009年才真正达到一个小高潮。

我国早在1995年就有了第一个文学网站，等到2001年的时候，中国内地

① 欧阳友权.网络文学批评的述史之辨[J].文学评论,2018(03):33.
② 行超.网络文学:在新的时代机遇中期待华丽转身[N].文艺报,2014-07-14(01).
③ 欧阳友权.当传统批评家遭遇网络[J].南方文坛,2010(04):21.

差不多有300个文学网站。欧阳友权先生曾就此作过统计,通过网站搜索软件可以得知:2001年,全球有中文文学网站3 720个,中国内地有以"文学"命名的综合性文学网站约300个,以"网络文学"命名的文学网站241个。① 其中以"榕树下"的影响最大,但那时人们的视线更多地放在了网络文学文本上,对网络文学网站的关注少之又少。等到了2002年起点中文网的成立才更多地吸引了一部分人的眼光,当时起点中文网的异军突起与一批网络文学网站的衰落形成鲜明对比。这时关于网络文学网站的话题才多了起来,不过整体文章数量依然很少。

这样的情况在2009年才得以改善。前文也有提到,2008年是盛大文学正式成立的一年。同年,起点中文网在福布斯中国名人盛典上荣获"新锐媒体"殊荣,盛大文学被中国出版研究所评为"2008中国版权产业最具影响力"奖。在这一背景下,在2008年4月召开的上海文艺工作会议上,起点中文网创业成就激起热烈反响,人们终于认识到文学网站已然成为国民经济发展的一大组成部分。而经过不断收购整合的文学网站,早已变得规范有序,网络文学的高速发展早已成为不可逆转的趋势。"文学网站的运转模式""文学网站的未来发展""盛大文学缘何成功"等一下子成为热议话题。同时网站的粉丝制度、大神制度和打赏功能②等新的元素的引入让其他文学类网站看到了网站发展的新方向,一时间网络文学网站成为讨论的热点。

随着之后阿里文学的成立,腾讯文学并购盛大文学进而成立阅文集团等一系列事情的发生,一部分研究者逐渐把目光放到网络文学网站的相关研究上。

(四)影视改编

从表中可以看出,2009年之前学者们对于网络小说影视改编的关注都十分少,直到2010年之后才慢慢多了起来。但这并不意味着2009年以前没有网络小说改编影视剧的案例,早在2006年,就有以辛夷坞的同名小说改编的电影《原来你还在这里》上映,之后几年也有一些网改剧出现,但都只是个例,并不集中。一直到了2009年,随着文学网站的集团化发展,版权的出售变得更加便利后,影视改编才变得多了起来,特别是2011年。而关于2011年为何增长的原因也在前文提到过,站在网络文学产业化前端的人显然已经看到了网络文学作

---

① 欧阳友权.互联网上的文学风景——我国网络文学现状调查与走势分析[J].三峡大学学报(人文社会科学版),2001(06):6.
② 起点中文网的"打赏制度"类似"粉丝制度",读者给自己喜欢的作者打赏起点币,作者由此获得相关利益,是读者对作者表示支持喜爱的一种手段。

为 IP 存在的价值,致力于打造以网络小说知识产权为核心的 IP 运营模式。

同时值得一提的是相关文章数量在 2015 年的大幅度增长。2015 年,在网络文学出版界确实发生了一件大事,那就是阅文集团的成立。吴文辉被"赶出"盛大文学再收购盛大文学的这次"反向收购"被媒体戏称为"王子复仇记",同时这次整合也被视为网络文学市场的大洗牌。阅文旗下的众多网站使得阅文成为国内最大的 IP 源头之一,资源非常丰富,它通过分类授权和全版权开发的模式布局泛娱乐,打造 IP 战略。整个 2015 年网络小说改编剧的数量达到一个新高,同时网络小说改编剧的收视也达到了一个惊人的高度,由此引发了大批评论者的关注。

同时网络小说的类型化发展也促进了影视改编的进一步发展。以前的传统小说大多是现实主义题材的,内容大多脱不开几个主题,相比之下网络小说的类型就更加多样化。无论是玄幻小说、言情小说、穿越小说、悬疑小说还是其他类型的小说,总会有观众喜欢的类型,而且网络小说往往想象力更丰富,特别是玄幻仙侠一类,表现力非常强。2015 年,不仅玄幻仙侠类小说在很长一段时间内是市场的热点,国内最大的以玄幻为主的网络文学原创网站起点中文网也成为重要的热点。类型化小说的发展从某种意义上来说是网络文学成熟发展的一大表现,也是网络文学影视化的一大助力。

网络文学影视化的研究热度在于其本身的经济价值,网络文学作为 IP 改编的核心和上游,其所蕴含的巨大的商业价值使其备受追捧,受众多了,开发者也就多了。而当这成为一个现象级的发展模式时,难免会引发人们的关注与研究,而 IP 改编经久不下的热度也使得网络文学影视化成为一个备受关注的话题。

(五)版权保护

从表中可以看出,研究者们对网络文学版权的关注差不多也是从 2009 年开始的,并在 2011 年时得到了一定量的增加,在 2016 年时呈现一种井喷式的增长。在 2009 年之前,研究者确实对网络文学版权的保护没有重视,直到 2008 年全国首例网络文学侵权案——"云霄阁"侵权案的发生,起点中文网作为原创网站配合权益部门,对涉案网站负责人予以追究惩戒,自此起点中文网的十年反盗版之路正式拉开帷幕,也因此研究者开始关注网络文学的版权问题。

网络文学极大的开放性使得盗版和抄袭情况很容易出现,版权保护方面却一直得不到重视,某种意义上,可以说是 IP 改编的持续火热带动了人们对于网络小说版权的重视。网络小说作为上游产品,其版权的转移是改编至关重要的一个环节。文学网站依托粉丝制度,在作品有了一定的粉丝基础后,拉长 IP 的横向产业链。以 IP 为核心对作品开展下游多元化版权营销:影视改编、游戏改编、动漫改编及其周边衍生产品等,实现多个领域和平台的共赢,最大程度地放大版权价值。在这种情况下,版权保护就变得十分重要了,因为此时的小说所包含的价值已经不仅仅是一本小说的价值了。

像之前火热的改编剧《三生三世十里桃花》和《锦绣未央》,其实在小说还在连载时作者就已经被爆出抄袭,但当时的结果却都是不了了之,直到改编剧火热过后争端才变大。因为抄袭的现象在网文圈子里可以说太常见了,在不涉及较大利益冲突的情况下,大多数人对此都会选择睁一只眼闭一只眼。但如果抄袭小说被搬上荧幕并且大热的话,情况就完全不一样了,抄袭剧的火热会引起原创作者和原著粉丝的极度愤怒,因为此时这部小说所蕴含的商业价值已经不再是"小打小闹"了。所以说在这样的情况下,网络文学的版权保护机制就显得十分的重要。

在 2014—2016 年间,网络文学 IP 改编剧迎来爆发期,游戏改编也大热,各大开发商之间版权争抢十分严重。在这样的情况下,加强网站对版权的管理和保护就显得非常迫切,相应的保护机制亟须建立,研究者们纷纷就此提出看法和意见。由此,不管是网站负责人还是研究者,之所以关注版权,和 IP 热的发展都是分不开的。

到 2015 年,为了打击网络文学盗版盛行问题,国家版权局发布了《关于加强网络文学作品版权管理的通知》①,将网络文学版权管理问题提升到了一个新的高度,网络文学侵权申诉过程也被要求更加规范,这让制度建立者和研究者们不得不严肃对待这个问题。因而到 2016 年关于版权保护的文章可以说是一夜之间暴增,关于版权保护的必要性、可行性等文章层出不穷。

第三节　2018 年的网络文学

单独把 2018 年作为一节提出来的原因在于 2018 年是网络文学发展的第二十个年头,也是网络文学发展的一个重要转折点,2018 年是网络文学动态积累的一个关键点。2018 年有一个很奇怪的现象:本来 2018 年作为网络文学发

---

① 赖名芳.加强网络文学版权管理 明确主体责任强化监管职责——就《关于加强网络文学作品版权管理的通知》专访国家版权局版权管理司负责人[J].中国出版,2016(23):4.

展的第二十个年头,相关文章的数量应当像 2008 年一样增幅较大,然而事实却相反。实际上,不仅仅是文章数量,2018 年在很多方面的数据都要小于 2017 年,甚至小于 2016 年,可以说,网络文学整体发展的趋缓致使相关文章数量大幅度减少,网络文学的发展似乎进入了一个瓶颈期。

首先是用户的分流。中国互联网信息中心(CNNIC)的权威统计显示,截至 2018 年 6 月底,网络文学用户规模为 4.06 亿人,远低于网络视频(6.1 亿人)、网络音乐(5.55 亿人)、网络游戏(4.86 亿人)。"更可怕的差距在于日活跃用户,差距大概在 10 倍左右。"王小书说。同时财报显示,截至 6 月底,阅文集团的平均月付费用户为 1 070 万人,与去年同期相比,减少了 80 万人,付费率则由去年 6 月底的 6%下降到今年同期的 5%,尽管这一时期阅文集团每名付费用户平均每月收入为 24.4 元。这是用户数量的变化,对此王小书曾坦言,付费模式把 90%的用户拦在了门外,让网络文学失去了过亿日活的历史机遇。① 在业绩方面,就各领域领头企业来看,爱奇艺 2018 年三季度收入 69 亿元;腾讯音乐三季度营收 50 亿元,腾讯游戏三季度收入高达 258 亿元,而阅文集团上半年收入只有 22.83 亿元。这样的差距无法不让人惊叹,而造成这个局面的原因除了娱乐方式本身的日益丰富之外,还有很大一部分原因是因为日益畸形的付费制度。

随着网络文学网站的成熟,付费制度也变得更加复杂。千字多少钱、会员购买章节打折等制度的重复存在使得读者看完一本入 V 小说②的成本越来越高,看完一本长篇小说的费用甚至高达几百元(不包含额外打赏),高额的费用难免使用户流失。面对这样的状况,连尚免费读书等免费阅读 App 上线,效果可以说是立竿见影的。在 Analysys 易观发布的 2018 年 9 月 App TOP1 000 排行榜以及月活增幅榜中,月活跃用户超过千万,增幅位列月活超千万增幅榜首位。随后 Questmobile 发布的中国移动互联网 2018 年 Q3 周日均活跃用户规模增速 Top20 App 中,连尚免费读书作为新生 App 排名第三,仅次于淘集集与子弹短信。

前文笔者提到过,付费模式的引进是网络文学发展的一大进步,那为何现在又说是付费阅读阻碍了网络文学的进一步发展呢? 其实这用一句话就可以很好地解释:经济基础决定上层建筑。20 世纪初的网络文学才刚刚开始发展,没有资金支持,不能盈利的发展模式致使文学网站和作家都很难继续生存下

---

① 魏蔚. 从付费回归免费:网络文学的商业模式之变[N]. 北京商报,2018-12-18.
② "入 V"即"加入 VIP"。这意味着这本小说之后会有 VIP 锁定章节,需要读者付费解锁才能阅读。

去。而现在的网络文学发展早已不复当初的稚嫩单一,背后资金支持强大,靠卖章节所获得的利润只能说是其商业价值的冰山一角,但这一模式却把很大一部分读者拦在了门外,可谓得不偿失。因此,从付费到免费无疑将会是接下来网络文学发展的一大走向。

其次是网络文学内容的浅显化、类型化和过分商品化的问题,这其实也一直是网络文学被诟病的原因之一。所以在习近平总书记文艺工作座谈会上强调了"抓好网络文艺创作生产,加强正面引导力度","我们要扩大工作覆盖面,延伸联系手臂,用全新的眼光看待他们,用全新的政策和方法团结、吸引他们,引导他们成为繁荣社会主义文艺的有生力量"①。之后,网络文学作品被要求要有责任感,要反映社会现实,网络作家也开始有意识地创作现实题材作品,甚至举办起了所谓的"网络原创文学现实主义题材征文大赛"。2018 年 3 月,由中国作协网络文学委员会、上海市新闻出版局、上海市作家协会、阅文集团联合推选的"中国网络文学 20 年 20 部优秀作品"公布结果,金宇澄的纯文学小说《繁花》出人意料地在其中。而在《2017 年网络文学发展报告》中,《繁花》也被放在了"反映时代的经典力作"一页。这样一来,网络文学和传统文学之间的界限好像变得模糊了。在这一年,呼吁网络文学回归现实成为引导网络文学发展的主旋律。同时,类型化的过度发展也成为一个影响网络文学发展的重要因素,欧阳友权早在 2013 年就指出类型长篇小说的三个"短板":"商业利益的驱动以及资本最大化对文学品质的遮蔽和文学责任的回避""签约写手的功利心态和期待'招安'的焦虑感"以及"众多类型小说表现出'注水写作'越拉越长的倾向"。因此,"需要校正和修补写作模式化的'重复短板'"和"消减想象力'枯竭焦虑'"。②

还有关于过度商品化的问题,过多资本的介入难免会导致写作的功利化,创办"榕树下"的朱威廉就曾对这一现象表示失望,"我不喜欢这个时代。所有事情变得唾手可得,人文精神面临彻底丧失的危机。20 年前好像黄粱一梦,眼睛一睁,整个社会变为成王败寇的社会,有钱就是王。在榕树下的时期,我似乎看到了我的梦想实现,平凡人都能执起笔来。而在今天,这一切烟消云散了"③。这也是付费制度所带来的问题之一,但相信这个问题最终会随着网络文学的精

---

① 习近平.在文艺工作座谈会上的讲话[N].人民日报,2015-10-15(02).
② 曾军,林非凡.文艺学:重返公共话语的可能性——2013 年文艺学学术热点扫描[J].学术界,2013(12):214.
③ 程千千,章晓莎."榕树下"与网络文学 20 年:网络文学最好的时代已经过去了[N/OL].(2017-12-06)[2023-08-27].https://www.thepaper.cn/newsDetail_forward_1893518.

品化和免费阅读的到来而逐渐被解决。

最后是网络文学 IP 发展至今所面临的问题,这从 2018 年阅文集团收购新丽传媒一事就可以看出。阅文集团高级副总裁、原起点中文网创始人罗立曾说过,阅文的目标是打造像迪士尼、漫威一样的世界级产业集群。而收购新丽传媒则是为这一目标添砖加瓦,不能否认阅文集团拥有可以比肩"漫威、迪士尼"的资源和底气,但事实是,阅文的 IP 改编并没有给阅文带来像漫威英雄一样的热捧,反而骂声一片。相反,盈利能力一般的新丽传媒却拥有优良的影视剧制作能力。这背后折射出的问题是,好的 IP 都被握在一家手里,几乎垄断,但影视改编的能力却与资源的拥有量不相匹配,同时也会一味地将 IP 的价格炒得超过本身的价值;而那些制作优良的公司,由于资源不够也无法支付购买 IP 的高昂价格,面临无剧可做的局面,无法将技术高效转化为现金流。而阅文的这个举动,或许能打破这样的僵局,促进 IP 改编的全新发展。

2018 年作为网络文学的一大转折点是体现在多方面的,无论是网络文学内容的改变还是发展方式和方向的改变,都会带来网络文学发展的新局面。2018 年似乎是网络文学存在的问题集中爆发的一年,但同时也是问题逐渐解决的一年,2018 年无疑会是网络文学发展的一个崭新开始。

纵观网络文学发展二十年以来的评论文章,不难发现虽然评论界对网络文学一直褒贬不一,但无论是传统批评家还是普通大众,都在逐渐认可网络文学。学术界对于网络文学的研究也更加纵深化,这得益于网络文学本身的进步,网络文学早已不复曾经的"臭名昭著",不论从哪个方面看,今后网络文学的精品化和主流化都是必然的。

第三章　网络文学的中国表述：
从"九州"玄幻世界开创说起

　　关于"全球化"的讨论从 20 世纪末叶就已开始，其中裹挟着世界意义上的"申遗热"、中国加入世贸组织、互联网行业尚未全面铺开却已开始进入大众家庭等诸多时代症候。2001 年中国主办的亚太经济合作会议，与会代表着唐装出席，这堪称文化事件的一幕与同时广受关注的"汉服热"，描述出 21 世纪中国所面临的传统文化现代转换问题，其背后却是弥漫性质的"影响的焦虑"。文艺界围绕这种情绪和忧虑展开了思考，2000 年开始绵延多年的"日常生活审美化"大讨论、"失语症""文化自觉"是这一语流中的主导思潮。曹顺庆提出文论"失语症"及"重建中国文论话语"问题，引发系列讨论。周宪从"全球化"与"本土化"的复杂关系思考"失语症"问题，认为"失语症"说法是"力图立足中国传统，构建一套本土性话语体系，想以此抵抗西方的话语权威，从而实现在国际文化交流中对话语权的争夺"。① 李清良则在《如何返回自己的话语家园》一文中写道："建设学术话语是一种带有根本性的返家活动。"② 讨论中的"争夺""建设"等词展示出彼时国人强烈的"寻根"情结，什么是"我们的"、如何建构属于我们的文化体系并能与世界进行对话，这直接导引了之后人们思考的重点。

　　而我想要指出的，是在众多语流当中，网络文学与此种情绪和思考之间的关系并未得到足够重视，或者，被忽略不计。但现实却不由人的主观意志改变其面貌，因为，在一个世纪变迁的新时代起点，网络文学开始进入大众视野，并在随后几年迅速占据网络屏幕文字阅读的半壁江山。如今，我们从国外诸多关

① 熊元良. 文论"失语症"：历史的错位与理论的迷误[J]. 中国比较文学，2003(02)：142.
② 李清良. 如何返回自己的话语家园[J]. 文艺争鸣，1998(03)：7.

— 72 —

于中国网络小说的新闻报道中看到,作为"中国特色文化产品"的网络文学,尤其玄幻小说这一类型,已经与韩流、日漫等相提并论,成为中西文化交流的主要阵地。假如说,网络文学已经凭借着它庞大的衍生能力走向世界,成为"中国"的一个代表,那聚焦这一现象便自然生成总体问题:网络文学何以"中国"? 在网络文学的世界,"中国性"是如何表征的? 围绕这样一个总体论域,本书想要指出,在所谓"中国网络文学"的概念中,玄幻文成为其中翘楚,与21世纪初进入中国大众文化市场的"奇幻"电影和小说关系颇深,而所谓"一个联合开创世界的梦想"就此生发,"九州"系列作品的出炉及由此生发的文学生产变迁是这潮流中的一股热浪。前者关涉建构什么,后者呈现文学产业化现实,共同联结的则是网络世界的中国表述和中国文化的网络传播问题。在今天的文化位置,反观当年"九州"的想象与实践,对仍然是"中国故事"建设重要时刻的此时而言,其意义是不言而喻的。

第一节　寻找的一群:21世纪初的玄幻迷和玄幻文

以"现代奇幻文学之父"托尔金的《霍比特人》和《魔戒》为标志,英国现代奇幻文学肇始于20世纪50年代。20世纪90年代末,英国奇幻小说遇上电影技术革新,在全球化的大力推动中以电影大制作形态迅速蔓延世界各地,包括玄幻小说正处于萌芽状态的中国。而"哈利·波特"系列和"龙与地下城"系统的引进,更使西式玄幻之风大行其道。

中国本土带有"幻想"色彩的文学作品并不少,从《山海经》的志怪荒诞、《庄子》的"寓真于诞,寓实于玄"、唐传奇的"真假实幻"到"极真极幻"的《西游记》,这种"幻想性"融会于浓厚的历史文化传统,但又受如"子不语:怪、力、乱、神"的核心文化限制,幻想文学始终具有民间性质。在这个问题上,很容易因中国如是"玄幻"传统而生出联想:中国自有玄幻体系,绝不逊色于《魔戒》之流。我想,有必要对比较的双方作出甄别。二者最根本的不同在于所面临的读者和创作机制有云泥之别。假如将《山海经》《庄子》等归为精英经典之列没有疑问,那托尔金的作品却是面对城市大众的,从通俗文学到电影、电视、网络,其流动速度、传播广度以及暗含的普世价值跨越了民族和文化的界限,但同时又是欧式的、英伦的。因此,这两种玄幻在根本上应不同。当21世纪初全球影像经由各种渠道尤其互联网在世界粉墨登场之时,这种"世界影响力"令沉浸在幻想世界的同好者摩拳擦掌,创造一个"东方独有"玄想世界的大胆设想被提上日程。

颇有意味的是，尽管《山海经》等经典表述绝不同于今天的玄幻世界，一旦想要寻找"中国表述"，这些作品却首先成为设想的重要参照，甚至在之后的玄幻类型文中成为建构"世界系"的必杀器和徽章。"九州"系列作品的生发是此"寻找群"中的翘楚，它们建立起自己的"九州"体系，并采用多人联合创作的方式，既学习了西方，同时宣告"中国玄幻"自有其风流态度。

给"九州"为代表的"寻找的一群"极大力量的是香港武侠前辈。且不论金庸、古龙小说在人物关系、功法、战绩等方面的设定，单"九州创世"计划核心人物江南与金庸作品缠绕不断的官司足以说明二者关系之密切。而我在这里要专门提及的是所谓香港"后武侠"的代表人物黄易。一般研究者只关注他在武侠领域的成就，很少有人去探讨他对于玄幻小说的影响。他的作品帮助玄幻小说走出了武侠小说的武力限制，并在普遍的家国天下、中原武林世界设定之外开拓出了新的世界。1987年，黄易的作品《破碎虚空》中主角的实力第一次超越传统武侠武力设定，且为主角找到了全新的人生追求。黄易几十年前的旧作对现在的网络文学依然有指导作用。其《寻秦记》是最早的穿越小说，2001年曾一度在卫视热播，对网络文学影响不言而喻。《星际浪子》《超级战士》等作品则包含了科幻星空、末世求生及都市异能等多个当下常见的网络文学类型要素。

黄易是第一个为玄幻下定义的作家，他的《凌渡宇》系列正式提出"玄幻"概念，即"集玄学、科学和文学于一身"。北京大学孔庆东教授在《通俗文学十五讲》中也提到"黄易发明了一种'玄幻小说'"[1]。故而在黄易去世之后，很多人说黄易的死是一代玄幻鼻祖的逝去，起点中文网更是在首页进行公告，发表名为《沉痛悼念黄易大师仙逝》的文章对黄易进行悼念，文中写道，"黄易先生不仅仅是一代武侠宗师……他们通过各种方式悼念追思——网络文学因此一夜无眠"[2]。可以说，黄易是"寻找的一群"中的先驱式人物。

2002年前后是网络模仿英国奇幻文学的热潮期，《佣兵天下》（说不得大师）、《亵渎》（烟雨江南）、《小兵传奇》（玄雨）等是其中影响力较大的几部。此类作品生成的动机多为"蹭热度"，因此模仿痕迹很重。但中国读者的阅读期待与西方文化设定自有差异，网络写手只是投入大量精力去吸收西方小说的系统性、庞杂性及异域性，这么做并非无益，但很多时候弊大于利，即便在网络大神

① 范伯群，孔庆东. 通俗文学十五年[M]. 北京：北京大学出版社，2008：43.
② 起点中文网. 沉痛悼念黄易大师仙逝[EB/OL]. （2017-04-07）[2019-06-11]. https://www.qidian.com/news/detail/566700170.

的作品中照样有很多多余的、无关主题的西方玄幻元素。以著名作品《盘龙》为例，这是第一部登顶百度热搜榜的网络玄幻文。阅读此书，除了奇幻想象迭出，读者会发现此书故事背景别扭的中西混合之象，而且以中国人的阅读期待来看西方文化设定，总有点别扭。过重的模仿痕迹，既不利于扩展自己的粉丝圈，且易失去自己的根基，难免沦为他者附庸。

倘非如此，那么，属于中国人的"玄幻世界"在哪里？"九州创世"正是在这样的语境中出场，可谓掷地有声。

江南、潘海天、今何在这批人在 20 世纪末便因《科幻世界》杂志组成一个趣缘集合。或许，在"科幻＋玄幻＋奇幻"的中式"玄幻文"组合中，他们是最有可能组织力量尝试代表"中国"发声的。此前的当代文学书写几无面对大众的有影响力的中国科幻文。这里，自然要提到刘慈欣。自 1999 年处女作《鲸歌》以及后来引世人瞩目的《三体》连载于《科幻世界》，后者成为 2006 年度最受关注、最畅销的科幻小说。虽同依托《科幻世界》，刘慈欣的写作与江南等人却路径不同，其丰富而扎实的科学想象奠定了科幻小说基础，而"九州"走的却是中国古代时空下国人玄想中的现实世界。

2001 年 12 月 17 日，水泡召集同仁合作打造以"凯恩大陆"为背景的西式奇幻系列小说，可被视为"出场"的预演，一个月之后大角关于"凯恩大陆"增加东方风格大陆的建议才是真正"九州创世"的开始。紧接着几个重要举动：一，2002 年 1 月 8 日，遥控发帖《六间卧室，一半是用来做实验的嘛》，提出需要一个"东方奇幻世界"设定，进行"接龙式小说"创作。① 二，江南、遥控联名发表《星空的尘歌：创世设定》《星辰诗篇：天文设定》，决定创立自己的奇幻系统。三，2003 年 1 月 17 日，九州创世天神组正式确立。随后江南发表"九州"系列第一本小说《九州缥缈录》。四，九州论坛开创，网上出现一大批以"九州"世界为背景设定的玄想作品。与《科幻世界》合作建"九州"专栏，线上与线下传播联手模式形成，并很快引起广泛关注，销售量突破十万册。②

在不长的时间里，从"实验"到"落地"，"九州"作为一个品牌（或称 IP）产生系列连锁反应：今何在、江南、潘海天在上海合资创办实体公司；《飞·奇幻世界》创刊；北京航空航天大学举办了第一届"九州奖"③；九州系列图书《九州·

① 吕航,谭恋恋.浅谈新媒体环境下幻想文学的产业化——以九州世界为例[J].资治文摘(管理版),2009(07):48.

② 九州:一个诞生在网络上的"本土帝国"[N].中国图书商报,2005-08-15(A03).注:本文作者不详,为多篇网络文化研究论文引用.

③ 王恺文.九州:夹缝中的精英奇幻[N].文学报,2015-04-09(21).

缥缈录》《九州·羽传说》出版；2005 年 7 月，脱离《科幻世界》发行《九州幻想》杂志；"九州"团队走入大学，受到青年群体热捧；2006 年 9 月，第二本杂志《幻想 1+1》（后改名为《幻想纵横》）北京发行。① 如果说"九州"是 21 世纪初中国奇幻小说的一股飓风，或许并不为过。从设定到主体精神，一个有望成为"东方式'龙与地下城'"的玄想世界初见雏形。

第二节 "九州"的诞生："走向中国"的积极尝试

前面提到，中国带有"幻想"性质的文学书写自古及今，如草蛇灰线般隐现于中国文学史和中国文化。尽管有"子不语怪力乱神"的主导文化规约，幻想却在民间和文人笔下创造出光怪陆离的奇景。21 世纪初的"九州"上承中国几千年文化传统，提出了立足"东方独有"的系列构想。

一、"中国式幻想世界"的诞生

2002—2003 年，网络上开始出现一批模仿英国奇幻文学、具有明显异域色彩的小说，例如《佣兵天下》《亵渎》《小兵传奇》等等。烟雨江南的《亵渎》讲述的是身为破落贵族的儿子——罗格，继承了最强大的死灵法师罗德格里斯的灵魂与最纯净的灵魂能量——神之本源——之后纵横大陆的故事，其重心即后来常为人道的"屌丝逆袭"。从人名到大陆设定，这部作品都带有明显的英伦风，足见《魔戒》之影响力。《佣兵天下》的大青山则是被描述成史料记载的第一个神圣龙骑士：在所有的文明中，他都是传统骑士的典范。佣兵王艾米的恋人莹则是一个来自精灵森林的女孩。"骑士""魔法""精灵"等等都体现着西方奇幻的特点，假如中国奇幻小说只是单纯地进行模仿，借用以上元素进行写作，那么很有可能最后只是沦为西方文学的附庸，因此，"九州"出现的重要意义正是一种努力：建立本土幻想世界，摆脱西方奇幻桎梏，破除中国文化"失语"现象。

二、"中国性"符号的首先确立：中国文化空间中神话的重塑与武侠的回归

潘海天是"九州"的创建者之一，他说："九州存在的意义在于，它是国内第

---

① 吕航，谭恋恋.浅谈新媒体环境下幻想文学的产业化——以九州世界为例[J].资治文摘（管理版），2009（07）：48.

一个试图以东方幻想文化传承为灵魂,但又以西方的架空世界体系为规则的一个集体性作品。我们希望这种符合当下阅读习惯的新形势去寻找曾经华彩诡异又气势磅礴的东方式想象力。"①可见,"九州"没有完全脱开西方的影响。那么,如何做出带有鲜明中国本土特色的幻想世界?如何在骑士、精灵、魔法组成的西方幻想中突出重围,"寻找东方式想象力"?立足中国传统,对神话和武侠的重塑和回归就成了确定"中国性"的第一步。

首先,在中国文化空间安放"世界"和社会格局。

"九州"世界设定:天文——主星、辅星;地理——王朝按九星阙的映射划分为"九州",这就是:殇州、瀚州、宁州、中州、澜州、宛州、越州、雷州、云州。种族:六大族为人、羽、夸父、河洛、魅、鲛。显然,以"九州"命名整个系统,"地理"空间的重要性不言而喻,而"九州"本身与中国之"九州大同"的文化地图吻合,不生硬且有无限联想余地。这一世界设定对活动其中的"人"亦有指涉:"人族是数量最多、分布最广也是社会制度最发达的种族。瀚州、中州、澜州、宛州、越州均是人族的天下。人族分为东陆人、北陆人和西陆人。东陆人重礼义、读诗文,长袍宽袖,抚琴作画,以农耕为社会之基石。而北陆人以游牧为生,多生活在瀚州大草原上,民风彪悍,喜烈酒、好长歌,被东族人称为蛮夷。东陆与北陆之间隔着宽阔的海峡,又称天拓大江,它见证着一次次的北讨南征,兴废恩仇。而西陆是神秘之土。传说曾存在过辉煌的文明,却因为瘟疫而只在森林中空留遗迹。"②有农耕,有游牧,有草原,有偏远,且民风习俗迥乎不同,如此架构带有明显的中国文化空间隐喻,对之后的网文书写有很大影响。

其次,重塑神话传说。

当西方奇幻小说通过魔法、魔术等神秘力量构建出一个奇幻世界的时候,"九州"要创建自己的本土玄想世界就不能再借用这些元素。这个时候,小说写手不约而同地将视线移向了中国自己的"上古神话"。神话传说是一个民族对这个世界最早的想象和认知,具有不可再生性。"民族"是神话的一个重要特色,"民族"的基因深植于每一个神话的血脉之中。③ 利用神话传说将小说中的叙事空间塑造成一个"中国式"的幻想世界,"九州"主要利用了两种方式:

一是用神话故事作为原型解释小说世界的虚幻性。例如,在"九州"的世界观设定中,"九州"创世理论:"墟荒创世论"——从混沌的原身到大爆炸,就可以明显地看到中国古代盘古开天辟地的神话原型。此外,其中的"夸父"一族也

① 何晶,潘海天.寻找东方式幻想文样的道路[N].文学报,2012-11-15(21).
② 江南.九州缥缈录:后记[M].北京:新世界出版社,2005:66.
③ 王宪昭.中国民族神话母题研究[M].北京:民族出版社,2006:4.

是来源于《山海经》中夸父逐日的神话故事。

二是将人赋予神的因素:"九州"中的羽人、无翼民、河络、鲛人、魅都来源于《山海经》《搜神记》:"羽人"最早出现在《山海经》,称羽民。鲛人则是中国古代神话传说中鱼尾人身的神秘生物,早在干宝的《搜神记》就有记载:"南海之外有鲛人,水居如鱼,不废织绩。其眼泪则能出珠。"至于"河络"的名字也与中原文化的发源地"河洛"谐音。"魅"继承的则是中国的"鬼魅",他们没有实体,而是以一种虚无缥缈的形态生活在这个世界上。

当读者看到盘古开天、"夸父逐日",羽人会飞有翼,鲛人半人半鱼,这些中华民族的典型故事和形象时,童年时关于民族的原始审美想象就会被唤起,而这正是与精灵、魔法不同的属于我们自己的民族记忆。

再次,武侠精神的回归。

英雄是文学作品的母题。《魔戒》等作品中主人公对个人欲望的强调和突出,显然受到西方传统骑士精神的影响,宣扬的是西方世界对"英雄"的界定、理解,塑造的是独特鲜明的"西方式英雄"。那么,中国从哪里去寻找自己的英雄?这个时候,中国侠士站了出来。

中国的侠文化由来已久,"少年游侠,中年游宦,老年游仙"是中国传统文化人生的理想模式。那么,何为"侠义"?当代武侠小说作家金庸对"侠义"的诠释对现代中国人影响最为深刻,他的"侠义观"在小说中借郭靖之口说出:"行侠仗义、济人困厄固然乃是本分,但这只是侠之小者。""只盼你心头牢记'为国为民,侠之大者'这八个字,日后名扬天下,成为受万民敬仰的真正大侠。"我们说得简单一点,侠就是牺牲自己帮助他人的行为。①"九州"就以此"侠义"精神为核心,塑造出了一个个典型的"中国式英雄"。

《九州缥缈录》中的主人公吕归尘就是其中之一。幼年时用小小的身躯挡在九王吕豹隐的刀前救下苏玛,对苏玛说"我会保护你"。随后去了下唐做质子,对他父亲说:"阿爸,我会保护你。"之后面对雷骑军的冲锋,吕归尘直面而上,对本应保护自己的金吾卫统领说:"你们一层一层地退,我最后一个走。"②"我保护你"这句话是主人公从头到尾的信仰:即使面临比自己强大百倍的敌手,也会义无反顾以弱抗强,牺牲自己救助他人。

白毅是江南《九州捭阖录》中的王者,他在外有乱世霸主虎视眈眈、内部也遭受疑惧的情况下守护天启直至最后一个战死。江南在自己的博客上剧透了

---

① 孔庆东.金庸小说万古传[J].出版广角,1999(08):21.
② 江南.九州缥缈录3:天下名将[M].北京:人民文学出版社,2015:68.

白毅的命运和结局:白毅起身,单膝跪地,一手抓住刀柄,一手紧握女人的手,把女人背在身后,"我是军王白毅,这一生历尽艰辛,也没有能够守住这个帝朝。但我手中,还有这柄刀"①。在他身上,我们看到了郭靖为抵御蒙古入侵而甘愿镇守襄阳城,这种"牺牲精神"链接着梁红玉、岳飞、戚继光、文天祥……诸多"侠之大者"的影子伴随着民族英雄话语浓缩呈现。在今何在的小说《九州羽传说》中,向异翅幼年时期因天生翅膀颜色与他人不同而备遭同族人的歧视,但在成人之后却毅然选择为羽人一族牺牲自己。

这种注重"侠义"精神的写法是一种文化选择,特别当其以草蛇灰线的方式潜隐在诸多文本之中的时候,尽管"个体""功利"愈发浓烈地凸显在各类文本,但关键时刻的"大义""放弃"乃至"牺牲"却此起彼伏:《花千骨》中白子画宁舍自身仙途以天下苍生大义为先、《神墓》中以"灭天"之举成就人间正道、《择天记》陈长生上下求索最终要说的不过是"众生"二字……从现今数以千万计的网文看,"九州"所试图建立的"东方式想象"或多或少地显示着"中国"影响力,这给我们启示:立足中国文化传统,是寻找"中国性"的成功一步。

第三节 "九州门"的爆发:"走向中国"的困境危机

当寻找到神话和侠义精神——这两颗"中国性"的种子之后,"九州"有望成功建成一个能与西方相抗衡的"东方玄想世界"。然而,2007年"九州门"爆发,九州创世七天神分崩离析,"九州"宣告破产。

"九州"的中国化尝试陷入困境,但是今天中国玄幻类型文的蓬勃发展却证明了中国化的成功。也就是说,在走向"中国"的这条路上,"九州"在"九州门"中遇到的问题是能否成功走向"中国"的另一个关键所在。或许单单在小说文本"立足中国传统",找到具有"中国性"的符号并不足够,成功走向"中国"的关卡还需要另外一把钥匙。

把"九州门"发生的时间点放在网络文学发展的历史线上,我们发现,2007年,网络文学的传播方式和运营消费模式已经发生了天翻地覆的革新:新的文学网站消费模式悄然兴起,资本市场对网络文学的把控日益强大。随着新媒介衍生产品的开发,网络小说已经成了网络写手、网站编辑、网站运营、读者粉丝

---

① 九州缥缈录吧. 白毅之死,注定的结局[EB/OL]. (2015-05-27)[2019-06-11]. https://tieba. baidu.com/p/3789834000.

等等元素众声喧哗的狂欢广场。面对这个新的文学消费市场,小说要写什么、怎么写?团队如何合作、怎样运营?以上问题摆在了这批"中国合伙人"面前。"九州"小说是继续坚持精英个性的故事创作还是投入类型化?"九州"团队是选择坚守当初创建东方世界的理想还是面向市场务实经营?他们都亟须作出选择。

一、网文饕餮下的书写危局:从"精英写作"到"类型狂欢"

网络文学发展到今天,与传统文学独具个人特色的精英写作相比,类型化的批量写作是文学市场与网络媒介结合的必然产物,也是传统文学和网络文学的关键区别之一。"类型化"网文的出现一方面是对读者的充分迎合,打开任意一个网络小说网站,其中就会出现许多类型标签,例如"穿越""言情""玄幻",等等,读者直接根据自己的兴趣爱好就能选择相应小说进行阅读。另一方面,故事情节的类型化也降低了网络小说写手的写作门槛。原来作者最需要耗费精力、最具原创性的情节结构,现在已经直接放在了他们面前,只要你有一定的组织能力,就可以随意进行故事情节的照搬粘贴,改个人名,换个地点,一本新的小说直接出炉。以网络玄幻小说为例,掉入山涧、习得神功、废柴逆袭等等都是典型的套路模式。这种速度快、针对性强的"类型化写作"在文化消费市场中尽得先机。网络文学的"类型狂欢"与"九州"创作主体精英意识、接龙式创作之间产生的矛盾隔阂都让我们看到了"九州"发展的举步维艰。

首先,"九州"创作主体与网络写手的矛盾争议点在哪里?

以江南、今何在、潘海天等人为代表的"九州创世天神",在创建"九州"系列之前已经是一批具有精英色彩的小说作家。[①] 典型的像潘海天,是国内幻想文学最高奖项银河奖的四届得主。今何在在写作"九州"之前就以《悟空传》成名,《悟空传》虽然也是一部同人化的网络戏仿小说,但该作品在形式探索方面带有一定原创意义,其戏仿等行为本身也是以揭开艺术化面具,还原真实面貌为目的,这些显然都是不同于网络文学中的类型化写作的。[②]

与类型化的网文生产方式相比较,当时九州团队的写作,无疑具有自己的精英意识——以个性化创作故事为写作依据和使命。他们不愿意单纯地为了小说杂志的销量而去迎合读者写作,而只想保持自己独立性的写作模式。今何在是持有这一想法的典型代表,如他所说:"九州已经从当初多人合作创作世界

①　王恺文.九州:夹缝中的精英奇幻[N].文学报,2015-04-09(21).
②　许苗苗.网络小说:类型化现状及成因[J].文艺评论,2009(05):34.

的梦想向一个以卖小说杂志为主的书商公司转变了,以小说来推动九州世界无可厚非,但可惜的是最后反过来变成了九州世界推动小说,读者们越来越只乐于探讨某男主和某女主的八卦,却不在乎这个世界上有几个种族,他们的文化和历史是什么样,那我们为什么要创造一个世界让人来讨论言情?"①从中,我们看到的是一个"纯正"的"九州"玄幻世界的拥护者,一个只愿选择写自己的故事的精英作家,和网络平台上那些照搬套路的流量写手的差异显而易见。另外,像江南,虽然在"九州们"中,江南也表示将自己的重心转向了市场,但是他一开始写作的《九州缥缈录》的确带有鲜明的史诗风格,这就区别于类型化网文。

其次,"接龙式小说"创作方式是否适用于当时的"九州"创作?

"九州"一开始以"接龙式小说"的形式出现在清韵论坛。"接龙式小说"充分利用了互联网的即时性、互动性以及可以超越空间、地域的特点,让文学创作变成了一项集体参与的文学活动。这种多人创作的写作模式在后来的文学市场中盛极一时,今天国际流行的创意写作利用的也是这样一种多人模式,可以说,这种集思广益的小说创作模式适合于一个具有庞大世界观的小说写作。然而,"九州"设定的混乱以及团队合作的缺失却恰恰让这种当时被认为是前沿先锋式的创作模式成了其破灭的加速带。

"九州"世界观虽然庞大,但对于其中的具体设定,团队内部一直存在争议。2007 年,"九州"论坛 novoland 发布了《创造古卷——九州架空世界设定书定购方案》的公告,今何在随即在"九州"另一网站 9z9z 上发表声明,不承认该公告的可靠性,并表示不认可设定集的征订活动及其设定版式。此后一段时间,"九州"主创团队就"九州"设定相关问题产生了激烈的"骂战"。今何在更是公开指责江南"因为自己小说的需要而要求修改九州世界的设定","没有用他的文章去推广过什么十二主星或六大种族这样的设定,却是反过来希望所有的人来配合他小说的风格"。因此,"九州"系列中的小说虽然讲的都是"九州"世界中的故事,但由于这种基础设定的不确定和杂乱,小说之间就会出现许多相互难以融合的情况,这无疑阻碍了"九州"的发展。

不单单是"创世七天神"内部因为设定问题而产生冲突,对于新人,管理团队也是极为严苛,大多以"不符合设定""文笔幼稚"等理由予以否定。② 写手入

---

① 今何在. 说说九州的未来[EB/OL]. (2009-04-30)[2019-06-11]. https://www.douban.com/group/topic/6270453/? _i=3222524ypfuIPV.

② 王恺文. 九州:夹缝中的精英奇幻[N/OL]. (2015-04-09)[2019-06-11]. https://www.douban.com/group/topic/75327613/? _i=3222605ypfuIPV.

门"九州"小说写作的门槛抬高就限制了多人创作模式的壮大。

因此,"九州"当时采用的"接龙式小说"创作形式虽然被认为是一种新的先锋写作模式,却因为"九州"本身的设定混乱和管理团队的严苛而导致"九州"的加速破灭。

20世纪末,中国进入"消费时代",带动了网络小说的迅猛发展。当市场和读者成了网络小说指挥棒的时候,网文"类型化"的创作特点就变得更加明显。从众、跟风才是网络小说创作的流行方式,只有快准狠地码字才能赢得市场的青睐,获取经济效益。而以上两点原因都让"九州"的小说创作陷入困境,导致"九州"出文的速度和数量远远不如其他小说网站。"九州"的束之高阁其实是一种作茧自缚,最后就只能被消费市场远远地甩在后面。

二、中国合伙人的观念冲突:从"理想坚守"到"务实经营"

"创世天神"组建之初的共同梦想是创建属于中国自己的"东方式幻想世界",实现"将天空中的一滴水变成大海"①。然而,随着网络产业商业运作的兴起,纯粹的"理想坚守"恐怕只能面临被市场淘汰的惨淡结局。是继续坚守理想还是选择迎合市场,务实经营,这批"中国合伙人"内部就产生了观念分歧。

2006年,江南北上创办《幻想1+1》杂志是"九州门"爆发的导火索,《幻想1+1》从创刊初就已经和《九州幻想》(上海)形成了竞争关系。当今何在等人还在坚守(上海)九州部门,写着关于"九州"的故事,力图创建第一个"中国玄想世界"的时候,江南却转向北京做起了自己的《幻想1+1》,而《幻想1+1》刊登的主要是一些非九州幻想类的小说文章。据当时的媒体报道,(上海)九州杂志部门在没有资金付稿费的情况下,北京分部一直都还在高额预付酬金。与当时《九州幻想》每况愈下的情况相比,江南主办的《幻想1+1》杂志反响热烈。由此,我们看到2006年左右,《九州幻想》在消费市场上已经没有创办时的风生水起,而是处于走下坡路的状态。

《北京青年报》对江南的专访中提道:"江南与一般的幻想小说作家相比,最不同的一点就是他的经营头脑,很多作者具有非常固执的理想主义情怀,不愿意过多沾手经营的具体问题,也不愿学习经营知识。而在大学时期就跟着师兄涉足出版业的江南,愿意算钱,愿意学习控制杂志成本的知识。在务实经营和作者的固守之间的冲突,也是他和九州盟友们产生分歧的重要原因。"至于今何

---

① 今何在.九州创作缘起[EB/OL].(2017-04-13)[2019-06-11].https://tieba.baidu.com/p/1780766579.

在,则反复在公开场合提道:"我想建设的九州是一个多人合作的架空世界。这里面,合作是关键词。"①"对于我来说,我是为了一次合作而写九州小说,当我发现,这种合作已经不复存在,尤其是还为了利益而分裂变成竞争者的时候,一切就已经变得荒诞了。我写小说,我也梦想一个世界,但我并不认为九州小说写上几百万字就可以达到我的梦想。我想寻求的是规则,是可以把许多人和力量联系起来的规则。"②"九州"团队内部经营理念的分歧可见一斑。

与"九州合伙人"选择"理想坚守"还是"务实经营"的问题类似,今天的网络小说也面临着传承文学理想的"情怀"写作与迎合市场的"爽文"模式之间的抉择。其中应该是"专业、精英"还是"业余、个人"等等问题都引发过论证,最典型的就是以陶东风、萧乾为代表的"陶萧之争"。

在网络玄幻小说刚出现的时候,陶东风教授以传统精英文学的维护者身份公开指责,玄幻小说只是在"装神弄鬼"。玄幻文学的价值世界是混乱的、颠倒的,充斥着低级趣味,只是不断地不择手段地捞取现实利益。③ 这些观点引起了以萧乾为首的反对派的口诛笔伐。在"究竟是谁在装神弄鬼?——回陶东风教授"的帖子中,萧乾认为自己的小说背后,人性才是最重要的。在该帖的热门评论中,一个 ID 是"十言难尽"的网友说道:"多说两句,少说两句,也不会造成趋势的变化。存在即是合理。市场决定一切。"④文学总是书写人性的,对网络小说来说,其背后的"一把手"到底是"市场"还是"情怀"怕也不能拍板定论。最后"陶萧之争"以势均力敌的姿态结束。

但是,网络玄幻小说发展到今天,随着"文青"派玄幻小说的脱颖而出,当时争辩不休的在"理想"与"务实"、"爽文"和"情怀"间如何抉择的问题可能已经得到了一定的中和。"文青"派玄幻小说在艺术特征上一方面借鉴了传统经典文学和武侠小说的叙事手法,另一方面也体现出网络文学数据库模式写作和迎合商业开发而调整叙事策略的特征。他们通过文本世界中呈现的另类时空关系探讨当下网络文学价值观念的转变,在"适俗"的基础框架上展开对理想价值的深入思考。⑤

① 今何在. 说说九州的未来[EB/OL]. (2009-04-30)[2019-06-11]. https://www. douban. com/group/topic/6270453/?_i=3222524ypfuIPV.

② 今何在. 说说九州的未来[EB/OL]. (2009-04-30)[2019-06-11]. https://www. douban. com/group/topic/6270453/?_i=3222524ypfuIPV.

③ 陶东风. 中国文学已经进入装神弄鬼时代?——由"玄幻小说"引发的一点联想[J]. 当代文坛, 2006(05):8-11.

④ 萧乾. 究竟是谁在装神弄鬼?——回陶东风教授[J/OL]. (2007-03-22)[2019-06-11]. https://tieba. baidu. com/p/5068517481.

⑤ 谈霜瑜. 网络时代的理想主义书写——论"文青"派玄幻小说[D]. 杭州师范大学,2017:39.

　　"九州"创办之初，网络玄幻小说还羽翼未丰，市场消费文化的冲击力非常强大，"九州"这样一艘小船想漠视市场无疑是蚂蚁撼象。"九州门"中，是选择面包，还是理想，这都没有高下之分也无须争执。但今天的"文青"派可能就为我们提供了另一方案，或许网络玄幻小说发展到今天，"鱼和熊掌都能兼得"已不是无稽之谈。

　　"九州"力图创建中国第一个"幻想世界"，写出属于中国自己的奇幻故事，在走向"中国"的路上，他们首先抓住"神话"和"侠义"这两个元素，突破了西方奇幻中由"魔法"和"骑士"设下的窠臼，找到了中国本民族的身份符号，迈出了走向"中国"的成功一步。但是，正当这种努力成功在望时，"九州门"的爆发又让我们看到，这种寻找"中国"的努力因为社会语境的变化遭遇了新的困境：今何在继续坚持独创性的写作有问题吗？江南放弃合作走向商业、市场，他又做错了吗？或许在当时的语境中，情怀和理想的确是一个难以兼得的问题，但是到了今天，网文写作模式和读者受众群已经与当年大不相同。如果当时因为类型化写作刚刚兴起，读者还痴迷流连在这样一个个"爽"点不断的类型故事中，那么，今天"文青派"写手的火热却让我们看到，读者的品位或许已经发生了变化，从前单纯的流量类型写作可能也不再是市场一直所需要的，今何在当时成为掣肘的主张在今天我们已经能看到其中的力量，而江南选择的市场也成为当时今何在摆脱掣肘的助力。总之，对"九州"和"九州门"的讨论一方面让我们看到在走向"中国"这一路上，我们对"何为中国性"的思考——"中国性"不单单只是从传统中国文化中汲取力量，还应该立足当下中国语境不断发展创新；另一方面今天成功走向"中国"的网文已经生成了新的生产消费机制，读者的阅读水平也在不断变化，网文的写作已经不能再是简单的套路化生产，对个人独创性的需要同样迫切。

第四章　早期文学网站"榕树下"
与网络文学生态^①

　　文学网站是在 20 世纪 90 年代产生的全新文化生产机制,是进入大数据时代后文学创作与传播的新型平台,是文学创作者突破传统书面写作方式找寻到的新型写作路径。欧阳友权认为,文学网站是"专门用于收藏、储存并发布文学作品和其他文学信息以供网民浏览的网络节点,它一般由文学机构、文学社团、文化公司或文学网民个人建立,是文学在网络虚拟空间的聚散地,也是网络文学的具体承载体"^②。文学网站对网络文学生态的构建产生了较大影响,网站的发展变迁亦关系着网络文学创作的走向和生产机制的变革。二十余年来,文学网站俨然成为网络写作的主阵地,学界对文学网站的关注度有所增强。

　　中国的文学网站品类繁多,具有广大的受众群体。作为国内历史最悠久的品牌文学类网站,"榕树下"曾经是中国最大且最具影响力的文学交流门户之一。昔日承载无数文学青年写作梦想的摇篮,如今却在时代浪潮的翻滚中隐匿落幕。近几年学界关于文学网站的研究中,对中国文学网站发展有筚路蓝缕之功的"榕树下"却未受到足够的关注。知网中"榕树下"的相关研究有百篇左右,其中近 2/3 是作为文学网站宏观调研中的个案被提及,对"榕树下"进行专门性深度调研的文章不多。与现存的文学网站相比,"榕树下"具备早期网络文学的颇多特色,因此还留有较充分的探索空间。接下来我们将循着"榕树下"的变迁脉络,从网络文学的审美取向与生产机制两方面探究"榕树下"对网络文学

---

　　① 江南大学网络文艺研究中心成员谢蓉参与了有关"榕树下"和传统文化因子的讨论和写作,谨此致谢!

　　② 欧阳友权.网络文学发展史[M].北京:中国广播电视出版社,2008:1.

生态产生的影响。

第一节　"榕树下"与网络文学的审美取向

20 世纪 90 年代,在市场经济的冲击下,中国文坛迎来了前所未有的"喧哗与骚动"。同时期,互联网进入中国内地,文学生产方式全面革新,作家的创作追求和读者的审美需求在时代浪潮的裹挟下发生进一步转向。其中,各类具有组织规范的文学网站使得民间话语共享网络对话平台,推动网络文学以平民姿态开启了一个"新民间文学"时代。① 作为文学网站开山之祖的"榕树下",它一方面发挥网络特性,打破了严肃文学的审美霸权;另一方面坚守文学本心,延续了应有的人文精神承担,极大地影响了早期网络文学的审美导向。

一、解构传统文学的审美规范

百年以来的中国文学都有其沉重的负载,它继承中国古典文学"诗以言志""文以载道"的传统,将文学的教化功用和现实价值视为一切评价之前提。我们一般所谈的传统文学(精英文学),是以作协-文学期刊、专业-业余作家这两种官方体制为核心,遵循严肃文学传统和古典精英原则的写作②,它尤其强调正统的审美规范,在文坛拥有着绝对的领导权。大众的审美阅读标准曾长期处于"体制内"文学的规训下,这种情况直至网络文学横空出世后才有所改善。

作为中国网络文学的"标本性"起点③,"榕树下"是最早打破传统文学书写规范的网站之一。"生活、感受、随想"是"榕树下"的突出特征,它一度被视为"网上《收获》"。有人认为"榕树下"以做出网络的"纯文学"为目标,但创始人朱威廉则否认了这一评价。他指出"榕树下"所追求的文学之纯"在于它写的是很真实的生活,很纯粹的个人体验,并不是写作方面的新奇,和'纯文学'是不一样的"④。实质上,"榕树下"是被排除在传统文学体制外的"文学青年"实现写作梦想的平台。它将写作的主动权交付于文学创作的边缘群体,甚至是非专业的普通民众,意图探察生活本真,倾听人们纯粹的心声,在题材选择上更呈现出

---

① 欧阳友权.网络文学审美导向的思考[J].江苏社会科学,2005(01):190.
② 邵燕君.传统文学生产机制的危机和新型机制的生成[J].文艺争鸣,2009(12):12.
③ 吉云飞.制作起源:中国网络文学的五种起源叙事[J].文艺理论与批评,2021(02):156.
④ 邵燕君,肖映萱.创始者说:网络文学网站创始人访谈录[M].北京:北京大学出版社.2020.7.

多元化、包容性的特质。"榕树下"所提倡的"回归民间"恰恰应和了文学原初的消遣性质,这与传统文学追求的宏大叙事背道而驰。

从"榕树下"早期的栏目设置和对典型作品的梳理中,我们可以很明显地看出网民审美取向之所在:强调个体抒发的民间写作。写手们与专业作家撷取民间资源的写作姿态完全背离,他们在用民间见证者的眼光记录生活,展现自身的文学才能,由此呈现出几种有别于传统文学的写作特征。其一是个人化,写手多以自我的视角和立场观察生活、感悟人生。这种写作突出私人经验,含有自叙传倾向,以恋爱、婚姻家庭等体验为主。如上海网友 16 号恐龙的《恐龙的眼泪》一文记录了自己初次网恋失败的全程,山东网友南南和北北在《婚姻生态》中描摹了普通夫妇的婚姻常态,时未成名的作家韩寒也曾在《都市人不归夜》中分享自己生活在魔都上海所见的人情冷暖……网友们以个体隐秘经验的无意识流动为叙述主体,拈来日常在"榕树下"交流感想,表达方式散漫而琐屑,更像一种论坛式的发帖互动。其二是小资情调,这类写作刻意追求浪漫与休闲的氛围营造,迷恋崇拜精致高雅的生活情调,在张扬个性的同时流露出自怜自艾的忧伤。如庆山(安妮宝贝)的首部短篇小说集《告别薇安》,最初连载于"榕树下",作品以书写现代都市中的两性情感纠葛为核心,充斥着流浪、宿命、离别等颓废情绪。书中"小资"形象的塑造更是别具一格:《告别薇安》中有着忧郁眼神的"高岭之花"林、《烟火夜》中读着卡夫卡却为爱自戕的绢生、《最后约期》中倔强而孤僻的安……"榕树下"的小资写作是网友为逃避物欲横流的现实社会所创造的栖身之所,他们在此释放压力,构拟放纵的精神乐土。其三是类型化写作。"榕树下"早期分类是参照传统文学的体裁,只在主题上作出细致区分,如言情、武侠、科幻、悬疑等等。彼时网络作家的创作以游戏消遣目的居多,延续着非功利写作的精神,因而作品质量高。如蔡骏在"榕树下"发表了中文互联网首部长篇"悬恐"小说《病毒》,后来他也成为"中国悬疑小说第一人"。又如"张爱玲范女王"黄霁,其小说《夫妻那些事》也被改编为热播影视剧。类型写作是在"榕树下"接轨市场后贯彻的主要创作方式。在网站首页,我们能发现现存的题材分类包含都市、言情、青春、历史、军事、悬疑、幻想七种,这些作品已然出现模式化、点击率崇拜、艺术价值低等缺陷。

综上所述,"榕树下"的整体创作可谓清新质朴却不流于低俗,并凭借个人化、小资化、类型化的写作风格突破了传统文学的审美禁锢,影响了早期网络文学的审美取向。需要注意的是,"榕树下"从未舍弃过对文学人文价值的追求,这便是我们下一节讨论的核心问题。

二、承续传统文学的人文内核

中国文学自古便延续着人文关怀的传统。无论是古典文学忧虑政治民生的"兴观群怨",还是五四以来高扬人道主义的"人的文学",乃至1993年文坛围绕文学和人文精神危机掀起的火热论战,中国知识分子始终把人文精神视为文学的终极价值所在。网络文学的诞生恰逢20世纪末文坛这场持久蔓延的精神缺失困境,部分创作沾染上了媚俗平庸的低级趣味。作为20世纪末21世纪初中国影响力最大、受众面最广的文学网站①,"榕树下"却在寻求文学写作新路径的同时坚守了传统文学的人文内核。

朱威廉曾在访谈中表示:"如果榕树下能变成一个有强大商业模式的网站,我会在确保它有巨大营收的同时还把巨大的社会价值、人文价值体现出来。"②事实也确实如此,在个人主页时期,网站中散文随笔的比例一度占据80%,即使后期改版,比重也近乎半数,它们却是最难获取商业利润的文学类型。不少散文随笔记录了普通网友的日常生活感悟,传递了积极乐观的价值观念,是对生活中美、自由乃至人本身的深切关怀。从网站栏目设置来看,"榕树下"早年间依旧遵循着散文、小说、诗歌、杂文等传统文学的基本体裁分类,其中不乏符合传统审美规范的佳作。以诗歌版块"丝路花雨"为例,文学爱好者严格按照古典诗词的格律形式进行创作,精炼含蓄,结构工整;现代诗歌作品也浑然天成,意味隽永,这些优秀的诗歌作品都可以纳入传统诗歌的审美框架:

秋　闲

上海　箱子

一霎潇潇雨,满楼细细风。

淡香中庭木,微冷两径松。

睡起听天籁,闲来数落桐。

遥怜南北燕,去往飞长空。

---

① "榕树下"日访问量一度在700万以上,每天能够收到近5 000份投稿,网站拥有300万以上的存稿,是全球最大的原创文学作品稿件库。朱凯.无纸空间的自由书写:网络文学[M].北京:华龄出版社,2005:126.

② 邵燕君,肖映萱.创始者说:网络文学网站创始人访谈录[M].北京:北京大学出版社,2020:8.

某个早上的思念

上海　右眼

哀愁潮起潮落，
有月亮的夜晚
兴风作浪。
然后在明媚的初晨，
把迷路的鱼儿
还给海洋。
把悲伤站成一堵墙，

一边是碎砂，
另一边是耳语的芬芳。
而你的名字
无处不在，
就像蜘蛛爬过来，
就像影子背后的阳光。

图4-1　《榕树下网络原创作品丛书》第二辑中的诗歌

　　需特殊强调的是，"榕树下"的"童书馆"专栏是现存同类型文学网站都不曾开设的，它将文学关怀聚焦于弱势地位的儿童，这一独特安排更显网站的社会责任意识与人文担当。首页推荐中，如《小飞鱼蓝笛》系列童话融环保、科普、冒险、梦想、情感教育为一体，满足了儿童心理空间的正常需求，符合儿童的审美趣味。出版作品选《榕树下》中的"童话光盘"版块也收录了风格各异的童话作品，包括故事新编、童话寓言、科幻冒险等类型。有些作品虽然存在成人口吻叙述的倾向，但大多数还原了儿童纯真自然的天性，填补了商业文学网站"不谈儿童"的空白。

图4-2　"榕树下"首页的儿童文学专栏

　　此外，从题材内容来看，大部分"榕树下"写手关注到了"人"的现实生存境遇和人生价值实现，深刻洞察生活的本质与人性的深度，试图思考时代与个体的命运脉络,呈现出极富人文精神的话语表达。最具代表性的是两部以疾病书写为主题的作品。《生命的留言》是胃癌晚期患者陆幼青 2000 年开始于榕树下连载的日记随笔,记录了在生命最后三个月对亲情、爱情、青春等人生经历的思考,作者以坦然平淡的笔调叙说出生与死的厚重命题。作品一经发表便引爆网络,陆幼青面对病痛的豁达态度、真诚纯粹的写作姿态令无数网友动容,"珍爱生命"成为当时的热门社会话题。2001 年,《最后的宣战——一个艾滋病感染者的手记》在榕树下发表,创下一天之内点击率猛增 3 万多次、新增留言 1 000多条的记录。① 黎家明(化名)被称作"最神秘的艾滋病人",他的写作初衷在于消除社会对艾滋病人的偏见与歧视。违背道德准则的悔恨、被社群排斥的自卑,诸多热烈情绪的感发使这部作品引发了道德、真伪、利益等社会争论,热度持久不退,边缘群体的生存境遇开始走进大众视野。由此可见,"榕树下"为平民话语和边缘话语的言说搭建了新平台,文学不再是专业人士束之高阁的艺术品,它借网络之形化作披露民生百态、诘问现实弊病的发声筒,促使民间的声音得到真正尊重。深入关切到具体的"人",这正是"榕树下"所葆有的人文特质。

总而观之,"榕树下"既非严肃文学的网络再生,也非盛行的商品文学消遣基地,在未被资本彻底收购之前,它将传统文学与网络文学的精华成分兼收并蓄,在日新月异的新媒介时代坚守自身的文学理想,成就了文学网站最初的辉煌。

第二节 "榕树下"与网络文学的生产机制

邵燕君在《倾斜的文学场》中提出:"'文学生产机制'是文学生产各部分、各环节的内在工作方式和相互关系。"②这一机制包含着文学生产者(组织)、文学生产机构(期刊和出版社)和文学评介机构三部分,各部分之间相互依赖、相互影响,与文学的转型变革息息相关。回望二十三年的发展历程,"榕树下"的几番起落很大程度上受限于网站生产机制的调整。因此,本节将立足于"榕树下"的文学生产机制,试图从各环节成功或失败的典型案例中分析其对网络文学生态产生的影响。

---

① 朱强.最神秘的艾滋病人黎家明讲述一个属于自己的世界[N/OL].南方周末,(2002-04-05)[2023-08-28].http://news.sohu.com/25/36/news148403625.shtml.
② 邵燕君.倾斜的文学场:当代文学生产机制的市场化转型[M].南京:江苏人民出版社,2003:3.

一、破除传统作家体制的写作垄断

从文学生产者的角度来看,"榕树下"较早突破了传统作家体制下的写作圈层垄断,为业余的网络写手疏通了走向"专业作家"的道路。邵燕君指出,在中国当代社会主义文学体制中,按专业和阶级属性的区分建构出了"专业-业余"作家体制。[①] 而自20世纪八九十年代以来,"纯文学"写作一度被奉为圭臬,专业作家形成自我封闭的圈层,业余作家的生存空间不断紧缩,这种恶性循环严重削弱了当代文坛的创造活力与创新性,文学与底层现实相隔渐远。1994年互联网进入中国内地后,文学才乘新媒介的东风催生了BBS论坛、博客、网站等新型创作平台。事实上,1998年前的网络站点更多是文学爱好者群集的交流场地,真正落实民间写作诉求、凝聚主流社会最高关注的还是榕树下文学网的建立。从个人主页发展到独立域名,"榕树下"为文学青年开辟了主流之外的作品发表渠道。朱威廉在访谈中提到网站的创立初衷:"我认为文学应该亲近生活,这也是榕树下当时的立足之本……互联网新技术可以赋予文字全新的力量,让文字传播更快捷,可以让更多的人拿起笔去写。"[②]文学传播方式更新换代,激发了文学爱好者的创作积极性,新渠道的开发刻不容缓,"榕树下"便应运而生。在网站成立初期,"榕树下"的核心作者集中于"60后、70后"中一些受教育程度高、更早接触互联网的人群上,如白领、老师等职业群体。[③] 这类作者秉持的是贴近生活、抒发随想的非功利性写作态度,涉猎主题宽泛多变,极少炫技雕琢之作,是立足于底层经验的"民间精英"。网络开始普及后,朱威廉又主打文学青年的"情怀牌",吸引更多普通民众加入文字分享大军,草根写手大量涌现。"榕树下"极为保护草根作者的写作权利,设置了作家推介专栏"星光灿烂",无论注册先后、作品数量多少、质量高低都进行引流推荐。网站并非绝对参照传统期刊的审稿标准,因而保留了大量赢得民间共鸣的作品,形成了跨越年龄阶层的价值认同,影响深远。

进入21世纪后,大众审美世俗化推动文学的商品化转向,为维护网站的持久发展,"榕树下"着手从草根写手中孵化明星作家群。"榕树下"的"三驾马车"李寻欢、邢育森、宁财神就是第一代网络文学作家的代表,但他们的个人魅力远大于网站宣传造势。网站真正投入大笔资金来培育"明星作家"则要从韩寒、安妮宝贝等人开始。所谓"明星作家",是仿照流行文化的产业模式,以策

①　邵燕君.传统文学生产机制的危机和新型机制的生成[J].文艺争鸣,2009(12):12.
②　李强."榕树下"为文学青年创造了空间,但走得太超前[N].文学报,2018-01-04(02).
③　邵燕君,肖映萱.创始者说:网络文学网站创始人访谈录[M].北京:北京大学出版社,2020:10.

划、推销、包装、炒作、吹捧①等商业化操作推介出的文学偶像,他们对读者(粉丝)的依赖性远高于传统作家。"榕树下"的"名人圈子"栏目就在简介中强化了"明星"标签:专为"榕树下"明星作者、合作伙伴量身打造的个人展示专题,用以关注名人新书,展示明星风采。网站通过举办读者见面会、新书签售会、公益活动等方式,操纵媒体舆论风向,结合畅销书出版机制,为力捧的作家精心打造个性化人设。榕树下文学网的"造星"特点有三:一是明星专属称谓的挪植,如"治愈系天后"林特特、"推理小生"冷小张、"正能量文艺女神"彭青等,网站与作家不断将模板标签打磨定形;二是风格类型的定向区分,一般来说明星作家都主打某一类型文学的写作,如林桑榆以青春文学见长、黄裳瑾瑜多创作历史悬疑类作品、三盅擅长都市丛林写作等,满足了不同读者的阅读需求,实现了粉丝的定向转化;三是有专业的"造星"团队,路金波曾一手打造了"亿元女生"郭妮的销量神话。据他透露,公司有十余个人为郭妮包揽了写提纲、搞市场、收集读者来信和素材的外围工作②,形成了一套生产"爆款作者"的流水作业。团队协作极大提升了"造星"效率,也取得了高额的投资回报率。

实际上,无论是草根作家还是明星作家,都很难得到传统作家圈层的接纳和肯定。而"榕树下"等文学网站另辟蹊径,冲破了精英原则的教条束缚,将文学创作的自主性交还给民间大众,充分尊重了普通人的阅读写作权利。

二、推动网络文学的规模化和商业化生产

新中国成立后,文学期刊成为传统文学生产机制的基础环节,它是作家发表作品的主渠道,是不同时期文学面貌的最全面和直接的反映,承担着"守护文学自主原则"的职责。③ 到了 20 世纪末,供需失衡、体制僵化、网络新媒介的冲击等内外因素使纯文学期刊销量大减,文学期刊从权威巅峰跌入低谷,为寻求自保,它们不得不贴近下沉市场,呈现出"躲避崇高"的姿态。与之相反,悄然兴起的网络文学已然成为互联网时代文学话语权的有力争夺者。

"榕树下"商业机构的出现,是网络文学正式规模化的一个标志。④ 恰恰是在踏上探索商业模式的道路后,"榕树下"颓势愈显。首先,网站编辑制度的失

---

① 刘川鄂.90 年代流行文化背景下的一种文学现象——作家明星化[J].文艺研究,2001(05):24.
② 金煜.郭妮真相:"亿元女生"神话背后三个疑问[N/OL].新京报,(2006-08-25)[2023-08-28].http://book.sina.com.cn/news/v/2006-08-25/1043204000.shtml.
③ 邵燕君.倾斜的文学场:当代文学生产机制的市场化转型[M].南京:江苏人民出版社,2003:22.
④ 七格,任晓雯.神圣书写帝国[M].上海:上海书店出版社,2010:5.

败印证了传统文学和网络文学在文学场域内的根本区隔,也侧面揭示了网络文学整体水平不高的原因。"榕树下"的编辑评审制度是中立的——既非纯文学期刊的标准一般精益求精,也非网络论坛的发帖一样肆无忌惮。它曾试图延续传统的编辑评审机制,但却因巨额存稿量夭折。以 2001 年为例,"榕树下"的数据库中存有的稿件超过 75 万篇,日均投稿量达 6 000 篇。① 于传统期刊而言,编辑以收集约稿为主,民间那些质量参差不齐的稿件几乎难以通过严苛的期刊选登标准,选稿压力不高。而彼时"榕树下"编辑部仅有二三十名由文学爱好者担当的编辑,他们面对的则是放低准入门槛后的百万稿件大军,做到逐一细致地审稿改稿可谓天方夜谭,稿件的质量自然难以把控。于是,"榕树下"开始雇佣编辑,膨胀公司规模。除去大量网站工作人员的支出,网站还包括投放广告、维护服务器等花销,"亏大于盈"逐渐演变为常态,"每月投入为 90 万~100 万元人民币,收入却只有 30 万~40 万元,所耗资金完全靠朱威廉个人出资"②。与此同时,开放性更强,自由度更高的天涯论坛兴起,网友的热情开始向没有拒稿可能的大众论坛挪移,"榕树下"的日活用户流失。而"网络 9·11"引发的全球互联网危机更将"榕树下"卷入寒潮,摇摇欲坠的网站不得不找寻新的资本扶持,于2002 年 2 月交接给了传媒巨头贝塔斯曼。改版后的"榕树下"引入文学社团机制,试图将编辑权交给读者。如专写同志文学的"一路同行"、以大散文为特色的"雀之巢""架空世界"的"单行道"及好望角、瞳林、最恐门……文学社团的设立,使老用户找到了兴趣集散地,巩固了原有的粉丝基础,也相对减轻了网站编辑的工作量。由此可见,传统的编辑审稿制度与互联网平台难以兼容,未设定严格管理程序、未建立有序编辑队伍的网站也难以招架网络文学作品的海量流通。这样一来,文学场内的"无脑阶级"泛滥,流行文化的电子复制品大行其道。③

其次,"榕树下"的跨媒体开发和运营体现了网络文学商业化的必然性,它规范了网站的产业链条,却使网络写作的功利性与日俱增;以累积的影响力带动了网络文学最初的流行风潮,一定程度上却让网络文学生态泥沙俱下,形成"虚假的繁荣"。长期以来,网站免费阅读的形式无法保障作者的收益,用户大量流失,网站自身运营也成了难题,"榕树下"势必要放下文学情怀,找寻创收的

---

① 陈阳.网络文学资源的跨媒体经营——榕树下全球中文原创作品网案例简析[J].编辑之友,2003(02):17.

② 何春桦.朱威廉.图范盛开榕树下[J].华人世界,2007(09):98.

③ 无脑阶级:靠出卖自己的判断力来获得自己的文化身份,并几乎不占有任何属于个人的私有思想……如果他们能写什么,那多半是对时尚杂志和流行刊物及各类合法出版物的模仿.七格,任晓雯.神圣书写帝国[M].上海:上海书店出版社,2010:29.

商业途径。据现存资料统计①，"榕树下"的跨媒体探索采用了如下几种方式：一是版权代理，通过建立中介性质的"榕树下在线作品交易平台"，联通了传统媒体和网络写手的交流合作，二者各取所需。虽然版权代理实现了网络文学资源的正规转化，但其收益却并不能成为网站发展的经济支撑。因而，网站又找寻了第二种方式：线下出版，包括网站的自选集和面向类型市场的畅销书。前者如文学大赛的作品合集"网络原创文学作品奖系列丛书"、与上海文艺出版社合作推出的"榕树下·网络原创作品丛书"；后者以明星作品居多，类型百变，拥有稳定的粉丝受众，市场潜力十足。"榕树下"的出版历程较为坎坷：早年盛行短篇随笔写作，存稿多但不宜出版，难以抗衡主打玄幻长篇小说的其他网站；新生的图书电商又对贝塔斯曼传统的邮购方式造成巨大威胁，全靠自身造血进行出版合作的方式无法长久，直至盛大文学控股时才有了较稳定的出版结构，但为时已晚。众多特色鲜明的类型文学网站已然崛起，介乎传统与娱乐写作间的"榕树下"此时已丧失了市场竞争力。第三种方式是影视改编，"榕树下"庞大的作品储备量、用户量和现实主义原创传统占据了先机。2011年，网站举办影视作品推介会，陆续售出《猜凶》《恨嫁时代》《红盖头》等作品。此后，网站还借助文学创作大赛的形式，争取优秀作品的影视储备版权，与影视公司、导演等定制合作。现存的网站界面中，仍保留了"最具影视改编潜力作品推荐"栏目，细致归纳了作品类型，另附推荐理由，显示出改革自身发展方向的诚意和努力。除去上述三种主要方式，"榕树下"还曾与报纸、杂志、电台、唱片公司、其他类型网站开展了广告宣传等业务合作，取得了名利双收的效果。

"如果不进入资本链的产业化运作，文学网站也无法在读图时代受到网民关注。"②"榕树下"在探索了版权代理、线下出版、影视改编等诸多跨媒体合作方式后，提升了网络文学的版权价值和网站的产业价值，却也与文学性的创作初心渐行渐远，取而代之的是以营利为目的、质量粗劣的商业化写作。

三、促进网络文学评价体系的建构

文学评奖和文学批评是针对文学价值的生产活动，它们依据不同的审美价

---

① 陈阳.网络文学资源的跨媒体经营——榕树下全球中文原创作品网案例简析[J].编辑之友,2003(02):16.

② 傅其林.文学网站的产业化与中国网络文学的发展[J].贵州社会科学,2008(10):43.

值体系,集中体现了"文学场"内各种力量的斗争情形。① 随着 20 世纪 90 年代文学的市场化转型,以现实主义审美原则为主旋律的"官方奖"的领导权受到挑战,民间评奖方式层出不穷,评奖机构由政府、作协的绝对统领到出版社、期刊、文学网站等民间批评力量的共生。在两种批评话语的对抗中,文学评奖赋予作品的象征资本也在文学本质与市场原则间摇摆不定。尤其在市场资本涌入文学场域后,网络文学因其独特性质与传统的评选标准发生重重矛盾,亟须新的评价体系来审视这一新生文学力量,一系列批评活动随之涌现。

评介机构是影响文学评价的权威因素,在网络文学的语境下,文学网站就是建构网络文学批评体制的中坚力量。"榕树下"是最早举办网络文学评奖活动的网站之一,也是初代文学大赛的成功典型。1999 年"榕树下首届网络文学原创作品大赛"能够胜于更早推出的"网易中国网络文学奖"的本质原因就是对资本的正确运作。大赛构成了布尔迪厄圈:创始人提供经济资本、网站作品提供文化资本、媒体搭建社会资本②,这些统统发生转化——网站、写手获得收入形式的经济资本和品牌声誉形式的文化资本,传统评审者则积累巩固自身的文化资本。③ 相比"一毛不拔"的网易,"榕树下"使参赛选手、大赛评审获得了应得的奖励和酬劳;在传统作家评审的选择上,规避了政治性、正统性的困扰;在评奖细节上,也考虑到了评审姓氏排序的处理。在评奖分类上,"榕树下"参考网友意见和网络文学的创作趋向,逐年作出细化:第一届只分为"最佳散文奖"和"最佳小说奖";第二届增加了"最佳小说大奖";第三届则区分了作品篇幅,将小说以"长篇、中篇、短篇"界定;第四届又把获奖等级分化为一、二、三等及特别、单项、入围奖。"榕树下"的成功能够为网络文学评奖活动提供借鉴:一是要褪去网站虚伪的"非商业"外衣,合理借助资本力量打造品牌;二要有人文关怀、创新意识,保障评审各方的基本权益,关注并落实网络文学创作主体——网友的反馈,评奖内容紧跟网络文学的更新方向,以更好地达到品牌宣传效果。

从文学评价标准来看,"榕树下"的文学评奖活动具有两面性:在试图得到传统精英原则认可的同时,提升了市场准则的评价权力。我们不妨从获奖作品入手谈一谈其评价标准的变化。其一,获奖作品大多继承了现实主义的书写传统,这是为主流文学批评所偏爱的风格。其中近半数为摹写都市、乡村等现实生活的作品,如《性感时代的小饭馆》《毕业一年间》《烂醉如泥》《爸爸的黄羊》

---

① 邵燕君.倾斜的文学场:当代文学生产机制的市场化转型[M].南京:江苏人民出版社,2003
(10):191.

② "榕树下"此前已经与《文学报》、上海文化出版社开展合作。

③ 七格,任晓雯.神圣书写帝国[M].上海:上海书店出版社,2010:24.

《老疙瘩》等。值得一提的是,有部分传统作家也曾参与大赛,均获得不俗的成绩。如凭借《蒙面之城》获第二届老舍文学奖、凭《北京:城与年》获第七届鲁迅文学奖的作家宁肯,其小说《岩画》曾获得第二届网络原创文学大赛的最佳小说奖;凭《昌盛街》获得吉林文学奖的青年作家王齐君,其小说《老黄历》获得第三届网络原创文学作品大赛的中篇小说奖。传统作家能够为网络文学评奖所接纳,也侧面表明"榕树下"的评奖保留了对传统文学的敬畏。其二,评奖极其关注类型文学作品,还设置"人气奖"以佐证网络文学的"网络特性"。获奖作品种类繁多,包含言情、科幻、历史、悬疑等,推出了《悟空传》《灰锡时代》《西泠》等经典畅销作品。在第五届大赛中,"榕树下"直接与影视出版公司合作,《大赢家》《全城裸恋》等作品一经推出便引发数十家出版单位和影视公司争抢版权,成功贯彻了"全版权运作"的商业营销模式。

"榕树下"的五届文学大赛在网络文学发展史上产生了重要影响,它不仅为担当评介机构的文学网站提供了筹办评奖活动的经验启示,也增强了网络文学评审标准中对网络文学"网络性"的认识,在精英标准和大众趣味间建立起微妙的平衡。

从2017年6月开始,"榕树下"便因网站维护停止更新。但在页面上,依然可以找到12万余部长篇小说,以及超过217万部短篇小说。直到2020年8月,网站服务器彻底关闭。昔日网络文学界的执牛耳者,如今却遗憾收场。纵观"榕树下"二十三年的发展历史,网站的失败不仅归因于世纪初互联网泡沫的破碎、资金链的断裂,也源于网站自身定位的不明晰,它未能抓住IP时代的网络文学新机遇。辉煌时期的"榕树下"曾引领过网络文学的审美取向,承续了纯文学的人文传统,为民间写作创造了机遇;也曾在对网络文学的作家结构、编辑制度、评价体系的不断试错中推进网络文学生产机制的变革。"出版商付费,用户免费阅读"等模式猛烈冲击了传统的网络文学,论坛文学的趣缘建构、盗版资源的泛滥也分流了大量的文学网站用户。在内外多重因素的威胁下,"榕树下"的网络文学帝国一步步走向坍塌。作为中国第一个具有坐标性质的文学网站,它曾经为怀揣纯文学理想的平凡文艺青年提供了最好的造梦基地,也着实培养出一大批优秀的网络作家,在中国网络文学发展史上留下了不可磨灭的印记,它见证了一个时代的落幕。

第五章 作为平台的"幻剑书盟"如何参与网络文学的类型化实践①

网络玄幻文是产生于 20 世纪 90 年代末、兴盛于 21 世纪初的一种新型文学样式,它生长于互联网,吸收西式魔法、东方仙侠、科幻武侠等元素,在幻想的基础上打造出一个光怪陆离的幻想世界,成为网络文学发展过程中的主力军。兴起于世纪之交的文学网站"幻剑书盟"为玄幻文的发展增添了浓墨重彩的一笔,它曾是中国网络文学的巅峰,开创了网络玄幻、武侠和历史穿越的盛景。如今这个曾盛极一时的网站于 2014 年停止运行②,逐渐湮没于层出不穷的前浪而少被提及。但当学术界在什么是网络文学的起点、网络文学史当如何书写等问题辗转之时,曾经的"幻剑书盟"以自己的平台实践和文本方向提示我们,中国原创玄幻小说的类型化和本土化,是中国网络文学建构自身的重要面相,或者说,这是一种中国自身多元文化冲突与融合的鲜活表达。在这个意义上,我们对"幻剑书盟"产业化、创作导向和典型文本等作出历史勾陈③,力图展示在 21 世纪初期网络文学类型化特征怎样奠定了具有中国气质和特色的基本模式,进而在世界文化传播队伍占据一席之地。

21 世纪初,随着互联网的普及和发展,网络用户规模扩大,西方玄幻电影《魔戒》《哈利·波特》等强势输入中国,网络世界掀起了西方奇幻小说的模仿创作热潮。这种神奇的魔法世界使一直处于弱势地位的幻想小说得以跃升,网

---

① 江南大学网络文艺研究中心邵梦瑜同学参加了"幻剑书盟"资料查找和写作,谨以致谢!

② 从最大的网络玄幻网站到消失,幻剑做错了什么[DB/OL].(2017-11-15)[2023-08-28].https://www.sohu.com/a/204543638_139533.

③ "幻剑书盟"在中国网络发展史上不仅是平台,它牵连着传统文学和网络文学、文学和传统、网络文学特质的生成、大众在线生活等众多问题。

络文学的原创作品不再以业余文青型为主,通俗幻想型小说(即"玄幻小说")逐渐成为时代的主流①。脱胎于西陆BBS,先后于2000年成立的两个网站"龙的天空"②"幻剑书盟"③(以下简称"龙空""幻剑")逐步成为大众关注的中心。"龙空"和"幻剑"均为玄幻小说网站(且先后担任网络文学文坛盟主)④,它们的运作模式处于向市场化靠拢的时期,既有自由本位的写作模式,也有商业本位的大量文本,在网络文学产业化发展路途中处于探索阶段。

2003年起点中文网VIP制度推行后,商业化模式开始全面运作。"幻剑"在经历了艰难的裂变之后也开始走上这条道路。VIP制度实行的初期,"幻剑"一直在商业化和个人爱好之间摇摆,孔毅在采访中曾说,"幻剑早期网站做得很写意、很诗意,我们不是卖得好的文章就会推荐,而是找到我们所喜欢的才会去推荐"⑤。除此之外,"幻剑"在2003年亦发布了《幻剑作品收录原则2.1版本》,禁止色情、暴力描写的作品上榜。⑥"幻剑"初期这种文学化主张,虽然导致其一度失去网络文学商业化的先机,在后来与起点中文网的角逐中逐渐处于下风,但也正是这种文学主张,促进了高质量的"东方玄幻"作品的产生。"幻剑"依旧凭借其行业的领军地位,在这股VIP浪潮中乘胜追击,在当时的网络文学类型化中扮演重要角色。

2003—2004年,正是媒介演变和商业化转型的关键期,"幻剑"成为媒介演变的参与者,文学生产领域的"制造商"。它参与制定并把控着以玄幻小说为主要类型模式的话语权,其网站运营方略和审美走向引导了这一时期网络写作新模式的成型。2001年,老猪的《紫川》在"幻剑"等网站连载,该作者用恢宏的笔触书写了一个血与火的史诗,成为网络文学的跨时代经典。同年,树下野狐在

① 邵燕君.网络时代的文学引渡[M].桂林:广西师范大学出版社,2015:380.
② "龙的天空"是2000年8月由随缘、红尘、水之灵、五月天空、Weid五人将其各自名下的"自娱自乐""一意孤行""红尘阁""五月天空乱弹"等西陆文学BBS联手,改组为"龙的天空"原创联盟网站。引自"'龙的天空'百度百科":https://baike.baidu.com/item/%E9%BE%99%E7%9A%84%E5%A4%A9%E7%A9%BA/65039?fr=aladdin.
③ "幻剑书盟"是2000年10月由书情小筑、石头书城、小书亭、凝风天下四个文学书站组成的网站联盟,2001年5月,四个成员站正式合并为一个站点,"幻剑书盟"成立。纪海龙,等.网络文学网站100[M].北京:中央编译出版社,2014:65.
④ "龙的天空"在2001年左右是网络文学网站的文坛盟主,但是在面临商业化转型中,它选择了走实体出版道路,"龙的天空"这一举动直接导致当时的网络文学萧条,间接导致"爬爬""翠微居"等网站的兴起,在一众网站中,"幻剑书盟"抓住机会、乘机而上,成为网络文坛第三代盟主。这种情况一直持续到2005年左右,后被起点中文网取代。引自"玄幻网站风云录":http://miao.jhrx.cn/wap/thread/view-thread?tid=8950.
⑤ 玄幻网站风云录[DB/OL].(2006-05-10)[2023-08-28].http://miao.jhrx.cn/wap/thread/view-thread?tid=8950.
⑥ 玄幻网站风云录[DB/OL].(2006-05-10)[2023-08-28].http://miao.jhrx.cn/wap/thread/view-thread?tid=8950.

"幻剑"连载《搜神记》,开创了中国新神话主义的东方奇幻风格,其雄奇瑰丽的独特风格,汪洋恣肆的奇崛想象,迅速掀起"搜神热",这本书也被称作"中国新奇幻开山巨作"。2002年,中华杨于"幻剑"发布《异时空之中华再起》,这是最早产生影响力的网络历史穿越小说。凭借此作,中华杨等人开创"明杨品书网",首次提出按字数收费阅读的概念,《异时空之中华再起》成为第一部网络收费作品。① 2003年,萧鼎的《诛仙》开始连载于"幻剑",《诛仙》一经问世,整个网络文坛为之一振,它成为网络文学的标杆作品,是古典仙侠最重要的代表作之一,与《搜神记》等作品一起开创了玄幻小说本土化的先河,也成为当今游戏和影视改编的重量级IP。2004年,唐家三少正式入驻"幻剑",继续连载自己的处女作《光之子》,此后,又在"幻剑"推出《狂神》,这些作品为正在商业VIP进程中的"幻剑"吸引了大批流量,成就了唐家三少在"玄幻界"的赫赫威名。同年,阿越的《新宋》发布于"幻剑",主人公穿越的重点不再是军事战争,而是利用现代知识进行各种改革,开辟历史小说的"文官路线"。②

以上作品均成为最早的类型文学的风向标式作品,它们熔铸中西文化形态,传达出网络时代的价值观念和时代精神,获得大众读者的广泛接受并影响了同类型的创作,体现出特定时期"幻剑"所确定的类型化的影响力。

第一节　双向诉求:"幻剑书盟"的文学导向与市场化

"幻剑书盟",顾名思义,以"幻"和"剑"为文学导向,力图打造"玄幻"和"侠义"的江湖。

"幻剑"走的是类型化的路子,能使文本好看而又不失宏大的奥秘在于有选择地调取传统文化因子,中国武侠文化、民间神话故事是其最大的矿藏,连带着模仿既有神话和武侠传统的筑文根基和行文脉络,就使带着鲜明中国印痕的东方玄幻小说具有了典型文化形式。与此同时,"幻剑"的创作明显受到媒介时代多重文化的影响,其情节设定、人物设置、快感机制,既能让人联想到西方魔幻小说和《魔戒》等影视的世界传播图谱,也与游戏、动漫等新媒介文化形态关系匪浅。这种兼有文学传统和市场痕迹的特点恰好是网络文学兴起之初诸多网站不得不面对的现实。"榕树下"也是如此。

---

① 邵燕君.网络时代的文学引渡[M].桂林:广西师范大学出版社,2015:382.
② 邵燕君.网络时代的文学引渡[M].桂林:广西师范大学出版社,2015:387.

2003 年左右，早期的文学网站为谋求生存空间开始商业化转型，"幻剑"亦不例外。"幻剑"与腾讯建立初步合作关系，在知名门户网站"搜狐"开辟"幻剑"作品专区，与《电脑商情报游戏天地》共同举办"九城杯"全国游戏文学大赛，以长达一年的首页强推，不遗余力推广宣传签约作品。为了打破起点中文网对热门作品的封锁，"幻剑"一方面加强与说频、鲜网在电子书方面的合作，另一方面推出自主签约制度，吸引作者签约。① 同时，为促进会员增长和消费，"幻剑"开通灵活多样的支付方式，2004 年推出了"幻剑"特色月卡制度，设置"点卡有效期"，该制度通过刺激消费增强了传播效力，也使"幻剑"得到长足发展。"幻剑"等网站 VIP 制度的商业化运作一定程度上改变了文学的生产机制和传播机制，它以面向市场为前提，以追逐商业利益为本位，大肆追求文学的娱乐性质，力求以"快感机制"来吸引读者，以实现对利润的诉求。这种"资本"的强势介入鼓励和纵容了新的创作形式和审美形态的生成，意味着大众消费市场的构建和拓展，使通俗化、速度流成为网络文学追求的第一标准。这种体制规范下的网络小说重在牟利，无论妍媸，全盘吸收，文学市场呈现出草根式的野蛮生长，网络小说情节内容的模式化和套路化日益加重，并逐渐成为网络文学的主流样态。

为了抓住读者眼球，以"幻剑"为主的文学网站通过更细致的分类帮助读者实现快速检索，以获得最大的商业利益，如"幻剑"版面分类的演变便说明了这种类型细分的变化。2001 年，"幻剑"栏目分类仅为"武侠""奇幻""言情"；2003 年，栏目分为"奇幻""武侠""科幻""推理""军事"等；再后来则分"奇幻·玄幻""武侠·仙侠""悬疑·科幻""都市·游戏"等②，这个过程呈现了玄幻文学的类型化进程，网络类型小说也是借助网络媒介的细化和互动功能得以层出不穷。

网络生产辅以实体出版的模式促进了网络文学类型化的发展。商业化的 VIP 制度实行伊始，除已出名的"白金作家"可通过 VIP 获得高收入外，普通的作家群体很难赚到自己心仪的收入稿酬，繁体出版路线因此成为写手首选。与以"起点"为代表的网站不同，"幻剑"一开始就跟繁体出版社保持良好关系，同鲜网、春风文艺、朝华等多家出版社加强合作，这种双线并行的生产模式在客观上促进了类型化小说的蓬勃兴起。而一批质量较高、有较强商业价值的网络小

---

① 玄幻网站风云录［DB/OL］.（2006-05-10）［2023-08-28］. http://miao. jhrx. cn/wap/thread/view-thread？ tid=8950.

② 从最大的网络玄幻网站到消失，幻剑做错了什么［DB/OL］.（2017-11-15）［2023-08-28］. https://www.sohu.com/a/204543638_139533.

说,一经投放国内重要的出版社,便迅速掀起一股大众拥趸热潮,如"幻剑"2005—2006 年推出的《诛仙》《搜神记》《狂神》等实体书,将 2005 年助推为"玄幻武侠小说年"。网络小说的畅销书化,在一定程度上推动了网络小说的类型化发展。

此外,网络游戏的发展也是促进网络文学类型化的原因之一。网络电子游戏与网络文学的发展相辅相成,它们之间互为渗透、互相影响。21 世纪初,也是网络电子游戏方兴未艾之时,网络游戏改变了人的"感官比率"和"感知模式"①,如电子游戏追求视觉的立体画面感与升级打怪的任务模式,这些特征渗透到网络上的文学书写,刺激了网络文学的类型化发展。"幻剑"文学网站和网络游戏的关系尤为紧密,其老板孔毅同时经营"幻剑"文学平台和一家名为"欢乐时代"的游戏公司,2003 年左右还曾代理运营网络小说《搜神记》改编的游戏。这一时期,"幻剑"网站首页自觉推出游戏广告,与游戏网站进行超链接。基于此,我们不难理解,类似《诛仙》《搜神记》《紫川》等文本游戏化的叙述风格,立体画卷式的场景描绘,紧凑激烈的文本语言和套路化的升级打怪模式,如何顺理成章,并衍化成一套类型化的网络文学玄幻景观,这些叙事策略其实是有出处的。

第二节 "幻剑"类型书写的中国文化脉络

我国原创玄幻小说发展初期,处于模仿西方的阶段。20 世纪 90 年代,西方奇幻因子以一种崭新的文学样态注入中国的文学体系,重新激发了我国幻想文学的创作热情。这一时期,网络写手以西方中世纪神话为蓝本,沿袭中古时期骑士传统文化,套用西方奇幻传统设定,沿袭西方叙事情节模式,打造出独具西方玄幻特色的中国网络原创小说。代表作品有老猪的《紫川》,读书之人的《迷失大陆》,今何在的《若星汉》等。

在学习和模仿的同时,全球化影响下的焦虑在中国蔓延。反映在网络文学上,则更见出其大众心理镜像的文化功能。江南等"九州"团队着力打造"一个大陆的梦想","九州"其名的文化附着点可谓开门见山。树下野狐创作《搜神记》,是有感于玄幻文学创作的西方化,决心打造东方式的奇幻作品。他曾谈

---

① 麦克卢汉谈道:"技术的影响不是发生在意见和观念的层面上,而是要坚定不移,不可抗拒地改变人的感官比率和感知模式。"马歇尔·麦克卢汉.理解媒介——论人的延伸[M].增订评注本.何道宽,译.南京:译林出版社,2011:30.

道:"我素来喜欢中国上古神话,常常神游洪荒,畅想那个波澜壮阔的神奇年代;又极之迷恋中国玄学与神秘主义,因此,将二者结合,写一部和众人迥然不同的完全东方、完全中国的神话武侠的念头,让我备感兴奋。"①这种作家自觉的文化抱负,是本土化过程的内在推动力。"幻剑"几部代表作品所获得的高点击率和影响力,带动大批写手开始寻求新的文学创新之路。他们不约而同聚焦中国传统文化,中国的传统文脉资源不断被激活,中华民族的文化记忆被唤醒,很快在写者和读者之间形成双向的文化认同。

除了时代背景下文化转型的内驱力外,"幻剑"作为本土玄幻小说的重要生产传播载体也具有重要的推动作用。玄幻小说本土化的试验阶段,正是"幻剑"担任盟主的2003—2004年,当时一些典型东方玄幻作品的成功,多离不开"幻剑"的支持和引导。

作为网站的"幻剑"对东方玄幻小说采取大力支持的态度,其首页优先推荐"崭露头角"的东方玄幻小说;设置论坛评论、交流模块,为作者、读者提供了交互性的阅读交流空间,增强粉丝读者对东方玄幻小说的忠诚度。同时,"幻剑"庞大而固定的作者群和读者群也为玄幻小说的本土化提供了先决条件,其名下签约作者萧鼎、树下野狐等重要作家都是玄幻小说本土化的先行者。被誉为"后金庸时代的武侠圣经"的《诛仙》和"中国新奇幻开山巨作"的《搜神记》,都是这一时期推出的典范之作。这些作品对中国传统武侠小说和港台新武侠小说中儒释道文化之侠义精神内核进行继承和创新,对以"剑"和"江湖"为核心的意象进行重构,同时或以《山海经》为代表的上古神话体系为蓝本,拓展小说恢宏的时空范围,或以魏晋志怪小说、明清神魔小说为依托,容纳小说多元化的人物谱系。

一、中国武侠文化

中国的武侠文化整合了"武"的审美意象和"侠"的人格精神,深受世人欢迎。武侠文化形成早期受到神话传说和史传文学的影响,如司马迁《史记》中的《刺客列传》,魏晋时期的游侠诗歌等;至唐代,唐传奇有不少关于侠客的作品,《虬髯客传》所刻画的"风尘三侠"对后世侠文化影响颇深;此后,宋元话本也有如《宋四公大闹禁魂张》等典型作品以及各种版本的水浒侠义故事;发展至清代,出现著名的公案类武侠代表作品《三侠五义》《包公案》等;至民国,真正意

① 有没有读者觉得全是套路文,书荒了决定自己写小说还火了的[DB/OL].(2019-03-20)[2023-08-28].https://www.zhihu.com/question/316739661/answer/627812633.

义上的侠义小说开始涌现,平江不肖生的《江湖奇侠传》横空出世,掀起了武侠创作和阅读的高潮,随后进入"旧派武侠小说"盛世,宫白羽、郑证因、还珠楼主等作家作品引领风潮,让武侠小说成为20世纪二三十年代最流行的通俗文类。还珠楼主的《蜀山奇侠传》更是东方玄幻小说的重要参照。

到20世纪六七十年代,香港新派武侠代表人物梁羽生、金庸、古龙等人在旧派武侠的基础上积极改造创新,开创了新的武侠世界,武侠文化被赋予崭新的文化意蕴和当代价值,开启"新武侠小说"的时代。进入90年代,随着互联网的兴起,网络武侠小说开始崭露头角,黄易的《大唐双龙传》《寻秦记》构筑出紧张奇幻的武侠世界,风靡网络,这些作品也成为网络玄幻素材的重要来源。2001年,《今古传奇》杂志社正式创立《今古传奇武侠版》;同年,树下野狐在"幻剑"发表极具武侠色彩的《搜神记》;2003年,萧鼎在"幻剑"发表《诛仙》。树下野狐、萧鼎以及沧月、步非烟、小椴等著名"武侠"作家的创作实践推动了武侠文化因素进入玄幻小说,参与玄幻小说的本土化进程。

网络玄幻小说对武侠文化传统的借鉴与改造大略通过以下几方面进行。

首先,以儒释道文化为代表的侠义精神,以强势的文化输出姿态重构了东方玄幻小说的文化肌理。"替天行道、扶危济困、惩恶扬善、以正克邪"等内涵嵌入东方玄幻武侠小说的行文脉络,是指导作为"侠客"的主人公为人处世的基本准则。这些准则内含儒家"家国天下""为国为民"的入世思想,是儒家精神的典范。如《诛仙》里的青云派一直以降妖除魔、匡扶正义为己任;在《搜神记》中,拓拔野代表正义一方,与烛龙、伯吴、句芒、姬远玄等邪恶势力进行长期不懈的战争,皆以保卫家国作为其行为底色。

其次,东方玄幻小说突破传统武侠小说的善恶二元对立法,指向对自由和人性的哲学思考,或深或浅折射和隐喻了当代文化精神。《诛仙》中模糊善恶界限,淡化正邪矛盾,而把重心放在探索生命本质、复杂人性和自由的存在形式,如男主张小凡的身份在"正派"与魔教中互换,青云掌门道玄真人由"正"堕"邪",天音寺普智和尚为一己私欲屠杀草庙村所有村民,碧瑶虽为魔女,但是痴情、善良而富有牺牲精神。在这里,作者凸显的多是人性的复杂性。《搜神记》亦是如此,更多的是对当代精神文化的探索和反思,对自我价值的实现与超越。

再次,玄幻小说借鉴还珠楼主的《蜀山剑侠传》的设定体系,注重表现传统道家的修行养气观念,强调人物本身的自我修炼,将关于侠义精神的思考裹挟于佛道文化中。类似的小说追问生命存在的终极意义,追求逍遥散淡的人生趣味,对于天道、宿命、因果循环等一系列哲学命题进行了玄学意味浓厚的思考。

东方玄幻小说多以先秦哲学中的"气"文化为立文根基。《易经》云："精气为物"①；老子云："万物负阴而抱阳，冲气以为和。"②古老的"气"文化和阴阳五行学说渗透并贯穿东方玄幻小说。养性练气、阴阳调和是小说人物成长所遵循的基本准则。《诛仙》中张小凡的修真练道和《搜神记》中拓拔野的运气调息都以气的守恒为定律。《诛仙》以老子《道德经》"天地不仁，以万物为刍狗"的思想贯穿全文，以道、佛、魔三家鼎立之势建构世界框架，具体则以天下正道之首青云门、焚香谷和天音寺三大门派和以鬼王宗为首的魔教诸派构成这个世界体系的主体。其中道教的《道德经》、佛教的《金刚经》等教义成为人物圈层的核心，佛道融合也成为小说的价值取向。而《搜神记》以上古神话为蓝本，以五行学说"金木水火土"化分五个部落，道教、佛家的修行体系、修行理念渗透于作品的谋篇布局。

道家的出世思想和归隐主题一直是中国武侠文化的一条精神脉络。侠客们完成自己的使命之后，多选择归隐山林，浪迹天涯，以此实现入世和出世的平衡。东方玄幻也多继承武侠文化的道家出世要义，以归隐作为实现人生自我价值的重要途径。无论《诛仙》男主张小凡的结局，还是《搜神记》中拓拔野及多数人的命运安排，都带有一种衔接传统隐世观的价值取向，这些早期网络玄幻开山之作为后世网络文学人物命运走向提供了重要的精神指引。

从次，"幻剑"在本土化过程中对武侠文化的核心意象"剑"与"江湖"进行了重构。"剑"与"江湖"是传统侠义文化的精髓所在，剑是侠客们的行侠手段，同时是一种意志，一种精神，是侠气集聚之象征。"江湖"则是"侠义之剑"延伸出的文化符号，与"庙堂"相对应，是侠义展开的文化空间。

但网络玄幻小说的世界设定，往往是架空的、以玄想为特征的世界，在表现上侧重主人公的"崛起"，而仗剑之"江湖"则更像为崛起而专门设置的关卡，我们能清晰看见游戏闯关和金手指的痕迹。"剑"与"江湖"所代表的侠义精神都在，却并非整体叙事系统的气之根本，主人公如何玩转江湖才是叙事动力所在。显然，无论是剑，还是江湖，都带有鲜明的当代人的想象和虚构。

二、民间神话传说

神话的"玄""幻"特质为东方玄幻小说的世界设定提供了灵感来源。网络

---

① 郑玄.周易郑注导读[M].北京:华龄出版社,2019:116.
② 李聃.道德经[M].赵炜,编译.西安:三秦出版社,2018:95.

写手追溯中国原始神话，从中调取符合时代背景和大众审美心理的相关元素，对传统神话进行了"祛魅"性的传承，同时，又进行"复魅"式发扬，为神话注入新的象征意味和文化内涵。

首先，东方玄幻小说的神话书写主要借鉴以《山海经》为代表的经典文本。《山海经》将虚构与真实、神圣和世俗相结合，反映出远古先民的神话观念，对后来的神魔小说具有重大影响。《诛仙》和《搜神记》中极其鲜明的神话元素，均对《山海经》进行借鉴和吸收。《搜神记》更是以《山海经》为蓝本构筑行文框架，布局人物图谱。树下野狐建构了一个以《山海经》为蓝本的奇幻广袤的大荒世界，人物直接取材于三皇五帝的传说和《山海经》中记载的大量事物，以少年拓拔野在蛮荒时代的成长历程为经，以金、木、水、火、土五族的斗争恩怨为纬，囊括众人熟知的神农尝百草、夸父逐日、逐鹿之战等上古神话故事，塑造了一个默默无闻的少年经磨炼逐步成为具有"五德"之身的轩辕黄帝，同时呈现出上古大荒的瑰丽神奇。《诛仙》中也有大量《山海经》的元素，张小凡修炼升级、打怪冒险所游历的山川如空桑山、流波山、狐岐山，攻克的珍禽异兽如夔牛、黄鸟、玄蛇、乌吾、饕餮等，都脱胎于《山海经》。这两部经典小说对《山海经》的借鉴和模仿，是将中国神话传统从原生语境中提取出来，植入新的文学语境，这种对神话意象进行借用和重构的方式，为此后层出不穷的东方玄幻小说提供了借鉴的模板。

其次，魏晋以来的志怪小说《搜神记》《幽冥录》，宋代的文言小说《太平广记》，明清时期流传的神魔小说《西游记》《封神演义》《聊斋志异》等，也是原创玄幻小说内容谱系的直接来源。如树下野狐的《搜神记》之命名仿照干宝的《搜神记》，树下野狐也承认神农赭鞭与赤松子教炎帝女等故事情节借鉴了干宝的《搜神记》。

其中，"动物报恩""人妖相恋"相关的母题在东方玄幻小说屡见不鲜。"动物报恩"母题多源于佛经故事，六朝时期的志怪小说《搜神记》《幽明录》均有关于"动物报恩"母题的记载。《诛仙》中的"动物报恩"故事贯穿文章始终，猴子小灰被张小凡救助后，一直陪伴在张小凡身边，于危难之际帮助张小凡，最后与张小凡一起归隐。《搜神记》中拓拔野意外用无锋剑解救了被十七混金锁降服的灵兽白龙鹿，从此性烈难驯的白龙鹿便成为拓拔野的坐骑和好朋友，陪伴拓拔野成就一番霸业。"人妖相恋"母题则是贯穿中国志怪小说的主线，六朝时期的《搜神记》《太平广记》等作品均体现出人与妖的爱恨纠葛，后世蒲松龄的《聊斋志异》更将这种"人妖相恋"发展到巅峰。网络玄幻小说的"人妖之恋"则更加广泛。如《诛仙》中的女主人公碧瑶，便是"人狐之恋"的结晶，《搜神记》中蚩尤和青丘国主九尾狐晏紫苏的恋情更是倾绝大荒。这些在网络文学发展之初借鉴的叙事母题,在后来各种类型不断开花的格局中蔓延,无论是现代,还是架空、穿越,还是星际,都时常可见类似叙事母题的影子,可见其民间性的坚实。

第三节　调用与重构:不同类型文本的类型化

在"幻剑"着力打造东方玄幻类型形成过程中,形成了几种不同路径的类型化叙事样式。如《诛仙》《搜神记》的东方玄幻和偏向"西幻"且杂糅中西的《紫川》《狂神》,与以《新宋》《异时空之中华再起》为代表的历史穿越玄幻文本并行,这些作品对后来的网络小说写作影响深远。接下来,我们将以玄幻·奇幻、历史·穿越两种类型为抓手,分析这些作品的类型化写作技法和类型化表征,以期对当下网络文学传播的中国性找到文本依据。

一、玄幻·奇幻——《诛仙》《搜神记》《紫川》《狂神》

《搜神记》《诛仙》是典型的东方玄幻小说作品,《紫川》《狂神》则更接近西方奇幻,但其中的物质元素、情节模式和写作技巧则多有传统文化的痕迹。这些作品中在"幻剑"商业化的进程中,以独特的叙述模式和语言技巧,形成大众喜闻乐见的商业化叙述风格,为网络玄幻小说的类型化崛起奠定了基础。

东方玄幻小说多依托于中国神话来构筑行文框架,采取的是一种神话叙事。叶永胜指出:"神话作为一类故事,属于叙事艺术世界的一种。对于成熟的神话,就叙事而言,与后来的小说没有根本的不同。"[1]这种神话叙事多以一种全知全能的叙述视角模糊时空界限,塑造一个未知的异世界。如《诛仙》序章中言:"时间不明,应该在很早、很早之前,地点:神州浩土。"[2]《搜神记》开篇:"大荒305年,他在南际山顶一剑击败琴鼓九仙,少年成名,春风得意……大荒357年,炎帝在龙牙岩上目送空桑仙子东渡汤谷。"[3]这两部小说皆打破时空界限,以模糊的时空观念扩大小说的叙事结构,增加叙事容量。全知全能视角则确保作者是上帝,操控着笔下的所有人物,可肆意纵笔更改故事走向,梳理人物脉络。

传统笔法中的"一波三折法""画卷式写法"原则多被玄幻小说广泛运用。

---

① 叶永胜.现代小说中的"神话叙事"[J].文艺理论与批评,2006(02):97.
② 萧鼎.诛仙:序章[M/OL].(2016-08-20)[2023-08-28].https://www.qidian.com/book/2019/.
③ 树下野狐.搜神记:第一卷 神农使者 第一章 八千里路上[M/OL].(2022-10-24)[2023-08-28].https://www.qb520.cc/book_13025/.

"一波三折"是形容故事的内容曲折多变,荡气回肠,结局出人意料,这是衡量一个故事是否精彩的美学原则。以《诛仙》《搜神记》《紫川》为代表的小说,篇幅较长,文章布局需时刻"挖坑",造成情节跌宕起伏之势,以吸引读者阅读兴趣。如《诛仙》与《搜神记》中正邪之间不断地较量和对抗,神鬼异兽的伏击和阻碍,主人公爱恨情仇的恩怨纠葛;《紫川》大陆上硝烟弥漫,战争迭起,人类三大家族、魔族、远东半兽人之间剑拔弩张,纠纷不断,主人公们所遇险阻一波未平,一波又起,读者读来不觉沉浸其中,形成一种审美共通感。这种写法成为后来长篇玄幻小说的典型构文技巧。

"画卷式写法"既是一种叙事结构法,也是一种背景描绘法。周志雄指出,"一幅画打开一点,又打开一点,到最后一个整体世界展现在你的面前,你再顺着画卷一点点看的时候就很自然地被带入进去……"①这种结构文本的方法,类似古典小说的"散点透视法",作品中没有固定的视点,读者追随主人公的脚步移步换景,将景物画面、人物情节摄入自己的脑海中。作品的每个局部都有其独立性,但局部之间又紧密相连,使读者在其中不知不觉转换空间,最终所有的局部又合成一个有机的全局。如《搜神记》开头以蜃楼城城主父子斩杀蓝翼海龙兽为楔子,将蓝翼海龙兽现世所预示的灾难作为伏笔,揭开小说叙述的帷幕。正文开篇叙写神农氏之死,平凡少年拓拔野机缘巧合下得到神帝恩赐,踏入中原,开始一段惊心动魄的传奇历程。整部小说以拓拔野的经历为纲,随他在木族、蜃楼城、金族、火族、水族、土族几个族邦之间线性转移,将整个大陆的结构和面貌会聚成型,使其多层次、立体地展现在读者面前,同时,拓拔野的经历也在空间的广度和线性的时间轴上形成一帧帧动人心魄的画面,每个部分紧密相连,共同构成一部华丽的史诗般的洪荒传奇。

《诛仙》《紫川》《狂神》等作品同样运用"画卷式写法"。作者首先设置好悬念,然后故事背景像画卷一样层层打开,这种画面又和游戏等要素相结合,从而更加紧凑、密集,呈现出一种动画式的 3D 立体色彩效果。如《诛仙》,巨兽水麒麟受到张小凡"烧火棍"魔气干扰而苏醒的场面,"水麒麟是上古神兽,这一发威,登时便只见风云变色……水面起了变化,从波平如镜开始颤动,随之突然剧烈转动,围绕中心形成一个漩涡,漩涡深处更似有隆隆之声传来,片刻之后,众人听到一声巨响,一道水柱从漩涡深处轰然冲天而起……"②此处的画面描绘便为读者呈现出视觉、听觉等多重感官的盛宴,具有立体化的画卷式效果。这种

---

① 周志雄. 大神的肖像:网络作家访谈录[M]. 济南:山东人民出版社,2015:30.
② 萧鼎. 诛仙:第十九章 抽签[M/OL]. (2016-08-20)[2023-08-28]https://www.qidian.com/book/2019/.

"画卷式写法"也为此后玄幻文的写作提供了一种叙事套路。

除了东方化语境下对玄幻文学类型模板形成的影响,日本动漫、西方电影等也对玄幻小说类型化产生深远的影响。中国网络文学是在全球多元文化的语境中拼贴而成,以东方文化为背景打造出的东方玄幻和以西方文化为背景打造出的西方玄幻,共同构建出多元并存、光怪陆离的玄幻世界。

日本动漫对人物行为方式和性格方面的设定都具有较大的影响,是玄幻小说类型化的重要借鉴模式。此处主要分析动漫文化对网络小说人物设定的影响:一是颜色的运用和对容颜的超现实设定;二是对人物衣着、配饰等的符号化运用。如对颜色的运用和容颜的设定,《搜神记》女主角水族龙女雨师姜一出场是"红发如火,肤白胜雪,穿着黑丝长袍,领口斜斜直抵腹部……她双眉如画,眼波似水,浅浅的一抹微笑,瞧起来风情万种,妖冶动人"①。女二号青丘妖狐晏紫苏"乌黑的长发似水一般的倾泻而下,在雪白晶莹的肌肤上流动着;尖尖的瓜子脸如莹玉温润,略显苍白;弯弯的斜挑眉,杏眼清澈动人……"②《诛仙》中描写陆雪琪"那个白衣女子转过身来,无数美丽的花朵在青天之下突然间一起欢笑一般,衬着她绝世容颜,骄傲盛开……"③《紫川》女主紫川秀"飘逸的长发,如玉般光洁无瑕的瓜子脸,淡月般的柳眉……如此颠倒众生";《狂神》中女主人公紫雪的紫色头发等,这些人物形象在作者的笔下都极具个性特点,颜色使用鲜明,容颜超现实,带有动漫中二次元形象特征。

再如衣着和配饰,如《诛仙》中陆雪琪的"白衣""天琊剑",碧瑶的"金铃""伤心花""水绿衣裳"等都成为她们的象征符号,这些符号甚至先于人物行动而出现,且带有一种情绪感。如碧瑶诛仙剑阵下救张小凡一段:"那在岁月中曾经熟悉的温柔而白皙的手,出现在张小凡的身边,有幽幽的,清脆的铃铛声音,将他推到一边。"④再如,鬼厉见陆雪琪一段,"在那如霜的月光中,还有个白衣如雪的女子,正背着他,站在悬崖前方望月台上,眺望着远方无尽黑夜,默默伫立"⑤。这两段中,"金铃"和"白衣"皆是象征符号,带有一种忧伤孤寂的情绪,

① 树下野狐.搜神记:第一卷 神农使者 第四章 水妖龙女[M/OL].(2022-10-24)[2023-08-28].https://www.qb520.cc/book_13025/.
② 树下野狐.搜神记:第五卷 神农使者 第五章 青丘美人[M/OL].(2022-10-24)[2023-08-28].https://www.qb520.cc/book_13025/.
③ 萧鼎.诛仙:第十九章 抽签[M/OL].(2016-08-20)[2023-08-28].https://www.qidian.com/book/2019/.
④ 萧鼎.诛仙:第八十四章 血咒[M/OL].(2016-08-20)[2023-08-28].https://www.qidian.com/book/2019/.
⑤ 萧鼎.诛仙:第一百四十六章 相见[M/OL].(2016-08-20)[2023-08-28].https://www.qidian.com/book/2019/.

勾勒出一种诗意化的境界。

上述四部作品有注重中国玄想意味世界设定的《诛仙》,也有对西幻和中国神话拼贴的《紫川》,在网络文学玄幻文开创的时期,这种杂融各种神话元素和叙事传统的做法为类型文本的中国化起到了示范作用。

二、历史穿越——《异时空之中华再起》《新宋》

穿越,从对一类文本情节设置的描述,到成为网络文学无所不用的叙述法宝,连缀起想象与现实,同时又模糊了虚构世界和现实世界的界限,是理解和认知网络文学的重要中介。1993 年席绢的《交错时空的爱恋》和 1997 年黄易的《寻秦记》分别开创了女性"穿越言情"类和男性"穿越英雄"类的先河,这些作品的问世,很快打破了陌生化的美学距离,万千写作者跟风模仿,出现穿越小说风潮。在这里提到的《异时空之中华再起》(后文简称《中华再起》)和《新宋》均是最早发表于早期"幻剑"的历史穿越小说代表作,因为出现在网络尚未大众化的 21 世纪初,这时的"穿越"还是时髦的词汇,此类创作开风气之先的功能还是显而易见的。

首先,《中华再起》和《新宋》具有丰富的历史和文化内蕴。中华杨的《中华再起》于 2002 年在"幻剑"连载,讲述两个主人公杨沪生和史秉誉因为车祸穿越到清末太平天国时期,被迫参与太平天国运动,模仿解放军进行军事化改革,推翻清政府统治,最终走上一条重工重商的共和国道路并实现中国崛起之梦想的故事。借用邵燕君的判断,《中华再起》开创了历史穿越小说的大潮,是最早产生广泛影响力的网络穿越小说①,其带有血与火的军事穿越模式为紧跟其后的穿越小说提供借鉴,如月兰之剑的《铁血帝国》以及一系列"异时空"军事穿越救国题材小说也有不俗点击率。

阿越的《新宋》于 2004 年连载于"幻剑",也是一部历史穿越小说,但是此部小说的穿越重点不在军事战争,而是利用现代知识进行改革,开"知识考古型"历史穿越小说的先河。② 主人公石越从一个现代普通的历史系大学生意外穿越到北宋王安石变法初年,借鉴西方的现代思想,融入北宋的政治社会体制,力图改变历史,塑造一个强大的北宋王朝。在这部小说中,"穿越"只是主人公进入

---

① 邵燕君.网络时代的文学引渡[M].桂林:广西师范大学出版社,2015:382.
② 吉云飞.《宰执天下》:"知识考古型"如何介入历史现场?[N/OL].文学报,(2016-01-07)[2023-08-28]. https://webvpn1. jiangnan. cn/https/77726476706e69737468656565265737421fef2568f373178556c468db9805c367ba60741/NPDetail. jsp? dxNumber = 300291417884&d = 8D6F99D8FC19E1DE1B9FAF1B797E4B51&sw=+%E5%AE%B0%E6%89%A7%E5%A4%A9%E4%B8%8B&ecode=utf-8.

历史现场的方式和工具,作者宣称用严谨的态度对待历史,尊重文明,这种特点是"知识考古型"小说的底色。①《新宋》所开创的文官改革模式带动了各类王朝穿越流小说的蓬勃发展。如酒徒的《明》《家园》,灰熊猫的《窃明》,月关的《回到明朝当王爷》,三戒大师的《官居一品》等小说相继出现,这部小说更是对cuslaa 的《宰执天下》有直接影响。cuslaa 本是《新宋》的粉丝,因为受到读者一句"你行你上"的刺激开始了《宰执天下》的创作,主人公穿越的年代、背景、改革目标等均受到《新宋》的影响。这部小说取材于《新宋》而力图超越《新宋》,cuslaa 也以恢宏恣肆的笔力奠定了其在"宋穿流"小说中的地位。

其次,作为情节催化剂的"金手指"从外在的客观事物转变为主体的坚强意志和知识库。

在有明确世界设定的玄幻小说中,"金手指"通常为物质形式,如《诛仙》中的"烧火棍"、《盘龙》中的"盘龙戒指"、《狂神记》中的"狂神战铠"等。但在架空类的历史穿越小说中,玄幻的属性降低,所设定的环境更加现实化,"金手指"多为观念性的意识形态,如主人公的现代知识体系,这些知识理念能够充分发挥主人公的主观能动性,助力其开挂的人生。故而玄幻修仙类更注重成长,而历史穿越文则重在开创与变革,这是逐渐形成的文类的分野。

《中华再起》的两名主人公凭借现代思想和技术建立自己的武装根据地,打败西方列强,推翻清朝统治,改变了中华民族的历史走向。新中国土地革命模式和西方的议会制政治,是贯穿全文的现代思维主线。这部小说不再停留于穿越者个人欲望的满足和征服世界的野心,而是带着当下的现实问题进入假设的历史情境,对历史走向进行重构并激活未来之可能。这种以当下改写历史,为实现中华之崛起而穿越的军事模式将一种观念转化为崭新的技巧,影响了后来的写作。如月兰之剑的《铁血帝国》即为一例,此处不赘。

《新宋》的作者凭借自己对宋史的整体把握和灵活驾驭历史材料的能力,真正做到了驰骋于"历史与文学之间"。石越用"社会改革和宪制设计"②进入历史现场。作为现代人的穿越者,心里有一条明晰的历史走向,他知晓历史记载中王安石变法的问题和结果,故以儒家知识分子的思想体系参与王安石变法,进入北宋的政治经济体制,建立白水潭书院,以现代观念对王安石变法进行修

---

① 吉云飞.《宰执天下》:"知识考古型"如何介入历史现场?［N/OL］. 文学报,(2016－01－07)［2023－08－28］. https://webvpn1. jiangnan. edu. cn/https/77726476706e69737468656265737421fef2568f373178556c468db9805c367ba60741/NPDetail. jsp? dxNumber = 300291417884&d = 8D6F99D8FC19E1DE1B9FAF1B797E4B51&sw=+%E5%AE%B0%E6%89%A7%E5%A4%A9%E4%B8%8B&ecode=utf-8.
② 陈颀. 历史穿越小说中的宪制改革与世界想象——以《新宋》和《宰执天下》为例［J］. 东方学刊,2020(03):85.

正;通过加强海洋贸易、重视工业技术研发等政策,在北宋初步建立起比较完善的工商业体系,并借鉴现代军事战略,调整军队建制,北灭西夏、辽国,南控马六甲海峡,塑造起一个强大的宋王朝。这种来自现代思想和成果的助力模式为不少文官制度小说借鉴。如《窃明》男主黄石依托现代知识挽救大明王朝的存亡,《极品家丁》中的林晚荣以现代商战思维振兴染布坊,《回到明朝当王爷》中的杨凌借着对明朝历史的了解,通过除贪官、战倭寇、开海禁等一系列政策建功立业。这样的写法很好地调动起了当代读者的历史兴趣和个人参与感。

再次,对诗词文化和儒家经典的运用,成为穿越类型化的重要特征。这一特征在世纪初流行的穿越文基本成为定式,但对于这几部"幻剑"作品而言,却具有发现中华优秀传统文化的意义。他们对文人生活的想象建立在诗词唱和日常和儒家经典的庙堂之间,从而使厚重而深广的历史获得了另辟蹊径的可能。《新宋》,以及后来引起很大反响的《窃明》《极品家丁》等,都在这方面做足了文章。

我们来看《新宋》中的诗词之功。男主石越先以诗词交友,他抄袭王冕、陆游等人诗词为自己博得才学名声,在古代社会结交了一圈文人朋友并寻得立身之所,又以二十多首词作流传汴京,为自己赢得"石九变"的声名①。此后,他以钱穆《论语新解》和程树德《论语集释》为基础,与几个科举考生创作《论语正义》,对《论语》作出"民本主义"的新解释,随之进入北宋的皇权政治,又借助后世学术成果创作《疑古文尚书伪作论》,推出"乌托邦"式的著作《三代之治》。这样一整套文化立身策略让石越的社会地位顺利攀升,其背后则嵌入一条文化兴国的彼时社会图景。

诗词文化的运用成为穿越小说的重要手段之一,无论女频还是男频的穿越者都对运用这一手段驾轻就熟,促成了类型化的模式生成。这种数据库式的现代成果取用法,到了猫腻的《庆余年》依旧令人耳酣眼热,男主范闲或者说作者猫腻抛出了李白、杜甫、白居易、王安石、苏轼、辛弃疾等华夏千古风流人物,怎能不让未见者心生佩服,这也就不难理解诗词与古文经济为何在网络文学里畅行不衰,不难理解为何在网络文学前面要加上"中国"的意义。"中国网络文学",就是在这样不断丰富和提取传统文化资源的各方大胆尝试中,逐渐形成自己的玄幻、自己的类型,进而在世界传播。

最后,无论玄幻、架空还是穿越,都深刻勾连着世纪初处在全球化语境中的

---

① 阿越.新宋:第一章 声名鹊起[M/OL].(2023-08-07)[2023-08-28]. https://www.qidian.com/book/1017754181/.

国民心态和讲述"中国"的渴望。讲好中国故事,不只是一种主张,更是一种迫切的要求,世纪初的网络文学也参与其中。

上述小说的主人公(多为男性),或虚构一个世界来实现自我理想,或带着强烈的现实感受进入架空历史,或以现代知识体系终在古代实现自我价值,其根本却都在"酒酣胸胆尚开张",有强烈的撕扯开限制的意愿。"我"成为中华之崛起的在场者和参与者,这或许正是男频吸引读者的地方。无论中华杨的《中华再起》中的军事穿越,还是阿越的《新宋》中的文官穿越,都极大地激发了读者对民族国家与个人身份的想象认同。"这些穿越者承载着现代社会的集体精神和制度智慧返回和参与历史,用现实建构历史,在历史中想象未来。"①这种特点实现了现实和历史的互动,调动读者的文化记忆,代入并深入体验历史情境。网络文学的类型化增长模式渐次成型。

"幻剑书盟"在互联网生活还未充分展开的 21 世纪初,以如何在文学走向和商品化之间找到合适的中介和落足点,在网络文学的类型化路途上做了示范性的尝试。若说"幻剑书盟"及其平台上的早期创作在网络文学发展史上扮演了重要角色,该是不为过的。"幻"与"剑"担当起几大类型的熔铸器。东方玄幻在"幻"上下足功夫,而历史穿越小说则带着鲜明的"现代感",以之为"剑",刺向历史的深处,彰显出国人强烈的国家认同感和民族意识。国人共同的文化记忆和审美观念为"幻"与"剑"提供了精神动力和智力支持。今天的"幻剑书盟"已然不在,但它对"以何中国"的探索和尝试,在当下网络文学创作和研究上依然有启发之功,这使重返彼时情境成为一种必要。

---

① 陈顾.历史穿越小说中的宪制改革与世界想象——以《新宋》和《宰执天下》为例[J].东方学刊,2020(03):87.

中编 / 场域

第一章　网文的传统空间、叙事位置及其表征

　　网文作为在特定媒介——网络上生成的文类，其文本生成的网络空间性，加上读者和作者双双同时在场的共空间性，指示我们在将"网文"作为一个特殊的研究对象的时候，不能再固守"文学"的通用法则，不能老想着如何在传统文学的大家庭里去给"网文"谋一个合适的位置，这其实正是目前网文研究的一个主要走向。在我看来，既然"网文"是自这样一个特殊的空间产生，那么在对具体的"文"进行研究的时候就要时刻记得所研究对象是在网络这样一个界面上生成，而其"生成"恰恰是从"作家型文本"向"读者型文本"的转换之机，是从"我读"真正进入"我们写"的过程。若这一点得到认可，那我接下来要观审的网文的传统空间，也就不仅仅是传统空间，而要考量在文本生成过程中的"传统"是如何被一个个想法、参照以及现实所规约，从而使其成为"现实的影像"和文本内外的现实。

　　假如我们悬置网文与传统关系的合法性，不去考量这样一对范畴放在一起是否合适，只看网文如何触及中国传统文化或者传统文化在网文中得到了怎样的表现，这已经是个很复杂的问题。今日所见的大量网文，有相当长篇幅的作品是架构在远离现实的时空并展开，这决定了"传统"因素必然在其中有相当比例，但我们常常忽略的是，"传统"也会乔装打扮，现实中多元的文化基因也会装扮成传统的形象。如此一来，"传统"从何而来，哪些确实距离现实有时空限定，是否有说不清道不明的传统，看到大量的传统文本出现是否可以得出"传统复归"一类的结论——就都成了问题。

　　当然，首先要追踪的是网文中呈现了何种"传统"，然后再来看这些"传统"

如何被现实化，或者说"现实"如何借用"传统"达成了"想象的真实"和自我的实现。这样梳理下来，我要探讨的网文的传统空间就涉及三个层面的问题：何为"传统"、"传统"的表现形式、"传统"的生成过程及其文化逻辑。对此，我选取了几组文本，有历史的、有穿越的、有玄幻的、有纯爱的，也有立足现实多文化空间的写作，对其进行个案解析，以期发现网文中传统与现实之间或隐秘、或彰显的关联。

第一节 四组文本：讲述何种传统

关于"传统"，且不论此概念本身所涵盖的多重意义，不考虑其语言表达本身携带的"过时"或者"经典"等不同语义，具体到网络文学中的"传统"，更多侧重"古典"和"与现实不同"，穿越、架空、玄幻、修仙、古言等主要文类都有这样的倾向。

以下四组文本均充满"古味"，既包括上述几种类型，也有建构在有记载的历史时空中的历史文。通过这些文本，借管中窥豹之机，我们尝试拨开"历史"的烟尘看哪些传统在网文空间中被选择并成为主要的表现形态。

第一组文本包括《琅琊榜》(海晏)、《庆余年》(猫腻)、《雪中悍刀行》(烽火戏诸侯)、《隋乱》(酒徒)。

无论从点击率、粉丝群、排行榜，还是其他文化类型的衍生品等看，这几部作品无疑位于近十年网文代表作之前列。四部作品均以男性为主人公，属于历史+宫斗+政治的综合类型。因为是历史文，特定的历史时空自然成为其言行的必然语境。其中除《隋乱》从题目便可看出所写为隋末动乱年代的故事外，其余几部均为"架空"类文本，所谓"架空"是作者有意取消了具体的历史时期，这样的好处是避免了"读者粉儿"用"索引"的方式穷根究底，还能在"不确定"的情况下随意书写，也就少了"历史"的规约。尽管如此，"粉儿们"还是常常从"架空"中寻找到"确定"的蛛丝马迹，给出其年代，甚至是哪朝哪代，大多暴露出"实际"的是作品中出现的"传统"，如诗词。而最能暴露出"与年代不符"的部分是"人设"中那颗"现代"的灵魂以及日常化的表达现实。因此，在这些"架空"文和"历史文"中关键的是"历史"如何出现在"现实"的视野里，并以怎样的方式存在？海晏的《琅琊榜》是架空历史类年度最佳网络小说，我们无须去根据什么萧性、金陵、南朝、北朝之类的限定去考察其具体年代，但却不能不看到海晏笔下的传统社会形态。虽然梅长苏被塑造成基督山伯爵似的人物，但该人设身上的古典气质和宗法礼俗观念依旧很突出。他的"复仇"是建立在原本毫无疑问的"忠君"之上，而最终的结局只是要求"君"承认过失还以清白，"国体"是未曾改变的。整个《琅琊榜》看似风云诡谲，却抵不过寻个"说法"二字。有意思的是，秋菊尚去打官司，梅长苏等人却是在寻找政权空隙，以掌控天下风云变幻的琅琊阁与当权者玩起政治游戏，在江湖与庙堂之间留下的只是卑微而自尊的生活需求。《庆余年》则直接将一个病重将死之人穿越至所谓的"庆国"，修习无名功诀，成为宫廷伯爵。同样有趣的是，这部作品也涉及"寻个说法"的问题，只不过是男主范慎和四五个忠肝义胆的友人为从未谋面的母亲——天脉者说理，也是旧事重提。这里的"天脉者"赋予《庆余年》中的"古典"和"历史"以异象，"天脉者，天指的是上天，脉指的是血脉。这种血脉有可能代表强大到无法抵御的战力，比如遥远的纳斯古国里的那位大将军，在国家即将被野蛮人灭亡的历史关头，以他个人的勇猛和战力，刺杀了野蛮人原始议会里的大部分成员。也有的天脉者会表现出在艺术或者智慧上的极大天赋，比如西方的那个刚死了三百年的波尔大法师及他的夫人剧作家伏波。自然，没有人能证明他们是上天眷顾苦难的人间，而留下的血脉"。这样一个天脉者的"传统"显然并不局限于"中华"或我们所在的这块神州大地，这是该作值得揣摩的地方。尽管在后面的故事中主要还是围绕庆王朝、和尚、道士、武功、宫斗、权谋展开，但现代科技和西方的影子始终都在。这算是网文中传统的一个表现。《雪中悍刀行》的武侠味道更浓，时空被设定在似南北朝又似南宋的结构中。男主徐凤年所面临的困难是如何在父亲徐骁所奠定的功高盖主的环境中保护自己的领域不受侵犯，同时又没有不臣之心，就是说我虽然很厉害，但我不要你的江山而且保护国土，条件是你不能小视我、欺负我。可以说这是一个逆"兔死狗烹鸟尽弓藏"的故事，但庙堂和江湖一个不落，都写得精彩，这是烽火戏诸侯的本事。《隋乱》的对话对象有《虬髯客传》《隋唐演义》《瓦岗英雄传》等民间故事，传奇意味很浓，独特之处是将故事架构在男主李旭的成长条件之一，即是倚靠塞外异族的力量。这部作品与其他几部一样，尽管男主均有改天换地之功，但家国观念和尊奉明主的臣子意识都很坚定，作为在当下写就并得到大量粉丝和荣誉的网文，或许可见出隐藏在无意识深处的传统力量。

　　第二组文本为《甄嬛传》（流潋紫）、《江山为聘》（行烟烟）、《扶摇皇后》（天下归元）。

　　这几部作品体现了书写的性别政治，均为女性作家，女主掌控叙事进程，其性别意识较之前组文本的"隐秘"就显得昭彰，其中"穿越"类的《扶摇皇后》体现得最为明显，也就最能展示出"现代意识"。但无论如何"现代"，毕竟是"古

代"的身体,物质决定意识,她必定要以古人之逻辑生存。在这个"为生存"和
"如何生存"的问题上,"传统知识"起了重要作用。而《甄嬛传》与《江山为聘》
虽非穿越,却是架空,这就为之提供了随意运用所熟悉的文化经典来装点人物
和故事的特权,更重要的,要使女性为主人公,而且掌控权力,那其"精神"就很
难不突破特定的历史时空,而带上书写者和阅读者的主观意识和价值观念。所
以说,这几部作品中的"传统"实则为现代人理解的"传统",并试图以自己的方
式改变"传统",使之合乎自己的文化想象。《甄嬛传》写得中规中矩,尽管始终
在"王权"笼罩之下,却难掩文中女子的智慧、霸气、决绝和勇气,且不说甄嬛,仅
玉娆、浣碧几个边角人物都是有声有色,用今天的话说,就是"敢于担当",此种
情势之下,反而是男人们显得脆弱甚至猥琐。该作充满诗词歌赋、琴棋书画,宫
廷典章礼仪像模像样,在古风古意上大做文章,虽说"甄嬛体"是通过电视剧流
行,但不能否认作者在语言上是下了功夫的。可以说,这部作品完全将读者和
观众带入特定的传统时空,彰显了宫廷文化的繁复和华美。相比之下,《江山为
聘》与《扶摇皇后》则很有女权味道,前者是女状元要皇帝以江山来聘,后者是穿
越来的女子要按照自己的意愿选择和守护爱情,不过,二者的底子依然是优秀
爱人+岁月静好的格局。这几部作品中,"凤凰男"完全不在出现之列,是可看出
现实婚恋症候影子的。

由这几部作品我们看到,无论穿越与否,女主都完全投身于被规约的特定
情境,其思想行为可以跨越不同世代、不同人群,在斗争之后常常与当初的敌手
和解,似乎故事的起点只是一场误会罢了,一切都温良无害,这种做法是传统文
化观念还是犬儒的现实生存法则,恐怕不容易分清。

第三组文本是《千秋》(梦溪石)、《花千骨》(Fresh 果果)、《醉玲珑》(十四
夜)。

较之前两组,这组作品更加小白,人物关系和故事线更加清楚,就是在"爱"
与"江山"(或者名望)之间抉择,其结局自然是不言而喻的。这样的章法结构
在网文系统中很有代表性,数量很大。《千秋》是一部纯爱小说,将男男爱放在
一个道士和所谓的邪教人士之间,二者的关联又在类似南北朝的架空的空间中
展开,其"爱"将借助怎样的古代资源被形构和表达?《花千骨》是玄幻修仙外
加古言的网文,在"网文热"后趁热打铁拍成电视剧赚得盆满钵满,这样的无限
与现实拉开距离的作品如何吸引读者,它营造了怎样的文本环境,里面反复提
到的"断念"之剑如何在"前世今生"之间谋取存身之地? 这些影像看似很有道
教修仙的风范,但在具体情节的铺展之间,起决定作用的并非"世外仙姿",而是
直面人世赢得世俗人生。《醉玲珑》直接将穿越来的宁文清假尸还魂变成古代

女子凤卿尘，二者的牵连全因"一段前世因缘"，是所谓的九转玲珑石阵法所致，女主因而"白衣、长发及腰"，精通草药和现代医学，居竹屋，既有出世之感，又有人间的温度。而穿越之后的文化空间变得复杂，文中写道："那种感觉斑驳陆离，穿插心间，仿佛一些东西在思想里是她的又不是她的，说有又像是没有，在需要的时候会突然冒出来，还没有时间理清，繁复生乱。"此语写出了"文化传统"在"现代人"宁文清世界的既亲切又陌生的错位感。

第四组文本为《仙剑奇侠传》（多作者）、《九州缥缈录》（江南）、《斗破苍穹》（天蚕土豆）。

这组文本和前面几种皆有不同。《仙剑奇侠传》并非从网文开篇，却是在游戏、动漫的形制上开始了后续的电视剧。《九州缥缈录》从一开始就有建立不同于西方的中国游戏世界的宏愿，而《斗破苍穹》的"大陆"完全是个现实与玄幻并在的混血社会。这几部作品总体都是在远离现代声光电化的时空中展开，特别将故事坐落在关于神州的想象上，用九州团队的话说，是"一个联合开创世界的梦想"，这是在2003年。要特别指出，这一梦想来自中国缺失类似西方"龙与地下城"幻想系统的刺激，显然，"西方"是个重要参照，游戏动漫世界也不例外。《仙剑奇侠传》早于《九州》，在形成文学文本之前，已有成熟的游戏和动漫问世。1995年，第一款电脑游戏便确定了仙妖神鬼的人物设定，并在六界（神界、仙界、魔界、人界、妖界和鬼界）活动。这里的人设和空间设定，对于世俗中国的百姓而言并不陌生，一定程度上打通了文化心理上的障碍。而此后的《诛仙》《三生三世十里桃花》《花千骨》《蛇君如墨》《销魂殿》等一系列玄幻类型文均可看见这样的叙述。

在以上几组文本里，我们看到一些症候性的表征，如："传统文化"在实现个人完美上的作用？"传统文化"在人才评价机制和社会政治体制上的作用，如无论是《琅琊榜》，还是《雪中悍刀行》，都特别强调文官治国，这种理解从何而来？这让我想起2017年"现象级"的文化景观——《人民的名义》，围绕其而来的关于《万历十五年》的热烈讨论，同样向我们提示了"传统"与"现实"的紧密勾连。在这些作品中我们不难看到费孝通所言之乡村政治结构在当下大众关于社会想象中的位置，对礼仪社会的潜在认可便是其中的突出形态。再如：玄幻类作品依据什么吸引读者和观众的注意？这些从文本语言、人物行为、风度、散淡而从容纯粹的生活方式和人生态度似乎可窥见一二。而假如像《仙剑奇侠传》般只是以游戏开端，"传统"只是游戏的形式，那这样的游戏为何会蔓延至文字并成为网文主要的文本类型之一？如今大量的"玄幻剧"及电影是否正加深这种游戏并反过来进一步形构了关于"传统"的想象？而无论是游戏，还是玄幻、历史,都多少涉及政治斗争,是否又提示我们这是大众"指点江山"心理的表现?总之,仅仅以上几组作品,我们已经看出"传统"在网文中受重视的程度,而无论是历史,还是虚构,现实的需求总是如影随形,此情此景,真是怎一个古代了得?

第二节　叙述传统的空间、位置及其功能

细细看来,网文中的"传统",或者说古代社会,进入叙述的原因很多,如"穿越类"常常是家庭不幸,或经济困窘,或遭男友背弃,或陷入恋爱困境,或突遭横祸,也有些是专门想要穿越以求实现现实生活无法达成的意愿(关于俊男美女的想象居多),因此,"其所来自"之处多被遗忘,而以穿越之地为情感和生活的主要寄托。若像《九州》和《仙剑奇侠传》则更多的是一场游戏,恰如番茄所说,"化身为主角在另外一个世界中经历一生。这种感觉真的很棒!"无论哪种,都有一个问题,如果选择了仙侠,那么仙侠实际发挥不同功能的角色是什么,在什么情形下出现并达到了怎样的效果?是文本内合乎逻辑的一部分还是外在于文本?反过来,在"古代"的生活既然要受到特定情境的规约,这对于"现代"的灵魂有怎样的重塑、改造和影响,甚至使其"乐而忘返"?如果选择了具体朝代,作为现代的书写者和观看者要在这遥远的时空差中表达什么,又是什么吸引了他们的注意?关于"传统"在叙述中的空间位置和功能,这是讨论网文中"传统"的基本坐标。

网文中的"传统"常常可以替换为"古代",如"古言"这样的说法,"古代"中一个突出内容——古典文学——又在网文中屡见不鲜。这样一来,从传统到古代到古典就构成一个顺溜的审美链条。顺推回去,"传统"也就成为一种审美符号,这显然是它在网文中的显著功能。如关于仙侠的描写,所居之处如仙境自不必说,其出场:"白子画,从天的那一端缓缓向她走来,花开如海,风过如浪,衣袂翩然,掩尽日月之光……淡淡的银色光晕笼罩周身,素白的袍子襟摆上绣着银色的流动的花纹,巧夺天工,精美绝伦。肩头飘落了一两片粉色的桃花瓣,无瑕得几近透明的宫羽在腰间随风飞舞,更显其飘逸出尘。剑上华丽的白色流苏直垂下地,随着步伐似水般摇曳流动,在空中似乎也激起了细小的波荡(浪)。长及膝的漆黑云发华丽而隆重地倾泻了他一身"(《花千骨》)。这个白子画是长流上仙,如此美轮美奂倒还好说,我们再来看看架空历史古言文《扶摇皇后》中的男主:那人衣袍宽大,被山风吹得猎猎飞舞,于峰巅之高飘荡的薄云淡雾间若隐若现若在九天,举手投足飘然欲举潇洒灵动;长剑撩点裁云镂月风华迤逦;

明明只是一个遥远的影子，起伏转折之间，却生出林下之士的散逸风度，和灵肌玉骨的神仙之姿。——这不又是一个人间仙侠！这种形象在众多的古风古言纯爱文中成为最爱。

问题是，这样的描述仅仅是一种美的符号吗？若拿女主的形象与男主比较似乎有点不同。比如前面《花千骨》中的白子画是仙人，但这仙人再有"仙气"，也"只不过是比平常人多些法力，少点情欲罢了"，女主的功能就是要将这仙人拉到俗人的位置，"欲望"自然是要改变的根本，就像文中似人似仙的东方彧卿所言，"人界看似最没有能力，其实是最强大的一个界，更是六界之源，万物之根本"。所以，看似写仙，实则写人。这花千骨自然是没什么不敢想的，看到白子画喝酒，"花千骨整个人都被摄了魂去，望着他嘴角边的一点湿意，突然很想去'舔'"。而《扶摇皇后》孟扶摇的功能也是将那看似天外飞仙的王者变成知疼知爱的男人，"人气"最终战胜了"仙气"。显然，"仙"成了被改造的对象，在这奇幻世界驰骋的实为"人"的最日常最小女孩的撒娇形态。

在有的仙侠世界以及穿越的世界里，穿越者或者女主（占比例较大）的功能还不仅仅是"降仙"，更主要的是展示自身的"与众不同"，类似"不一样的女子"的说法简直比比皆是。到底有什么不一样呢？大约是：主张男女平等、一夫一妻、敢爱敢恨、直率明朗，当然往往是美得晃人眼球。这样的人物既然是主角，自然是导引着叙事的方向，于是超群的舞技、超拔的词曲功夫（多选李白）、政治智慧、经商头脑一股脑涌为情节链上的必需。这种时候，谁还会考虑传统为何物，古代也变成了幌子，很像新娘的盖头，一旦揭去，就是真刀真枪的生活。一颗现代的灵魂才是此类作品的核心。

传统的功能还不仅如此，有时候它是以被参照和致敬的对象存在，或重写，或续写，或改写。如修仙历史文，常将某一经典摆在重要位置，作为修炼升级的境界之镜，这方面《周易》和《道德经》是用之最广的，像《花千骨》《将夜》《朱雀记》。而《雪中悍刀行》不仅如此，还将《红楼梦》的才情坐落到其中一个女子王初冬身上。猫腻的《庆余年》则直接将《红楼梦》的记忆变成促进故事发展的线索。这种情况下，传统也在一定意义上充当了人设的"装备"，在新空间中立足的武器和炫耀的资本之一，既装点门面，也是穿越之必杀技。如穿越文中的男女主，有的在穿越之前并没有什么古文根底，却借助超现实的记忆力在穿越后的世界大秀特秀唐诗宋词，《绾青丝》《女帝本色》《醉玲珑》皆在此列，这差不多是穿越者在异世界站稳脚跟的必须。而我要思考的是，这些"装备"在今日之中国是否也是应知应会，它对于国人素养的意义显然是必须正视的课题。

说到国民，则不能不提在第一组文本中所彰显出的家国意识和个人英雄主义。《隋乱》《新宋》这样的历史文因为置放在特定的历史情境之中,又有那么多的英雄前史做底子,更是展示英雄风采的绝佳空间,这些作品均连载数年,且有稳定的高粉丝群。与《隋唐演义》这样的演义故事不同,作为网文的《隋乱》虽然利用了既有的英雄故事,比如徐茂公、李世民等,但文中男主始终是李旭一人,绝无其他,甚至"其他"也只是他成就功业道路上的过客。这就不能不提示我们去注意类似人物是否在其他文类中也有突出表现,结果是在以王朝为背景的网文中,其男主也常常拥有"建功立业 一统天下"的豪情,《琅琊榜》《凤居宸宫》《江山为聘》《雪中悍刀行》等一串可以连续列出的篇名里都有这样的声音在呐喊;而那些高居仙山的仙侠们在"凡人"的引诱下,也纷纷放弃"不问世事"的标识,将拯救天下苍生(尤其是直面爱情)变成自己的职责,还有很多仙侠很快被凡人证明为银样镴枪头,或为野心膨胀的饕餮之徒,故有《诛仙》。神仙不一定靠得住,那只能靠自己,李旭、梅长苏、范慎、青阳王吕归尘就是一个个置之死地而后生的英雄人物。从这个意义上说,仙侠在很大程度上只是一个屏障而已,冲破它,凡俗种种自然呈现。

因此,无论仙侠,还是穿越,或者古言,乃至纯爱,多为现实之镜像,而其中突出的是权力、金钱、欲望、情感的匮乏,但反复的叙说,反而加强了对异世界想象的合理性并反作用于现实生活。正如戴锦华先生所言,悖谬在于,对历史的每次借用,建构了一次历史叙述,对历史观念的复制、再生产,进入文化政治的再生产,最终成为合法性的提供者。我们要对这种想象提出质询,要对对象有整体的把握。[1]

第三节　在现实空间被讲述的"传统"和融合文化

最终,我们不能回避的问题是,这样被叙述的传统立足于何种现实? 对网文的传统空间研究归根结底是对现实的研究,关于历史的叙事和被叙述的历史都充分必要,但不是为了寻找"前史",或者建立二者之间的逻辑,我们要做的是要以整体的、结构功能性的方式来把握当下现实。而当文本结构向社会结构打开,是可能获得情感结构的路径和渠道的。

从前述几组文本中,我们既可以看到对传统礼俗社会的内在认可,也可看到现代生活观念和价值观念对传统礼俗社会的改写;既可以看到携带着现代灵

---

[1]　戴锦华语,文化研究课程内容,2016 年 9 月。

魂的古代人对诗词曲赋所代表的文学与文化修养的仰慕,也可看到试图将诗词境界内在化的一种尝试;既可以看到女主或男主强烈介入并试图改变生活的入世愿望,同时又徘徊在如何独善其身的出世边缘。在所有这些界域里,"个人"是被凸显的,而借由"传统"这个"个人"获得了文化优势、风流态度和几分笑傲天下的"侠气"。显然,网文中的"传统文化"世界一个大概念,里面包容着各种各样价值各异的存在。单单纠缠于被描写的"传统",我们很难分辨传统文化的组成部分是什么?与大众文化是一种互文性关系,还是集体无意识的显影?这种表象性文化环境的政治经济动力是什么?其历史维度是什么?网文中的"传统热"是否意味着当下"传统文化"的一种回归,并制造"传统文化缺失"的历史现实逻辑?甚至类似《仙剑奇侠传》这样由游戏而来的作品是否在从台湾到日本再到内地的文化旅游中发生了变迁,从而对我们所认定的"传统"进行了改编,这都是我们面对类似"传统回归"表述时要厘清的问题。这是"中国崛起论"的现在表征?这是"传统",还是"现实",是错综的文本,还是文类的"史"的影响逻辑?或者在"传统"和"现实"之间原本就有穿插而入的影子,在历史之河中来回游荡。而归根结底,我们所要关注的是"讲述神话的年代",而不是"神话所讲述的年代"。

几组文本的写作者风格不同,如果一个人的名字是连接世界的通道,那"网名"同样是触摸这些写手及其文本的入口。女写手的网名似乎更加倾向古风,如流潋紫、十四夜、唐七公子、天下归元、行烟烟,其文本倾向于在既定世界里有自己的立足之地;男写手的则多直接而世俗,如我吃西红柿、猫腻、酒徒、天蚕土豆,其文本更倾向于建构一个世界。这些作者多为"70后"和"80后",其共同点是文本都通过一个全新的开始,以"我想要"和"我需要"加上"我能够"的力量来主导自己的人生。联系当下热门电视剧《欢乐颂》中的樊胜美、安迪,《我的前半生》中的唐晶、子君,其接受程度与上述套路间的关系可放到同样的大众心理系统中去理解。想想21世纪初的网络写作,还回响着今何在在《悟空传》中的宣告:"我为什么要做神仙?因为我想,那样至少自己的命,不用握在他人之手"。后续的网文已经发明了穿越、架空、玄幻等多种途径,无论新创还是被迫甩入一个崭新的世界,它既满足了男性建功立业的社会需求,又使女性关于"异世界"的浪漫想象有了着力点。与此同时,我觉得还有一个重要的功能,那就是无论男女,这个"异世界"都充当了现实的"他者",是个可以评说和想象的领域,而且可以在"观看他者"的过程中,将其"多元化"为自身视野的一部分,从而实现内在化的自我建构。所有这些又都安全地建立在"观看"和"游戏"的层面上,既借助网络媒介的共空间写作,同时享有间隔现实的自由度,这是"古代"

常被选为叙事空间的重要原因。

而随着21世纪以来的"申遗"热以及汉服热,与网文世界盛行的穿越和古言架空之间构成相映成趣的文化景观。在2017年8月18日《中国艺术报》的一篇文章中,我看到这样的表述:如何尽快理解汉服文化金字塔基座的庞大人群的构成成分和文化诉求,保护他们的参与热情,是夯实传统文化复兴人群基础需要特别注意的一个方面。① 这一说法已经不仅仅是将"汉服热"作为新世纪的一种文化现象,而视之为文化实践和社会行动,实在令人瞠目。对此且不作评说,但类似网文《甄嬛传》及其电视剧对古风考据得如此细致,"种田"心态如此突出,准确描摹传统似乎成为一种需要。与此同时,20世纪末在中国国土完整和进入国际社会上有重大进步。1997年7月香港回归,1999年澳门回归,失地回归中国,而两地之间面临新的格局反映在文学上必然会有诸多复杂表述。2001年12月11日,中华人民共和国经过十五年的谈判正式加入关贸总协定。对此官方定位是:将有利于我国更快、更好地加入国际社会。像《九州缥缈录》中预设的世界,旨在创造一个自己能够掌控的世界,其雄心壮志似乎正是对现实的一种镜像式表达。

与此同时,网文大IP现象更加突出,文本+游戏+动漫+影视+广播剧+······的链接会更加突出,类似《仙剑奇侠传》《九州缥缈录》这样的超链接文本只会更多,"跑团"式写作文化现象将进一步促进网文写作的杂糅化和跨媒体化,媒介的融合将成为一种普遍现象,这反过来加深了网络文学与既有文学之间的差别。在这种情势下,网文中的传统空间和叙事位置将更多作为满足现实需求的方式和凭借而存在,这又必然与主流文化提倡的重视传统文化形成合力并使所讲述的传统合法化。这可说是网文正能量的一种表现。而随着国家对传统文化的加强,所谓的"精英文学"在这五年来的走向如果可以像《中国艺术报》所概括的"记录时代,回归传统,书写当代中国故事",网文中的"传统"书写是否还保持今日的走向,"传统"是否还常被穿着现代的马甲任意装扮,想必变化是一定的。

---

① 赵宜.汉服文化实践:复兴及其内部焦虑[N].中国艺术报,2017-8-8.

第二章 从中西差异走向南北共融的文化观：从《九州缥缈录》说起[①]

21世纪初，桌面角色扮演游戏《龙与地下城》和《指环王》(《魔戒》)系列电影在中国流行，恢宏震撼的西方奇想与气势磅礴的史诗质感令我国观众眼前一亮，这种全新的文化体验打破了传统武侠小说和影视留下的幻想壁垒，西方奇幻主义浪潮席卷而来。那时我国网络与影视技术尚未成熟，无法对其进行直接模仿，小说便成为糅合奇幻元素的最佳选择，但多数作品都似邯郸学步，只运用西方奇幻元素，忘却了流淌在中国人血液之中的文化传统，而一批具有文化追求的小说爱好者则希望借着西方奇幻主义的东风来打造一个适用于东方的幻想世界，"九州"就是其中之一。

作为"九州"创世七天神之一的江南在接受《羊城晚报》采访时曾说："'九州'这两个字是我起的，因为我想写一个以中国文化为核心的故事。"他还说："其实，在十五年前，九州的出现就是因为作者们看了《指环王》(《魔戒》)后心潮澎湃，想要做一个中国架空幻想世界。九州的灵感源于《指环王》(《魔戒》)，所以各种西方奇幻的元素曾经被尝试性地植入这个世界……非常带感的设计，但它的文化土壤值得怀疑。"[②]毋庸置疑，"九州"是带着"野心"出发的，江南更是雄心勃勃，他凭借自己深厚的文字功底娴熟地将西方奇幻元素碾碎，再播撒于中国文化土壤之中，在《九州缥缈录》系列小说中较为成功地实现了符号、人物与国情的转换生成，不仅破除了西方奇幻"橘生淮北"的尴尬境地，更成为融

① 江南大学网络文艺研究中心成员阎苏参与了有关"《九州缥缈录》"的讨论和写作，谨此致谢！

② 朱绍杰，江南：我预先写了结尾然后逆推整个故事[EB/OL]. (2018-11-12)[2019-05-04]. https://www.chinawriter.com.cn/GB/n1/2018/1112/c405057-30394130.html.

和中西、贯通南北的经典小说之一,影响了此后我国奇幻、魔幻和玄幻小说的创作。

第一节　符号的转换生成

符号就像文明的外壳,是整个社会约定俗成的具有规约信息的"物",不仅具有表达功能,更兼具隐喻功能。由于地理环境、历史进程、文化渊源的差异,不同文明赋予文化符号的意指并不相同,就如"龙",在东方被视为神物,在西方却被看作恶魔。因此,简单地嫁接与挪用文化符号容易造成审美落差,形成阅读误区,无法使读者产生情感共鸣。这就是我国"奇幻热"仅仅停留在"热"层面而并未蔚为大观的重要原因之一。江南原创小说《九州缥缈录》之所以被称为"奇幻经典",最直接的原因便是他在借鉴托尔金《魔戒》的同时对其中诸多文化符号进行了转换生成。

北欧神话堪称西方奇幻主义小说的素材库,《魔戒》中最基本的种族设定:人类(包括霍比特人)、迈雅、精灵、矮人、兽人(包括半兽人)都源于此。何谓"神话"?"在古希腊语里,'神话'(mythos)表示任何真实的或不真实的故事或情节……神话体系是曾经被特定的文化群落认为是真实的,并留下来的故事体系。它为社会的习俗管理和被认可的约束人们的准则提供依据;也用来解释超自然的神的意象和行为的观点。"[①]因此,神话表达了一种共同愿望和共同价值,是特定集体愿望的达成。在此基础上,"神话"的典型符号在时间的酝酿下便演化为文学的惯例和类型,"神话"本身也转化为无(潜)意识藏在特定集体的脑中。因此,《魔戒》能够唤醒沉睡在西方人脑海中的文化认同,从而拉近文本与读者之间的审美距离。或许这些符号的能指相同,但在中国人的神话谱系中从未出现过精灵、迈雅和兽人等所指。乍看之下会有新奇感,但蕴含其中的集体愿望与共同价值无法被发现,读多了难免引起审美疲劳。而九州七天神从《魔戒》中获取灵感,在中国神话传说中寻找能与北欧神话元素相吻合的文化符号,为西方奇幻在中国的生根发芽浇上了充足的营养液。

具体而言,《魔戒》设定"精灵"为伊露维塔(上帝)的首生儿女,能够长生不朽,聪慧敏锐又有灵气,是大地上最美丽的种族,江南在《九州缥缈录》中将其转

---

① 　M·H·艾布拉姆斯.欧美学术语词典[M].朱金鹏,朱荔,译.北京:北京大学出版社,1990:202.

换为"羽人"。"羽人"的原型是中国古代神话中的飞仙,最早出自中国先秦神话集《山海经》。《楚辞·远游》也有记载:"仍羽人于丹丘兮,留不死之旧乡。"东汉王充称:"身生羽翼,变化飞行,失人之体,更受(爱)异形。"[1]西晋张华称:"体生毛,臂变为翼,行于云。"[2]"羽人"的意指同"精灵"类似,其中潜在的文化意识也能契合中国人的文化精神,这样的符号转换生成就是自然且成功的。此外,九州世界中其他种族:"夸父""河络""魅族"等在《山海经》中均有所记载。除去种族符号的转换生成,《九州缥缈录》的地名、武器和服饰等都结合了中国历史与神话传说,使《魔戒》的本土化更加贴合与完整。

在《魔戒》影响下进行本土化尝试的小说中,《九州缥缈录》不是第一部,但是具有影响力的一部。此后,我国经典的幻想(奇幻、魔幻和玄幻)小说的相关设定几乎都带着中国传统文化的影子。天蚕土豆在 2008 年开始连载的《斗破苍穹》中设定了"魔兽族","魔兽"的概念来自美国角色扮演游戏《魔兽争霸》,但"魔兽族"的名称——太虚古龙族、天妖凰族、九幽地冥蟒族又体现了中国神话色彩;同样是 2008 年开始连载的《斗罗大陆》根据能力等级划分为魂士、魂师、魂尊、魂宗、魂王、魂帝、魂圣,士、师、尊、宗、王、帝和圣是中国传统文化等级划分的重要标准,精确的能力等级又呈现出西方自然科学的意味,因此"魂士"等符号的设定中西包容,既具有新奇性又贴近本土文化,成为爆款玄幻小说自然不足为奇。这种转换意识不仅仅体现在这两部幻想小说,还存在于《择天记》《武动乾坤》《完美世界》等诸多小说里。当然,我们不能一概论断所有的幻想小说的符号选择都受到《九州缥缈录》的影响,但它在该方面的尝试的确具有标杆式的影响力。

语言作为一种符号,其意义是在相同文化背景之中的人才能深切体会。江南在创作《九州缥缈录》的过程中进行语言符号的转换生成,既是对西方奇幻的尊重,也是对本土文化充满自信的表现。因此,《九州缥缈录》在该方面的努力与成果是值得肯定与赞许的。

第二节　人物的中西合璧

"西方思想,大体可以分为三系:一为宗教,二为科学,三为哲学。此三系

---

[1]　屈原.楚辞[M].崔富章,等注释.杭州:浙江古籍出版社,2004:104.
[2]　张宗祥.论衡校注[M].上海:上海古籍出版社,2013:34.

思想均以探讨真理为目标。"①这一探讨过程是以人为中心向四周展开的,凸显出西方思想"中心"与"外向"的特征。自百家争鸣始,中国各家思想都把人置于天地之间,追求人与天地的协调共生,表明了中国思想"和谐"与"内向"的特征。中西思想看似对立,但在《九州缥缈录》这类幻想小说中,却仿如"阴阳"两极一般水乳交融,共存共进,成就了一个又一个张力十足的人物形象。

姬野在《九州缥缈录 II 苍云古齿》首次登场时就被自己的弟弟陷害、被自己的父亲与主母忽视、厌恶甚至是痛恨,年少的他宁愿默默承受,也不愿讨好奉承他们。直至青阳世子到访,下唐准备了一场与蛮族武士的比武大赛,胜者可得副将头衔。他的父亲一改冷漠常态,仿若慈父一般准许姬野参加。姬野还未来得及高兴时,他的父亲吩咐姬野必须战胜三个蛮族武士,为弟弟昌夜铺平谋得副将头衔的道路,这浇灭了姬野心中最后一丝对家庭的憧憬。比武当天他连胜四场,第五场他虽体力不支,但凭借惊人的记忆力与悟性,他利用猛虎啸牙枪舞出了蛮族武功招式"转狼锋",虽然自伤,但也取得了第五场的胜利。第六场时,他伤势颇重,当所有人都要求他下场时,他嘶吼着"我打败了他们,我能打赢他们所有人!""副将谁都能当,弟弟能,我也能!""我一个人就够了! 我一个人,打败你们所有人,你们所有人!"②这一刻压抑于姬野心中的自我不再隐忍,而是用一种爆发的方式高调地宣布自我的存在——"我就是我"。此后,姬野的个体自我意识愈发强烈。他随息衍围剿赢无翳时,为了斩获军功,带领一支小分队截杀离军分支,即使部下都战死,身受重伤也依然敢单枪匹马地挑战英勇神武的赢无翳,绝不屈服。

行为是个人观念的外化,姬野的这些举动正是他强烈的自我表达欲望的外化。20 世纪 90 年代是我国改革开放如火如荼的时代,也是我国思想朝着开放、自由和多元发展的时代,西方现代主义及后现代主义的进入使"集体""改革"与"保守"不再是思想论争的焦点,"个人"被解放出来。因此,在这样的时代大背景下,每个人都渴望张扬个性,标榜独特的自我。姬野这一人物形象便是如此,他对自我的绝对强调表明他已经超越了中国传统武侠小说中的侠之大者——无私、奉献与忘我,是一个活生生的有着个人私欲的"人"。这不正是西方式个人英雄的形象吗?《魔戒》的主人公弗罗多在瑞文戴尔会议陷入僵局之时,主动承诺会将魔戒带至末日山销毁。弗罗多的毛遂自荐突出了自己所拥有

---

① 钱穆.中国思想史[M].北京:九州出版社,2012:1.
② 江南.九州缥缈录 II 苍云古齿[M].北京:人民文学出版社,2015:63-64.

的超乎常人的精神力和毅力,有实现个人价值的意味,姬野如野马般的烈性不正与此相映衬吗?但姬野身上自我张扬的个性并非单纯的西方个人主义的体现,其中还带有中国传统文化精神的影子。

轻死重义的侠义精神便是糅合于姬野"个性"中熠熠生辉的中国传统精神。下唐与青阳盟约破裂,作为质子的阿苏勒难逃一死。姬谦正为阻止姬野劫法场,便寻了借口将猛虎啸牙枪拿走。而当阿苏勒头顶的斧钺被高高举起正要落下之时,一声箭鸣,姬野一人身背十二柄长刀冲进了法场,看着阿苏勒说:"阿苏勒,我来救你了。""姬野这句话脱口而出,非常自然,就像是无数次夕阳下他带着战马说:'阿苏勒,我们喝酒去。'"①救阿苏勒便意味着要用一己之力对抗一国之力,千斤之重的决定就如此轻飘飘地说了出来,这份勇气与义气在令人倍感唏嘘之时更为之震撼。姬野法场救阿苏勒正如司马迁《史记·游侠列传》所说是"不爱其躯,赴士之厄困"②,体现了中国传统文化中人与人之间的"小义"。鲁迅在《中国小说史略》中对于"侠义"二字,突出其"大旨在揄扬勇侠,赞美粗豪,然又不背于忠义"③。这里的"忠义"是指家国情怀的"大义"。姬野是乱世同盟之首,是他结束九州纷乱开辟新朝"燮",也是他放下私怨遵守永不犯蛮族的一生之盟,至此,不再兵连祸结、生灵涂炭,百姓得以安居乐业,家国得以振兴,这是姬野身上所展现的家国"大义"。姬野的"义"不张扬,却指引着他的一举一动,是其性格的核心特征之一。

姬野并非是西方个人式英雄,也不是东方圣人式英雄,而是兼具二者之长,既个性飞扬又心系天下。这种在思想上呈现中西合璧式的人物在之后的各类网络小说中都颇为流行。随着时代的进步,这类人物甚至发展为"有仇必报"但善良,在大是大非面前又能承担大义的形象。就如辰东的成名之作《神墓》的男主角辰南,他秉持着"人不犯我,我不犯人,人若犯我,我必犯人"的生活准则,但在面对人世生存之时,甚至能义无反顾地踏上充满荆棘与未知的逆天之路。这种人设还蔓延至言情小说之中,尤其是穿越与重生类言情小说,该类小说的女主角正是如此才被男主角所注意与喜爱,如《有匪》中的周翡、《扶摇皇后》中的孟扶摇和《三生三世十里桃花》中的白浅等等。由此不难看出,《九州缥缈录》虽是糅合中西思想进行创作的初期成果,它对此后网络小说在人物塑造方面的走向是有影响的。

---

① 江南.九州缥缈录 V 一生之盟[M].北京:人民文学出版社,2015:139.
② 司马迁.史记[M].长沙:岳麓书社,1988:896.
③ 鲁迅.中国小说史略[M].天津:天津人民出版社,2016:213.

第三节　身份的南北突围

从符号到思想,江南竭尽所能地把西方奇幻转化为本土化表达,《九州缥缈录》持续不断的回响说明其努力并未白费。但江南对中国传统文化的拿捏与把握绝不局限于此,他在本土化表达的基础上创造性地结合中国历史文化,将历史上南北之间的"战与和"看在眼里,放在心上,写在故事里。

小说	战争名称	冲突方一	冲突方二	冲突类型
《魔戒》	罗瑞安战役	兽人和蛮人	木精灵	种族冲突
	戴尔河谷战役	东方蛮族	人类与矮人	种族冲突
	佩兰诺平野之战	半兽人和食人妖	人类	种族冲突
《九州缥缈录》	风炎皇帝北伐	华族	蛮族	南北冲突
	殇阳关之战	离国	六国联军	南北冲突

长江文化、黄河文化与草原文化是中国三大主源文化,其中,长江与黄河文化可视为农耕文化。由于地理环境与社会结构的不同,草原与农耕文化表现为两种不同的文化形态,并在漫长的历史岁月中不断地碰撞与交融,形成了中华民族独特的文化景观。根据上图不难看出江南更换了《魔戒》中的种族冲突,代之以南北冲突,使小说更具有带入感。但南北之间除去冲突,更多的应是和谐。因此江南不走寻常路,六卷《九州缥缈录》中有四卷都是以蛮族青阳部世子吕归尘·阿苏勒·帕苏尔为第一主角,这表明江南转换了叙事视角,不再像以往一样直接以农耕文明为中心,而是将目光投向处在边缘的草原文明,企图以边缘走向中心的方式来突破南北之间的矛盾与冲突。因此阿苏勒就承担了联结南北的重担,如何让阿苏勒不忘蛮族身份又能融入南方则是刻画他的关键之处,"文化杂交"便是阿苏勒获得南北身份认同的好归宿。

为了生存,青阳部愿放下仇怨与下唐结盟,阿苏勒因拥有吕氏帕苏尔家族特有的青铜之血,被下唐使臣拓跋山月选为质子,成为青阳与下唐结盟的象征。阿苏勒到下唐后,即使换下北陆蛮族服饰装扮、学习东陆文字礼仪,体验着东陆的风土人情,他在别人眼中依然是"蛮子"。于他自己,他也从未忘记过自己是来自北陆瀚州的"小蛮子"。可当他要回到北陆之时,他对南淮城也存在着难以割舍的情感,下唐的含蓄温婉已经浸润了他那豪放爽朗的北陆之心,他的身上深深地烙印着瀚州的草原文明与下唐的农耕文明。

阿苏勒生来便是青阳部的世子,他本能地习惯于草原的生活环境、风俗习惯和伦理道德,而十岁以后他来到南淮城这个南方温润而又繁华的城市,他正式接受的教育是华人基于农耕文明而形成的伦理道德、经验和常识等,因此阿苏勒就如同贯穿高楼的电梯一般,在先天与生俱来的文化身份与后天文化教育浸润的合力之下实现了草原与农耕文化之间的联结,部分地消解了由民族所带来的身份问题,成为一个文化杂交体。这正印证了霍米巴巴曾提出的"杂交文化"概念,他认为"这种'杂交文化'绝非一种凌驾于他种文化之上的新的权威,恰恰相反,它是建立在'文化差异'的基础上的。文化差异一方面强调文化之间具有对抗性和冲突性,另一方面并不对文化做出本质主义的理解,即固执地认为文化是预先被给予的、不可增减的、有原型可依的,文化之间要进行'间性协商'的,即使是在重复或'模拟'之际,文化也不可能保持正身,而是不断移位或延异的"①。阿苏勒身上所展现的文化便是移位与延异的。

阿苏勒自南淮回到北都城后,第一眼看见的便是战争。他为了想要守护的人主动跟比莫干请命,迎战草原上数一数二的英雄蒙勒火儿。蛮族争战靠的是勇猛与力量,但这次朔北部有白狼团加持,非有勇便能胜。面对如此境况,阿苏勒结合东陆见闻与所学,想到了如何使战马不怕白狼的方法,又绘制了精准的战时地图,为其东陆战术——"穿心"的运用更添几分把握。"穿心"之阵是风炎皇帝入侵北陆时所创,精妙之处便在于避开了全面交战,利用"速度"与"锐气"斩杀敌首,阿苏勒借用此阵便是想要斩杀蒙勒火儿,大败朔北部的士气,令其主动退兵。这种对东陆文化的灵活运用表明阿苏勒身上蛮族文化的移位,他的身份不再只是北陆蛮族世子,而是在此基础上交杂着其他的文化。

文化的延异不代表本源文化的丧失。即使阿苏勒被农耕文化所同化,但他依然坚守着北陆瀚州的草原文化。名字具有隐喻与象征意义,吕归尘是阿苏勒的中原名,"归"即返归本源,"尘"即尘土,结合起来便是回归尘土,回到人最原始的世界中去,因此,从文化的角度理解,这个名字直接隐喻了阿苏勒对本源文明的坚守。"阿苏勒"在蛮族语言中意为"长生",这不仅象征着龙格真煌对阿苏勒的美好祝愿与期望,也隐喻着阿苏勒的文化身份。姬野、羽然和息辕是阿苏勒在东陆最好的朋友,他们从不像别人一样称呼他为"世子"或"吕归尘",而是直接喊他的青阳名字"阿苏勒"。一般语境之下,名字并不象征身份,而阿苏勒身处异国他乡,不同语言的名字背后隐喻的必然是民族身份,因此姬野等人

---

① 范永康.文化政治与当代西方文论的政治化[M].昆明:云南大学出版社,2012:109.

称呼他为"阿苏勒"表明阿苏勒本能地想要守护融入血肉的草原文化。

阿苏勒为了能够跟哥哥比莫干冰释前嫌,他主动到金帐与比莫干谈心。说到当下困境之时,比莫干问阿苏勒:"那么,如果你是我,你会怎么办?阿苏勒,你告诉我,如果继承大君之位的人是你,你会怎么办?""阿苏勒心里一凉。他知道自己的身份特殊,哥哥的位置可以说是从他手里抢去的,如果是在东陆,皇帝这样问自己的兄弟,那些亲王只怕要吓得屁滚尿流地磕头谢罪了。犹豫一闪而过,他来这里不是要遮遮掩掩的。'如果我是哥哥,我也不会放下刀向朔北人屈服!'他看着哥哥,一字一字地说。"①当涉及权力这样敏感的话题时,阿苏勒潜意识地用东陆人的思维方式进行思考,但他的回答却是蛮族式回答——真诚与直接,同样,他得到的也是蛮族式真诚的回应。

阿苏勒在颠沛流离中扛住了南北差异的强烈攻势,并在文化身份的不断转换中成长为一个"文化杂交体"——既能运用南方先进的文化知识,又能保持北方质朴真诚之心,这证明了从南北矛盾冲突中突围,并走向和谐共融的必然性。此外,阿苏勒从北陆到南淮,身在异乡,必然会再次回到北陆,这种文化身份的南北糅合就能形成天然的叙事动力,从而使故事情节自然而然地往下推进。类似阿苏勒这样贯通南北的文化杂交体在我国玄幻小说中有很多,如老猪的《斗铠》、烽火戏诸侯的《雪中悍刀行》、愤怒的香蕉的《赘婿》,还有阿越的《新宋》,等等,不一而足。这些玄幻小说不约而同地设置了南北对立的叙事语境,并通过具有南北身份的人来调和双方的矛盾冲突,呈现出南北共生共融的文化观。更有意思的是,除却玄幻小说,古代言情小说对人物身份的南北突围也颇感兴趣,匪我思存的《东宫》、桐华的《大漠谣》,还有天衣有风的《凤囚凰》等经典古言都运用了南北矛盾,使情节更加跌宕起伏,也让小说"虐"得更加自然,增添了小说的艺术价值。因此《九州缥缈录》在环境、情节与人物的南北上做文章,从而在文化身份上形成南北突围的特色是具有前瞻性的,这也是九州系列小说的精彩所在。

《九州缥缈录》已停更多年,很多"80、90后"的爱好者对它的热忱与激情早已退却,但2019年暑期开播的网剧《九州缥缈录》再一次唤醒了他们早已尘封的记忆。可惜网剧的剧本改编很大程度上偏离了原著,他们原本沸腾的热血与高涨的热情还未雀跃多久,就都凉了下去。阵容豪华、特效逼真、制作精良是这部网剧的噱头,但也正是这些噱头粉碎了原著的文化追求。中国传统文化的精髓在凌乱的宫斗中被消磨、神话传说中的形象符号被改编得面目全非、自我价

---

① 江南.九州缥缈录 VI·豹魂[M].北京:人民文学出版社,2015:61.

值与意义成了爱情的附属品、南北民族的战争被肢解忽视……再加之网剧为故弄玄虚而将情节改编得凌乱不堪,以致原著中的文化底蕴几乎被遮蔽殆尽,其口碑与豆瓣评分(网剧6.1分、原著9.0分)从神坛跌落也在情理之中了。

这里简评《九州缥缈录》影视改编的失败不是为了抬高原著的价值与意义,而是为了通过两者的简单比较来说明一部好的作品,无论以何种形式表达,都应带有自己的文化思考。江南在创作《九州缥缈录》时便是带着自己对中国历史文化的思考来冲破西方奇幻主义的封锁,呈现了独树一帜的从中西差异走向南北共融的文化观,或多或少影响了此后我国网络小说,特别是玄幻小说的创作与发展。"九州"虽已成过去,但"铁甲依然在"的九州精神依然在延续。

第三章　玄幻文中的灵宠叙事
及其文化镜像

　　本尼迪克·安德森曾这样描述:民族主义提供了一种强有力的、想象的共同体与认同性,但如今流行的媒体产品既为个人也为群众提供替代物。人们能够通过融入文化时尚和消费等方式参与想象的共同体,并且通过对"形象"的占有,创造出个人和群体的认同。① 也就是说,以全球化和网络化为背景的当下,随着新媒介革命的不断深入,先前占据主体地位的传播方式及其意义已悄然发生质变,在新媒介的土壤中生发的新流行文化样式正在并置原本作为认同性资源的民族主义、家庭教育。其中,网络玄幻小说因其强烈的幻想性和包罗万象的丰富内容,成了流行文化产品的重镇,一定程度上,玄幻小说充当了现代青年人的一种"认同性资源"并远播海外,成为读解今日中国的文化表征之一。在众多玄幻文里,常出现一个标识性的形象:灵宠。围绕这一形象,我的问题是,这一形象与前面所说"认同性资源"有何联系,它(们)在玄幻叙事中扮演何种角色,发挥何种想象与替代功能,为何在类型文本中成为众多叙事的选择,灵宠叙事反映出怎样的社会文化心态和社会状况?

第一节　"独一代"的情感投射与身份认同

　　网络玄幻小说编织出的或仙侠、或奇幻的世界光怪陆离,在人与仙、神、鬼、

---

　　① 道格拉斯·凯尔纳.媒体文化:介于现代与后现代之间的文化研究、认同性与政治[M].丁宁,译.北京:商务印书馆,2004:277.

魔、畜、精灵等之间组成庞大的世界体系,这一世界设定决定了文本的人设和复杂的角色关联,降妖除魔只是男女主在实现自己对最高"境界"追求之路上的考验,成就其大业的前提。无论男女主与人之外的各界发生何等复杂联系,"人"都是叙事和世界结构的中心,仙佛反倒经历从膜拜对象到"诛灭"(如作品名《诛仙》《斗破苍穹》《吞噬星空》)的巨大反转,从这个角度讲,玄幻文的精神主旨在于此种文本的世俗性和人间性,或者说,这正是写手和读者之间的共谋。其相对现实而言的文化镜像功能是不言而喻的。

这类文本中一个很有趣的现象,是主人公身边经常跟着一些灵宠:如《诛仙》中一直陪着男主张小凡修仙的三眼灵猴小灰,《扶摇皇后》里长孙无极身边的天机神鼠——元宝大人,《九鼎记》中腾青山的六足刀、青鸾,《花千骨》里和女主情同姐妹的糖宝,等等,不一而足。而像唐家三少打造的"唐门"世界,几乎每个修道者身边都有个武力值强大的灵宠。这些宠物大多由非人物种幻化而来,对主人忠心耿耿、身怀绝技,在主人遭遇危难时总是挺身而出,助其渡过难关。这些灵宠犹如游戏中的金手指,是逢凶化吉的点睛之笔。上述作品目前都是圈粉无数的大 IP,考其如何联通起当下的阅读、观看并折射出此时代的社会文化心态和文化状况,显然是有意义的。

《花千骨》是一个关于责任、爱情、友情的纯爱虐恋故事,无论是在网络平台还是电视媒介都拥有不小的点击量和较高的收视率,被评为 2015 年国剧盛典年度十大影响力电视剧。在这部作品中,就有个与主人公形影不离的灵宠,名曰糖宝。但与其他小说那些神通广大、武艺非凡的宠物不同,糖宝的武力值近乎零,最大的优势不过博闻强识,在花千骨刚上长留山时为她普及仙界知识,却在花千骨面临危险时没多大帮助。既然如此,作者为何还要在糖宝身上耗费这么多笔墨,甚至还给它(她)精心安排了一场和十一师兄的"人妖奇缘"?

在一个完全以人类为中心视角的故事中,写手乐此不疲地塑造着一个个古灵精怪的"非人"形象,并且还用大量篇幅铺排描写,如果单纯认为这只是写手们在设计小说情节时信手拈来推动情节发展的附属角色,恐怕是不够的。网文与传统小说相比,读者对文本的生成已不能用"影响"概括这么简单,读者已经成为与写手共在的文本生产者,他们对所粉之文的"打赏"在拉动排行榜上意义重大。若没有这些粉丝的"宠爱"和共建"世界",IP 的形成几乎是不可能的。这是传统文本与网文的质的不同。因此,要了解这群宠物为何在玄幻文出现频率如此之高,将关注点移向文本以外的读者群,或许我们能找到一点蛛丝马迹。

"使用与满足"模式是强调受众主动性的一种大众传播研究取向,该理论认为在大众传播过程中,重点不是媒介做了什么,而是受众根据自己的需要对媒介与内容选择了什么。施拉姆等人在研究"使用与满足"理论时指出,如果人们在现实世界中的一些"欲求"无法满足,就会"逃向"虚拟世界期待获得"代替的满足",网络的兴起就使这样一个世界真的出现了。① 从这一视角出发重新审视玄幻文,我们需要知道对读者而言,他们是如何被故事吸引并得到满足的。

得到满足的原因之一是寻找共鸣或者归属感。从玄幻文的人设看,这种"共鸣"表现在其中的身份认同。无论《诛仙》中幼年惨遭不幸,之后因资质平庸而不得不独自苦练的张小凡,还是《择天记》里的少年孤儿陈长生,或《牧神记》中的弃婴秦牧,这些网络小说的主人公大多以"孤独少年"的形象出现。《花千骨》也是如此,正如文中所言:"她的八字太轻,阴气太重,天煞孤星,百年难遇。出生时即伴随着母亲的难产而死,满城异香,明明盛春时景,却瞬间百花凋残,于是取名为花千骨……父亲是个屡次落第的秀才,因为命硬,倒也一直抚养她到如今。但是因为花千骨体质太易招惹鬼怪,给村里惹下了不少麻烦,只好单独领她住在村郊小河边随意搭建的木屋里。"②"天煞孤星""母亲病死""居木屋"等字眼反复强调着她的"孤独"人设。且不说"无牵无挂"的设定能否更好地促进玄幻小说情节的发展,毕竟若是"拖家带口",那还如何"升级打怪"?著名的东方主义学者爱德华·赛义德指出:"每一种文化的发展和维护都需要一张与其相异质并且与其竞争的另一个自我的存在。自我身份的建构——牵涉到自己相反的'他者'身份的建构。每一时代和社会都重新创造自己的'他者'。"③如果说,读者和写手的关系是互为他者的位置转换,那么,文本中有意设定的"形象"必然在读者以及作者认知和创造"自我"中发挥重要作用。

网络小说的读者和写手集中在"80后"和"90后",这批青年还被冠上另一个头衔——"独生子女一代"。而"00后"正在这样一个庞大队伍中成长为另一时代标识的主体群落。《穿越郭敬明》这本书被称为"独一代的想象森林"④,所关注的就是这样一群生于"80、90后"的少年,不再有兄弟姐妹,不再有复杂的亲属关系,"独"的特征决定了他们的社交关系、生活方式不同于他们的前代,自然也不同于"二胎"一代。他们内在地构成中国特殊的文化镜像。无独有偶,在"欲与天公试比高"的玄幻文男女主身上也常贴着类似"独来独往""无亲无故"这类标签,在读者和写者之间发生的"情感共享"就有了"群落"性质,大家

① 王珂.网络玄幻小说受众分析[M].湖南:湘潭大学,2012:21.

② Fresh 果果.花千骨:一卷[M/OL].(2008-12-31)[2019-11-01].https://www.beqege.cc/32147/.

③ 爱德华·W.萨义德.东方学[M].王宇根,译.上海:生活·读书·新知三联书店,2006:426.

④ 诸子.《穿越郭敬明》:独一代的想象森林[M].上海:上海人民出版社,2004.

都心照不宣。这就好像在小说世界中看到另一个"自己"——因为和主人公一样，他们也是孤身一人在社会大流中独自拼搏、独自奋斗、独自"升级打怪"。2018 年"旅行青蛙"的火爆流行可为佐证，有文则直接指出"游戏中的小青蛙就像是 90 后的化身，他们愿意玩这种简单到无法互动的游戏，体现了他们内心的孤独感，随着玩家越来越多，足以说明这种孤独感让更多的人产生共鸣，成为一种孤独效能感"①。如《扶摇皇后》中的孟扶摇是国家考古队的一员，干的是"挖坟掘墓的事"②，以一句"兄弟！别忘了打报告追认我为烈士……"穿越到天煞皇朝，没有任何亲族拖泥带水，孤身一人开始了闯荡江湖的生涯。在新大陆甫一出场，女主的"独孤"位置便和盘托出，"我们五洲大陆，实力为尊，一个学武永无进境的人，将来行走天下会举步维艰，到处受人冷眼"③，之后遭爱人鄙弃、师门决裂这一桩桩都是此处境生发的结果。显然，这仍然是一部"屌丝逆袭"的故事，又是一个只能靠自己在艰难时世打拼的不屈者的故事。她与长孙无极的灵宠元宝之间的逗弄，不仅将这只自命为"元宝大人"的神鼠摆在了与人无异的可沟通位置，同时在她与长孙无极的交往中起到重要的中介作用。一个从五岁起便独自一人被抛至陌生之地的小姑娘，被师门为代表的社会集团排除在外，于她，最安稳的交流对象很自然便落到了"兽"的身上。

　　同孟扶摇和元宝大人的关系相似，花千骨这个天煞孤星，倘没有糖宝的陪伴，在情节上没有了烘托的力量，在人物塑造上又少了可以表露心迹的对位关系，更重要的是，糖宝的存在，从另一方面再一次证明花千骨的"人世孤独"。这与"独一代"的生存境遇却有几分相似，如今，"宅"生活越来越成为常态，虚拟世界成为现实的一部分，或许还会占比更多，花千骨这样一个独自战斗的形象的确可以获得更多认同，而她与糖宝的关系无论在情节还是情感的安置上都自然而然。网文的读者群无疑拥有现实生活和网络生活，"在网的生活"之影响是伴随着网文的发展史的，就像吴伯凡所说，"个人电脑造就的是一种崇尚少年精神、鼓励越轨、强调创造性的个人文化，它使中年期和更年期的文化返老还童，社会成员将像汤姆索亚那样在不断地历险和寻宝中体会到一种'孤独的狂欢'"④。而实现"狂欢"的途径之一，就是在虚拟的世界里设置各种各样的角色和关系，无论是现实的撸猫、撸狗一族，还是文本中的灵宠，都在角色意义上有

① 刘体凤. 从旅行青蛙透视佛系青年的社会心态[J]. 视听,2018(07):156.
② 天下归元. 扶摇皇后:第一节[M/OL]. (2010-05-06)[2019-11-01]. https://book. qq. com/book-detail/126677.
③ 天下归元. 扶摇皇后:第三节[M/OL]. (2010-05-06)[2019-11-01]. https://book. qq. com/book-detail/126677.
④ 吴伯凡. 孤独的狂欢[M]. 北京:中国人民大学出版社,1998.

其"陪伴和共同经历"的功能。这是"获得满足"的一方面。这就像美国"虚拟现实"概念的创立者杰伦·拉尼尔所指出的："新媒体和旧媒体的不同,这是理所当然的。但是最主要不同的地方,不仅在于内容,更在于思考方式的成形过程……以计算机为主的多媒体让世界最耳目一新的地方,便是它将抽象化为现实的能力。"①

第二节　人化自然与情感安置

玄幻文的男女主大都有个共同梦想:在困境中奋起并最终站在大陆的顶端。他们不像初出茅庐的郭靖对未来的设想是把师傅教的一招一式学会,"成为最强"是他们的呼声,也像这个时代的回响。无论如何,必须逆流而上,这是文本内外所面对的现实境遇。

投射到文本中的孤独少年,既要独面困难,又要不失潇洒和有趣地实现强者梦想,谁能没有风险地陪伴自己走这一遭呢?少年身边的宠物,满足了这群独居青年们的情感需求和安全感。花千骨与糖宝(《花千骨》)、张小凡与小灰(《诛仙》)、元宝大人与长孙无极(《扶摇皇后》)……这些成对出现的男主或女主与他们身边不离不弃的灵宠们,清楚地展现出这种特殊的情感链条。

就像这群"城市浮萍"面对现实生活的重重打压时需要证明自身存在的价值一样,糖宝的出生对于花千骨正是一次自证。小说中写到花千骨的血是一种会导致生灵涂炭的毒液,任何生物只要碰到花千骨的血,便会立即受伤凋零:"她从小爱花成痴,无奈过手的花儿都瞬间凋残,化作飞灰。所以她只能看不能碰,郁闷得不得了……锋利的锯齿形草边在手上划开了一道道口子,鲜血滴进土里,四周的一大片花瞬间全部焦黑。花千骨看着自己做的坏事一阵心堵。"②但恰恰是这样的"毒液"孕育出糖宝这一灵宠,糖宝的出世对被认为"生来就是灾星"的花千骨来说,恰是一个强有力的正向证明:自己不是一个只会带来灾祸的"天煞孤星"。这在不断遭遇否定的花千骨看来,是黑暗中的光明,是暖阳,也是肯定。

花千骨为了改变自己的"暗黑"诅咒,以"出走"的方式寻求改变命运的契

---

① 约翰·布洛克曼.未来英雄[M].汪仲,译.海口:海南出版社,1998:155—156.
② Fresh 果果.花千骨:一卷[M/OL].(2008—12—31)[2019—11—01].https://www.beqege.cc/32147/.

机。这类似当下中国无数的"空巢青年"①，他们为了梦想背井离乡只身在异地奋斗，现实生活打击不断，所有的孤独必须由自身承受，"故乡"已在空间巨变的中国变成一个遥远的梦幻，而恒久的"时间"被压缩到一个个具体的暂时的情境。小说中那些时刻在主人公身边的灵宠，便成了在现实世界中处于"空巢"的独居青年心中最想得到的慰藉：就如糖宝一直陪伴在花千骨身边一样——在独行路上还有"可靠的人"能陪她说话。"花千骨一直向西，速度比往常快了两倍不止。一路上因为有糖宝的陪伴也有趣了许多，无聊的时候有人陪她说话，休息的时候有人陪她玩。走在大街上别人总觉得她有病一样总是喃喃自语，其实她是在和耳朵里的糖宝说话。"②其后虽然遇到了不少朋友，如轻水、朔风，但从小孤身长大的花千骨，"几乎不知道如何和陌生人相处，只觉得人家对我好，我便对人家好就是了。也不用和别人太亲密"③。后来她也受到白子画、东方彧卿、杀阡陌等人的爱护，但东方彧卿、杀阡陌各有自己的"领域"，而白子画就算住在绝情殿也是"过惯了一个人的生活"，这些牛人都神龙见首不见尾，大把时间必须花千骨自己打发。因此，也只有糖宝一直陪在花千骨身边不离不弃，给了她旁人给不了的关慰——小说中写到花千骨偷偷下山遇到霓漫天的挑衅后上山的情形：回到绝情殿中，糖宝正在院子里哭得好不伤心。一看到花千骨就飞扑过来，泪水洒了她一身，而落十一居然也在。糖宝在花千骨衣襟上使劲地擦鼻涕："我用知微寻遍了整个长留山都找不到你……也半点察觉不到你的气息，还以为你被坏人抓走了，你到底到哪儿去了？……骨头妈妈，你以后不要丢下我一个人乱跑了！"④"骨头妈妈"一语，道破了糖宝对花千骨的依赖和花千骨与骨头之间的亲密关系。这无疑也是"获得满足"的一个理由。

在玄幻文的人物与灵宠之间，灵宠之所以重要，是因为其"灵"，而"灵"的指向则在"通灵人性"。这一特征加上其或可变身为人的神力，或武力加持的强大，使其不同于现实生活中的"宠物"。尽管宠物在其主人的生活中起到陪伴的作用，是对情感的另类补充，其"主与非主"的关系是确定的。由此，网文玄幻作品中的灵宠便具有了另一重意义，类似"人化自然"，是大众对理想生活的虚拟

---

① 谢宛霏．走进"空巢青年"的孤独世界［EB/OL］．（2017-03-05）［2019-11-01］．http://zqb.cy-ol.com/html/2017-03/02/nw. D110000zgqnb_20170302_4-01.htm.

② Fresh果果．花千骨：一卷［M/OL］．（2008-12-31）［2019-11-01］．https://www.beqege.cc/32147/.

③ Fresh果果．花千骨：一卷［M/OL］．（2008-12-31）［2019-11-01］．https://www.beqege.cc/32147/.

④ Fresh果果．花千骨：二卷［M/OL］．（2008-12-31）［2019-11-01］．https://www.beqege.cc/32147/.

和想象。如《诛仙》中三眼灵猴的出场是这样的：张小凡冲着那猴子做了个鬼脸，不去理它，走了开去，心想这猴子居然以砸人为乐，倒也少见，真是无知畜生。① 可很快，这猴子便从"无知畜生"界进入了人的生活圈子，"那灰猴在他肩头左顾右盼，'吱'地了一声，似是知道到了家，从他肩头跳下，三步两下窜到床上，扑腾跳跃，又抓起枕头乱甩，大是欢喜"②。短短几句，与很快就出现的这只"通灵猴子"带领张小凡至隐秘之地和神秘的魔力相和，两相呼应，给其前面的种种奇特表现做了注脚：原来这是只罕见的三眼灵猴。但让读者对这只猴子充满喜爱之情恐怕还是下面这句简单的叙述："当初他从幽谷中带回来的那只灰猴与他同住了半年，人猴之间已经很是亲密，张小凡还给它取了个名字——小灰。这名字便与他自己的名字一样，平平淡淡，毫不起眼。"③有灵性且有法力的灵宠，却又与主人情感相通，共同生活，在人与兽之间建立起了既立足现实又超乎寻常的连心桥。

除了情感的安置，因文本角色而产生的代入感，为文本内外的"境中人"提供了角色扮演的可能，写手和读者之间的共同"创作"，加大了这一角色的意义。汪民安曾指出："这是一个笼罩全球的事实：身体取代了树林和山水，成为崭新而巨大的自然风景。"④此语指出了玄幻以及穿越背后的强大现实需求。

第三节　前行路上的共同体和文化记忆

在网文的穿越类小说中，穿越者往往会突破所到达地域的血缘和地缘限制，以一个现世灵魂占据"新现实"的身体，从而既适应又改造被穿越的世界，并对其进行阐释。假如穿越文描述了一种现世人逃离中想创造、对时光和人生的追索之情，玄幻文中的灵宠则给我们提供了一个理解人与人、人与物、人与自然关系的新视角。灵宠与其主人，既互相陪伴，又是前行路上的共同体。他们彼此为镜，互为参照，塑造着"完整"形象。

比如花千骨和糖宝。他们有共同的"血缘"——糖宝受花千骨之血孕育成

① 萧鼎.诛仙:第 11 章[M/OL].(2003－03－01)[2019－11－01].https://book.qidian.com/info/2019/.

② 萧鼎.诛仙:第 11 章[M/OL].(2003－03－01)[2019－11－01].https://book.qidian.com/info/2019/.

③ 萧鼎.诛仙:第 12 章[M/OL].(2003－03－01)[2019－11－01].https://book.qidian.com/info/2019/.

④ 汪民安.身体、空间与后现代性[M].南京:江苏人民出版社,2006:47.

形,正如花千骨自己所说,"糖宝也是我,我也是糖宝"①。和花千骨相比,糖宝却明显幸运得多:虽然只是一只灵虫,但一出生就有"爸爸"(东方彧卿)和"妈妈"(花千骨),有自己选择性别的权利,也能肆无忌惮地和自己喜欢的人(落十一)在一起,每天躲在花千骨的背后吃吃喝喝、玩玩睡睡。而这部小说的人物大都有自己无法面对和放下的执念,花千骨爱上了自己的师傅被认为是"离经叛道",东方彧卿执着于向白子画复仇,杀阡陌因为妹妹的死而疯癫成魔。但只有糖宝一个"人"可以无忧无虑,每天都开心快活。对于在现实生活中那些"上有老下有小"、每天都身负重压的青年人来说,糖宝的生活也正是他们可望而不可及的。在这个意义上,糖宝已经超越灵宠的功能,与太多文本中传达出的"执子之手,岁月静好"一起具有展示现实生活观的文化意义。

作为古代玄幻经典的《昭奚旧草》,其中也有这样两个物种血肉相连的叙事。此作不乏奇幻色彩,且以古言出之,古代志怪小说元素在《昭奚旧草》中比比皆是,这既是借鬼狐而喻现实,也是对古典文化记忆中鬼神志怪形象的一种跨时代致敬。书海沧生曾在访谈中表示:"就是对怪力乱神的东西感兴趣,在一次探亲途中闲读《聊斋志异》,觉得太有趣了,何不自己也写些这样的小故事。"②可以说,《聊斋志异》是其小说创作的灵感来源之一。而我感兴趣的是,这些"怪力乱神"之物与男女主的血脉关联,从审视现实文化状况角度看,《聊斋志异》与网文经由这些意象,又展现出怎样的传统和文化景观。这是承接上文灵宠角色意义和共情功能之后的研究重点。

就一个民族来说,文化记忆通常潜伏在每个成员的意识深处,潜移默化地成为其日常生活中的常见要素,表现为一种集体性的认知方式和价值观念的总和。它是一个民族血脉相连和休戚与共关系的链条,承载着一个整体的民族自我意识。③ 如若花千骨和糖宝的关系是现实生活中的"独一代"在"独"的现实中"被需要"的情感需求的反映,从文本与社会的关系看,文化记忆和对传统的重构也是透过灵宠折射出的另一情感空间,它与整体社会的情感结构相连。

"从媒介上来说,文化记忆需要有固定的附着物、需要一套自己的符号系统或者演示方式,如文字、图片和仪式等。"④在文学,典型意象是可以负载传统的文化记忆。鬼狐精怪的意象贯穿《昭奚旧草》全篇,这与《聊斋志异》等记述鬼

---

① Fresh果果. 花千骨:四卷[M/OL]. (2008-12-31)[2019-11-01]. https://www.beqege.cc/32147/.

② 端子. 藏身郑州的"书海沧生"只想做个安静的写作者[N]. 大河报,2015-5-20(A29).

③ 张德明. 多元文化杂交时代的民族文化记忆问题[J]. 外国文学评论,2001(03):12.

④ 黄晓晨. 文化记忆[J]. 国外理论动态,2006(06):62.

神异事的文言小说有诸多相通之处。其一,《聊斋志异》中塑造了许多以动植物或其他无生命物为本体的精怪,《昭奚旧草》中也存在这样的精怪类型,人与自然彼此并无挂碍。女主人公乔植转世后,寄魂于千年树龄的望岁木,成为奚山之主。奚山君座下首席臣子翠元是山中翠色石修炼成的石头精,其妻乔三娘是滴有乔植血泪的玉灵,善言的小侍童精灵阿箸是乔植被割掉的舌头。这些精灵妖怪在书中都承担着一定功能,在吸取自然"灵性"时也被赋予人的特征。其二,狐妖是《聊斋》中最常见的女性形象之一,蒲松龄将"人性"与"狐性"统一,一定程度上寄托了他关乎"人"的审美理想和冲破封建礼教束缚的期望。狐妻是聊斋爱情故事中的典型,而这类女性形象往往美貌出众,兼具天真娇憨、纯洁善良的人性美。《昭奚旧草》嫁狐篇的女主秋梨正是一只小狐妖。她心地善良,不谙世事。初来人间游历,遇见因红发被视为异类的季荐,毫无顾虑地将狐族特有的能化美貌人形的香赠出,助其改变发色重回王宫,结果自己变胖变丑再难化形。她重情重义,对爱情生死不渝。当夫君季荐被诬陷为叛臣、身陷死局时也不离不弃,更作出"君当乱臣,妾做贼子"之誓。秋梨的形象与聊斋中的善良狐女高度重合,这也是书海沧生心目中女性理想形象的化身。其三,《聊斋志异》中的鬼魂形象及人鬼相恋故事倾注了蒲公的颇多笔力,《昭奚旧草》的谢侯篇中,女主也以游魂的形态与男主重逢。全卷以鬼魂讲述的三个故事构成:丧夫农妇艰辛抚养儿子的自叙,落难小姐入青楼复仇的经历以及小郡主女扮男装追求爱人的闹剧。而每个故事的主人翁其实都执念未消,如化为游魂游荡于谢侯府中的成泠郡主。小说中的"讲故事"近似于《聊斋志异》中"民间口承文学"①的讲述方式,但不同于《聊斋志异》中女子为故事客体的设置,女鬼成泠是故事的绝对中心。以上种种鬼狐形象,体现了书海沧生的"聊斋"情结,虽在角色功能上有所变化,但从网文中大量类似形象的存在现实看,网文中的古典文化记忆遍布在不同类别的文本。

萧鼎的《诛仙》是网文初期市场化阶段的代表作品,从其人物形象设置、道德空间的正邪主题、天下江湖门派架构,均可看出与传统武侠的关联谱系。没有三眼灵猴,张小凡能否脱离"小凡"的地位而步入"杰青"的行列就很难说了。以一个有灵性的动物来充当人物武力值增加的金手指,在武侠小说中早已有之,尤其金庸小说有很多这样的人物关系典故,其"神雕"系列已铭刻为传统武侠中的光辉篇章。《射雕英雄传》和《神雕侠侣》中均有"雕儿"出现。在前者,雕的意义是与蒙古民族的游猎生活相关联,带有鲜明的北方民族生活印记。建

---

① 汪玢玲.鬼狐风情:《聊斋志异》与民俗文化[M].哈尔滨:黑龙江人民出版社,2003:312.

立在郭靖与成吉思汗、哲别之间的兄弟之情,与由"雕"所中介的游牧与中原生活的相通分不开,因此,可以说,"雕"发挥了文化沟通的功能。

而对于萧鼎的《诛仙》而言,意义却更加丰富。这部作品的故事群约等于《射雕英雄传》《神雕侠侣》《倚天屠龙记》等几部金庸武侠经典的集合,而又能以统一的情节连缀成完整的故事。自从 20 世纪 80 年代黄易以《破碎虚空》等系列作品开创"新武侠"开始,"新旧武侠"便随着读者和社会现实变动有了努力的不同方向。创作于 2003 年的《诛仙》是新武侠的典范之作,而其"典范"在于集玄幻、武侠、武力值于一体的特点。此一时,还是网文类型化的聚力期。连接起新旧武侠、新老读者的阅读期待就显得十分重要。《诛仙》中的三眼灵猴发挥了这一功能。杨过的"雕兄"即是他武力值增加的领路人,没它可能就与独孤求败失之交臂,而江湖上的"独臂神侠"就没了出现的机会。犹记得杨过在与此神雕交流时的话语:"雕兄,你神力惊人,佩服佩服!"听了此言,"丑雕低声鸣叫,缓步走到杨过身边,伸出翅膀在他肩头轻轻拍了几下。杨过见这雕如此通灵,心中大喜,也伸手抚抚它的背脊"①。这等在一隐世山洞、发现大贤大能留下的武林秘籍或者神兵利器的套路基本成为武侠小说中的关键要素,就像叙事中的"卫星",虽一闪而过,却不可缺。《诛仙》里小灰和日后能够"诛仙"的张小凡之间便是这样的逻辑关系,与之前我们提到此部作品的金庸谱系,一条文本发展史上的文化记忆轨迹就草蛇灰线地展现出来。之后,在唐家三少、我吃西红柿、天蚕土豆等玄幻大 IP 手下继续发扬光大。既实现了文化在新现实下的更新,又兼具在现实中发展传统的有益之功。

这种与文化传统的精神联系,犹如《诛仙》中通天峰上卧池的灵兽"水麒麟",不仅与最终的正邪秩序相关,同时以其中华传统的象征出之,与人物的成长一路相随。

第四节　网络力:跨媒介与虚拟世界

《诛仙》不单因其与武侠小说的传统相连被誉为"后金庸时代的武侠圣经"②,它更是网文二十余年里衍生效应最大的文本之一,从 2003 年开始连载,

---

①　金庸.神雕侠侣:第 23 回[M].香港:明河社,1978:925.
②　欧阳友权.网络文学词典[M].广州:世界图书出版广东有限公司,2014:175.

时隔十余载,于 2018 年入选"网络文学发展历程中的 20 部优质 IP"①。这么长的时间段足以说明《诛仙》作为一个历久弥新的独立 IP,拥有足够庞大的受众基础,从小说成文以来,除了漫画、电视剧以及已经登录各大视频网站的同名电影,由"完美时空"改编开发的 RPG(角色扮演类)网络游戏在小说文本的基础上进行了改进,系列周边、手游不断问世。这些,都说明《诛仙》拥有被改编的无限可能。

尼葛洛·庞帝在《数字化生存》中表示:"多媒体隐含了互动的功能。多媒体领域真正的前进方向,是能随心所欲地从一种媒体转换到另一种媒体。"②正如此言,发生于网络的网文与游戏、动漫的关系已经不是一个新话题。从最初网文自台湾开始转战内地的旅行路线来看,欧美玄幻之作、日韩动漫,尤其是日漫对中国网文的影响可谓深远。时至今日,"中二""耽美""小白"、"ACG"文化、御宅文化、二次元、N 次元,这些可以拉出一长串的名词标识着一条文化的传播、影响和改造之路。最初的玄幻文在人物形态、武力值的表述上有很强的西方特色,比如人物穿戴盔甲、臂力惊人、武器先进,这些特点聚焦于外,充分体现出西方玄幻的特征。但在随后的发展中,尤其"九州"系列的登临市场和网络,其想要打造一个联合开创世界的梦想成为 21 世纪之初中国科幻世界的重点,作为"九州"创世七天神之一的江南在接受《羊城晚报》采访时曾说:"'九州'这两个字是我起的,因为我想写一个以中国文化为核心的故事。"《诛仙》也是这一中国叙述得以建立过程中的一个。甚至可以说,游戏远在玄幻文开创"世界"之前已经开始借助中国文化传统和传统中国形象打造自己的想象集合。1995 年开始风行的游戏《仙剑奇侠传》是其中的佼佼者,时至今日,这款游戏所开创的修仙打怪仍在继续,而在此游戏基础上,不仅出台了相应的电视剧,后续的文学创作也跟风而来。因此,如果说《诛仙》是因文而游戏,那么,《仙剑奇侠传》就是因游戏而创生的中国想象的开端。像《诛仙》这样因网文而火爆中国、进而进军漫画、游戏等多个领域的大 IP 还有很多,或者说,处在这一产业链上游的文本只是一个母体,之后衍生出的各种文本和可能性才是文本的价值所在。

而由游戏至文学文本,或从文学文本到游戏的改编,以及中国网文的多种文化基因的影响,都说明网文与动漫、游戏密切的关系链。而我想要考察的是,作为玄幻文中的灵宠,与游戏中的"灵宠坐骑"以及法宝装备之间,在功能和形

---

① 许苗苗:"+"时代的网络文学[EB/OL].(2018-09-20)[2019-11-01]. https://news. china. com/special/11150740/20180920/33962189_all. html#page_2.

② 尼葛洛·庞帝. 数字化生存[M]. 胡泳,范海燕,译. 海口:海南出版社,1997:89.

象意义上有何相似之处，又有何不同。《诛仙 Online》游戏中的三眼灵猴小灰仍然是主人公张小凡的灵兽，而其他更多的兽类被化为玩家坐骑，以此制造出奇观化的效果，同时满足其猎奇和增强战力的心理。在游戏里，小灰不再像小说中那样与张小凡不离不弃，是他重要的情感依托，更多的，是类似其他武技般的游戏装备，其功能是渲染，是外挂，也就不是不可替代的。仅从《诛仙》这个文本看，似乎在情感丰沛程度、爽点上有所不同，但聚焦更多玄幻文的文本，灵宠与游戏中的宠物外挂功能更相似。或者说，设置这样一个形象，既能让文本和游戏好看，同时又能引出更多叙事上的可能性。这反映出在网络时代虚拟现实的多重面向，也在提醒文学的研究者不能仅将视野聚焦于小说或其他形式的文学文本，而要看到如今的文学书写受到多种媒介的影响，媒介对文学的作用丝毫不逊色于现实生活，因为，"现实生活"已经有太多的虚拟空间侵入，"在网的生活"既是虚拟世界的一部分，也是当下现实的有效表述。

与灵宠在游戏中的功能一样，关于地域的想象、民族的形象、文明的差异在游戏与网文中成为塑造"中国性"的标识物，但在游戏中更多的是"为游戏而游戏"的标签，而网文中的九州世界、蛮地与中原或者六界的分野却因为文字的书写、情感的铺排和复杂的人物关系具有了浓厚的中国传统性质，由此提示我们，游戏与网文既是媒介时代的两种信息传播方式，同时也在另一维度上见证着新时代新型书写形式的人文价值和现实意义。

经由灵宠这样一个简单的意象，现实、传统、文化、想象的世界和媒介连缀起来，这让我想起科学家拉尼尔的梦想，"我喜欢虚拟现实的地方在于它提供人类一个新的，与他人分享内心世界的方式。我并没有兴趣以虚拟世界代替物理世界，或创造一个物理世界的代替品。但是我非常兴奋，我们能够穿越真实与虚拟世界的屏障……我期待虚拟现实提供一个让我们走出这困境的工具，提供一个和真实世界一样的客观环境，但是又有梦幻世界般的流动感"①。网络、赛博格、AI，还有可衍生的小冰们，身处虚拟技术裹挟的"我们"所希求的"完美世界"是否也有如拉尼尔一般的想象？无论如何，当下的世界和中国，已经走在实践的路上。

---

① 约翰·布洛克曼. 未来英雄[M]. 汪仲，等译. 海口：海南出版社，1998：155-156.

第四章 新世纪"校园"形象的重构[①]

随着信息化建设、校园生态、道德伦理等文化语境的变化,之前影视剧未受关注的诸如素质教育、校园暴力等问题成为热点。受众记忆中象牙塔式"校园"形象已然发生变化,校园网改影视剧成为"校园"形象的塑造主体。同时,校园的传统表述方式也发生了变化,网改影视剧凭借自身优势成为重要路径。这类影视剧改编自校园青春题材网络小说,以特定年龄段的青年男女为表现对象,故事多发生在学校、家庭等固定空间。校园网改影视剧意在表现青少年自我与社会期待的矛盾,重塑受众对新世纪"校园"的认知,打造立体"校园"形象。影视媒介用青春故事完成受众内心情绪的释放与呐喊,构建当代青年集体文化记忆,疗愈当下受众的孤独与焦虑。同时以现实为参照,回击原生家庭矛盾和社会公正等热点议题,正视社会创伤以匡正舆论导向。重构后的校园形象凭借与现实之间的密切对话关系,成为认识当下校园及社会之镜和理解当代中国的参照系。

第一节 校园书写脉络和文学传统

自五四以来,对学生或知识分子的书写成为现当代文学史的一条红线。伴随校园诗歌浪潮崛起,何其芳、戴望舒等人追求浪漫主义情怀、倡导思想解放,校园诗歌极大程度地推动青年革命思潮。歌唱理想主义和英雄主义的20世纪五六十年代,杨沫的《青春之歌》以林道静的成长过程构筑革命历史的经典叙事,揭示知识分子成长道路的历史必然性。七八十年代,校园书写与社会环境

---

① 江南大学网络文艺研究中心成员刘士伊参与了有关"校园书写"的讨论和写作,谨此致谢!

紧密相连,反思性和批判性增强,刘心武的《班主任》以"批判与启蒙"及对真实性的追求率先在文学作品中揭露了"四人帮"文化专制主义给青少年留下心灵创伤的社会问题,成为新时期文学到来的先声。

21世纪以来,作为网络文学众多题材分支之一的校园青春文学,以青少年为叙事主体,以青春成长为主题,描写主人公在生理特别是心理成长期的主体生成过程和自我意识的觉醒,其意义不仅涉及生理自然成熟的层面,更涉及社会文化结构对个体的规范与塑造以及个体自我意识的觉醒带来的反抗和困惑。为何表现"这一代人的青春"校园创作不像"这一代人的奋斗史"之类能承担起沉重历史忧患意识,其与主体所处的社会、阅读体验和时代诉求之间必然有着密切关系。21世纪以来的时代、文化语境的变化以及传播方式的迭代,校园青春文学逐渐与影视联姻。2000年,改编自网络小说《第一次亲密接触》的同名电影上映,成为校园网改影视剧的开端。此后,校园网改影视剧热潮进一步发酵,详见下表:

近年来校园青春网络小说影视化一览表

序号	作者	原著	电视剧	播出时间	电影	上映时间
1	郭敬明	《小时代》三部曲	—	—	《小时代》1. 折纸时代	2013
					《小时代》2. 虚铜时代	2013
					《小时代》3. 刺金时代	2014
					《小时代》4. 灵魂尽头	2015
		《悲伤逆流成河》	《流淌的美好时光》	2019	《悲伤逆流成河》	2018
		《夏至未至》	《夏至未至》	2017	—	—
2	八月长安	《最好的我们》	《最好的我们》	2016	《最好的我们》	2019
		《暗恋·橘生淮南》	《暗恋·橘生淮南》	2019		
		《你好,旧光光》	《你好,旧时光》	2017		
3	赵乾乾	《舟而复始》	《致我们甜甜的小美满》	2020		
		《致我们单纯的小美好》	《致我们单纯的小美好》	2020		
		《致我们暖暖的小时光》	《致我们暖暖的小时光》	2019		
4	顾漫	《微微一笑很倾城》	《微微一笑很倾城》	2016	《微微一笑很倾城》	2016
		《何以笙箫默》	《何以笙箫默》	2015	《何以笙箫默》	2015
5	辛夷坞	《原来你还在这里》	—	—	《原来你还在这里》	2016
		《致我们终将逝去的青春》	《致我们终将逝去的青春》	2016	《致我们终将逝去的青春》	2013
6	九夜茴	《匆匆那年》	《匆匆那年》	2014	《匆匆那年》	2014

续表

序号	作者	原著	电视剧	播出时间	电影	上映时间
7	明晓溪	《旋风少女》	《旋风少女》	2015	—	
8	冯唐	《北京，北京》	《春风十里，不如你》	2016	—	
9	荆浅	《一起同过窗》	《一起同过窗》第一季	2016	—	
10	盈风	《十五年等待候鸟》	《十五年等待候鸟》	2016	—	
11	明前雨后	《忽而今夏》	《忽而今夏》	2018	—	
12	饶雪漫	《左耳》	《左耳》	2019	《左耳》	2015
13	安妮宝贝	《七月与安生》	《七月与安生》	2019	《七月与安生》	2016
14	木浮生	《独家记忆》	《独家记忆》	2019	—	
15	乔一	《我不喜欢这世界，我只喜欢你》	《我只喜欢你》	2019	—	
16	酒小七	《冰糖炖雪梨》	《冰糖炖雪梨》	2020	—	
17	刘同	《谁的青春不迷茫》	《谁的青春不迷茫》	定档2020	—	
18	江南	《此间的少年》	—	—	《此间的少年》	2010
19	九把刀	《那些年，我们一起追过的女孩》	—	—	《那些年，我们一起追过的女孩》	2012
20	孙睿	《草样年华》	—	—	草样年华	2018
21	玖月晞	《少年的你，如此美丽》	—	—	《少年的你》	2019

　　校园网改影视剧在"大IP时代"大获成功：《匆匆那年》豆瓣评分高达8.1分，《何以笙箫默》《微微一笑很倾城》《最好的我们》《一起同过窗》等备受关注，校园网改剧进入爆发期。《你好，旧时光》《致我们单纯的小美好》《春风十里，不如你》等颇受热议。2018年，《悲伤逆流成河》创造9.16亿元票房神话，为校园网改影视剧打上一针强心剂。《独家记忆》《暗恋·橘生淮南》（2019年）以及《冰糖炖雪梨》（2020年）等剧获得收视与口碑双丰收。在实现商业价值之外，校园网改影视剧作为文化产品更核心的作用在于多维度重塑新世纪"校园"形象。

第二节　多维重构之路

　　进入新世纪，20世纪90年代校园民谣想象被打破，社会转型期的"校园"

形象呈现新质。近二十年来校园网改影视剧可大致分为三种类型，爱情、成长和反思教育体制主题的影视剧共同构建"校园"形象，展现别样校园与另类青春。

一、爱情主题

校园网改影视剧向时代照映下的个体叙事转型，以爱情主题为主，或表现了青年男女之间的青涩情感，或描摹了曾经不便被言说的同性之恋，分流出两种风格类型。

其一，懵懂纯爱型。纯爱题材的校园网改影视剧塑造和编织"完美伴侣"和"完美爱情"，给受众神魂颠倒、心醉神迷的体验。比如《原来你还在这里》是平凡女孩苏韵锦被"完美男孩"程铮痴恋的美梦。《何以笙箫默》中年少有为的律师何以琛经历七年苦等，以"霸道总裁"的方式重拾挚爱赵默笙。相似题材还有《我只喜欢你》《夏有乔木雅望天堂》《致我们》三部曲，等等。这类校园网改影视剧通过编织完美爱情故事，塑造完美伴侣形象，将故事放置于学生时代，竭力打造"纯洁化"和"滤镜化"氛围，使爱情严格限定在起于爱慕止于亲吻的纯情浪漫阶段，以满足青少年情感洁癖式"纯爱乌托邦"幻想。虽然纯情校园爱情能暂时满足受众被压抑的内心欲求，但也建构虚渺的爱情观，使青年受众堕入"唯爱情"、追星、"颜值控"等肤浅追求。校园日常生活的童话化就像"致幻剂"，短暂地消弭受众的心灵痛苦与情感无助，抚慰个体在独立之路上的心灵危机和情感困境，使得新世纪"校园"形象唯美化、浪漫化。

其二，神秘禁忌型。充满神秘感和禁忌感的校园耽美网改影视剧激发受众的窥视兴趣，突破校园爱情的性别限制。"耽美"一词最早出现于日本近代文学，代指一切美形的男性以及男性之间不涉及繁殖的恋爱。而校园耽美将爱情故事发生的场景限定为校园，将人物身份限定为学生群体。其中的爱情通常超越婚姻、生殖和利益，忠于原始、真实的欲望，有冲破一切阻碍的执着与决绝，验证爱情的纯粹性。2014年，改编自angelina小说《你是男的我也爱》的电影《类似爱情》开创校园耽美影视化先河。2016年，《上瘾》（改编自柴鸡蛋的《你丫上瘾了》）与原著叙事基本一致，同时适当"加戏"。如在高冷学霸顾海剪坏衣服时，骄傲强势的白洛因趁比赛间隙给衣服缝补绣花。这种反差萌改编满足观众的想象期待，尤其是女性受众。校园耽美作为"女性向"写作的产物，女性受众不再是"隔壁班的女同学"，终于有间"自己的屋子"，以"爽"为目的释放欲望。校园网改剧中的耽美题材打开新世纪"校园"形象的又一维度，将曾被放置于地下和幕后的爱情推向了台前。

二、成长主题

部分影视剧脱离现实,以刺激年轻观众的感官体验为主,用浮夸的剧情和人物来迎合低层次年轻观众的观影诉求,剧情充斥了堕胎、车祸、出轨等套路为人诟病。即使真空的校园环境是诱人的乌托邦,但受众需要的不仅是校园爱情故事。部分校园网改影视剧从成长角度切入塑造"校园"形象,试图摆脱"校园+爱情"的俗套,重点表现有二:一是个体在社会化过程中与现实的碰撞;二是夹杂着校园暴力的成长道路。

其一,独立奋斗型。以女性为核心主人公的校园网改影视剧中人物的共同点是不断成长,最终具备独立自主、做事果敢等特质。比如在《最好的我们》中,相貌、成绩很平庸的耿耿变成"最好的她";《旋风少女》中戚百草坚强拼搏,不轻言放弃;《忽而今夏》中的田馨强忍诋毁和磨难,咬牙前行;《致青春》中义无反顾、勇往直前的郑微演唱《红日》是其精神气质的外化;敢爱敢恨的黎吧啦、独立自主的李珥(《左耳》);冲出藩篱追求自由的七月与安生(《七月与安生》)等奋斗型女学生形象传递给受众新世纪"校园"正面形象。在校园与社会接轨时期,目标坚定、越挫越勇的人,由于内心驱动力带来的行为效应更持久,更易融入社会。受众把其中主人公当作自我映射,渴望实现校园与社会间的平滑过渡。

其二,暴力弥漫型。"校园"脱离历史建构中的校园,成为投射现实的一面镜子。为了回应诸如网络暴力、校园暴力等议题,校园网改影视剧营造出残酷的成长环境,打造险象丛生、荆棘遍布的"校园"。网络暴力成为全民讨论热点的导火索是电影《搜索》(改编自网络小说《请你原谅我》),它反映出网络暴力以及新时代的媒体压力:包括电视、报纸、网站、手机短信等媒体对人际关系和社会生活的影响。《微微一笑很倾城》中贝微微也曾被曹光偷拍到搭乘豪车返校,因而作为"女大学生被包养"的负面新闻登上校园论坛封面。这种对媒介与人、人与人关系的探讨与反思,沉痛地剥开信息时代人们生活和情感的外壳。2018年,《悲伤逆流成河》和《少年的你》两部校园网改影视剧则以校园暴力为核心主题。其中"校园"变成滋生流言和八卦的培养皿,"易遥觉得朝自己甩过来的那些目光,都化成绵绵的触手,狠狠地在自己的脸上抽出响亮的耳光。被包围了。被吞噬了。被憎恨了"①。同学正大光明地欺压、孤立弱势群体,得知有人跳楼后疯狂围观和拍照,像极了鲁迅笔下麻木的看客。传统的校园表述通

---

① 郭敬明.悲伤逆流成河[M].武汉:长江文艺出版社,2007:80.

常被隐喻为文化摇篮,但是暴力的呈现打破象牙塔式的想象图式,让其成为滋生暴力的场所,从另一角度重构受众对新世纪"校园"形象的认知。

三、教育体制主题

除了对爱情观念、成长道路的探讨,校园网改影视剧还将应试教育和教师群体这类校园中隐性主体纳入表现范畴,探讨校园中的显性主体——学生在现行教育体制下考试观念变化以及教师角色定位问题,扩充了新世纪"校园"形象的内涵。

第一,考试观念由单一走向多元。20世纪90年代末,声势浩大的"校园民谣"音乐运动在高校迅速蔓延,《睡在我上铺的兄弟》《同桌的你》《恋恋风尘》等一批脍炙人口的音乐作品在大街小巷里流行。校园民谣运动的回响可见于对"校园"形象的认知停留在"白衣飘飘的年代",受众构想悠闲、舒适的校园生活。21世纪以来,校园网改影视剧打破校园民谣的想象,中考、高考、研究生入学考试、四六级考试、托福雅思考试等概念频频出现。《青春派》(换一个例证)中班主任(秦海璐饰)高考前的喊话:"高考不仅仅是考学生,也是考家长……有要破产的,请坚持坚持……有要离婚的,也请先凑合凑合……"主角居然(董子健饰)的内心独白:"在高三,没有假期,没有娱乐,有任何一丝想玩的欲望都是罪恶的。"道出应试教育体制压迫下学子的心声。除了这类被考试支配的学生,还有试图在"千军万马过独木桥"的竞争现实和浮躁的心理中寻找平衡的学生,比如《小欢喜》中出国留学的季杨杨和艺术生方一凡即证明青少年有多样选择,高考不再是唯一出路。当下校园网改影视剧中考试观念趋向多元,富有时代色彩,也记载了一代青年学生的精神困境和精神追求。

第二,关注和反思教育工作者。教师群体的加入使得新世纪"校园"形象内蕴更加丰富,校园网改影视剧或对教师队伍中丑陋现象予以揭露和批判,或塑造坚守学术、为人师者的园丁形象并对其生存境遇给予人文关怀。校园网改影视剧揭露教育体制上层滥用职权、以公谋私,打破传统观念里师者形象,一定程度消解"校园"形象崇高光环。《草样年华》中"老师经常是刚吃完午饭便端着饭盆走进教室……一次刚刚上课不久,老师突然打了一个饱嗝,声音通过麦克风传到教室的每个角落"①。不难看出教师形象的坍塌。《此间的少年》中教授和院长为争夺院士名额大拍桌子,无情揭露教师间的明争暗斗。此外,还有许多坚守师者道德和学术精神的教师,他们怀有对知识的崇敬和对教师职业的热

---

① 孙睿.草样年华[M].呼和浩特:远方出版社,2004:59.

忧。《少年班》中来自西安交大的"少年班"导师周知庸(孙红雷饰),引导天才少年处理青春期的各种"疑难杂症"。这类教师试图在世俗的洪流中保持独立人格,守住精神的高地。但是在消费意识大行其道的经济时代,他们时常陷入两难的生存境地。

第三节　媒介重构"校园"形象的文化意义

网文与媒介的结合大致分三种:一是转换为他国语言的网络小说;二是转换为语言符号主导的有声小说、广播剧等;三是转换为图像符号主导的影视剧、动漫、游戏等。正如丹尼尔·贝尔所说:"当下,传统的印刷文化正在变成视觉文化,这是真实在发生的事情。"[1]随着传播媒介的改变,从文本到影视是 21 世纪传播方式的必然变化。网络是当下主流媒介,而网改影视剧作为主流文化产物,第三种转换方式备受关注。媒介重构新世纪"校园"形象潜在文化意义主要体现在通过构建文化记忆,回击社会热点,重审怀旧之路,引导正向价值观。当下校园网改影视剧表现出强烈的现实观照性和人文关怀性。通过"以点带面"的方式,由个体青春故事勾连复杂多元的社会议题,着力于引发受众的思考和反省。

一、视听符号表征下的文化记忆

"怀旧不再是对现实客体(过去、家园、传统等)原封不动地复制或反映,而是经过想象对它有意识的粉饰和美化,怀旧客体变成了审美对象,充溢着取之不竭的完美价值。"[2]校园网改影视剧主打怀旧牌,形成"青春集体记忆热",利用视听符号唤起青春情感共鸣,打造集体文化记忆治愈"当代病"。

(一)视听符号掀起的"青春集体记忆热"

一批聚焦青春期生活的校园网改影视剧轮番上映,形成一片"青春集体记忆热"的新景象。不同于新闻媒体关于高考、校园的一系列零碎报道,校园青春网改影视剧更加注重在观看过程中,通过身体的在场逐渐地唤起受众心中青春情感的共鸣,进而建构青春集体记忆,在这一点上,与詹姆斯·凯瑞所说的仪式

① 丹尼尔·贝尔.资本主义文化矛盾[M].严蓓雯,译.北京:人民出版社,2010:156.
② 周宪.文化现代性与美学问题[M].北京:中国人民大学出版社,2005:27.

观不谋而合。仪式观认为，传播过程是各种有意义的符号形态被创造、理解或使用的社会过程，在这个过程中现实得以生产、维系、修正和转变，更加注重平等参与，共享表征，打破时空障碍，维系社会情感。因此，校园网改影视剧中的集体记忆也是一个符号和意义相互交织的系统，那么这些影视作品是如何一步步打造一场青春仪式的？又是怎样唤起受众对青春的怀念与感叹的呢？

校园青春网改影视剧通过一系列具体视觉符号，连接受众与过往的文化记忆，快速进入情境之中并自动与自身经历相结合。如干净的人物造型符号：校服、齐耳短发、白衬衫等，同时还有特定情境中的具象符号：自行车、课桌、黑板、教室……以及收音机、超级玛丽游戏。《那些年》中，沈佳宜用笔戳柯景腾以及共同罚站的情形，上课睡觉被点名，为考试通宵熬夜的场景都非常有代表性。受众在观看过程中会不自觉地感叹情节与自身经历的相似，以往的经历会历历在目，受众内心与影视剧无形地交流。这种个人记忆通过荧幕的放大，迅速成为一种集体记忆。这些视觉符号正如罗兰巴特所说已经超越其本身含义，勾勒的是青春。

听觉符号同样必不可少，影片中承载着时代文化记忆的流行歌曲会时常响起，《红日》《同桌的你》《当》《栀子花开》等这些耳熟能详的歌曲伴随着受众的成长，同时也是一个时代的烙印，无论是老狼苍凉沙哑声音带来的冲击还是激昂的《红日》，都表达了这一代人对爱情美好纯洁的向往和对未来积极向上的态度。听觉符号的营造仪式功能更强并且潜移默化，观众走出场外之后仍然哼着剧中的歌曲并可佐证。同时，其他媒介平台也开始设置音乐节目的青春电影主题曲欣赏，众多音乐软件相继推出怀旧歌曲专辑。

视觉符号中图片的冲击力、人物的代表性、影像的生动性以及听觉符号的音乐感受性、语言触动力等，从各个方面冲击着受众感官，形成不同的心理感知。不断重复出现或强调某种典型意义的青春符码，都可以成为青春怀旧的对象。媒介运用各种符号营造仪式感，为受众打造了一场关于青春的仪式，人们在其中寻求解脱。

（二）"怀旧"表象下的疗愈

"怀旧"成为一种治疗方法，成为受众寻找、发现和反思自我的必经之路。21世纪以来，信息技术迅猛发展，社会分工更加明细，社会个体更加疏离。随着媒介的渗透，造成人们身份的不确定性，迷茫、压抑和焦虑成为社会普遍情绪。校园网改影视剧热度攀升，受众乐于迎合过往记忆作为消费品而存在，正是因为其建构群体青春的集体记忆。当视听符号引起情感共鸣，集体记忆与现实剥离后便形成唯美记忆。受众用影评、剧评缅怀青春，发起一系列"回忆杀"话题。集体文化记忆被受众共享，个体故事与唯美画面联系，建立一代人的青春回响。

不同于小说中真实存在的城市空间，影视剧中的校园空间完全是主体凭借自身的情感、记忆建构出来的，所以它更像是一个精神的空间，承载个体对过往的追忆，对校园的怀念。而这一虚拟空间的建构是借助网络媒介实现的，其虚拟性与网络的虚拟不谋而合；网络是远离现实的、与现实相对的虚拟空间，它似无根浮萍，却是现代城市社会中不可缺的空间，因为代表着精神的维度。那么，校园空间对生活于都市已远离校园的年轻人来说，同样如此。这一虚拟空间诞生于网络空间的书写中，在于网络的虚拟、包容性赋予创作以极大的开放与创造性。文学与技术的紧密合作，让校园网改影视剧具有了先天的优势。这也是走出校园的都市人以过来人的身份重新回望自己的过去的一种方式，一方面他们试图为青春里的遗憾画上句号，另一方面回忆校园空间并执着沉浸于对该空间的想象中也折射着他们面对城市空间的焦虑。

对校园生活美好的感叹与对城市生活不满的抒发在他们的精神世界中明暗交织，反映着年轻人面对未来的踟蹰。其中包含着对当下社会和个体生存状态的思考，在一定程度上重塑记忆里的青春时光，以校园生活疗愈自身。

二、回击热点以引导正向价值

2014 年，张慧瑜在《青春片需要提供多种可能性》中指出："几乎都诉诸单一的'怀旧'，有点'为赋新词强说愁'的味道"，进而指出视角的狭隘，号召要"走出封闭的、梦幻般的校园想象。""应该敢于'冒犯'观众，在造梦的过程中刺痛、鼓舞、开悟。"[①]在新世纪"校园"形象重构时，媒介不仅扮演构建文化记忆疗愈受众的角色，还以学生为纽带反映原生家庭、社会创伤等热点问题，正向构建价值观，深入解剖人性。

（一）原生家庭痛点

随着《都挺好》《不完美的她》的热播，扭曲家庭、伤痕家庭等话题受到社会热议。在伦理重于一切的文化中，家庭中常常藏着最大的政治、最幽微的人性。

纵观 21 世纪以来的校园网改影视剧，不难发现其中的家庭大多都是破碎的，父母或离世或离异，成长在其中的子女大多因此存在性格缺陷。比如有着异于同龄人的倔强、敏感、自卑的洛枳（《暗恋·橘生淮南》）、方茴（《匆匆那

---

① 张慧瑜.青春片需要提供多种可能性[N].人民日报,2014-12-26(21).

年》)、方桐(《独家记忆》),他们在成长过程中缺乏父母的引导,青春期的负面情绪肆意蔓延,甚至出现了魏莱(《少年的你》)、唐小米(《悲伤逆流成河》)等施暴者,她们的恶是在错综复杂的家庭环境、应试环境重压下的扭曲产物,她们由慌张到疯狂,亟须一声正确的引导。但遗憾的是,家庭环境中"善的声音"却是缄默状态。还有在压抑的母爱下无法喘息的乔英子(《小欢喜》)、余淮(《最好的我们》)、朱朝阳(《隐秘的角落》),母亲们极度的操劳、细致,却又让人窒息。表面上通情达理,实际上极度缺乏安全感。她们的身上,承载着生活的重压,自己遭遇过很多不公、委屈,失去过爱,就想把遗憾在孩子身上找补回来,结果压迫孩子而不自知。这种母爱混杂着各种缺憾,变得偏执、脆弱,甚至歇斯底里。

然而,影视制作者也刻意避开了家庭关系中过于阴暗一面的呈现,比如《悲伤逆流成河》对易遥家庭的改编:小说中易遥的母亲靠出卖身体谋生,打骂、侮辱易遥,父亲再婚后就几乎"消失",这就造成易遥个性叛逆、言语尖酸刻薄,在同龄人为学业而烦恼时,易遥已经历了与混混恋爱、怀孕、堕胎。电影则将易遥的母亲改为刀子嘴豆腐心的按摩女,当她得知女儿生病的原因是与顾客混用毛巾后,即刻带易遥就医,这也成为影片中为数不多的一抹亮色。

每当代际冲突、留守儿童、熊孩子、巨婴、相亲、反社会行为等许多新闻事件引出的话题抛出来后,最后总能归结于原生家庭问题。到底什么是原生家庭,为什么原生家庭近年来成为一个问题并流行开来?2017年,《中国青年》便刊登过一篇叫作《你是一个大人了,不要把自己困在原生家庭里》的文章,作者强调:"父母也只是普通人。没有完美的家,家会给我们温暖和力量,也会给我们创伤和禁锢。"其实,"原生家庭"是个心理学概念,心理学家认为原生家庭对孩子的影响力是最关键的,家庭不仅创造了孩子所在的世界,还告诉孩子这个世界应该怎样被诠释。原生家庭本是一个中性词,但近年来听到和原生家庭联系最多的一个词却是"负面影响",许多年轻人吐槽、逃离原生家庭,甚至上升到了"父母皆祸害"的程度。知乎讨论、豆瓣小组等一定程度上"妖魔化""黑化"原生家庭,未免矫枉过正。原生家庭不是一个伪命题,它也不是可以归结一切不幸的理由。原生家庭只是为人们提供了个理解自己的出口,个体从哪儿来,又是什么在塑造个体等问题值得反复思索和探寻,主流媒介在其中的正向引导也需加强。

(二)正义的缺席与在场

从近两年主流媒介报道的诸如校园性侵、少年犯罪、报复性人格学生等问题,可以感到当前校园甚而整个社会都弥漫着浓厚的戾气,"现在我们正身处一个高风险、不安定、具有很大的不确定性甚至充满暴戾之气的社会之中,对和谐社会建设和个体生活均带来了严峻的挑战"①。

　　校园网改影视剧通过表现阴暗面,以新世纪的校园为小社会,洞察当代社会大熔炉,质询"迟到"的社会正义。从《悲伤逆流成河》的改编可见对正义的呼唤:原著中顾森湘遭轮奸后割腕自杀、易遥不堪忍受校园霸凌而跳楼、齐铭遭受巨大打击后开煤气自杀;在影片中,易遥和施暴者在河边对峙,最终她与齐铭、顾森西解除误会,结局圆满。在主人公遭受身心践踏和侮辱时,警察从未出现,正义几乎处于缺席状态。《少年的你》通过胡小蝶和陈念等人的遭遇展现警察的懦弱与无力,在少年成人过程中正义的"迟到"。陈念在被警察质问时,哭着吼出"谁能帮我?"在受害者与施害者之外,影片较全面展现与校园欺凌相关的各方,原生家庭、校方、警方都没有成功阻止悲剧发生。因此,陈念选择和小北一起对抗整个世界,以暴制暴。最近热播少年犯罪剧《隐秘的角落》中,迟暮的英雄老陈同样也是"失语"的警察。为了坚持正确舆论导向,校园网改影视剧中的正义虽然"迟到",但总不会"缺席"。正如鲁迅先生所说,"文艺是国民精神所发出的火光,同时也是引导国民精神的前途的灯火"。媒介在重构"校园"形象时,除了真实反映成长挫折外,应该引导青少年形成健康人格,再现美好人生憧憬。

　　21世纪以来,校园网改影视剧发展日趋成熟,"校园"形象的真实性和复杂性逐渐加强。如今全民弘扬正能量,校园网改剧不仅体现在剧情和流量方面,还结合成长问题、精神引导等诸多因素,成为意识形态与文学意蕴俱佳的作品,从而引发受众反思现实。通过网改剧透视青春主体生存焦虑,塑造正确"三观"将成为校园网改影视剧的思考方向。

---

① 孙睿.草样年华[M].呼和浩特:远方出版社,2004:59.

第五章　古言江湖文中的公共空间及其文化意义①

　　时间与空间,作为存在的一对基本属性,是研究事物的两个常见维度。在小说叙事中,主要的故事情节发生在一定的时间,以历史、时间为导向的研究成为历来最重要的研究维度,常常淡化了文学与空间的思考与研究。

　　当代人文社科的"空间转向"研究,始于20世纪中后期,旗手是法国的哲学家福柯,代表作为《不同空间的正文与上下文》。"空间转向"思潮中最著名的代表学者是法国的列斐伏尔,他在《空间的生产》中提出了"空间生产"思想,尽管该书更多的是以资本主义社会为对象,并从社会学、政治学、经济学方面进行系列的阐释,不过,列斐伏尔强调"空间",使人们认识到了空间的重要性。像这样对空间进行的系统性研究颠覆了长期文学理论中以时间为中心的传统,为之后广阔的文化研究奠定了基础,还为空间理论向各学科融合创造了可能性。美国学者菲利普·韦格纳提出"空间批评"的理念,他认为,从全球化历史空间维度上看,今后人们会更多地关注空间与文学的关系,并且改变对文学史和当代文化实践的思考方式,构建起一种"空间化"的文学理论视域。"空间批评"必将"以不同的方式改变文学和文化分析"②。

　　实际上,空间与文化的关系,即使在被认为大众化的"庸俗"的网络小说中也有所体现。小说的虚构性赋予了所构建的公共空间独特的文化意义,使之成为具有丰富的文化隐喻性的文化空间,而且,这种文化空间出现在网络小说类

　　① 江南大学网络文艺研究中心成员汪仕惠参与了有关"古言江湖空间"的讨论和写作,谨此致谢!
　　② 菲利普·韦格纳.空间批评:批评的地理、空间、场所与文本性[J].阎嘉,编译.//文学理论精粹读本[M].北京:中国人民大学出版社,2006:147.

型文中,形成了普遍性含义。

接下来我将试图将空间,特别是公共空间的概念引入网络文学作品,探讨它在古言江湖文里的独特价值以及由此形成的文化空间,并且以这类小说中常见的青楼、茶馆、酒楼等公共空间为例,从什么是古言江湖文的公共空间、古言江湖文中公共空间的场景书写和由此形成的文化空间里的意义这三个层面逐步展开,发掘古言江湖文中公共文化空间的价值,提供在空间与文化视角下研究网络小说的新可能性。

第一节　什么是古言江湖文的公共空间

空间与文化、社会紧密相连,公共空间与私人空间的不同划分意味着在不同空间所定义的规范。根据哈贝马斯的"公共领域"理论可以推演:公共空间不仅是一个地域的概念,它还是不同的人进入到某个空间,能够在其中实现广泛参与、交流与互动的场所。哈贝马斯的理论主要是将公共领域与政治挂钩,在现代意义的层面来说,公共空间也需要满足人们对于政治、经济与娱乐等的需求,但在虚拟的小说世界中,尤其在网文中,作者拟建的部分公共空间往往是为小说叙事或者文化意义服务,所以,也可以把这些具有特殊作用的公共空间叫作文化空间。

网络文学主要分为玄幻、仙侠、奇幻、古言、现言、历史、游戏等类型,这里所提到的古言江湖文,就是古言类的下分类型,是网络较为新颖的提法,主要讲述的是主角在江湖中的经历。它与武侠言情类似,但又不完全相同,从整体上来看,古言江湖文的作者一般是女性,主角设定为女性,而武侠类小说的作者主要是男性,主角也是男性,两者在作者与主角的性别设置上有差异。

提出概念后,现在需要解决的问题是:如何界定在古言江湖文中的公共空间？哪些公共空间在江湖文中能够形成文化空间？

其实,在真实的古代社会中,公共空间与私人空间的分界是较为模糊的,但在网文中,在作者的笔下,在平民生活中,具有现代意识的公共空间就出现了。结合上面提出的公共空间含义,在笔者看来,古言小说的公共空间主要以场所的方式来呈现,包括书院、学堂、客栈、市集、戏园、擂台、青楼、酒楼和茶馆等。一般而言,在古言小说中,书院、学堂是主要的文化空间,是人们参与文化活动、进行交流的主要场所,但在江湖文中就很少提及,因为江湖文主角的设定是崇尚武力,他们已经脱离书院、学堂这种文化空间或者根本没有进入过这些空间,所以这些空间就不具有代表性。而戏园不仅在江湖文中鲜少提及,在古言中也罕见。客栈在通常意义上都是人们休息的落脚点,虽然会有部分开放性的公共场所,但文化交流的含义不大,它的私人空间更多。再如集市,鱼龙混杂、话语不断,然而更多的是金钱交易,它的空间界限也是模糊的。擂台是江湖文中的常见场地,但人们来此主要是为比武切磋或看热闹,并没有普遍的文化内涵。所以,以上所提的公共空间在江湖文中就难以形成具有典型意义的文化空间,按照这样的逻辑一一盘点,就出现了三个代表性的公共空间——青楼、茶馆与酒楼。

从文学视角来看,研究公共空间主要是为了研究其形成的文化空间以及在这种空间中提供的文化服务。而在小说中,这种文化服务是被作者安排在某种特定的空间内进行的,它们的共性是在提供娱乐的同时,为小说叙事提供前进的动力、表现空间的文化意义。因此,在古言江湖文中,青楼、茶馆与酒楼这三个公共空间就成为公共的文化空间的典型代表。

对这些基本的概念进行辨析后,需要用具体的本文内容来阐释。古言江湖文的空间书写起了很大的作用,"主题不再只通过因果关系连环推动模式展现,开始依赖空间构筑意义生成法则"①。在小说的空间描写中,最典型的就是对于场景的书写,用于引进或引出人物,推动故事情节的继续发展。接下来将还原小说三个典型公共空间的场面,从场景书写中凸显意义。

第二节　古言江湖文中公共空间的场景书写

小说中的世界由作者虚构,虽然借鉴了客观世界,但更多的是一种虚拟,是对现实的模仿。古言江湖小说更是如此,小说将时间设定在古代,就与现实隔开很大距离,为读者留下了想象的空间,因此,这时的叙事是带有主观创造性的。以上所提的三个公共空间,更是作者基于自身喜好所构建的,淡化了空间里政治的影响,将重心放在了人物、环境、场面上,所以公共空间的场景书写就成了重点。面向大众的网络小说,大多使用通俗易懂、简洁生动的文字以及简单的人物对话等内容,构建了可视化、跳跃性、画面感的场景,是空间最直白的呈现。

青楼、酒楼与茶馆这三个公共空间在古言江湖文中出现多次,了解它们在

---

① 张冉.论江苏当代文学的空间叙事[J].南京师范大学文学院学报,2019(4):102.

江湖文中的叙事功能、文化含义,探寻它们如何构建文化空间,需要观察文本中场景的书写。

青楼(妓院、教坊、窑子)是古言江湖文中最被作者青睐的书写空间。主角或多或少会与青楼产生一定的联系,或是个人身份、或是公事缘由、或是兴味之趣、或是被迫进入。描写青楼的场景与其说是作者的个人喜好,不如说是一种隐秘的"性"意识的驱使,因为好奇男女关系而书写、因为狎妓而具备的娱乐性、因为读者的喜闻乐见,都是作者构造青楼这一公共空间的可能性。提起青楼,似乎总是歌舞升平、纸醉金迷,高雅文艺的表演有之、低俗旖旎的场面有之。青楼女子赏心悦目,她们的多情痴心或者孤傲薄情都具有极大的吸引力。小说《夜行歌》将魔教的寻乐所取名为媚园,文中这样写道:"放眼皆是绝色胭脂,娇俏迎人,花香粉黛袭来,温柔缠绵入骨。"①再看媚园中的一位女子烟容:"丽人长发垂肩,嫣然百媚,似一朵任君采撷的芳花。"②千娇百媚,姿色诱人。并且这些美人还多情温柔、善解人意,让男子犹如身在温柔乡。行走江湖的侠客在烟花柳巷沾染了些脂粉气味,添了份儿女情长。又有选拔花魁时的场面,无数人一掷千金,有时女主误入青楼被迫成为花魁候选,也就闹出一番喜剧。青楼中可能有名妓与江湖男子的动人故事,可能有多情女子负心汉的故事,也可能有妓女薄情只贪钱财的故事,这些成为古言江湖文传奇色彩的补充。同时,在这样一个带有欢愉情欲色彩的公共空间里,还有留给男女主独处交流的私人空间,所以秦楼楚馆常常成为男女主情感升温的场所。

但在古言江湖文中,青楼不仅仅是欣赏表演或者狎妓娱乐的存在,更多的可能是天下消息的汇集之地。如在《坏事多磨》中,"鬼媒"李丝说道:"天下消息汇聚地无非三个:酒楼、茶馆、教坊。"③于是女主角小小被带去教坊打探消息,找到了师姐。江湖文中很多青楼是为了某个门派或楼阁打探消息而设的,青楼主人的身份也让人捉摸不透,比如《夜行歌》中,谢书云在媚园遇见了故人九微,他们在这个空间中互通消息、策划事情,并从侧面交代女主的来历。这都说明了古言江湖文中青楼收集信息的功能。

酒楼(酒馆、酒坊)又是古言江湖文中一个普遍描写的空间。无论是好友相聚把酒言欢,还是醉生梦死发泄情绪,酒楼都成了最佳地点。酒气衬托江湖儿女的肆意潇洒,因而酒楼成为江湖文中主要的活动场所。酒楼总是人来人往,有美酒佳肴,有闲言碎语,也有打打杀杀,往往有关键人物的出现或者故事情节

① 紫微流年.夜行歌[M].北京:中国文联出版社,2009:43.
② 紫微流年.夜行歌[M].北京:中国文联出版社,2009:48.
③ 那只狐狸.坏事多磨:下[M].长春:北方妇女儿童出版社,2009:118.

的发展。无论酒楼内外，人物都不自觉地被拉入了小说的故事场景中。在公共空间中发出的言论，常常引起众人的注意，比如在《江湖不挨刀》中："这边厢刚坐下，就听有笑声传来，声音高而傲慢，带着些要引人注意的刻意。客栈原本挺安静，众家食客似乎不少是江湖人，比较深沉。可这个人突然大声说话，小刀自然要往那边瞧。"①这时女主角小刀听到旁人的谈话，发现了对方是宿敌，由此展开了对话，引发了冲突，让食客们看了热闹。这一切在酒楼这个公共空间中发生，也就透着由众人审视的意味，穿插了旁人的猜测和看法，使得在空间里发生的事件能够全貌地展现出来。再如，王碧波与小刀冤家路窄，在酒楼相见就开始争吵，"此时，整座酒楼鸦雀无声。这里不少人都是西域外族，见惯了豪放泼辣的西北女子，总听说江南美人温婉柔顺。颜小刀水灵灵一个丫头，一看就是江南水乡来的，没料到……这么泼辣呐？"②小刀却毫不在意闲言碎语，只随性而为。这样的场景描写就从侧面丰富了人物的性格，使人物形象更加立体。

私人空间也经常在酒楼的场景描写中出现，也是常说的雅间，它存在于酒楼这个公共空间内，使得私人空间与公共空间有了一定的联系。人物在私人空间中进行私密的谈话，或是为了打发时间排遣寂寞、或是为了倾诉苦痛追忆往事、或是把酒言欢加深情感、或是为了应酬交际谈妥交易、或是倾听手下禀报独自思考，总之，有财力的人物会在酒楼中找到雅间，进行私人活动。但他们又不是完全封闭的，有时会被雅间外的声音所打扰，有时会通过酒楼窗边看见酒楼外的某个人，有时也在不经意间听到某些关键的信息。总之，虽然是雅间，也有着与公共空间的紧密联系。

相比酒楼，茶馆(茶楼)就多了些高雅的文化意味，通常是文人雅士的聚集所，当然，普通的老百姓也会出现。人们品茗闲聊、抒发文情、欣赏表演。但在江湖文中，多半是听取传闻轶事，作为茶余饭后的谈资。在茶馆最重要的人物就是说书人，《有匪》里有这样一段描写勾勒了茶楼的基本场景："镇上茶楼里闹哄哄磕牙打屁的声音依稀仍在耳畔，说书先生的惊堂木声夹杂其中，能传出去老远，百姓们一个个安逸得好似活神仙……"③又如《一寸相思》中，说书人讲述历史秘辛和武林趣事，引发了众人的好奇，让诸位茶客都因他的言语而思绪纷纷。当然描写中不乏穿插茶客们的各种意见，形成了有效的互动场面。在茶楼这个公共空间里的说书场景，也就恰好为人物的出场做好了铺垫，引出关键人物的身世以及神秘的传说地点。当然，说书人的故事经过个人主观的编纂，不

---

① 耳雅.江湖不挨刀[M].杭州:浙江文艺出版社,2012:108.
② 耳雅.江湖不挨刀[M].杭州:浙江文艺出版社,2012:147.
③ Priest.有匪全集[M].长沙:湖南文艺出版社,2017:262.

能全信。有些流传的谣言多半所言非实,也为故事设下悬念,蒙上了神秘的色彩,需要通过小说的展开来寻找答案。

在茶馆进行的表演也具有文化意味,茶馆里有时会有唱戏听曲的场景。比如在《有匪》中,戏子所唱的曲目《寒鸦声》苍凉而滑稽,《白骨传》诡谲又离奇,满足了听众的娱乐消遣,尽了文化的功能。而对于女主周翡来说,这两段胡编乱造的曲子却使她发现了男主谢允醒来的事实,于是一路快马加鞭,去探索真相。这样,曲子的表演就不仅仅是文化娱乐的消遣了,还承载了推动小说情节的作用。

青楼、酒楼、茶馆这三个公共空间具有很多共性,比如人多眼杂、三教九流皆有,比如言说者的自由随意,比如承担了文化服务的功能等。因此,从空间场景的书写中可以体会到空间建构的独特意义,并且场景书写的法则在古言江湖文中具有普遍性,为形成文化空间提供了可能性。

第三节　古言江湖文中文化空间的意义

上面对于青楼、酒楼、茶馆这三个公共空间的场景书写是古言江湖文中非常典型的存在,因而它们在小说叙事和构建空间法则上就具有了适用性。而这些公共空间不仅在小说文本中产生了重要作用,从文化层面上看,它们还形成了多样的文化空间,我们也可以将这些有特殊作用的公共空间叫作文化空间,无论是从小说文本出发还是跳出小说来看,它们都具有丰富的空间意味和很强的文化隐喻性。

一、信息流动的文化空间

在公共空间里,流动最快的除了人,就是信息。信息是空间中看不见的流动,却承担主要的文化功能。

小说中也是如此,这些流动的信息构建了独特的文化空间。在人多嘴杂的酒楼、茶馆中,掌柜和店小二就是最灵通的信息来源,也是辅助的信息传达者,主角可以在这些空间向他们问询,从而知晓关键的信息,或江湖秘事、或他人行踪、或八卦传闻。还有一个重要的信息传达者是说书先生,他是在场的主要言说者,将经过主观编造后的信息传播给众人,点对面的让信息传播的范围扩大。当然,在江湖文中,说书人也可能是一个引领性的人物,比如介绍古今奇事,在传说中揭示主角身份、推动故事发展等等。信息的功能还体现在人们的对话交流,或者是在有意或无意中听到他人的对话,通过谈话或倾听得知关键信息,常具有暗示意味。

青楼中,来客吐露的言语或者丫鬟打探的消息使得妓女们成为信息的接收者。同时,妓女能够成为信息的传播者,人物可能会在青楼中发现有用的信息。小说中有某些人物在青楼设有专门的情报网,兜售信息或者为己所用,并且,越高级的青楼,接触达官贵族的概率越大,得到的信息可能就越接近朝堂机密。

小说中信息的获取之地,一般也就设在茶馆、酒楼或者青楼。这些在江湖文的公共空间中,言说者是相对自由的,是除去政治势力、不受主流权力影响的边缘地带,保证了言说的自由度。从叙事上看,这些可以打探的消息往往是主角需要的,甚至还贯穿了主线,影响了主角以何种角度来看待某些事情。信息的流动与传播也推动了剧情的发展,一定程度上暗示了主角的命运。

但还需注意的是,既然是信息,就涉及消息与言说。消息是信息的载体,得到消息后,获得的信息才是最为关键的。人的所思与所想有差异,话语的真假也有差异,消息传播的过程中也有误传,于是人物所得的信息就不是真实可信的。夸张伪造的消息使人物陷入尴尬的境地,错误的消息也能造成人物的挫折际遇,非但不能帮助主角,更使他们面临新的困境,磨砺主角的意志,让小说情节更加曲折。当然,这一切都隐含着作者的主观意识,人物顺遂与否,情节曲折与否全在作者的设定之中。但在小说的公共空间中,由于有了信息的流动,构成了信息的文化空间,对于小说叙事有很大的作用。

二、阶级流动的文化空间

列斐伏尔所提出的"空间"带有强烈的政治意味,但江湖文中的公共空间是虚构的,所以作者笔下的空间很少受小说中的政治因素影响,或有意屏蔽,并不是现实生活传统意义上的公共空间。

实际上,在江湖文公共空间中,政治色彩并不浓厚,它们打破了阶级空间的场域,其中的阶级划分并不明显,阶级意识也并不强烈,三教九流皆有,场景上似乎融为一体。特别是描写小说嘈杂热闹的场面时,流动的阶级,打破界限的阶层,就消解了政治空间的意义。相比于宫廷宴会的阶级秩序,这些空间几乎没有政治色彩。然而,阶级意识不强烈并不代表丝毫没有,小说中拥有势力财力的人物始终掌握着话语权,打杂的下人很少出场,或根本没有话语权。在江湖文中,虽然没有政治上的阶级观念,但武林高手或武林世家出身始终高人一等,在公共空间中还设有代表个人空间的阁楼雅间,里面或是志趣相投的好友,或是位高权重的王公贵族,他们都拥有一定的财力与社会地位。雅间的出现,是对公共空间的一个补充,也是人分级分层的另一种体现。

但总的来说,像青楼、酒楼、茶馆这样的公共空间,实际上是相对共享的空间,具有普遍意味,从而也构成了阶级流动的文化空间。

三、性别概念的文化空间

一般来说,古言江湖文主角为女性,作者也是女性,在这类文中就有着现代女性意识的觉醒。"网络文学的发展,使处于相对弱势地位的女性有了表达自身诉求的平台,女性自尊、自强、自立、自主的诉求在女性作者创作的文学作品中展露无遗。"①虽然古代女子地位较低,但小说中的女主角一般来说是自主独立,甚至有些强势的,加上江湖儿女的潇洒豪气,更具有独特的人格魅力。她们是具有现代意识的女性作家笔下理想的化身,她们是出走的娜拉,是不愿做玩偶的苔丝,是具有独立生存能力的个体。有这样的现代意识,空间里的她们可能会用自己的聪明才智化解危机,用高傲不屈的性格获得他人赞赏,用与众不同的做法引起众人注意。

在精神层面,她们是追求男女平等的。但又因为身处虚拟的古代,仍然存在于传统社会的意识形态中,受到旧的体制的压抑,所以公共空间里男女关系的不对等又是性别概念的另一种体现,如在青楼、酒楼和茶馆中表演小曲或舞蹈的多数为女性,用以众人赏乐。特别是在青楼中,女性是被玩弄的对象,处于被动的地位。欣赏美人、寻花问柳、选拔花魁等活动,有明显地物化女性的嫌疑。虽然古代社会男尊女卑的意识在小说中总是通过女主角独特的平等观来突破,然而在整体大环境下,还是无法改变长久以来的传统性别格局。在现代作者所写的江湖文中,仍然有强烈的女性对于男性的依赖意识。某些想要反抗男尊女卑观念的现代作者,在基于此反抗的时候,就已经先入为主承认了这种事实。

当然,还有一类是女强类型的古言江湖文,完全突破了男尊女卑的性别概念,构建了理想的国家与社会,在这些小说的公共空间中,或者是男女之间完全平等,二者势均力敌,或者女性尊贵,男性反而处于被压抑和控制的地位。但不可否认的是,无论上述的哪种类型,都蕴含了女性意识的觉醒,在古代的公共空间形成了具有性别概念的文化空间。

四、日常化的文化空间

空间的属性有自然和社会两种,显然,古言江湖文中公共空间的社会属性

---

① 唐迎欣.网络文学及其批评研究[M].北京:人民日报出版社,2016:189.

更多。这些空间是社会的构成部分,也是人们进行日常生活交往的部分。在这里模糊了个人与公共的界定,使得个人与社会密切联系起来。公共性的日常空间里人们自由进出,小说描写的琐碎事件揭露了人的社会性,他们常去的这些公共空间实为日常化的文化空间。主角在这些空间里进行日常化的活动,比如欣赏才艺,提高文化涵养;比如结交朋友,提升社交能力;比如吃喝玩乐,满足基本需求;比如寻欢作乐,满足个人欲求等等。无论哪种,都证实了这些空间在江湖文中是日常化的空间,看似日常化的活动,却有着很多文化意蕴,看似平庸无奇的描写,而精彩的故事也在此发生。

五、娱乐化的文化空间

娱乐化也是文化空间的一种表征。无疑,在青楼、酒楼和茶馆中的人,大多抱着娱乐消遣的目的,在青楼寻欢作乐、评选花魁,在酒楼谈天说地、享用酒食,在茶馆听书品茗、欣赏表演,都有着娱乐文化的意味。在江湖文中,因为江湖人士豪放不羁,更加注重享乐,这种娱乐性随之被放大,于是这些空间就成为他们主要的活动场所。这种娱乐的行为,正如今天人们走进酒吧、公园、商场等一样,为的是在公共空间的活动中放松身心、增加生活情趣。这样的娱乐就成为一种风气,是一种精神的享乐,也逐渐成为一种共识,融合于文化领域。

青楼、酒楼、茶馆这三个在古言江湖文中常见的公共空间,是作者虚构的存在,从小说叙事层面看,有人物塑造、推动情节、暗示命运等作用,还构建了空间场景书写的独特法则,并且这些特殊作用在古言江湖文中具有普遍意味,从文化层面上看,它们又形成了一系列的文化空间。所以,这些空间就并不只是提供人物活动的公共空间,还具有了信息流动、阶级流动、性别概念、日常化和娱乐化等意味的文化空间,充满了文化隐喻和文化表征。这些公共的文化空间的出现为在空间与文化视角下研究网络小说提供了新的可能性。

下编／流变

第一章　经典《红楼梦》的同人新创与当代书写①

　　网文中大量出现的传统文化表述,裹挟着文学传统和对传统意义上文学的利用、改造和重组,从而建立起时代性鲜明的历史叙述并进行文化再生产。一定意义上,这些趣味感十足的书写促发了"传统"的复归,关乎"传统的当下性"就成为一个必须直面的问题。一则,所叙述的传统以怎样的形式存在于叙述之中并发挥何种功能,其代表症候是什么? 二则,这些关于传统的叙述是在何种想象和实践空间中进行,在多媒介的融合中如何选取并使其合法化。关于《红楼梦》的同人创作是这所谓"传统热"中最有吸引力的部分,作为经典的《红楼梦》被以何种方式表述进而获得其当代"活法",能够打开传统与当代之间互为反哺和冲突复杂关联的诸种面相。

　　学界对红楼同人文的关注时间较早,大概 2007 年左右就有学者②对其概念进行梳理和分类,其后零星的几篇文章将重点放在红楼传统在当代书写中的延伸,指认其功利性写作者多。直到 2017 年《红楼梦学刊》发表许苗苗《从同人小说看〈红楼梦〉的网络接受》③一文,正视红楼同人圈层文化,使研究直面今天的大众接受,从媒介和受众角度开启红楼同人研究之新局。随后,2020 年同样发表于《红楼梦学刊》的《〈红楼梦〉网络同人小说述论——以晋江文学城为中心》④,则将

　　① 江南大学网络文艺研究中心成员王宁参与了有关"红楼同人文"的讨论和写作,谨此致谢!

　　② 相关研究成果大致如下:秦宇慧.当代《红楼梦》同人小说"初探[J].沈阳大学学报,2007(01);李荣.网络"红楼同人"小说创作与当代青年女性心理状况——以"晋江原创网"与"潇湘书院"为中心[J].山东女子学院学报,2012(04);张慧禾.互联网时代言情小说出版热潮分析——以红楼同人小说为例[J].杭州电子科技大学学报(社会科学版),2014(05);王倩.《红楼梦》对网络小说的影响[D].上海师范大学,2016;陈阳雪.《红楼梦》在当代网络文学中的映射[J].广西职业技术学院学报,2017(01).
　　③ 许苗苗.从同人小说看《红楼梦》的网络接受[J].红楼梦学刊,2017(03):106.
　　④ 陈荣阳.《红楼梦》网络同人小说述论——以晋江文学城为中心[J].红楼梦学刊,2020(03):121.

其重点落脚于红楼同人自身存在的理由,通过表格罗列与文本分析,提出红楼同人小说之实质和"续书"类似,是读者与经典文本、作者之间互动交流的有形介质。这些重要的红楼同人研究成果看到了网络写作的媒介规定性以及今天大众接受已远非二十年前可比的文化现实。在这一脉络的研究中,留下了重要的问题线,媒介确为促发文化转型的关键,但连接不同媒介的《红楼梦》却是一个有着悠久历史的文学经典,那么,今时之改写者或借题发挥者是出于怎样的叙事考虑、以何种方式继续《红楼梦》经典的影响力?是抹黑,颠覆,还是有一种当下审美理想潜含其中?这是在已有成果基础上欲继续推进的地方。

客观说来,红楼同人文粗看有点"四不像",既不隶属《红楼梦》一脉的正统文学,又与具有媒介规定性的网文存在差异,但这些写作天然带有贯通经典之传统脉络的功能,连接着此时和彼时两种文化情境,其间则夹杂着不同历史节点的各色声音,写者也身份各异,有性别之分、文人写作和坊间戏仿、不同民族的转写……这些共同会成《红楼梦》经典之路上的光点。如今的网络同人写作,则是这光点中极为耀眼的一群。"在网的生活"养成数字惊人的"数字原住民",他们以趣缘共同体的部落形式,以某一文本或文化现象为底本和轴心,乐此不疲地开展多方位的探秘、改写和重构,建构起网络时代坚实的圈内铁杆粉丝群体。亨利·詹金斯曾对此定义,"粉丝写作的同人故事建立在粉丝的元文本假设基础之上,回应粉丝团体内部的常见需求,但是早已超出简单的批评和解读;他们是令人满意的文本,是被粉丝阅读群体热情接受的版本,契合这个群体心目中早已设定的理想文本"①。从近二十年网文集束式发展趋势和多版权产业链条的联动局面看,传统文学尤其当代文学(多称之为纯文学写作或体制内写作)的生存空间遭到挤压,二者之间连绵不断的口诛笔伐和官司加剧了这种焦灼的现实窘境,为何群体会选择如是"理想文本"也就成为重要的文化现实问题。

第一节　经典《红楼梦》的"同人"之旅

自《红楼梦》面世以来,续作始终不绝,尤其学界关于后四十回是高鹗续写的说法生发无数补写可能性。有同人小说研究者如是说,"从同人小说创作角度来看,这'后四十回'属于典型的同人创作,甚至可以称为《金瓶梅》之外最成功的同人小说,只不过二者走的是相反的路数,《红楼梦》的'后四十回'向

---

① 亨利·詹金斯. 文本盗猎者:电视粉丝与参与式文化[M]. 郑熙青,译. 北京:北京大学出版社,2016:148.

着原作无限接近"①,这种说法是将"后四十回"作为红楼同人写作的发端,其特点在于力求做到与原作在故事脉络、语体风格、主旨把握等方面契合无间。

此后明确为"续写"的本子层出不穷。既有对一百二十回结局的续写,如《后红楼梦》(又名《石头记后编》,逍遥子作,1796 年)、《绮楼重梦》(又名《蜃楼青梦》《新红楼梦》《红楼续梦录》,王兰沚作,初刊本 1796 年)、《红楼复梦》(陈少海作,初刊本 1796 年)、《续红楼梦》(俗称"鬼红楼",秦子忱作,1799 年)、《红楼圆梦》(梦梦先生作,1814 年)、《红楼梦影》(云槎外史作,1877 年)等。亦有截取文章中部某一回目进行续作,如《红楼梦补》(归锄子作,1819 年)、《红楼幻梦》(又名《幻梦奇缘》,97 回续,花月痴人作,1843 年)等。这两种同人创作对故事原有结局"翻案",即便截中间而续,也往往是接续九十七回"林黛玉焚稿断痴情 薛宝钗出闺成大礼",林黛玉或投胎或未死,采用宝黛前情再续,以贾府由衰复荣"大团圆"结尾,表现个人对《红楼梦》的理解和感悟,在复古与反古的纠缠中,对《红楼梦》结局的改写是以文本再建表达求新求变意识。其中的"还魂故事在民间流传广泛,基本是用来肯定那些克服社会异己力量实现美好梦想的"②。显然,同人文作者是借由一个美好的故事表达自身的生活理想和审美旨趣,宝黛情缘恰为实践这一理想的美的符号。这种理解与关于《红楼梦》的经典传播基本吻合,也暗接不同时代更替中思想文化和文人心态的变化。

到了清末的中国,"从中国文化的发展的历史来看,它是自明中叶至清初思想文化领域活跃、有生气、有创造性的局面的逆转"③,同时又面临着尖锐的古今之变、守旧与创新之辩,西学东渐,内忧外患,自然而生变法图强的新时代气象。对《红楼梦》的续写有《新石头记》(吴沃尧作,1905 年)、《新石头记》(南武野蛮作,1909 年)、《林黛玉日记》(喻血轮作,1918 年)、《真假宝玉》(张恨水作,1919 年)、《想入非非》(朱湘,1934 年)。《新石头记》中贾宝玉在 1901 年复活,在各地游历,见识到大量新事物,故对未来充满信心,认为中国有朝一日也将拥有西方科技的能力,提倡只有立宪才能救中国。这一写法带有鲜明改良者气派,不同于对纷乱现实感到悲切、转而沉溺声色的绝大部分《红楼梦》同人续作,对中国的未来抱有积极的心态,是当时众多续作中饱含启蒙意识的独特写作。1912 年辛亥革命胜利,清王朝走向终结,向来习惯于以科举入世的文人们失去了征伐的领地,报刊业的盛行和坊间通俗文学的传播,给他们提供了另一方挥墨宝地。鸳鸯蝴蝶派的盛行,是 20 世纪初世俗文坛的主要风景。其内容不外乎才

---

① 王喜明.同人小说的前世今生[J].书屋,2017(10):14.
② 张云.作为首部续书的《后红楼梦》[J].红楼梦学刊,2012(04):257.
③ 龚书铎.乾隆年间文化断想[J].北京社会科学,1986(4):87.

子佳人情爱故事,言辞在暧昧与人生无常的悲情之中流转。但要说其只一味谈情也不准确,人生所以无常,离不开彼时代关于人与人关系的认知,尤其何为平等的爱情一问成为讨论的重点。张恨水的《真假宝玉》(1919年)是其中的典范之作。该作讲述贾宝玉陷身于精心构造的搞笑环境,梦中见由当时提倡救国的著名戏剧人扮演的充满喜剧色彩的假宝玉和假黛玉上演幽默的滑稽剧,作者游戏文字,借助"欧风美雨销专制""妙舞清歌祝共和""平权世界"的牌匾戏谑当时的社会情状,提供消遣的乐趣,却也在风云变幻的历史进程中透露出对现实的不满,既娱乐大众,亦寄寓政治理想。

新时期以来的中国当代文学走向变革、探索和反思的繁荣阶段,作为重要的中华文化代表,"红学"成为一门显学,其研究成果堪称丰硕。有意思的是,因21世纪网络文学介入而被划分到"传统文学"行列的当代书写者,也并未停止续写《红楼梦》的心思,《红楼梦新补》(张之作,1984年)、《红楼梦新续》(周玉清作,1984年)、《红楼梦遗事》(都钟秀作,1990年)、《梦续红楼》(胡楠作,1994年)也是对《红楼梦》前八十回后的续写,在主题上表现对《红楼梦》主题的遵从。这种类型的续作一直延续至新世纪,由对《红楼梦》相关考证索引研究而诞生的"红学",仍旧给予《红楼梦》无限的创造与可能,《刘心武续红楼梦》(刘心武作,2011年)、《黛玉传》(西岭雪作)、《红楼梦续》(温皓然作,2011年),都是在对《红楼梦》的钻研中,作者凭靠自身的调查与理解,进行八十回后的续作,延展自清末"后四十回"创写风潮。刘心武不仅续写红楼,还演说红楼,在原作的折叠之处挖掘出各种不曾引人注意的隐秘来。而像王蒙这样的著名作家,也倾情于红楼,写出带有王氏特色的《双飞翼》。在当代女作家中,计文君对《红楼梦》的青睐尤为突出,她不仅研究《红楼梦》与中国古代小说的关系,而且将其放在不同文化形态的冲突、选择与守成之间进行自己的文学创作。可以说,经典《红楼梦》是刻入中国文人骨髓中的文化烙印,这已不是一部简单的文学作品可以概括。经由这样一条漫长的续写之路,借由网络媒介在不同网站群聚的红楼同人部落的出现,就有了精神的来处,或许也有不同程度的影响焦虑在。

早在1993年,网络文学在国内还没有什么生成土壤的时候,中国文化界已经有了正统/媚俗的讨论,其中殷国明等人"关于正统文学的消解"讨论可谓跨越世纪与网文展开对话,指出"以其情节性兼时髦性做成的可读性、高效率的实现阅读消遣的满足,既省心又过瘾、从颂圣转而颂物,这是我们时代转型的一个既表面又实在的特征"①。同一时期的"美女写作"(林白、陈染等)"私人化写作"(卫慧、棉棉、九丹等)等文学口号掀起了小小的关注热,但与网文书写相比,这些

---

① 殷国明,陈志红,陈实,等.话说正统文学的消解[J].上海文学,1993(11):78.

作家的写作还有章可循。网文确乎迎来崭新的网络时代,"在线的生活"以难以想象的速度建构起当代人的生活日常。写作这一行为,则从写者、读者到传播途径整体实现了大反转,身份的限制被取消,在这种全新的文化语境下,经典《红楼梦》一定意义上充当了网络游戏者"信马由缰"的中介,这意味着,前此数百年的"续写"不再是"热爱红楼"的一枝独秀,真正意义上的"红楼同人文"写作就此开始。

大量《红楼梦》同人文几乎是与网文同步而生,就像网络改变了人们对"虚拟生活"的认知,同人文写作几乎等同于网络的狂欢。看来自由而无所禁忌的网络给人们带来放飞自我的绝佳机会。"经典+无限可能"的组合铸就了红楼同人的恣肆想象。作为古典名著的《红楼梦》不再在情节结构上限制改写的格局,带有典型游戏性质的穿越、重生、灵异、异形、玄幻呼啸而来,原著人物的身份也开始了"巨变",各种各样的改写给了红楼众生粉墨登场的机会。这些具有表演性质的"书写"在不同网站开花,如潇湘书院:《红楼梦外梦》(依稀如梦作,2018年)、《有凤难仪潇湘妃》(依稀如梦作,2018年)、《重生之林妹妹的幸福生活》(我是一只猫猫作,2019年)等,17k小说网:《折腾红楼》(长短三点作,2008年)、《青黛》(醉琵琶作,2010年)、《红楼贵女》(红迷作,2016年)等。如云起书院:《奋斗在红楼》(九悟作,2016年)、《红楼之庶子风流》(屋外风吹凉作,2017年)、《红楼之尴尬夫妻》(林月初,2018年)等。如起点中文网:《红楼攻略》(听风扫雪作,2012年)、《穿入红楼》(施家传人作,2013年)、《红楼沉浮》(我是小轩呀作,2020年)等。如飞卢小说网:《红楼之庶子闹红楼》(钉耙猪作,2020年)、《红楼王爷不好当》(耶律基德作,2020年)、《红楼:命运篡改者》(基本是骨头作,2021年)等,晋江文学城:《红楼之林家皇后》(睡醒就饿作,2015年)、《[红楼]板儿的科举之路》(庭外红梅作,2017年)、《[红楼]公子林砚》(时槐序作,2017年)、《[红楼]权臣之妻》(故筝作,2017年)、《[红楼]大圣娶亲》(一窃风作,2019年)《[红楼]大丫鬟奋斗日常》(太极鱼作,2019年)、《[综名著]带着大平层我穿越了》(灵默笙作,2020年)等。从数量、题目到写者的网名,可谓千奇百怪,无所不有。那么,是否这些写作与曹雪芹笔下的《红楼梦》已经南辕北辙,我们又怎样从这些看似风马牛不相及的写作中去追踪经典的影响之途,这是接下来要试图回答的问题。

第二节 "古为今用"的叙事策略

如果说互联网时代是什么都有可能的时代,是生活充满极大想象力和创造力的时代,那么,互联网经济就是促使这些"可能"的新型生产环境。满足受众所想、引导受众需求成为互联网之孜孜所求。具有当代意义的趣味性是这一生产机制的美学品格之一,甚至可以说是最为主要的美学特征,这决定了网文的可变性和不断翻新的类型制造。经典《红楼梦》是以什么样的方式进入到屏幕两端的写手与大众眼中?

我曾在论述网络文学与传统文学关系时谈到,写手在互联网拟就的共空间中借助受众参与等方式进行相关文学创作,以《红楼梦》为基础命题产生传统与现实文化场域的连接,对文学经典的改编、改写或者解构是传统文学直接进入网文的明显表征。① 梳理发表于晋江文学城古典衍生下属的完结红楼同人作品,1 000 有余,时间跨度从 2003 年有相关记录起始,截至 2021 年 4 月 12 日,依照表 1-1 数据,《红楼梦》同人创作量在 2017 年至创作顶峰,与同类网络作品比较,数量规模占比较大。

表 1-1 数据源自晋江文学城(含连载中)

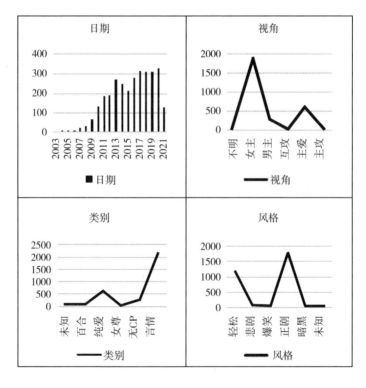

---

① 张春梅. 冲突与反哺:网络文学与传统文学[J]. 中国文艺评论,2017(11):40.

从这些数量庞大的网文和第一部分列出的诸样题目,我们几乎富有质感地触摸到写手和粉丝双方构建起的"古为今用"的趣味叙述大厦,然其看似无厘头的同人背后,却无一不在提醒着经典《红楼梦》的在场,从而不断书写着继承与翻新的双重叙事任务。

叙事结构的承继与创新。蒋和森先生曾论说,"《红楼梦》在艺术上是采取的多线结构。它以贾宝玉作为全书的主人公,并以主人公的爱情婚姻悲剧作为贯穿全书的主要情节故事。当然,整个小说并不是仅仅沿着这条线索发展,还描写了以贾府为代表的封建四大家族的衰亡过程,其中又集中描写荣国府。不妨说,这也是贯穿全书的一条'线索'。它与前一条线索互相穿插地交织在《红楼梦》里"①。主线贯通,多条支线并举的榕树状脉络,在红楼同人作品中随处可见。如《[红楼]公子林砚》以林砚步步策划的一生为主要线索,而苏瑾和皇子的纠葛、林家与甄家的敌对等则作为旁支存留。与此同时,同人作品创作者也对红楼中已有叙事结构进行重构,植根原著基础衍生独特文本结构。常见的是文中留存原著中主角,安排其穿越异世重生至红楼人物身上(此所谓魂穿),如《[综名著]带着大平层我穿越了》,"看到紫鹃离开,小小的船舱里就剩她自己一个人,林黛玉,或者说是乔乔松了一口气。不再端着千金大小姐的范儿,整个人倒在软榻上。自己穿成了大名鼎鼎的林妹妹,红楼的女主角之一林黛玉林姑娘"②。林黛玉在成为孤女前期被乔乔占据躯体,因得知未来发展方向,遂决定改头换面,这是典型的借原著之形获取联通现实之新时空的生存可能,也是赋予林黛玉生存技能以实现新生存机遇的粉丝想象。

或将原著中支线配角改换灵魂,如《红楼第一狗仔》将叙事重点放在贾赦这个原著中并不讨喜的角色身上,"贾赦从床上醒来时,发现自己身处在一张古床上,还想着是他跟拍的明星好心,看他睡在车里可怜,给他挪到影视城内的房间里休息,忽然间头剧痛起来,许多陌生画面在他脑海里奔涌,原来还是穿书,《红楼梦》里和自己同名姓的贾赦"③,这种情形在网文中喻示着现实版的贾赦已被一本书"夺舍",经典《红楼梦》成为引力场般的存在。或主角为作者直接安插的虚构人物,凭借个人运筹帷幄之力改写《红楼梦》"白茫茫一片大地真干净"结局。如《红楼之林家皇后》中林婉玉是原著中并不存在的人物,文中林婉玉是

---

① 刘梦溪. 红楼梦新论[M]. 哈尔滨:黑龙江人民出版社,1982:80.

② 综名. 带着大平层我穿越了:第 1 章[M/OL].(2020-12-11)[2023-08-27]. http://www.jjwxc. net/onebook.php? novelid=5225996&chapterid=1.

③ 鱼七彩. 红楼第一狗仔:第 1 章[M/OL].(2019-06-16)[2023-08-27]. https://www.jjwxc.net/onebook.php? novelid=2876769.

贾敏和林如海的大女儿，《红楼梦》中林黛玉并无姊姊，由此可知林婉玉乃新设人物。作为虚拟主角，她拥有原著中人物身世记忆，"婉玉一直有点小期盼和回避的事实终于摆到了眼前，表弟表妹都有了，这还泪之说早晚得提上日程，还有等着她们的丧弟丧母丧父，背负着巨大的财产被送进贾家，之后孤苦无依，死于风刀霜剑严相逼之下"①。这基本就定下了改写的格调，"假如书本历史可以重来"，虚设的林婉玉将不再容忍"风刀霜剑"境遇中泣血而亡的悲惨，正如我们所看到的，这个女性人物一反原著女子行事逻辑，步步惊心，却计划周详，终登顶国母的显赫位置，林黛玉等红楼众人之命运就此颠覆。

叙事结构是文章的骨骼，红楼同人作品通过对结构的选择性接受与拓展，形成独具特色的叙事结构体，既区别原著，也作出迎合时代的改造。《红楼梦》的叙述是超叙述的"木石前盟"说在前，后有警幻仙子演说"红楼"，然后经由层层叙述者引出人物故事。红楼同人文则并不拘于原著的天人对应格局，这些网文不满足于虚构人物，还营建出迥乎现实的异次元世界。打着《红楼梦》旗号的网文把不同于《红楼梦》的他者世界与其联动，架构起独具特色的新文本世界，既有趣又令人大开眼界。其中经典文本叠加是搭建起传统与当代桥梁的形态之一。这一架构常常将不同文本世界观彼此串联，形成人物共通，情节融合的模式。如《[红楼]大圣娶亲》把《西游记》与《红楼梦》链接一处，孙悟空在西天取经后为绛珠仙草而下凡，夺神瑛仙子的凡胎，赠予贾元春月老红线，助其一臂之力，获取凡间皇帝青睐，从而护林黛玉平安，保贾家一世荣华。此外，也有与现实的多空间重叠。《[红楼]权臣之妻》把清代官员和珅所在现实与红楼相连，"纵使凌空再不通历史，也该知道乾隆年间，和琳乃是大名鼎鼎的天下第一巨贪和珅的亲弟弟。也就是说——他穿成了和珅"②。显然，此和珅已非彼和珅，住在其间的"另一人"扮演和珅角色，拥有了权力、财力，欲拯救林黛玉于悲惨命途的意图也就有了可能。如文中述："'贾宝玉虽说本性不坏，但以他的性子，若是和黛玉在一处，黛玉便会吃尽亏，受尽苦，说不得又要走上原著的那条死路。那怎么成！这一往下想，就有些收不住了'。即刻派遣刘管家认亲雪雁，为知晓林黛玉入贾府后生活境况安置眼线。"③这样搭建起的文本间、文本与现实共存世界图谱，原著叙事结构虽被改造，但显然，正是对原著的"不尽意"才有

①　睡醒就饿.红楼之林家皇后:第 17 章[M/OL].（2015-01-18）[2023-08-27].https://www.jjwxc.net/onebook.php? novelid=2319426.

②　故筝.[红楼]权臣之妻:第 1 章[M/OL].（2017-12-15）[2023-08-27].https://www.jjwxc.net/onebook.php? novelid=3349438.

③　故筝.[红楼]权臣之妻:第 4 章[M/OL].（2017-12-15）[2023-08-27].https://www.jjwxc.net/onebook.php? novelid=3349438.

了新安排的尝试。此亦为"趣文"的一大特点。

叙事内容的承继与创新。红楼同人创作虽在关于爱情态度上有不同,但书写上依然承袭中国古代小说爱情基本模式,大略为"相遇为起、考验为承、误会为转、团圆为合这四个乐章的变奏"①,与传统爱情传奇有异曲同工之处。如《[红楼]公子林砚》中林砚与沈沉的爱情之发生依旧是传统套路:先有两府意图联姻而相遇,接着三皇子假意设计玷污沈沉名节,从而完成对二人情感的考验;后有沈沉误会林砚喜爱苏瑾产生误会,最终解除误解终成幸福美满的婚姻。这种叙事套路在这些同人文中为数不少,彰显出传统价值观在当下依然有不可估量的影响力。

除延续《红楼梦》的情爱模式,也存在有别于原著以贾宝玉、林黛玉和薛宝钗的三角恋情串联故事全局的创作线索。最大的不同当属对原著人物性别的改变,进而依托同性恋情改变其情爱观。经统计,晋江文学城古典衍生类型已完结红楼同人文中,这类作品占比 26%,其背后的女性粉丝显然数量不少,直截的情爱表达方式彰显出当下对爱情已不满足"小女儿情态"的暧昧表达,而第三者的冲突环节并不讨喜。如《红楼第一狗仔》中贾赦与宋奕,《黛玉是个小哥哥[红楼]》中黛玉和宝钗的性别反转,《红楼之贾赦教渣渣》中对贾赦人设的重新架构。这种同人作品多将视线放在原著中的反面人物,比如贾赦,原本是"色"的代言人,却转写为有话题效应的搞怪党,这从前列几个作品标题便可见出。漫长的红楼同人之路上发生的观念之变由此可见一斑。

叙事内容的重构还表现在现代元素的运用。这主要体现在有穿越梗的作品中。如《〈红楼〉公子林砚》就是个古代身体现代灵魂,有点像人机合一的赛博格,总是有超越时空限定的装备。林砚自带随身空间、有系统任务不断添加,能制作伽利略结构的军用三脚立式望远镜,现代生活经验如"会员制"的经营策略也帮助他在异世大放异彩。再如《[综名著]带着大平层我穿越了》中有言,"'唯一安慰的是我的大平层跟着来了',乔乔看着晃荡的天花板喃喃低语"②,"大平层"一词携带着鲜活的现实生活气息扑面而来。再如《[红楼]大丫鬟奋斗日常》《琏二爷的科举之路》,走的是系统修仙文一脉,这种带有鲜明互联网印记的写作是近几年较受欢迎的新类型。这类文是把"系统"作为一个游戏系统带入文本世界,或者说系统就是文本世界规则的制定者和考察者,"原来跟了朱绣两辈子的'本领'竟然异化了:'检测到灵气,系统异化升级'、'升级完成,获

---

① 陈惠琴.论《红楼梦》叙事结构的三重奏[J].福建论坛(人文社会科学版),1998(2):31.
② 综名.带着大平层我穿越了:第 1 章[M/OL].(2020-12-11)[2023-08-27].http://www.jjwxc.net/onebook.php?novelid=5225996&chapterid=1.

得翠华囊'、'开启强化功能'、'开启鉴别功能'……朱绣这才确定自己真的有个系统,只是原来的系统只有'收集熟练度'的功能"①。这类文反映出大众日常生活深受网络影响的坚实现实,游戏思维也深嵌其中。

叙事视角的承继与创新。前面提到,《红楼梦》的叙事视角层层落地,这种写作方法给后来的小说创作提供了宝贵的经验。红楼同人文借鉴了这种多视角综合运用的书写方式,如《[红楼]大丫鬟奋斗日常》立于朱绣视野,由于她为外来者,故获得洞悉他人生命历程的洞察力,文内有言,"要不然朱绣做什么巴结王熙凤呢,还不是怕王熙凤也像书里那样,收了人家好处,像把彩霞配给容貌丑陋、酗酒赌博的旺儿之子那样,胡乱把青锦也配了人"②。有意思的是,这个天外来客的丫鬟又将有怎样的命运呢? 这就将其视角从超叙事变成了限制性视角,增添了文本的可读性和吸引力。

类似的综合运用全知视角和限制性视角写作的文本还有很多,但由于红楼同人文在人设、时空、人物关系上采取多重叠加的方式,这就使得以往必须几人才能完成的叙事任务,往往一个穿越者就能胜任,从而增加了文本的趣味性。如《彼岸繁花[综红楼]》中林夕穿越至《红楼梦》内王熙凤,作为现实世界有丰厚阅读经验的现代人,对书本人物王熙凤的生命历程很清楚,也有自己的评价,"《红楼梦》这书,就找不出比王熙凤还能干的傻女人了。她拼着自己身子不要,也要争强去当那个管家婆,累死累活地也没讨到个好。最终是机关算尽,害人也终害了己,填上了自己的性命"③。但在拯救"自身"的同时,作为穿越者的价值观会参与到此世社会关系的判定,"林夕皱眉,她估计着,应该是王熙凤弄权,拆人姻缘逼死人的那件事了。她心下想着,自己来这的时机倒是巧啊,那王熙凤还没来得及弄出伤了人命的事儿呢。要是从今往后,得顶着王熙凤活着的话,怎么也得扭转了这事儿,起码不沾边才好"④。此时,作为旁观者的林夕变作戏剧化的角色视角,自此进入叙事序列的文本《红楼梦》便展开一出以外来者林夕(实际是读者,但同时也是文本的创作者)为轴心的新世界图景。而经典《红楼梦》与正在进行的红楼众人的"新历史"和诸般"可能"就此上演,作为经典《红楼梦》的读者自然参与到了这一"新创"工程,在经典/同人、写者/参与者、读者/创作者等范畴

① 太极鱼.[红楼]大丫鬟奋斗日常:第2章[M/OL].(2019-07-10)[2023-08-27].https://www.jjwxc.net/onebook.php? novelid=2648132.

② 太极鱼.[红楼]大丫鬟奋斗日常:第22章[M/OL].(2019-08-11)[2023-08-27].https://www.jjwxc.net/onebook.php? novelid=2648132.

③ 李一平.彼岸繁花[综红楼]:红楼1[M/OL].(2019-07-10)[2018-09-03].https://www.jjwxc.net/onebook.php? novelid=3263375.

④ 李一平.彼岸繁花[综红楼]:红楼1[M/OL].(2019-07-10)[2018-09-03].https://www.jjwxc.net/onebook.php? novelid=3263375.

之间展开趣味盎然的对话。在这个意义上,我认为,作为经典的《红楼梦》跨越千山万水、在历史长河之中与今天的读者大众建立起了历史的当代性,这理应是红楼同人文在不断演说《红楼梦》的游戏中对优秀传统文化厚度的再次加码。

红楼同人文还存在视角固定化的写作,这一方式破除原著长于在相应语境下从不同人物视角表达情感体验的特点,将视角限于一人,从往往是主角的眼光审视事态发展与人物关联,如《红楼之林家皇后》中的林婉玉、《黛玉有了读心术》里的林黛玉、《权臣之妻》中的和珅等,都在写作过程内站在主角位置洞悉故事情节的变迁,而较少从作品所涉其余角色的角度面对情节流转。这样做的好处是故事情节有统一的观念和逻辑,往往其判断行为的根据是主角拥有洞穿人物关系和社会奥秘的"前见",故事也就有了"窥视"和参与的可能性,对于动辄几十上百万字的网文来说,零散的阅读是需要一个一以贯之的眼光的。假如这一眼光是从林黛玉、贾宝玉的角度展开,会更加有吸引力。毕竟,在经典《红楼梦》中的宝黛看似不断出场实则浮沉于既定的社会关系结构,是缺少主动性的一方。红楼同人文的力量往往在于"假如我是"的颠覆性重写。当林黛玉有了读心术能够看透身边之人的内心隐秘,足以凭借此项技能拯救自我于水火,一别原著敏感而不失激烈的个性,变成温和的局势掌控者,终为自己挣得不同于原书的人生结局(《黛玉有了读心术》)。类似红楼同人还有《黛玉是个小哥哥[红楼]》《黛玉有锦鲤体质[红楼]》《宝玉奋斗记》《红楼之仙路》《黛玉有了透剧系统[红楼]》等。亦有立足原作配角角度进行书写的,如《红楼第一狗仔》中贾赦原为《红楼梦》中旁支人物,但在此文章中通过其眼目重看大观园众人像,与之相同视角选取方式的有《彼岸繁花(综红楼)》《[红楼]锦鲤贾瑚》《惜春是个佛修[红楼]》《红楼之好想哭》《[红楼]他的嘴巴开过光》等,还有从虚构人物视角来嵌入文本描述中,如《红楼之林家皇后》《[红楼]无人知是荔枝来》《[红楼]大丫鬟奋斗日常》《红楼之黛玉后妈不好当》《[红楼]养女送子》。

这些文本看似大开脑洞,游戏味足,但透过重重"假如",却能让人清晰捕捉到今时之读者对经典《红楼梦》的酷爱以至种种情感上的"不足""不甘",倘没有文学给养、现代知识的熏染和作为现代人的自觉,很难在细枝末节上生发出如此多的"余地"。

第三节　重绘"理想文本"

新与旧、传统与当代的问题似乎一直缠绕在文学演进史中,就像冯骥才所说,"在不同的时代,人们会自然而然地将自己对时代的审美感融进旧形式去"①。网络写作的"集体性"打破"作者个人化语言"的创作秩序,使对红楼同人的创作成了"一批人"对生活经验的共同写作②,在写手与受众(粉丝)的共同参与下,以经典为底本的同人小说以典型的媒介文化和消费文化形态进入到21世纪关于《红楼梦》的创写之途。在这一过程中,"古为今用"带有更突出的"新变"特征和新影响力。

情节陌生化的追寻。陌生化基本默认为文学之为文学或说文学性的表征,由于"不按常理出牌"或"让石头更像石头",在艺术表达和习以为常的事物之间拉开距离,让人产生一种感受和理解上的陌生感和震动效应。经典《红楼梦》在文本出场的彼时彼刻,古代的白话日常,大观园中一众才学品貌上佳的女子,一个抱持男女清浊之分的通灵宝玉般的男子,就已经是充满审美观照可能性的陌生化所在,也就自然带着那个时代的审美理想,或者"假想"。

打着《红楼梦》旗号的同人创作基本上是真爱粉,多数作品并没有扔掉原文另起炉灶,但又常另辟新招。网文的类型化决定其必须不断"老梗翻新",阅览推送首页签约成功的网络作品,无不是在既有纲本上推陈出新,凭借新奇和新鲜因素网罗受众。但作为经典文本的同人写作,若完全弃置天马行空,则很可能背离接受者的心理预期。在对红楼的同人创作中,写手往往保留部分原著经典片段,对其改写,如贾宝玉初见林黛玉,就同时存在《黛玉的打脸"系统"》(落鹄九啭作)、《黛玉有了读心术[红楼]》(元日作)、《[红楼]大圣娶亲》(一窍风作)、《[红楼]娇女迎春》(无法忘记的遗憾作)、《[红楼]权臣之妻》(故筝作)、《红楼之林家长女》(莫冉尘作)、《红楼之黛玉不欠谁》(紫生作)等文内。这些题目本身另据新意,有点标题党的意味,但又流淌着几分熟悉的味道,对熟知红楼的阅读人来说,是"熟悉的陌生人",心中有旧,旧中见新,为其披上"意想不到的外衣",打破原著确定化的结构体系和社会关系,情节的更变,为受众带来不一样的审美体验。当然,这种"新"也是写者读者粉丝双方默认的当下心思和"自我"的另类表达。经典《红楼梦》在这个意义上便肩负"圈粉"和建构理想乌托邦的双重功能。

语言网络化倾向。《红楼梦》文白相杂的表述方式直接影响到后来通俗文学的语言走向,鸳蝴派的小说是这一脉的流风余韵,此后经现代文学洗礼,白话文逐渐替代古白话的画风,成为主要的语言格调。时隔半个多世纪,在21世纪

---

① 冯骥才. 中国文学需要"现代派"! ——冯骥才给李陀的信[J]. 上海文学,1982(08).
② 张春梅,郭丹薇. 网络拟古世情小说的历史脉络与文化空间[J]. 中国文艺评论,2021(02):82.

初的网文书写,我们却看到这种古白话的叙说风格竟成钟爱之举。"红楼体"孵化了众多古风文本,民国风的书写也大都含蕴其中。且不说红楼同人文,《昭奚旧草》(书海沧生)、《金玉王朝》(风弄)、《九重紫》(吱吱)、《甄嬛传》(流潋紫)等偏好"古风"写作的文本,之所以引来粉丝无数,与这种古代白话的表达万万是分不开的。

红楼同人文写作以古代文言为主体,但与日常语言并不完全割裂,也可同时兼容于单独的长短句,如《[红楼]大丫鬟奋斗日常》,类似"三更半夜的叽咕甚"①,其中"甚"为文言,"叽咕"是白话,二者并存,不影响交流还能制造出轻幽默效果。这只是与日常语言的拼搭,更多的是网络语言和表情包堂而皇之进入文学表达,从而打上了鲜明的互联网时代印记。网络语言包含两种类型:一是网络相关专业术语或特定行业用语;二是网民在社交媒体上的常用词语、语句和符号。② 红楼同人文以狭义上的网络语言为主,其中既有随意拼贴,《帅爆全红楼的族长》里的"狗胆包天",将"狗"与"胆大包天"相接,保持原成语义,并混搭蔑视之情,加重语气同时丰富蕴含的情绪。还有概念隐喻,如《黛玉是个小哥哥[红楼]》中"厉害、社会、了不起",这里的"社会"不仅指生物和环境形成的关系总和,在这篇文章的情境内则表示经历过社会,对其有深入了解的人,包含调侃语气。与之类似的还有《帅爆全红楼的族长》中的"一碗鸡汤"等。刘锋杰曾在论述 20 世纪初胡适小说中的"美意识"时指出,文字的变革不能仅是文字形式的置换,它更指被置换的文字应能充分体现新的审美意识,利于文学创作水平的提高。③ 如今网络用语已不再是新世纪初那般令人侧目,微信已经深入人们的日常行为,评价网络用语已走向不同人群、性别、领别的差异,而不是"用或不用"的问题。变成"日常"的网络语,出现在红楼同人文中,很自然地成为彰显时代和媒介差异的文化符码,不同说者携带的文化基因实际是显而易见的,于此也更凸显出写者的言说位置和世界想象。

生存空间逼仄下对轻松氛围的需求。王国维论说《红楼梦》以生活为炉,以苦痛为炭,而铸其解脱之鼎。④ 曹雪芹笔下的世界是把生命的诗意尽数毁灭,大观园盛极而衰则为一代皇朝逐步倾颓的缩影。元春省亲,"园内帐舞蟠龙,帘飞绣凤;金银焕彩,珠宝生辉;鼎焚百合之香,瓶插长春之蕊;静悄悄无一人咳

① 太极鱼.[红楼]大丫鬟奋斗日常:第 4 章[M/OL].(2019-07-12)[2023-08-27].https://www.jjwxc.net/onebook.php? novelid=2648132.
② 王秋艳.网络语言成因的传播学及心理学探析[J].传媒,2019(1):81.
③ 刘锋杰.胡适小说研究中的"美意识"[J].江淮论坛,1997(3):86.
④ 王国维.红楼梦评论[M].长沙:岳麓书社,1999:10.

嗽"①,然屋中贾妃垂泪,一手挽王夫人,一手挽贾母,只是呜咽对泣而已。本应庆贺,却场面哀戚,尽显《红楼梦》悲喜交重的人生况味。红楼同人文中也有部分作品沿袭在宏阔的喜庆中流淌悲哀气息的审美氛围,如《[红楼]板儿的科举之路》的结局,板儿从家徒四壁摇身为富贵大家,然荣、宁二府从此衰败,家破人亡,一派热烈欢喜中蕴藏哀情,悲喜的二重对立跃然而生。

然红楼同人创作在无网不欢的 Wi-Fi 时代,离不了观者的闲情和对紧张现实的缓冲需求,数据显示,晋江文学城古典衍生类红楼同人文中,风格轻松的514 篇,爆笑的 11 篇,占比 43.6%,业已形成以《红楼第一狗仔》《黛玉的打脸"系统"》为典型,快、爽、轻松或爆笑为特质的审美特征。《红楼第一狗仔》中贾赦顶撞贾母,搬离马棚,将贾宝玉吃穿用度与己对照,借此羞辱二房,对人物形象进行颠覆创造的同时,将一个并不讨人喜欢的"大爷"硬生生写出几分英雄气概。而带着"大平层"穿越的"大观园闯入者",更将当代人的生存空间紧迫感写得十分传神。这样的写法看似插科打诨,笑料不断,但轻松背后也让读者产生如临其间的代入感,充分展现出今时今日大众"屌丝逆袭"和身份破圈的强烈意识。若将这类书写打包集中起来看,则今时大众的文化心态、生存感受、社会伦理是可以清晰捕捉到的。对经典《红楼梦》的"轻松"重述,实有对《红楼梦》中生活的向往和对自身生活境况的回视。

现代观念加持下的"理想生活"。一定程度上红楼同人文自觉将围绕经典《红楼梦》的读写作为自己的生活志趣。原著中的人物、生活情境、社会关系成为同人写作百写不厌的对象,而关于"未来大观园"的想象则几乎贯穿这些同人文的心脏。换句话说,对"理想生活"的构想是红楼同人文的助推器。经典《红楼梦》成为红楼迷妹迷弟抒发情怀和雕琢生活的理想文本。

其中,家世背景/爱情的二元关系裹挟着男/女社会身份成为重构"大观园"屡试不爽的所在。借用马克思的话说,对于封建剥削阶级来说,"结婚是一种政治的行为,是一种借新的联姻来扩大自己势力的机会;起决定作用的是家世的利益,而决不是个人的意愿"②。"木石前盟"和"金玉良缘"之间的矛盾,在理想的浪漫爱情和世俗社会秩序之间留下了太多令人唏嘘和"不尽意"的空白。如果说,宝黛的时代人们还只能身处樊笼而不得脱,今天的大众却已经受了太多现代观念洗礼,诸如"主体""自我""自由""平等",包括"逆袭",这样一些词汇背后带来的是深刻的个体意识觉醒,文学史上的"革命"一脉加强了认识和行为

---

① 曹雪芹,高鹗.红楼梦[M].北京:中华书局出版社,2005:111-112.
② 中共中央马克思恩格斯列宁斯大林著作编译局.马克思恩格斯选集:第四卷[M].北京:人民出版社,1972:76-77.

的合法性。随着时代变迁,尤其信息时代的到来,"新"的审美走向不断替代"旧"的成为言说主题。

在红楼同人文中,论说婚姻爱情往往将包办婚姻和"不孝有三,无后为大"的婚姻伦理逻辑作为攻击的靶子,这些被选中的人物或穿越者带着现代光环似利剑般捅破堡垒似的家族阴霾,以当下人的眼光指出经典《红楼梦》的诸般可能。如《黛玉是个小哥哥[红楼]》中林探花和妻子达成共识,"要是我们五十岁还没有孩子那我们就要么过继要么收养"①。显然,女性主义的各种理论包括普世性的男女平等观念已经以各种方式浸入大众日常生活,再卑微的女子也有可能迎来自己把握的人生,如《红楼之邢氏威武》,在原著内禀性愚蠢,只知奉承贾赦的邢夫人通过接回迎春并扶助为妃、挽救贾琏、借助放利钱威吓笼络王熙凤、促使分宗振兴长房等方式,塑造了一个足智多谋的女性形象。这类写法在网文中并不少见,穿越者、重生者,大多有重整河山的气魄,不管"穿"的行为被迫与否,想要"好好活一次"的想法是共通的。与之稍有不同,红楼同人文是带着对经典名著的喜爱和熟悉开始主观色彩强的行动,也就是说,穿越者和所穿之世界早已建立起观审关系,在看者/被看者的关系结构中凝聚着强烈的审美判断和主体意识。这一结构带动起对整个社会的重新解读,权力、身份、主体,一个个带有鲜明现代意味的话语借由《红楼梦》串联起今天的文化心理和社会生态。这无疑是经典《红楼梦》在今日中国读者中的深刻影响力,是大众心目中承载着万般可能的理想文本。

---

① 霜雪明. 黛玉是个小哥哥[红楼]:楔子[M/OL]. (2022-09-25)[2023-08-27]. https://www.jjwxc.net/onebook.php? novelid=2932100.

第二章　网络拟古世情小说的
历史脉络与文化空间①

　　作为一个典型的文学母题,"家族"本身包含着丰富的文化内涵和历史脉络。这在"以家族为本位,而个人无权利"②的中国社会更是如此,林语堂曾云:"家族制度是中国社会的根底,中国的一切社会特性无不出自此家族制度。"③然这些所指侧重传统中国社会,当"家族"成为当下文学(主要是网络文学)表达中的"热"领域,就不能不对互联网+社会中的国人文化心态和情感结构产生好奇:市场经济的全面开展、全球化程度日深、信息时代、媒介革命和无所不在的"在网生活",此种情境下的大众如何想象身处限定性论域的"家族"之"我"?这一问题构成接下来思考的起点。

第一节　历史想象:"家族书写"的前世今生

　　赵毅衡在《苦恼的叙述者》中认为是鲁迅在《中国小说史略》中首先提出中国传统小说按题材划分的四个类别:讲史、英雄传奇、神魔、世情。这四种类型题材在中国小说改写期中逐次出现,而且轮番成为舞台中心。最后世情小说的出现,使改写期结束,并把中国传统小说推向高潮,或许并非偶然,在晚清,这个类型次序基本上又重演了一次——只是快速得多——最后以世情小说的商业

　　①　江南大学网络文艺研究中心成员郭丹薇参与了有关"网络拟古世情小说"的讨论和写作,谨此致谢!
　　②　陈独秀.东西民族根本思想之差异[J].青年杂志,1915年11月15日:一卷四号.
　　③　林语堂.吾国与吾民[M].北京:宝文堂书店,1988:161.

性成功给中国传统小说送了葬。① 这基本上给拟古世情小说划定了时间,也说明一个事实:世情小说在传统小说类型群中始终占据着中坚地位,并历久不衰,如今的网络拟古世情小说即是明证。下面我们尝试追踪这一类型的主体脉络。

一、明清至 20 世纪 40 年代(1617—1949 年)②

以《金瓶梅》为开端,中国小说史开始有了"家族小说"③的表述。在今后的几百年时间,大量家族小说纷纷涌入,明清时期主要以《醒世姻缘传》《红楼梦》《歧路灯》等为代表,它们都以伦理亲缘关系为描述重点,具有家国同构的延展性社会透视。④

清末中国的传统小说似乎进入了衰落期,几部代表性作品如《施公案》(1903 年)、《三侠五义》(1879 年)、《彭公案》(1892 年)均是在以往本子基础上的改写。到清末,也就是 20 世纪初年,中国传统白话小说开始繁荣,在 1905 年科举废除后大量文人创作的时间点上开始繁荣,随后发展成余风流韵不断的鸳鸯蝴蝶派⑤。许多描写高门望族的家族小说,如张恨水的《金粉世家》(1932年)、巴金的《家》(1933 年)、林语堂的《京华烟云》(1938—1939 年)、老舍的《四世同堂》(1944—1948 年)、张爱玲的《金锁记》(1943 年),渐次出现。这批作品虽多以时代风云为背景框架描写高门大户中的家庭生活,却有不同的思想风貌,对彼时"家族"的表现不尽相同。在老舍、巴金那里,"家族"制度主要是反映封建专制的基本环境,家族本位压制个人,全无自由、平等与独立人格,展现传统家族文化与现代文明之间的冲突,折射出启蒙与救亡社会背景下对民族兴亡的反思。以《京华烟云》和《金粉世家》为代表的家族小说,则隐晦了这种反映民族救亡和启蒙意识的时代主导话语,批判色彩削弱,倾向于个人的家族体验书写。这些基本在同一时期的作品对家族的不同处理,大致标明"家族小说"自明清以来的两种书写态度:借"家族"破旧立新,或借"家族"书写个人经验。

二、50 年代至 90 年代(1949—1999 年)

新中国成立之初,中国社会百废待兴,全新的建设与转型有序展开,形成了

---

① 赵毅衡.苦恼的叙述者[M].成都:四川文艺出版社,2013:20.
② 以明代万历年间出现第一本"家族小说"——《金瓶梅》为分期开始,公元 1617 年,是迄今所发现的最早关于《金瓶梅》小说刻本出现的时间。
③ 梁晓萍.明清家族小说界说及其类型特征[J].浙江社会科学.2004(03):200.
④ 梁晓萍.明清家族小说界说及其类型特征[J].浙江社会科学.2004(03):201.
⑤ 鸳鸯蝴蝶派与网文的关系在多个类型中可以见出,前者是认知网文与传统关系的重要参照。

意识形态叙事和家族叙事相互交织的文学格局。① 当时的文学作品或多或少受到时代潮流和政治形势的影响,以《红旗谱》(梁斌,1957 年)、《三家巷》(欧阳山,1959 年)为代表的"家族小说"将家族的内部争斗演化为阶级的对抗,显现出鲜明的政治色彩。

到了新时期,大量西方文艺思潮、新思想、新观念、新方法涌入中国,促进了文学的革新,大批以"实验""现代"命名的写作在当代文坛叱咤风云,产生了一批新历史小说、寻根小说、先锋小说、新写实小说。关于"家族"的叙述在"新文学"大旗之下开始变成虚幻的背景,充满强烈的虚构性,如《红高粱家族》(莫言,1986 年)、《妻妾成群》(苏童,1991 年)、《敌人》(格非,1991 年)等。苏童更是直言:"我所想象的'妻妾成群'这么一种生活,这么一个园子,这么一群女人,这么一种氛围,年代已经很久远的这么一个故事,我想可能是我创造了这么一种生活,可能这种生活并不存在。"②这些作品产生于着力思考"文学何以为文学"本体问题的"先锋时代",作家并不在意真实的家族是何等景貌,先锋小说家"哲理化的叙事话语"更使"家族"变成了一个空壳子。或如郜元宝所说,后现代小说"说是写家族,却不过是拿家族当幌子""拿它做外在的结构框架,或者反当作某种主观意图的象征性载体"③。

三、21 世纪以来(2000—)

新世纪文学是借"新世纪"这个在人类发展史上有重大意味的时间概念,来对 2000 年之后中国当下文学实践作出的笼统概括。④

由东阳正午阳光影视制作的大型古代社会家庭题材电视剧《知否知否应是绿肥红瘦》,凭借独特的古代家庭生活视角及精彩剧情,自 2019 年 1 月 8 日开播起,连续一个月取得收视率排行第一的佳绩。类似的网改剧,如《锦绣未央》《琅琊榜》《庆余年》等,在影视方面亦大放异彩,掀起一波追文追剧热潮。

无论网改剧,还是以《明兰传》(关心则乱)、《九重紫》(吱吱)、《嫡媒》(面北眉南)、《惜花芷》(空流)、《庆余年》(猫腻)、《回到明朝当王爷》(月关)、《赘婿》(愤怒的香蕉)、《锦衣风流》(大苹果)等为代表的这批网络类型小说,主人公多原为现代人,因穿越或重生到古代某朝家族空间,其故事情境有明显模仿《红楼梦》《金瓶梅》以及鸳蝴派小说的痕迹。这使类似创作带有几分改写、仿

---

① 陈飞飞.家族母题的叙事模式[D].长春:东北师范大学,2014:14.
② 刘书琪.小说的现状[J].文学自由谈,1991(03):100.
③ 郜元宝."拟家族体"和"拟历史体"[J].小说界,1996(04):85.
④ 雷达,任东华.新世纪文学初论——新世纪以来中国文学的走向[J].文艺争鸣,2005(03):7.

写的意思。因其故事总在世家周边打转，"家族"之日常生活成为故事着力构建的权力场的核心内容。这种以"家族"为轴、以仿古来编织带有距离感的世情故事的类型网文，我借粟斌的说法将其称为"网络拟古世情小说"①。这种"拟古"不同于改写，如《施公案》等改写本；没有延续之前50—90年代中"家族小说"的革命历史叙事，也不同于后现代小说对"家族"的想象书写，与现代启蒙小说对"家族"封建制度的批判更是大相径庭。

经由"网络""写手""网民"联合打造的"网络拟古世情"，虽模仿既有文本之彼时代情境，然其叙述之现实、传统、个体、家族，均呈现出"讲故事"的时代特征。经过反复不断塑造，"家族"已不再是虚无缥缈的话语框架，不管是写手还是读者，经由手机端或电脑端，在手指点开的刹那，对"家族空间"的重新进入就此启动。

第二节　空间表征："家族书写"的多维参照

网文写手既然选定了"架空"后的古代，又想要像"种田"般的深耕细作，那就必须找出让读者觉得"真且有意思"的材料来安置自己关于"家族"的想象。所以，材料从何而来，如何构建家族空间，是写作的第一要务。大量的史料、传统小说和既有的影视文本成为网文想象传统家族的助手。善写古代家族内宅嫡庶故事的吱吱直言，"关于这些古人生活细节，有些是她早年拜访古人故居的细节观察，有些是家里藏书相关描述，还有一些是她写文之后遇到困难专门购买的书籍"②。而她并非个例，很多网络写手为了让文本更加真实，也经常会在自己的文本中插入"捉虫"的标注，让读者找出不符合历史和专业知识的内容，以保证文章对历史反映的准确性。

这些按图索骥的行为落脚在关于"空间"的表述之中。

小说里的人物和现实生活中一样，要依托特定的物质空间展开自己的日常

---

① 粟斌.文化自信与新保守主义——拟古世情小说中的历史想象与制度体认[J].中国文化研究，2016(1)：116-124."网络拟古世情小说:虽然脱胎于'穿越'平台和言情故事模式，但它们的特点也很明显：一是其中的穿越主人公消泯了超异能力，除了当代人的思维方式和精神气质，与普通人并无二致；二是篇幅浩大，动辄百万字，人物往往数百人之多，分布于不同地域和不同社会阶层，关系复杂，视野宏阔，对不同社会群体的生存状态皆有描绘，展现出当代网络作者群对古代中国宗法社会的一种历史想象，所描绘的社会生活图景类似于明清世情小说，表现出广阔的社会性和跨越历史深度的视野，笔者称之为'拟古世情小说'。"

② 北京青年报.吱吱：种田文创作就像是谈恋爱[EB/OL].(2017-07-18)[2019-11-01].https://www.sohu.com/a/157959780_148781.

生活,我们把这样的空间场域称为"生活空间"。在传统社会中,一个大家族内部成员的生活如衣食住行、婚丧嫁娶、祭祀宴请、仪式庆典,主要在这几尺高墙划界的家族内部空间中完成。由具体地理位置建构起来的"地理家族"是小说男女主最重要的生活空间,也是人物活动的物质空间。然而,空间不是一个固定不变的物质容器,从生产—实践的角度看,除空间的物理属性以外,空间的精神属性、社会属性构成了丰富的空间文化内涵。也就是说,关注到空间中的人的主体性、不同社会空间的关系网络也是理解空间的维度之一。网络拟古世情小说中关于家族的表述,链接着家族空间背后的人物关系、家族空间以外的宫廷空间,进而言之,"家族"不仅是一个特指空间,还是认知社会关系、权力政治、等级制度和当代文化心理的有力参照。毕竟,写手、看者,都站在此时此地的位置,这些是衡量"家族"的关键坐标。

首先,空间的物理景观成为传达社会身份和阶序的着力点。家族空间建筑是对自然空间的人为占有和改造,家族建筑所在的地理空间形成纵横交错的家族脉络,表征空间拥有者在整个社会层面上的位置。如《九重紫》中家世显赫的英国公府位于城北教忠坊的一条胡同,是京都颇为中心的一处地方。而女主窦昭的舅舅在还未出仕之前,只是住在郊外的村头。身份相等的家族,其高家大院有意识地连接集合在一片区域,与周围其他平民阶层的住所相隔离,"济宁侯府在城西的玉鸣坊,延安侯府、长兴侯府、兴国公府都在这里开府,前朝的开国功勋多在那里开府,那里也被京都的人戏称为'富贵坊'"①。网络拟古世情小说的男女主人公大都被"安排"穿越或重生到类似富贵显赫的大家族,如秦简的《庶女有毒》中的女主李未央重生为当朝相府之女,猫腻的《庆余年》中的男主穿到了庆国的伯爵府。很明显,这种空间处所的相互隔离标明社会阶层的分级现象,这在对嫡庶关系的着重刻画中也得到了体现:《九重紫》中的窦世英(女主父亲)是庶子出身,生母崔姨奶奶不得老爷喜欢,在生下儿子后就被送到窦家的田庄。《庶女攻略》中的乔莲房,身为庶妾,每日早晚都要向十一娘这个嫡妻问安,而乔太太,作为妾室的母亲,就不算是徐家的亲戚,来看女儿,需要十一娘同意不说,还得走角门。与特殊空间相连的是自成一体的生活格局,如《金陵春》中的"族学":"九如巷住的全是程家的人,程氏族学在九如巷巷尾,是由程家一个偏僻的小院扩建起来的,和五房隔着一条小巷。程家的男子都在程氏族学里上学,女孩子就在后宅花园的竹林旁设了个书房曰'静安斋',在那里跟着女先

---

① 吱吱. 九重紫:第一百零八章[M/OL]. (2012-12-31)[2019-12-19]. https://book.qidian.com/info/2559578/.

生读书习字。五房内宅的小花园和程家内宅的花园隔水相望,中间有座石板九曲栏桥相通。"(第五章)①在这样着意构建起来的关系网络中,宗族的强盛与否与人才的关系是分不开的,而家训的宣扬和族学的设置强调重在伦理道德教育以及培养科举人才,这种"教"与"养"的合并功能一定程度上保证了家族的长盛。

显然,在这样的格局中形成鲜明的阶序分野。"皇亲贵胄""嫡妻庶妾"这样严苛的阶级划分或许今天很难见到,但类似"×二代"话语现象似乎暗示着某种社会阶层的分化现象,特殊情境中的艰难生活,喻示着家庭背景对个人社会地位具有重要影响。这样一种关于"阶序"的叙述,在写手和读者之间达成"共谋":角色代入,期望自己一出生便具有如故事中男女主一样能继承贵族身份和优渥财产的资格,并凭借自己的聪明才智一步步获得家族话语权和社会地位。"屌丝逆袭"成为这类小说的引人着迷之处。

其次,小说内部的不同文化空间相互交叉、彼此纠缠。这些不同维度的社会空间关联使"家族空间的书写"更加逼真,展示出特定空间的文化景观。尤其突出的是宫廷空间和家族空间之间的频繁交往,尽管故事发生环境和人物生活空间都以家族为主要背景,但"宫廷"如魅影般一直在"家族"周围游荡。对二者关系想象大略如下:

其一,家族的掌权者或是族内长者,或是朝廷官员,或是皇亲贵胄,或与皇家有某种裙带关系。如《九重紫》中的宋墨乃英国公宋宜春嫡长子,祖上宋武和太祖皇帝是结拜兄弟,母亲蒋氏则是定国公蒋美荪胞妹,出身显贵,从小就能自由出入皇宫,深得皇帝欢心;《嫡媒》中任瑶期的母亲尽管在野,却有前朝公主之女的身份,凭此改变了之后的危局。也就是说,这些局中人大抵为功勋世家,由此奠定了人物关系的走向。家族空间的社会性由此可见一斑。

其二,家族规范礼仪以宫廷为效仿对象。家族中奉行的规矩是与物理空间的安置直接相关的,其所表征的是不同人群的社会关系、尊卑等级和行为方式。在这些世情小说中,常有以宫廷礼仪为判断世家子女礼数是否周全的标尺。故而在情节设置上常有宴请老宫人训诫闺中女儿的套路,有点皇家选秀的味道,这很容易令人想起《甄嬛传》开篇几个女主的恩怨纠葛就是从秀女"培训"开始的,而《明兰传》中明兰的教育能卓出于其他女儿,则和老祖母的宫中关系分不开。换言之,主导文化的强大指示功能在世家子女的教育上体现得十分突出。

---

① 吱吱. 九重紫:第五章[M/OL]. (2012-12-31)[2019-12-19]. https://book.qidian.com/info/2559578/.

其三,宫廷变故是家族故事的风向标。《庆余年》在"楔子"中开章明义:这一年是庆国纪元五十七年,皇帝陛下率领大军征伐西蛮的战争还没有结束,司南伯爵也随侍在军中,京都内由皇太后及元老会执政。这一日,京都郊外流晶河畔的太平别院失火,一群夜行高手,趁着火势冲入了别院,见人便杀,犯下了惊天血案。①《明兰传》写到"申辰之变",因三王爷谋反事败被赐死,三王府的几位讲经师傅俱已伏诛,詹事府少詹事以下八人被诛,文华殿大学士沈贞大人,内阁次辅于炎大人,还有吏部尚书以同谋论罪,白绫赐死,还有许多受牵连的官员,被捉进诏狱后不知生死。② 这些事件裹挟着人物的生死,使看似"宅内"的故事延伸至庙堂风云,拉长了社会关系网络,传奇性也更强。

再次,家族空间设置与家族经济联系紧密,家族经济则串联着官民、尊卑、主奴、庙堂与民间等社会图景。冯尔康在《中国宗族史》讲到,"家族共同体为了祭祀祖先、维持祠堂的各种费用、修纂族谱,以及赡养和教育族人,需要一定的田产作为经济基础,为此,不少宗族设置了集体财产族田"③。网络拟古世情小说在这方面下了大功夫。如《庶女攻略》中的罗家不仅以诗书传家,其元德丝绸则是江南的老字号,显然经济基础牢固。王家则仗着祖上在新洲的两个庄子和东大门开的一家米铺的收益维持日常用度。《庆余年》里范闲成长的祖宅儋州港司南伯爵府,以一地经济之龙头的身份撑起了整个故事的源点,是范闲走向京都的可靠经济基础。这些家族经济构成家族的"立家之基",同时标明世家历史之"根",从而将人与人区隔开来,限定了故事讲述的范围。

最后,上述所有关于景观、权力关系、经济资本的想象均出自具有现代意识的"我"眼中,与写手和观看者合谋,共同营建出古代世家"想象共同体"。在网络拟古世情小说中,"我"或为现代穿越者、或为"重生",因此,在观看和品评视野上,实践着"旁观者清,当局者迷"的可信性。在这个意义上,这些有关空间的想象带有鲜明的现实烙印。

列斐伏尔在关于"空间的生产"论述中指出,一个社会空间有一个社会产生的物理边界和概念边界。④ 每个社会空间都有属于自己的符码表征,独立的个体就会带有原来的印记,当现代的网络写手想要重新进入原来那个古代家族空间时,小说文本的语言及其所营造的古代生活景貌就是打破两个跨越千年空间

---

① 猫腻.庆余年:楔子[M/OL].(2008-07-30)[2019-12-19].https://www.qingyunian.net/.

② 关心则乱.明兰传:第六十二章[M/OL].(2012-02-28)[2019-12-19].https://www.hetushu.com/book/2405/index.html.

③ 冯尔康,等.中国宗族史[M].上海:上海人民出版社,2009:181.

④ Henry Lefebvre. The Production of Space[M]. Donald Nicholson-Smith. Oxford:Blackwell Publishers,1991:192.

的通行证。上述文本中对家族、宫廷细致的描述，一方面让写者和看者时空向度上产生距离感，既规避现实，也可进行更加自由的表述实践；另一方面则满足了今人对皇权、宫廷的窥视心理。"宫廷空间"联通"家族空间"，从宫廷内部的礼仪规范、紧张刺激的皇室宫变，到居于世家谋划读书、结亲、嫡庶这些看似"小事"的族人，都是站在"当下位置"的写者和看者对古代中国人社会生活文化空间有选择的传统想象。

我们看到，在《家》等作品中洋溢的礼教的压抑、家规的残酷、体制的封闭被忽略不计，新文化运动时期扬起的批判文化糟粕浪潮似已不再是当代人关注的焦点。阿斯曼认为，每个文化体系中都存在着一种"凝聚性结构"，在时间层面上，把过去的重要事件和对他们的回忆以某一形式固定和保存下来，并不断使其重现以获得现实意义。[①] 以"家族"想象为书写内容的过程中，网络写手与其说在进行一种虚构写作，不如说是一次对传统文化记忆的重构和整合，并在这种"回忆"里，一种新的关于"家族空间"书写的文化意义浮出水面。

第三节 文化意义："家族书写"的主体建构

显然，网络拟古世情小说中的家族空间是被生产出来的，是一种对社会关系、社会结构的再生产，在空间的再生产中，一些旧有的元素和结构就会被重新进行加工，体现出一种新的社会文化关系。因特定时代不同人群有不同的意识形态和信仰，不同时代的文本也有自己的组成形式，而文本对社会空间的再生产，就存在着一种时代赋予的"特殊景观"。也就是说，家族空间在新的文学形式（网络拟古世情小说）、新的书写平台（网络空间）中的重写正是一种"家族空间的再生产"——一个新的"家族空间"样貌、空间中的新的社会文化关系及其背后反映出的当下中国人的主体性建构得以展现。

在网络拟古世情小说中，聚焦"家族"的"对日常生活方式的审视"已经不再如传统作家一般是"具有隐私性质的个人创作"，因"公共空间"的存在，读者同样是"书写"的一部分，使"'网文'处于共同创作的机制之中"，网文的"写手"就此区别于传统文学"作家"而具有了群体性。[②] 吱吱的创作是很好的佐证，她曾在访谈中说，"网文一个很大的特点就是大家参与的娱乐性。我们局限于个

---

① 王炳均，等. 空间、现代性与文化记忆[J]. 外国文学,2006(04):86.
② 张春梅. 冲突与反哺：网络文学与传统文学[J]. 中国文艺评论,2017(11):40.

人的视角,对整个文的完整性是有很大创伤的……其中是读者在给你查漏补缺,你每天更新,每天有人回应,这里面也是很有趣的"①。故而,认为网络文学是一种"个人化传奇",传述的是一种"个人话语"②,这种说法是立不住脚的。网络写作的"集体性"让这里的"个人"被无限放大,成了"一批人"对生活经验的共同写作,在动辄上亿的庞大基数下产生的网络小说无疑体现了当代民间话语一种新的价值取向。

第一,世家空间所代表的象征资本决定女性婚恋观,是男性放飞自我的大本营。在今天的网文中,我们已经很少看到琼瑶笔下那种"没有自主意识的健全意义上的现代女性"③,类似子君与涓生的"为爱出走"更极为少见。网络拟古世情小说中的女性更多秉持的是"我爱你,但你并不是我的全部"。她们期待甜蜜的爱情、完美的婚姻,但是在这些女性中我们看到,她们不会单纯以"爱不爱"的标准来衡量,而将家族背景、门第、身份等条件作为综合考察的重要标准。这种观念和功利选择与故事置放的传统家族空间有关,但问题在于,这群"传统女性"不仅赢得了众多的"粉丝团",而且还是一场"集体合谋"下的写作产物。据此或可推知,这种放弃琼瑶式"爱情婚姻精神化",放弃纯粹"心灵相通即可",重拾背景、门第、身份为基础的婚恋观正重新在现代社会中大行其道。

男频文中的拟古世情小说,则多以男主个人的梦想为目标,对富贵、风流、权力的追求不一而足,最终落足在"天下"二字。如《一世富贵》中的徐平是借穿越实现经济大咖的"野望"。而《临高启明》中的萧子山最爱看的就是各式各样穿越到过去再造历史的 YY 小说。《庆余年》中在病床上奄奄一息的范慎所感叹的是未做什么有意义的事情,而穿越后的范闲则以天下为料大做文章。这侧面反映出男频文的现实关注焦点,男女情爱婚姻关系并非穿越之重,而"男主外女主内"的传统社会观在社会性别分工上占了不小比例。

第二,以家族为代表的"秩序"或"体制",成为社会关系网络的重要空间。五四以来的家族小说多以"破除""打碎""出走"等反抗形式来表现当时社会主流意识对社会传统秩序的叛逆与抨击。到琼瑶小说,若还存在"如何应对体制问题"的讨论,从《还珠格格》里小燕子宫廷生活中的种种"笑话",我们看到,此时对待"体制"或许不再是完全的排斥抑或强烈的反抗,而表现出一种矛盾与困惑——既意识到体制对人天性的压抑,对自由的限制,却又耽溺其中,试图在这

① 罗昕.作家吱吱:目前最满意的作品是《九重紫》[EB/OL].(2018-09-27)[2019-12-19].https://www.thepaper.cn/newsDetail_forward_2473666.
② 张文东.传奇叙事与中国当代小说[D].长春:东北师范大学,2013.
③ 王澄霞.琼瑶言情小说创作心理初探[J].世界华文文学论坛,2004(01):57.

种摇摆不定的状态中谋求一个中间点达成平衡与和解。在网络拟古世情小说中,这种与"体制"的"和解"进入一个新阶段。从小说主人公对家族内嫡庶关系的理解和接受,在影响个人发展的外在因素如家族声望的重视以及尊重家族规则的前提下,利用这些秩序规则而成功谋得个人幸福生活等套路,都足够印证今天的新一代青年在与"体制"磨合的过程中,不但接受体制对自己的束缚,且希望游刃有余地在这种"束缚"之下实现个体价值。一言以蔽之,"束缚"已转化为条件、契机,或者金手指,是成功之必备。

第三,家族家规所代表的伦理道德及其勾连的复杂社会关系想象,对应着现实空间中精英/屌丝所代表的等级困境。

从文本与读者关系看,不管是现代作家"试图向国人提供对社会现实具有指导意义的价值尺度,为社会提供各种人生行为的选择方式"①,还是后现代作家将"家族作为一种生存的镜像,借历史舞台来上演人类现实生存困境"②,读者与小说中的家族生活都存在着一定的距离感。在网络拟古世情小说中,原来形而上的"情感体验"变成了一种形而下的"经验获得"。

这些小说讲述的虽大都是古代家族的日常生活,但从"门当户对的姻亲结合""崇尚读书传家立世以光宗耀祖的殷切期望"到"人情往来、开源节流的家族经营",这些关于家长里短的一地鸡毛都能在今天的日常生活中找到影子。读者在阅读中不仅更具代入感,也从男女主人公对这些碎屑生活问题的应对中,学到处理日常生活问题的经验和方案——《庶女攻略》就被直接称作"古代的《杜拉拉升职记》",被现代白领奉为职场攻略。③ 在这里,读者不再对"家族""冷眼旁观"或"不明所以",而是跟着网文写手一起在这个仿如现实生活的"家族空间"认真游戏。

第四,从文化记忆重构和现实互文关系看,伦理秩序在尊卑长幼嫡庶的书写中得到充分肯定。嫡庶问题特别值得一提,从社会关系等级的角度看,正统与否是一个评价标尺,若放在文本刻意营造的男女主关系和婚姻观念上,则是主张"一夫一妻制"的一个有效界面。反对"宠妾灭妻",实为基于生活中种种痛苦和非人道而生产出的"革新性主张"。这既有现实的影子,同时也是现实位置的书写者和观看者的共识。除伦理上的嫡庶问题,突出的还有人伦关系,尊

① 龙泉明.在历史与现实的交合点上——中国现代作家文化心理分析[M].西安:陕西人民出版社,1992:229.
② 何向阳.家族与乡土——二十世纪中国文学潜文化景观透析[J].文艺评论,1994(02):29.
③ 北京青年报.吱吱:种田文创作就像是谈恋爱[EB/OL].(2017-07-18)[2019-11-01].https://www.sohu.com/a/157959780_148781.

敬孝顺长辈,严守诗书礼仪,基本构成家族空间中的社会规范。延伸至前文所述之宫廷,则在国与家之间建构起家国一体政治。

总的看来,网络拟古世情小说为我们提供了管窥当代大众美学的有效路径。这是一种源于困境的幻想美学,不同故事重复讲述"穿越"或"重生"的异世体验,其主体多为单独的小人物,或者是生活中的 loser,其人其行,在全球化的信息时代,成为重新解释文化传统和获取身份认同的一种媒介。这些人会成穿越前后现实的交织处,如《庆余年》中范闲觉得仿佛处于一个楚门的世界,"他发现自己天天讲故事提醒自己是另外一个世界的人,这本身就是很荒谬的一个举动"。然而故事有趣之处就在于两个世界的碰撞、交织,最后却塑造出一个个穿越后的全情投入者,从而提供了一种孤勇的美学体验。孤独行走于异时空,只有勇于面对现实,有置之死地而后生的气魄。在这个意义上,世情小说和动漫游戏是有异曲同工之妙的。而看着孤勇者的异世历险,于读者则有如玩一场全息仿真游戏。穿越者怀着现世无法达成的梦想,和现实生活中各怀抱负的普通人,依照来自经典文本和文化记忆中的伦理观念、礼仪制度、个体生活与家国经济,在早已沉寂百年的"家族"空间建构出新的认知"传统"方式,也是当下中国一种"新现实"的显影。

第三章　形习与神归:玄幻小说对日本动漫的借鉴及创生[①]

在文化软实力愈发受到重视的今天,拥有千年文化积淀的中国也在积极寻求文化输出。2012年,莫言获得诺贝尔文学奖,中国文学越发受到世界的关注,但是"我们必须承认,中国文学在世界上很'弱势'"[②]。然而,当主流文学在海外市场边缘踱步时,网文已经在全球网络世界中迅速崛起,其中尤以玄幻小说最受追捧。

玄幻小说并非一夜之间便取得如此成就,其生发受到多重力量的影响,日本动漫便是其一。《2006中国玄幻小说年选》主编黄孝阳在序言中提到,中国玄幻小说有两个半源头:一是西方奇幻与科幻小说,一是中国古代神话寓言、玄怪志异、明清小说以及诸多典籍,剩下半个则是日本奇幻、周星驰无厘头、港台新武侠以及动漫网游。[③] 黄孝阳显然注意到日本动漫在玄幻小说生发过程中起到的作用。虽然媒介的不同致使日本动漫在玄幻小说中的体现未如西方奇幻、传统武侠那样直接,但其影子却如幽灵般始终飘浮于玄幻小说的文字之中。

与同属于幻想文学的奇幻、科幻、魔幻等类型相比,玄幻小说出现较晚,相关研究也尚未成熟,至今还没有一个关于"玄幻小说"的准确定义。我暂将连载于互联网平台,以东方玄学为背景,以个人修炼升级为主线的网文作品全部归入玄幻范畴,并对其源头及后期本土化发展进行研究。

① 江南大学网络文艺研究中心成员陈一飞参与了有关"玄幻小说与日本动漫关系"的讨论和写作,谨此致谢!

② 高方,阎连科.精神共鸣与译者的"自由"——阎连科谈文学与翻译[J].上海外国语大学学报,2014(03):22.

③ 黄孝阳.2006中国玄幻小说年选[M].广州:花城出版社,2006:2.

第一节 玄幻小说之"源":日本动漫对网文的影响

一、日本动漫在中国的传播

改革开放以后,中国打开大门,开始面向世界积极学习、研究,引进先进技术与文化;加之电视机普及以及互联网大众化时代到来,"感性的、快感的、当下即时的、无距离的体验成为主导形态"①,人们对视觉享受的需求愈发增强。然而,本土动漫的发展却在开放的市场环境中走向滞缓。上海美术电影制片厂虽然陆续出版了如《葫芦兄弟》《黑猫警长》《宝莲灯》等高质量动画,但是以往计划经济下阳春白雪的创作模式与当下商品经济浪潮中市场需求的不匹配,为日本动漫抢占中国文化市场提供了契机。

1980年,52集动画片《铁臂阿童木》在中央电视台播出,新颖的画风、独特的剧情以及充满科技感的机器人元素迅速抓住人们的眼球。随后,由辽宁儿童艺术剧院等单位译制的《聪明的一休》《机器猫》《奥特曼》等动画在地方台大批播放。日本动漫经过几十年的发展已形成全龄化消费市场,但中国对动漫的传统看法以及早期大量低幼作品对市场的开拓,为90年代《七龙珠》《圣斗士星矢》《灌篮高手》等少年向及《北斗神拳》《猫眼三姐妹》等偏成人向作品的涌入提供了宽松的审查环境。当人们突然意识到日本动画中许多元素并不适合儿童观看时,社会开始了对如《蜡笔小新》是否会教坏小孩等问题的讨论。2000年,政府颁布《关于加强动画片引进和播放管理的通知》,日本动漫在中国的传播受到一定限制。然而,稳固的观众基础以及盗版光碟、漫画的盛行使其在中国仍有很大的市场,而之后互联网的普及更是为《攻壳机动队》《缘之空》《东京食尸鬼》等成人向作品的传播提供了便利条件。如今,日本动漫在中国同样拥有了从孩童到成人的全龄化消费市场,《海贼王》《火影忍者》《名侦探柯南》等"民工漫"的出现更在中国掀起了一场场二次元的狂欢。

日本动漫之所以受到中国消费者,尤其是青少年群体的喜爱,除了与视觉娱乐需求有关外,恰合当时年轻人的时代/年龄心理也是十分重要的原因。中国与日本发展虽不同步,但全球化浪潮席卷下的中日青年面临着相似的时代问题。从明治维新开始,日本积极向西方世界靠拢,西方个人主义对日本集体主

---

① 周宪."读图时代"的图文"战争"[J].文学评论,2005(06):140.

义传统的冲击,与 20 世纪 90 年代好莱坞电影进入中国以后,美国个人英雄主义与千百年的集体英雄崇拜的交锋相似。文化的碰撞,使原本就被自我同一性与角色混乱问题困扰的青少年更加矛盾与迷茫,寻求身份认同、寻找存在价值成了这些孩子们的阶段目标。

同时,现代科技的发展改变人类千百年来习以为常的沟通方式,交通工具、通信设备、电视互联网的出现拉近了人们的距离,却也将人们圈定在自己的封闭世界中。此外,中国"80 后""90 后"与同期的日本少年儿童处在相似的家庭环境中——"一个人关在小小的房子里,游戏机和网络成为他们最喜欢的东西,渴望着跟别人交流,然而又什么都得不到"①。孤独感与压迫感导致他们试图将自己青春的热情封闭起来。同时双向沟通减少而丰富的信息被单线吸收,"生活过于简单而思维过于丰富,为'中二病'的诞生提供了温床"②。他们以鄙夷成人世界的姿态,热切期望着成长与成熟。

全球化背景下中日青少年共同面临的矛盾与痛苦在动漫作品"中二"的设定——友情与爱情的羁绊、追求个人理想的英雄形象、困境中不言放弃的品质以及逆境中运气爆发的主角光环中得到一定程度的释放,这也是日本动漫在中国文化市场同样得以流行的原因之一。

二、日本动漫对玄幻小说的影响

台湾网文的兴起比内地要早一些。台湾网文以言情为主,但是为数不多的玄幻小说还是通过 BBS 等平台推动了内地玄幻小说高潮的到来。受日本文化影响,台湾早期玄幻小说往往以同人文或轻小说的形式出现,带有浓厚日本 ACGN 文化的味道。被认为是"网络玄幻小说鼻祖"的《风姿物语》最早便是以日本 ALICE 公司旗下 H-GAME《RANCE》的同人文出现。虽然不能过分夸大《风姿物语》的地位,但它的确为网络玄幻小说架构起一个全新的幻想世界并提供了大量素材,同时也为后来的网文写手打开了玄幻创作之门。

当玄幻小说的接力棒交到内地手中,以"80 后""90 后"为创作和消费主力军的网文行业进入飞速发展阶段。弗洛伊德认为,童年的记忆及经验对日后的生活、情感态度以及文学创作都会产生极大的影响。当在日本动漫陪伴下成长起来的网文写手开始网文创作时,日本动漫除了是一种娱乐消遣的选择,也成为他们创作灵感的来源。如罗森在接受采访时说,"火影很棒,猎人很棒,海贼

---

① 可木.中二病·轻小说[J].看世界,2012(24):79.
② 三十七度.关于中二病,我想说的[EB/OL].(2013-01-19)[2019-03-02].https://www.xin-li001.com/info/100000294.

王超级棒的。看看这些作品,想想他们为什么红,又为什么能够撼动自己的心灵"①。一部分写手会主动向日漫学习,如天蚕土豆在访谈中多次提到"每次看小说、看动漫,每看到一个点,就把它扩散开来,使之成为小说的一个情节"②;还有一部分写手则不自觉地将其呈现在作品中,大雪崩曾在江南大学网文分享会上提到,我吃西红柿就十分喜爱日本动漫,并很自然地用这种节奏进行创作。③

此外,网络小说的商品性使网站、出版社、写手不得不考虑市场的需要及粉丝的喜好。江南在创作《龙族》之初,对市场需求进行了详细的调查。他们将中学生作为玄幻文学市场的主体,并找到他们进行文化消费时习惯选择的元素。"《哈利·波特》——借鉴它的冒险模式;《海贼王》——代表梦想与前行,少年寻求自我认同的主题;《火影忍者》———波三折的故事设置。"④将《海贼王》《火影忍者》等爆款动漫中受到追捧的元素运用在网文创作上,无疑是一种快速打开并占领市场的捷径。

第二节　日本动漫之"影":玄幻小说与日本动漫的形仿

虽然依托的媒介不同,但或是因受日本动漫影响,又或是相似的时代环境造成的审美趋同,同属于流行文化的网络玄幻小说时常带有日本动漫的影子。

一、色彩化的人物外形

当国漫已普遍选择彩印的今天,日本动漫还坚持黑白印刷,这与日本漫画出版遵循低成本原则有关,"新闻纸胶版印刷,每册定价在 400 日元以下……不会对消费者构成消费障碍。方便普通消费的做法,有利于市场打下扎实基础"⑤。然而,动画与漫画不同。电视机尤其是彩色电视机普及以后,人们对视觉享受的要求越来越高,在市场驱动下,日本动画试图利用高纯度、高对比度的色彩吸引消费者眼球。在动漫形象的塑造上,色彩除了起到区分人物的作用,

---

① outside.【龙门夜话】罗森访谈录[EB/OL].(2004-02-02)[2019-03-05].https://m.mysmth.net/article/Emprise/284.
② 道文天下.掌阅阅界专访天蚕土豆:一个纯粹的执笔少年[EB/OL].(2017-09-29)[2019-03-05].https://m.sohu.com/a/195421787_419064.
③ 2018 年 11 月 19 日,江南大学人文学院,"打开网文之门":大雪崩网文交流分享会。
④ 尘羽.为什么相对来讲《龙族》读者中的风评更好?它比大部分网络小说好在哪?[EB/OL].(2018-04-27)[2023-08-28].https://www.zhihu.com/question/266305924.
⑤ 胡明月.日本动漫产业模式缘何完整[N].中国文化报.2009-05-25(2).

如利用发色区分形象、画风相近的《海贼王》路飞和《妖精的尾巴》中的纳兹（图3-1）；"色彩作用于人的感官,刺激人的神经,进而在情绪、心理、情感上产生影响"[①],如《美少女战士》中月野兔（黄色）活泼开朗、水野亚美（蓝色）温婉沉静、火野丽（红色）热情直爽（图3-2）,色彩的选择直观呈现了人物性格,制作方不需要花费更多的精力在不同性格的展现上。利用色彩本身所具备的符号特征弥补画工的不足与制作的仓促,日本动漫也实现了既保证质量又降低成本的希望。

但文字与图画不同,文学中的人物形象可以在文字中得到全方位深层次的展现,如鲁迅在《祝福》中对祥林嫂的描写："头上扎着白头绳,乌裙,蓝夹袄,月白背心,年纪大约二十六七,脸色青黄,但两颊却还是红的。"寥寥36个字,便为读者呈现出一位贫穷但健康的农村妇女形象。然而,人物描写是需要笔力的,但大多数写手缺乏这样的能力——类型化的人物形象使写手只注重人物外形塑造,缺乏对人物特征的深层次把握。这时,对人物衣着、肤发、配饰进行详尽的色彩描写,既简单方便,又有利于人物性格的呈现,如常用的白色表现主人公的仙气傲骨、银色展现人物高贵冷漠的气质等。

图 3-1

图 3-2

此外,玄幻小说建立在幻想基础上,非现实的人物设定需要通过陌生化处理以实现。如《花千骨》中杀阡陌的形象：

> 紫发轻飘,轻纱薄舞,莲步轻移,腰肢款摆,白皙的额头上一点殷红色的如花妖冶印记,血红的双眸眼波流转,勾起千分缱绻。

紫色在中国古代是高贵的象征,而在西方代表了死亡,带有浓厚的宗教意

---

① 刘燕.动漫角色色彩语言的语义研究[J].长沙大学学报,2019(01):107.

味;东西方审美的碰撞为紫色赋予神秘且优雅的情绪色彩。杀阡陌的紫色长发就暗示了他不凡的身份与鬼魅性格;而紫色与红色、白色与红色等强烈色彩的碰撞更将杀阡陌亦人亦鬼的魅惑形象展现得淋漓尽致。

二、"中二"的语言风格

青春期阶段,青少年自我意识觉醒,然而生活经验的不足与知识储备的薄弱使他们不得不在他人目光中寻求自我身份的建构,二者之间的矛盾导致其一方面个人意识膨胀,鄙夷权威,强调自我;另一方面又试图通过模仿成人的言行以获得他人的认可和尊重。这种特点在日本动漫中表现为人物的"中二"语言。"中二"语言有两个明显特征:一是强烈的情感表达。处在青春期阶段的青少年有着旺盛的精力和充沛的情感,表现在语言上便是运用大量祈使、感叹句式,或带有强烈情感色彩的词语,借此满足"随时随地表达情感的需求,以此确保自己的感情在话语文本中强有力地表现出来"①。二是书面色彩浓厚。日本动漫中的人物语言常常出现口语书面语化的特点,即将一些晦涩难解的语言、概念词、专有名词以及大量的修辞格等书面语运用到日常对话中,由此产生一种陌生感。以《叛逆的鲁鲁修》为例,"错的不是我,是世界!""没有被杀的觉悟,就没有杀戮的资格。""从那天开始,我就一直在撒谎,活着是谎言,名字是谎言,经历也是谎言。我早已厌倦了这个毫不改变的世界。"这样充满"中二"色彩的台词随处可见。鲁鲁修作为神圣布里塔尼亚帝国和黑色骑士团的领袖,常常将"觉悟""杀戮""厌倦"等书面词挂在嘴边,借此表现他对黑暗现实的蔑视与反抗;而文绉绉的排比句式,带有命令、审判气势的祈使句、感叹句,则试图建构一个博识智慧、高冷淡漠的少年老练主人公形象,以满足青少年对成熟、沉稳的想象。

玄幻小说市场同样以青年群体为主,这就出现了玄幻小说与日本动漫在语言风格上存在相似之处的状况。如《斗破苍穹》,萧炎在面对测验失败后周围人对他的嘲讽时,他心里想:

> 这些人,都如此刻薄势利吗?或许是因为三年前他们曾经在自己面前露出过最谦卑的笑容,所以如今想要讨还回去吧。

"或许""谦卑"等书面语在日常交流中很少见,但写手利用书面词一方面

---

① 达内西.青春期的符号和意义[M].孟登迎,王行坤,译.成都:四川教育出版社,2011:74.

树立萧炎成熟孤傲的形象,另一方面在营造陌生感的同时也契合了发生在异世大陆故事的非真实性。

又如《绝世唐门》中天梦冰蚕夸张地自我介绍:

> 我就是英雄与侠义的化身,智慧与美貌并重的魂兽王中王,绝代强者,修炼百万年之久,创造斗罗大陆寿命最高纪录的天梦冰蚕!

极其浮夸的用词、过分自大的强者语都流露着浓厚的"中二"气息,但在这样的语言氛围中,小说虽然缺失了真实性与厚重感,但激情昂扬又轻快搞笑的语言也使其洋溢着青春味道。

三、"草根逆袭"的故事设定

消费者选择流行文化无非是为了获得愉悦感,而"草根逆袭"的设定可以增强代入感,以便消费者获得更好的消费体验。其主要原因与"劣势者效应"以及时代压力释放有关:一方面,处于劣势地位的"草根"超越原先打压自己的强势者,使故事更有可看性;另一方面,时代背景下阶层分化导致"代际流动与代内流动不公平"①,使还未占有社会财富及地位的青年"屌丝"群体感到巨大压力,与此同时,西方鼓吹的个人英雄主义席卷亚洲市场,人们不满足仅仅寻求集体价值,还渴望以更为个人的姿态追求力量的展现。然而投射现实,他们却始终面临一种渴望跨越阶层而大多数不得的处境,因而只能在流行文化的娱乐性中寻求对现实的暂时解脱。这一设定在日本动漫、玄幻小说中都有很明显的表现。如动漫《火影忍者》中从被村民嫌弃的孤儿,最终在与封印体内"九尾"的和解中成为七代目火影,实现了火影梦;而在玄幻小说代表作《斗破苍穹》里同样是这样的套路,萧炎一出场就面临考核的失败、周围人的嘲笑、纳兰家族退婚的羞辱,在从情感到能力都受到极大否定的情况下,药老出现并助其名扬大陆、重振家族。消费者在这样的设定中,既满足了审美需求,又在交互中得到情感的释放。

然而,在娱乐至上的流行文化中,"草根逆袭"之路也不是单单依靠金手指辅助,无论是日本动漫还是网文,也在塑造正能量主人公的基础上寄托对真善美的理想追求。如《家庭教师》中一度被称为"废柴纲"的沢田纲吉,在为守护

---

① 董海军,史昱锋.青年代际流动与代内机会非公平——基于"屌丝"逆袭的社会学分析[J].中国青年研究,2013(01):11.

朋友的一次次战斗中不断变强,最后成为彭格列的首领;《妖精的尾巴》中暴躁高傲的拉克萨斯,在拼死守护公会的战斗中获得人们的尊敬;《海贼王》中因误食恶魔果实而怕水的路飞,依然坚持着"成为海贼王"的梦想。这些日本动漫都在向大众传递着重情义与不放弃才是推动草根逆袭为王者的重要因素这一主题,并极大鼓舞了青少年的"追梦"热情。玄幻小说亦然。《佣兵天下》中,如果艾米是一个只重金钱而无视感情的人,他断然无法成为受龙、人、神、魔四界认可并俯首的佣兵王;《斗破苍穹》中,萧炎若在挫折中就此萎靡,药老也不会选他作为自己的徒弟,同时,如果萧炎本性邪恶,药老更不会冒着培养出第二个韩枫的危险倾力栽培他。善良正义勇敢坚持的道德品格在这个价值观看似混乱的消费时代依然被弘扬。

四、缓急相间的叙事节奏

一部成功的网络小说,不仅需要各种抓人眼球的情节,还需要迎合消费主体的情感需求。网络小说与日本动漫都采用日更、周更等连载方式,这在增强创作互动性,强化粉丝参与感的同时,也导致故事接受连续性的缺乏。为此,创作者要非常注意故事铺排与叙事节奏,一方面要顾及主线的连贯,不断为故事的展开铺设伏笔;另一方面又要在各情节中设计亮点,借此吸引消费者目光,调动他们持续消费的欲望。为此,日本动漫和网文都将目光锁定在类似游戏"主线—副本"型的"长—中—短"线叙事结构,用缓急相间、高潮迭起的节奏效果满足"快餐时代"下消费者的娱乐需求。

以真岛浩的漫画《妖精的尾巴》为例。漫画以纳兹等一行魔导士为守护公会而战斗为主线(长线),共 17 篇,每一篇分别讲述一个不同时空下推动主线发展的新故事(中线);而根据危机程度的不同,每篇又分为几话,每话详述故事的具体情节;在每一篇中间,还有为缓解紧张情绪而设定的过渡篇/话(短线)。以冥府之门篇为例,该篇讲述了公会妖精的尾巴制止巴拉姆同盟借 END 之名企图毁灭世界的故事,共 60 话(356—416 话),前三话交代了 END 的背景,359—414 话讲述了妖尾与巴拉姆同盟的战斗,属于中线当中的高潮部分,最后两话则是关于伊古尼鲁的回忆以及战后的一些事项,为新剧情的展开做铺垫。冥府之门篇可以作为一个独立的故事,但整个事件又指向大 BOSS 杰尔夫,进而推动了主线的发展;而篇内每一话也是小而完整的单元,丰富故事且达到框架内一个又一个的高潮。如 391 话中,格雷与银的战斗,既交代了格雷的身世,又为格雷迫切希望杀死杰尔夫埋下伏笔。然而始终处在高强度的紧张情绪中,粉丝难免会产生疲惫感。为此,真岛浩在每场大型战斗后,都会画一些情节较轻松、篇幅较短的故事用以过渡,如幽鬼篇与乐园之塔篇中间加入了星灵篇。星灵篇与主线关系不大,也没有过于激烈的战斗,但它一方面丰富了主角露西的形象,另一方面也缓解了紧张的节奏。

对超长篇的玄幻小说来说,借鉴日本动漫的叙事技巧对其创作也有一定的帮助。以猫腻的玄幻小说《朱雀记》为例,小说以主人公易天行成佛史为主线,按战斗力的加强以及对自我身份认知的清晰——从妖怪到传经者再到新弥勒,共分为七卷,每卷又分为不同章节,推动剧情的发展,如第二卷第八十八章《天!袈裟!》,描述了上三天围攻归元寺时,孙悟空启动天袈裟时易天行的感受。这一章既展示了孙悟空的强大实力,又展现了易天行超强的身体素质。同时小说依然保持缓急相间的节奏原则,在第五卷中,经历了与大势至菩萨九死一生的激烈战斗后,小说用了四章内容去描写战斗后易天行平静的生活,这一方面缓和之前紧张的情绪,另一方面也为易天行最后一战做了铺垫。

第三节　中国文化之"神":玄幻小说本土化探寻

2002 年,萧潜的《飘渺之旅》在台湾鲜网连载,"这部作品化用道教修真体系,构建了严密的修仙世界,还引入宇宙等现代概念,在西方奇幻之外首次开辟中国风格的世界观设定,是第一本中国背景的修真小说"①。玄幻虽然是一种架构于现实之上的幻想世界,但艺术终究无法脱离现实,玄幻小说也无法脱离中国本土文化。华夏民族的深厚历史及广阔土地为玄幻小说提供了基础时空观;在人物形象的塑造上,玄幻小说中的人物也逐渐脱下骑士盔甲,开始出现如仙气出尘白子画,一领青衫白小纯这样传统的国人形象。然而,玄幻小说的本土化不仅停留在"形"的寻根,更在于"神"的回归。

一、反现实下的时代情绪

高尔基认为文学是时代的生活和情绪的历史,玄幻小说的思想深度虽时常受到质疑,但不可否认看似反现实的网文同样反映着时代情绪。消费时代下,在现实中承受着沉重压力的大众开始追求一种娱乐消遣式的文化消费,网文的发展就顺应了人们逃避现实、追求快感的心理诉求。但是除了全球化下人们所共同面对的压力与焦虑,玄幻小说在创作与接受过程中还直接或间接地体现出

---

① 陈晓明,彭超.想象的变异与解放——奇幻、玄幻与魔幻之辨[J].探索与争鸣,2017(03):32.

中国所特有的时代情绪。

根据调查报告,现如今无论是网文写手还是粉丝都呈现出年轻化趋势。2015 年,19~35 岁年龄区间覆盖了六成以上的网文用户①,而到 2018 年,30 岁以下的网文作者占比超过七成。② 这些年轻的"80 后""90 后"所共同经历的时代事件,无疑是高考及计划生育政策。

高考对玄幻小说升级模式有着直接影响。在这些年轻人不到三年的经历中,最重要的事情无疑是高考。从小学到中学十几年的时间,他们会遇到许多朋友,但最后的那场考试始终是一个人单打独斗的战争,他们只有一个清晰明确的目标——那就是进入神圣的大学殿堂,一切的努力都是为了达到这个"至高点"。感情固然重要,可在高考之路上,所有学习以外的事情都不过寥寥点缀。玄幻小说中的主人公的升级之路也是如此,如《凡人修仙传》中的韩立,虽然身后有众多红颜知己以及像厉飞雨这样忠诚仗义的好友,但其修仙之路仍然是孤身一人;粉丝会关注他的感情生活,但更关注的还是他能力的提升、等级的飞跃。

另一重要的时代情绪是计划生育政策下,"生活在第三只笼子里"③的独生子女在面对依赖还是反叛时的矛盾。在独生子女家庭中,全家目光锁定在孩子一人身上,孩子往往不得不承担其来自感情的负担。他们一方面在亲人的爱中"科学"成长,却又在家长殷切的希望与无私的付出中感到压力。这就使独生子女在无力回报这些爱与付出时,选择了逃避,甚至是叛逆,借此宣布自己的独立。如《诛仙》《牧神记》《圣墟》等作品,从"弑天"的题目就能看出玄幻小说对权威的反抗。然而另一方面,从小在温室中成长的他们却又无法独立面对现实的困境,在复杂的外部世界中,他们还是要转身寻求家人的帮助。即使是《斗破苍穹》中有着极强的自尊心的萧炎,也始终无法逃离药老的帮助。

二、文化传统与审美习惯

玄幻小说虽然是互联网时代下的新文化产物,但也离不开中国千百年来的文化传统以及审美习惯。

---

① 艾瑞咨询.2016 年中国网络文学行业研究报告[EB/OL].(2016-03-04)[2019-03-05].https://report.iresearch.cn/report_pdf.aspx?id=2540.

② 艾瑞咨询.2018 年中国网络文学作者报告[EB/OL].(2018-05-09)[2019-03-05].https://report.iresearch.cn/report_pdf.aspx?id=3208.

③ 第三只笼子:假设有一个笼子,笼子中有一只老鼠和一个按钮,老鼠踩按钮就会有食物送进来;第二只笼子里的老鼠一踩按钮就被电击一下;而第三只笼子里的老鼠踩了按钮后会先被电击一下,然后再送进来食物。第三只老鼠会陷入要不要踩按钮的纠结之中。

东方玄幻与西方奇幻最明显的区别之一,在于玄幻更重视自我内部修炼,而非武器的优化升级。正如中国武术不仅强调强身健体、求胜求赢,而且重视会聚内力、健旺精神一样,玄幻小说在利用"金手指"达到人定胜天甚至"我欲封天"的同时,更强调自身"魂""斗气"等内部精神元素的修炼。

精神修炼,除了修力,更要修侠、修情,这才符合中国人的审美习惯。"杀妻证道"虽然曾因人们的猎奇心理获得不少关注,但"侠"这一中国气质始终不会过时。侠,是理想型的中国式英雄。侠客是一个被寄予希望的形象,他自由自在不受束缚,但又将"侠之大者,为国为民"挂在心上;看似戏谑纨绔,却又重情重义、真诚爽朗;崇尚武力,然而不滥杀、不暴虐,只为匡扶正义。中国老百姓心中的英雄,不一定是高大全光环笼罩下的伟岸形象,而是可以存在瑕疵的力量与情感的化身。《雪中悍刀行》中"生性凉薄"的主人公徐凤年,在遇到客栈老板被地头蛇欺负时,可以无视也可以用武力快速解决,但因担心自己走后会有人来这里报复,他选择了用费神费财的方式出手相助。沉着冷静的态度,看破法则的姿态以及成熟心智下不高傲的同理心,使徐凤年这个形象一下就"英雄"了起来。而对姜泥《誓杀帖》的理解,与洛阳的几世情缘,使徐凤年不仅有义还有情,"情"使人所以为人。在个人被不断夸大的今天,千百年来崇尚的情与义依然在国人体内流淌,"网络小说普遍传达出一种同情弱者、善恶分明、惩恶扬善、伸张正义的精神,虽然这种精神和现实社会有一定的差距,但却能让受传者得到心理安慰和精神愉悦"①。

三、产业化进程下的日常生活化走向

以想象为基础的玄幻小说在本土化的过程中,还出现现实化、生活化的走向,这与网文发展二十余年产业链重心转移有着密切关系。

在网文产业化进程中,玄幻小说不再仅仅依赖"线上发表——线下出版"的收益模式,而转向以网文作品为核心、以纸质出版为先导、以动漫、影视、网游改编为重点的跨媒介产业链,其中影视剧的改编尤为强盛。2015 年因多部现象级"网改剧"(如《花千骨》《琅琊榜》)的出现而被称为"IP 元年",影视改编已经成为网文 IP 产业链的重要环节。但是,越来越多的拥有强大粉丝基础的作品却面临着影视改编滑铁卢的尴尬困境——从《幻城》到《择天记》再到《斗破苍穹》等网改剧口碑一路下滑,无法重现 2005 年《仙剑奇侠传》的收视盛况。

---

① 张屹.网络小说的情绪传播意义——以玄幻小说为例[J].南京邮电大学学报(社会科学版),2019(01):65.

这一方面与消费社会下文化商品的爆炸式增长有关,消费者可选择的商品种类增多,某一部作品想要脱颖而出比之前要困难许多。另一方面,影视所呈现的内容比文字更为直接,"文学以文字为媒介,读者以想象与联想作为推动力完成间接性的艺术线上活动;而影视则是通过声音和影像直观地呈现出来,直接冲击观众的感官"①,观众在接受影视内容传递时,跳过艺术想象而直接进入可视的互动阶段,一旦语言行为脱离现实就会使人产生一种非日常的尴尬感以及文化隔阂感。被传抄袭日本动漫《圣传》的《幻城》纸质书销量过百万,2016年,耗资3亿元将其改编为影视剧,结果却在一路走低的评分中惨淡收场,这与剧中人物彩色假发美瞳与观众审美相悖有不可忽视的关系。伴随着IP影视改编的火热,如今越来越多的作家不得不考虑影视改编的要求,因此在创作过程中会自觉使小说更加贴近消费者的日常生活,在营造新奇效果的同时也关注消费者的审美习惯与审美感受。

网络玄幻小说在近二十年的成长经历中,正如一个孩子,从跟随大人模仿学步,到开始有了自己思想与价值判断,直到有一天他成长为同样可以对他人产生影响的成熟的人。从对日本动漫"形"的模仿,到对中国传统文化"神"的回归。然而,正如广州大学文学地理学教授曾大兴所说,"本土文学并不是一个狭隘的概念。本土文学的题材是本土的,但是它所包含的意义应该是全人类的,也就是说应该具有普遍意义"②。玄幻小说也应当承担起这样的使命:一方面在历史中寻求厚度,在现实中探寻深度,体现中国特色,展示中国风采;另一方面还应当积极关注全人类普遍问题,在时代关怀中展现中国的大国风度。只有这样,玄幻小说才有可能跨过流行文化稍纵即逝的时间限制,而具备成为进入世界且具有长期存在价值的能力,同时伴随着网文产业的发展与成熟,玄幻小说终会在精品化与世界化的道路上大步前行。

---

① 刘须明,郭束怡.《时时刻刻》:由小说到电影的艺术转换[J].艺术百家,2012(3):189.

② 吴小攀,张甜甜.刘斯奋:本土化创作也要有不守一隅的文化视野[EB/OL].(2014-08-11)[2019-03-02].http://www.chinawriter.com.cn/2014/2014-08-11/214344.html.

第四章　网络古代言情小说中的
传统文化因子

　　古代言情小说是近年来占据网络言情小说半壁江山的重要写作题材,它通常以女性写作者为主体,将写作背景架构在某个具体朝代或者虚拟架空的历史中,尽可能取用一些古典性质的素材,围绕男女主人公的情爱纠葛,刻画出完整的故事情节和人物群像。譬如近几年引爆影视剧改编潮流,以讲述爱情故事为核心的宫斗小说、种田小说、穿越小说等类型都属于古代言情。2008 年,网络作家书海沧生的处女作《十年一品温如言》一经出世便引发热议,收获大量忠实拥趸,成为豆瓣青春文学的高评分作品和一代读者的经典回忆。《昭奚旧草》作为其四年磨一剑的古言奇幻作品,以半文言的语言风格,华丽奇瑰的情节建构,呈现出一种不同于当下网文市场同类型作品的独特风格。

　　古代言情小说的时代背景设定离不开文化传统的影响。但需要明确的是,文化传统与传统文化并不是完全等同的概念。学者庞朴认为,文化传统是指“产生于民族的历代生活,成长于民族的重复实践,形成为民族的集体意识和集体无意识”[①],传统文化则是“历代存在过的种种物质的、制度的和精神的文化实体和文化意识”[②]。前者落脚传统,更注重抽象的精神传承,是民族心理的展示;后者落脚文化,是指具象化的礼仪习俗、文学艺术、价值观念等彰显民族特色的文化形式。同时,传统文学与传统文化的界限也要厘清。文化研究的重要学者雷蒙·威廉斯认为,文学是汲取生活经验的一种方式,但不是唯一方式,历史、建筑、绘画等学科体系都可以记录人类生活经验,它们都从属于文化的范

---

① 庞朴. 文化传统与传统文化[J]. 科学中国人,2003(04):9.
② 庞朴. 文化传统与传统文化[J]. 科学中国人,2003(04):9.

畴。因而在写作中，当代写作者所借鉴的传统文学作品即可视为传统文化的文本形式载体。

当前，学界对网络古代言情小说的研究主要以宏观视域集中于某一题材群体，如清穿小说；或一位作家的多部古言作品，如桐华。基于具体文本，涉及文学传统因子的微观研究还存在着拓展空间。但也有不少学者关照到此领域：周轶以《倦寻芳》为例讨论了古言小说语言"有效的修辞"和性别政治展现的"真实的效力"[①]；马季根据网络文本与传统文本的同构现象解读了小说《芈月传》；[②]李红秀则论述了《甄嬛传》中女性形象、人物对白、环境设置的古典之美。[③] 细读《昭奚旧草》，可从其古朴雅致的叙事风格中发掘具有中式特色的文化记忆和文化隐喻。

第一节　蕴含古典韵味的叙事风格

所谓"古言"，即网络作家在古香古色的环境建构中运用古典韵味的语言和写作技巧书写爱情主题。当代的网络文学写作中，许多质量下乘的古言作品只是戴上历史的伪面具，单纯地将故事放置于"古代"环境中，混杂着流行语言与毫无古典氛围的情节，呈现"标签"式的写作倾向。而《昭奚旧草》在文字功力和情节设置上，尽量避免了这些"古言症候"，虽然仍存在语义逻辑的问题，但却呈现出独特的古意风格。

一、文白合一的叙事语言

文白合一的叙事语言是《昭奚旧草》最突出的文本特征之一。书名中旧草意为旧书，昭和奚指的是故事的发生地——大昭国和奚山，即此书为记述两国旧事的史卷。作品以国别分为不同卷目，每卷开始前作者会以史书纪事的形式总领内容。譬如《大昭卷·雀妾》开篇便交代卷主人公身份："郑祁，国公之子，贵妃同母弟，皇子幼舅，素贤，娶妻江南阮氏，年二十，入翰林。"[④] 又如《大昭卷·嫁狐》中的郑国民歌："阳华之芸，入死而生，高滋芳华，洵直且侯。采其德

---

① 周轶."古言"："有效的修辞"与"真实的效力"——以寂月皎皎《倦寻芳》为例[M]//网络文学评论：第四辑.广州：花城出版社,2013:53.
② 马季.《芈月传》：网络文本与传统文本的同构[J].南方文坛,2016(03):141.
③ 李红秀.网络小说的传统文化之美——《后宫·甄嬛传》走红探析[J].重庆交通大学学报(社会科学版),2019(02):90.
④ 书海沧生.昭奚旧草[M].南昌：百花洲文艺出版社,2015:24.

馨,勿念花容;采其才盛,勿念花容;邦土仕国,唯彼德才,勿念花容。"①民歌寄予了郑王对爱子成芸的厚愿:只愿他像高树一样挺拔正直,无论容貌多美丽,但用馨德盛才,安邦定国。这种文言化的表述在文中不胜枚举,文言语法达到了基本规范。虽然有些句子分割破碎,带有明显的口语化倾向,但在网络小说中敢于做此种尝试的作者是不多见的。此外,行文的语言脱离了游戏式的剪切拼凑,也不将诗词信手引用,而是通过自身的再创造形成了一种古韵盎然的风格。作者自拟了一些史书名册,如《异人集》《情事略考》《雅品》等,力图用小细节来还原小说的拟古性。小说的章节标题、人物命名都渗透了古典诗词元素。如章节名"画贼""悬棺"等二字文言词汇;男主人公前后世名为乔荷、扶苏,取自《诗经·国风》"山有扶苏,隰有荷华"。字里行间也显露着典雅优美的个人特色,如形容史书与时间的关系时,作者写道:"只手翻过五十年,不过春花落下的一臾。"可以说,这种叙事语言展示了作者深厚的文字功力和贴合经典文学创作的倾向。

二、草蛇灰线的叙事技法

在古代小说评点中,"草蛇灰线"是评价文章结构笔法时的惯用术语,在脂砚斋评点本《红楼梦》等经典作品中,我们不难发现此类批注。有学者认为,这一技法的内涵包括"结构线索、伏笔照应、隐喻象征",与古人小说的创作原则和美学规范紧密关联。② 而一些低质的网络小说通常是一根线到底的简单剧情设计,结构的安排往往粗糙经不起雕琢。《昭奚旧草》则以男女主人公的情感脉络为总体线索,分卷穿插了四对支线配角,连缀成一整张关系网。男女主人公乔荷乔植前世为异母兄妹,因奸佞迫害双双惨死。转世后乔植化身为妖君奚山,力图破除乔荷转世——太子扶苏的孤寡命格,引其修成天子之志。历经种种的二人觉察到天命所定的不伦姻缘,碍于人伦只落得去世和独活的终局。四个支线涉及人与妖、妖与妖、公卿与皇族之间的情感纠葛;其中也不乏手足之亲、朋友之义、家国之爱。虽然故事线繁杂交织,书海沧生却巧妙地在行文各处布置伏笔,成功地串联起整个小说的架构。

首先,在小说的引子里,作者便借乔荷死后与道祖的对话引出后文出场的诸多人物。"前世替你的人"即害了乔荷的敏言大帝,"来世我去做他们"即乔荷转世后成为帝位继承者太子扶苏;"前世哭你的人"即乔荷死后痛哭三十日的

---

① 书海沧生.昭奚旧草[M].南昌:百花洲文艺出版社,2015:259.
② 杨志平.论"草蛇灰线"与中国古代小说评点[J].求是学刊,2008(01):110.

乔植,"我来世与她做三年夫妻"即转世后做了三年夫妻的扶苏与奚山君。书中这一世的配角在上一世都有角色对应,如乔荷死前握住的棋子是后来的五世相爷,拜祭他坟墓的乞婆是后来的章咸之,滴上乔植血泪的玉是来世借玉化形的乔三娘。其次,这种伏笔还体现在作者借人物所设的谶语中。善于占卜的乔太尉为乔氏兄妹所推演的卦语"乔公女,三百岁,太平日,嫁扶苏"和"植,三百岁,嫁乔荷"正印合了三百年后转世的扶苏和奚山结成姻缘。另外,制造巧合与误会也是作者埋藏伏笔的方法。前世敏言见到乔植的小像误以为是乔植的表姐妫氏,一见钟情,于是休弃了本有婚约的乔植,并在最后暗算了乔氏兄妹。乔荷的遗言"生何益,死何益"本意在鼓励乔植坚强地活下去,却被乔植误解为自己生死都无价值,导致其自刎的悲剧。这几种伏笔几乎在书中的每一章节都能找到,初读时读者会有晦涩难解之感,但是认真体味细节便会感叹于作者的精妙构思,这也是《昭奚旧草》对古代长篇小说书写传统的一种借鉴。

在崇尚简明速食风格的当代网文写作环境下,能够不考虑读者受众与市场收益,选择半白文字进行创作的作者并非主流。《昭奚旧草》写于2011年,这种文白合一的叙述语言和自然流畅的古典意境营造并不是当时古言小说的流行风格。这一年,《步步惊心》《扶摇皇后》两部古言作品通过影视改编进入公众视野,使"清穿小说"的影响范围大大拓展;宫斗小说《倾世皇妃》也在影视热播后收获巨大成功。穿越与宫廷题材创作热度大增,《水墨山河》《东风顾》《鸾凤欲鸣》等作品均以女性视角谈情,通常使用生活口语,用现代化的文字讲述古代故事;也有的作品则比较追求拟古性,词句华丽稍显藻饰。《昭奚旧草》中也存在着古言小说重点谈情的模式化主题,但却脱离了单一女性讲述视角,不单纯地为了谈情而创设情节,没有千篇一律的虐恋情深、家仇国恨的固定写作套路。史书纪事的记叙方式,细腻古朴的叙事风格,在当年的写作潮流中独具特色。同年,茅盾文学奖接纳网络文学作品参评,传统文学对网络新媒体文学呈现出接纳认可的态度,网络文学可以借此机会提升审美品格,在传统文学中找寻文本价值,这也为网络文学的创作提供了新的发展空间。但我们也应看到,网络文学背后离不开资本的运作,影视IP改编等手段使其市场化、商品性、娱乐性特征愈发明显,网络作品本身的文学性价值有待发掘。可以说,正因为网络文学颠覆了传统的认知模式,并不断生发新的意识形态,网络作家群和现代读者群才更易流失对传统文化的坚定信仰。而《昭奚旧草》的写作形式正是"网络时代信仰危机和信仰重塑的表现"①。网络文学创作中传统的复归,展现了当代网

① 欧阳友权.网络文学的人文底色与价值承担[J].求是学刊,2005(01):97.

文写作者已经关照到传统文化与人文精神,承担起通俗文学写作所负载的社会责任。正如欧阳友权所说,这些网络文学作品的背后"仍将是色泽饱和的人文底色"。①

第二节　体现传统特色的文化记忆

就一个民族来说,文化记忆通常潜伏在每个成员的意识深处,潜移默化地成为其日常生活中的常见要素,表现为一种集体性的认知方式和价值观念的总和。它是一个民族血脉相连和休戚与共关系的链条,承载着一个整体的民族自我意识。② 文化记忆即是民族意识的一种展现角度。"从媒介上来说,文化记忆需要有固定的附着物、需要一套自己的符号系统或者演示方式,如文字、图片和仪式等。"③在文学范畴中,典型意象的塑造或是写作背景的建构都可以负载传统的文化记忆。

一、鬼狐精怪的叙事元素

《昭奚旧草》作为一部古言小说却不乏奇幻色彩,古代志怪小说的元素在文中比比皆是,这即是对古典文化记忆中鬼神志怪形象的一种映射。书海沧生曾在访谈中表示:"就是对怪力乱神的东西感兴趣,在一次探亲途中闲读《聊斋志异》,觉得太有趣了,何不自己也写些这样的小故事。"④可以说,《聊斋志异》是其小说创作的灵感来源之一。

鬼狐精怪的意象是贯穿《昭奚旧草》全篇的叙事元素,这与《聊斋志异》等记述鬼神异事的文言小说有着相通之处。第一,《聊斋志异》中塑造了许多以动植物或其他无生命物为本体的精怪,《昭奚旧草》中也存在这样的精怪类型,"万物有灵"观念下人与自然的关系得到充分阐释。女主人公乔植转世后,寄魂于千年树龄的望岁木,成为奚山之主。奚山君座下首席臣子翠元是山中翠色石修炼成的石头精,其妻乔三娘是滴有乔植血泪的玉灵,善言的小侍童精灵阿箬是乔植被割掉的舌头。这些精灵妖怪在书中都承担着一定角色,在吸取自然的"灵性"时也被赋予人的特征。第二,狐妖是《聊斋志异》中最常见的女性形象

---

① 欧阳友权.网络文学的人文底色与价值承担[J].求是学刊,2005(01):97.
② 张德明.多元文化杂交时代的民族文化记忆问题[J].外国文学评论,2001(03):11.
③ 黄晓晨.文化记忆[J].国外理论动态,2006(06):62.
④ 端子.藏身郑州的"书海沧生"只想做个安静的写作者[N].大河报,2015-05-20(A29).

之一,蒲松龄将"人性"与"狐性"统一,一定程度上寄托其对人性本身的审美理想和冲破封建礼教束缚的期望。狐妻是聊斋爱情故事中的典型,而这一类女性形象往往美貌出众,兼具天真娇憨,纯洁善良的人性美。《昭奚旧草》中"嫁狐"篇的女主秋梨正是一只小狐妖。她心地善良,不谙世事。初次来人间游历,遇见从不相识却因红发被视为异类的季荇,毫无顾虑地将狐族特有的能化美貌人形的香赠出,帮助其改变发色重回王宫,结果自己变胖变丑再难化形。她重情重义,对爱情生死不渝。当夫君季裔被诬陷为叛臣、身陷死局时也不离不弃,更作出"君当乱臣,妾做贼子"之誓。秋梨的形象与聊斋中的善良狐女高度重合,这也是书海沧生心目中女性理想形象的化身。第三,《聊斋志异》中的鬼魂形象及人鬼相恋故事倾注了蒲公的颇多笔力,《昭奚旧草》的"谢侯"篇中,女主也以游魂的形态与男主重逢。全卷以鬼魂讲述的三个故事构成:丧夫农妇艰辛抚养儿子的自叙,落难小姐入青楼复仇的经历以及小郡主女扮男装追求爱人的闹剧。而每个故事的主人翁其实都是执念未消,化为游魂游荡于谢侯府中的成泠郡主。小说中的"讲故事"近似于《聊斋志异》中"民间口承文学"①的讲述方式,但不同于《聊斋志异》中女子为故事客体的设置,女鬼成泠是故事的绝对中心。以第一人称视角倒叙情节,能使读者获得浸入式的阅读体验,成泠"一人分饰三角"的复调叙事更是小说的独到之处。以上三种意象的塑造,体现了书海沧生的"聊斋"情结,虽然人物的饱满度和意蕴的深刻性有待进一步深化,却也不失为作者镌刻古典文化记忆的一种方式。

二、王朝历史的想象性建构

古代言情小说虽然被归类于"言情"标签下,但是"古代"所限定的时间条件又使其难以跳脱出历史的范畴。通常来讲,古言小说有两种模式设定:基于真实历史朝代背景的写作和"架空"历史写作,前者以穿越和种田小说居多,后者则见于各类古言中。"架空"即作者将不同时代的国情特色"杂烩"一体,主观架构起一个不存在的时空。从文化记忆的角度看,网络作家的这种想象性建构正体现了当代人们头脑中的史实映像,对过往历史的记忆方式似乎也是传统文化记忆的一个分支。

《昭奚旧草》中的历史虚构主要体现为对有意识吸纳了历史经验的人物命运、宫廷斗争、国情政治的描写。第一,主线人物命运多以"飞鸟尽,良弓藏"为

---

① 汪玢玲.鬼狐风情:《聊斋志异》与民俗文化[M].哈尔滨:黑龙江人民出版社,2003:312;书海沧生.昭奚旧草[M].南昌:百花洲文艺出版社,2015:260.

结局。乔荷本是惊才艳绝的少年忠臣，凭雄才韬略为大昭打下半壁江山，却引来天子忌惮，最后被下属和同样少年英才的对头敏言诬构叛国，被毒害在战场。英雄功高震主，邪臣奸佞作祟的模式也源于历史真实。第二，小说在历史建构中的斗争形式集中于储位之争、朝堂之争。皇子争权夺位，权臣结党营私掀起政治动乱的事件在大部分朝代都有史料记载。扶苏太子之尊，是皇位的第一继承人，却遭异母弟勾结权臣迫害，不得已流亡避难。季裔与季荇生而红发被皇室视作异端，他们亲兄弟间竟也会因皇位生嫌隙。古言小说中的政治斗争多数为展现人物特征和推动情节发展服务，缺乏意蕴的价值沉淀。第三，小说中的王朝政治也模拟历史中各国的国情往来，绘就了架空的政治版图。譬如扶苏向郑王献策议，分析郑昭两国国情，以"天子朽腐，百国离析，盖有起伏，狗死喘息"评君主得失。又如福太傅试诸皇子治国之才，评"战国史"中"卫氏变法"的得失，这里具体的法文条例皆拟自历史中的秦商鞅变法。《昭奚旧草》架空历史的建构背后，可以看得出作者对古代王朝历史作过一定的研究分析和资料搜集，才能使行文脉络与情节设置符合人们记忆中的历史认知，某种程度上对历史文化记忆的传递作出了自己的阐释。

第三节　折射现实的文化隐喻

在雷可夫和约翰逊的概念隐喻理论中曾提道："文化中最根本的价值观与该文化中最基本概念的隐喻结构是一致的。"[①]那么文化隐喻便是一个民族群体对自身文化现象的普遍认同，传递着该民族共有的价值取向。在小说创作中，意象的塑造、线索的设置或其他写作手法的应用都暗含着文化隐喻的意味。《昭奚旧草》中的伦理意识和审丑写作一定程度上也折射出当代人们的价值取向。

一、宿命观与因果论下的新时代伦理取向

在中国传统文化中，生死轮回和命运天定的观念似乎是封建时代天神崇拜情结下的民众群体认同。即便在崇尚科学的现代，这种观点也部分潜化为人们心中的信仰印记。宿命观与因果论是佛教哲学中的基本理论，业报可视为因果的实现形式。在《昭奚旧草》中，男女主人公的命运转圜鲜明地体现了这种萦绕

---

① 莱考夫，约翰逊. 我们赖以生存的隐喻[M]. 何文忠，译. 杭州：浙江大学出版社，2015：22.

佛道意味的中式哲学。但是,《昭奚旧草》中的宿命因果论并不单纯地以冥冥中的生离死别刻画爱情。其独特之处在于由佛道哲学的基础上融入了传统伦理意识,一定程度上反映了封建社会的伦理意识形态,并且折射出现代社会中伦理体系的重构,这也是小说暗含的文化隐喻。

第一,男女主人公的命运走向脱离不开"宿命"的操纵。扶苏命定一生孤寡无子,无缘君位,奚山君却一再相助他摆脱天命桎梏,这是人对天道的抗争。而奚山君因违背天道遭受反噬,为扶苏产下鬼子后力竭而死,最后扶苏仍是孤身一人,正体现了宿命的不可违抗性。道祖这一形象的设置更像各色人物命运的主宰者,在开篇的对话中,他根据乔荷回答来世愿望设计出其他角色下一世的命运,这种安排即是宿命的恒定性。道祖的设计构思应该衍生自道家宿命观,即生死具有必然性,人应该遵循客观规律,顺其自然。第二,因果轮回的设定是构成情节线索的重要方式。扶苏在幻境中化为蟋蟀,遇到了三百年前落水的幼年乔植,向乔荷,即前世的自己求救,从而引出乔荷与乔植的第一次相遇。主人公通过现世的机缘,种结了前世的因,这种因缘相继的关系正印合了佛家的因果观。敏言带着错失真爱的记忆进入轮回,奚山因为违抗天命不能入轮回,"轮回"在这里成为分割新生和永逝的端口,它承接了人物前世所种的因,开启了后世将达成的结局,贯通了情节的长线。

在宿命观和因果论背后潜藏的伦理意识值得进一步关注。男女主人公的爱情并不是纯粹的两性情感,二人之间存在着不可割舍的血缘关系。在前生他们是异母兄妹,因父亲乔太尉卜卦得出妹妹重生之法是二人结为夫妻三年,所以第二世的恋情是天命所定。在封建社会的道德伦理体系中,人伦关系深受礼教系统的规约,是绝对不可以僭越的。亲兄妹结亲,不仅被礼教世风所排斥,更被视作有违天道,泯灭人伦。《昭奚旧草》中,作者却以转世为手段,冲破血缘伦理书写爱情,这实则是对封建伦理体系的一种全新解构。实际上,新时代的社会伦理早已跳出封建意识的圈子,呈现出诸多新面貌。在网络文学创作中,许多新类型作品的产生便是新时代社会价值取向的一种展现。例如当前网络中最盛行的耽美小说,这类作品源于日本,往往摹写同性男子之间的情感。不少耽美作品文质皆优,如晋江"大神级"写手 priest 的科幻耽美小说《残次品》已摘得第三十届中国科幻"银河奖"最佳原创图书奖,从网络文学的角度看,这样的成绩是不俗的。在封建伦理体系中,同性之爱被视为正常人伦秩序的一种反叛,内地素来被冠以"禁忌"之名,《圣经》中更有明文阐释其违禁之因。在近几年,耽美小说却成为阅读流行趋势,伴随大规模的网文消费市场出现,这正体现了新伦理体系对旧伦理体系的冲击与重构。时代的革新会推动社会伦理价值观的重新组合,网络文学的写作正是这种变化的直接展示。

二、审丑意识的文化映射

审丑是对立于审美的一种新的审美情趣。它是将原本"丑"的东西纳入审美范畴,达到一种美的享受。① 从表层意义来理解,审丑即对"丑"的外表进行审视;从深层意义来体味,审丑是对某一人物或现象的根本性质进行赤裸裸的揭露。在网络古言小说创作中,美貌是主要女性角色的典型特质,完美女神的形象往往符合主流审美及大部分读者的阅读期待。外表平淡无奇乃至丑陋的角色鲜少担任主角,他们的作用往往是作为配角来反衬主角的"颜值"。而在《昭奚旧草》中,作者却塑造了一批非典型的女性形象。

第一,人物的外在形象抛弃了对典型美的追求。女主角奚山君身为望岁木所化,舌为望岁枝条无味觉,面容枯槁,一副眼圈青黑的痨病鬼形象,常年作男子打扮。前生为乔荷时更是长不高的"三寸丁"侏儒形象。"嫁狐"篇的女主也一反志怪小说中的狐媚美人形象,面容平淡且身材微胖,哭泣时像"泡了水的梨子"。成觉之母穆王妃是太常卿家闻名的丑女,为世人所嫌。这些人物的外在均以"丑"为特质,完全不似一般古言小说中女性的娇美明艳,呈现出突破典型美的写作倾向。第二,丑化形象的背后仍以美为本体。乔植喝了药水才停止长高,秋梨将奇香丢失才无法化为美貌人形,变丑之前他们都具有美的皮相。这说明作者心中仍存有对典型审美的认同,所有"丑"的铺陈都留有回转的余地。第三,多数丑角均具有人性优点的内在美。他们性格坚韧,心地善良,人性之美掩盖了稍逊色的外表,散发出独特的人物魅力。可以说,书海沧生的审丑式写作旨在抒发对人性本源之美的呼唤。当代社会,"外貌至上"主义使大众的审美取向显现畸态。诚然,外在美好的事物总会让人心旷神怡,但在各种意识形态杂糅的当代社会,对"美"的过度追捧恰恰是病态的审丑。小说中无意识流露出的只看重表象的"买椟还珠"式阅读接受趋势正是对大众审美心理的一种映射。

在大众认知中,网络文学作品更像是一种"文化快餐",是在新媒介与市场需求下应运而生的娱乐消遣品。部分低劣作品文字随意拼接,情节倒错混乱,加之作者个人的私语化生活体验,使网络作品的文学审美功能性大大降低,缺乏宏阔的文学视野与探究价值。古代言情小说的创作素材往往取之于古典文化传统,力求运用"古香古色"的语言、古典小说的叙事技巧来贴合"古典"标

---

① 李巍.论新写实主义小说"审丑"的美学价值[J].惠州学院学报,2019(02):73.

签,却往往因为用力过猛或功底不够造成文字滥用的后果。《昭奚旧草》中仍旧存在诸多古言小说的模式化症候。其半文半白的叙述语言虽然具有古典特质,但某些细节文字过于隐晦,像是作者的私语呢喃,矫饰色彩较多,不利于读者接受。在情节的架构上,有的地方逻辑不连贯,人物冲突不鲜明,行文的生动性较为欠缺。究其根本,它并没有脱离言情小说的爱情主题,意涵的深刻性和文本的研究价值均有待提升。但总而观之,《昭奚旧草》仍是古言小说中的一部佳作。作者能够在一定程度上脱离市场化运作的浮躁风气,在满足读者需要的同时潜心创作出这样一部将古典文化精神与网络写作新形态相结合的作品,是难能可贵的。这一类作品承继了优秀传统文化的内核,体现了作者的人文关怀和社会责任担当,是时代精神的新需求,也是未来网络古言小说应该坚持的创作方向。

第五章　从琼瑶到网络言情小说
——如何谈情说爱①

琼瑶小说和网络言情小说的流行分别表征着不同时代的青年精神图谱。20世纪80年代，琼瑶小说在内地引起了一股言情小说热潮，深受广大青年女性的喜爱，40余部小说作品几乎全部被改编成影视剧作，而其之所以大受欢迎与当时的社会环境不无关系。80年代，人们刚刚经历过"文革"带来的伤痛，小说对真挚爱情的表现无疑带给读者一种精神上的慰藉，作品中激荡的爱情故事与其现实生活的内在体验相呼应。2003年后，琼瑶几乎不再发表新作，风靡一时的"琼瑶小说"逐渐退出大众视野，满足读者需求的网络言情小说开始广泛传播。

1998年，蔡智恒在台湾成功大学BBS上发表的言情小说《第一次亲密接触》被称为网络言情小说的开端。此后，《成都，今夜请将我遗忘》《八月未央》《彼岸花》《此间的少年》《与空姐同居的日子》等逐渐形成网络言情小说集群。自2003年起点中文网等文学网站开始推行VIP付费阅读制，使网络写作职业化成为可能，吸引了更多写手进行网络文学创作，网文言情小说数量大幅增长，一些网文界的"经典"之文也多出现于此时，它们的走红又引领了同类型小说的不断翻新。现代言情方面，《何以笙箫默》(2003年)引领了都市言情类的热潮，《佳期如梦》(2008年)促成"高干文"的走红，《微微一笑很倾城》(2009年)开启"网游文"先河；在古代言情方面，《梦回大清》(2004年)开启"清穿文"热潮，《后宫·甄嬛传》(2007年)是"宫斗文"的代表之作，《花千骨》(2008年)是"仙侠文"中的佳作，《庶女攻略》(2010年)则引领了"庶女文"的风气。2011年被

① 江南大学网络文艺研究中心成员侯文雯参与了有关"言情小说"的讨论和写作，谨此致谢！

称为网络言情小说改编元年①,此后越来越多的网络言情小说被改编成电视剧或电影,网文言情的传播与受众进一步扩大。2011 年 9 月,根据桐华的《步步惊心》改编的同名电视剧播出,引发"穿越""清宫"题材影视热;同年 11 月,根据流潋紫的《后宫·甄嬛传》改编的电视剧《甄嬛传》首播并走红。可以说,网络言情小说已成为网络文学中不容忽视的重要组成部分,并继琼瑶小说后逐渐取代港台言情,成为新世纪言情小说的主力。

目前学界主要关注网络言情小说对琼瑶小说爱情观念的继承,少有对这一观念发生的变化展开讨论。实际上网络言情小说正在书写更加符合当下阅读期待的言情故事,而考察这一转变无疑有助于勾画作为类型文学的言情小说的发展脉络,有助于呈现时代心理的变化轨迹。相比于琼瑶小说,网络言情小说在言情空间、言情主体、言情机制等方面都有新变,这一变化折射了当下的大众心理走向。

第一节　言情空间扩容:从家庭空间到社会空间

时空经纬是习见的把握"世界"的两个维度,在可见的地理区隔中衍生出不同地域的人群、种族、民族和文化情感结构。文学叙述也总是在可见、可感的物理空间铺陈开来,继而探讨特定空间中的人、人的生活及与世界的关系。② 相比于琼瑶小说的女主人公,网络都市言情小说中的女性人物拥有更多的社会活动空间。在琼瑶小说中,女性往往囿于封闭性空间,如庭院、城堡、闺房、卧室等,而网络言情小说,尤其是网络都市言情则将女性的活动场所由家庭性空间拓展至社会性空间,言情空间的扩大意味着现代女性对传统性别空间区隔的打破,其背后反映出的深层诉求是女性对平等的两性关系的追求和建构。

庭院和城堡是琼瑶小说中的主要言情空间。帘幕重重的庭院和墙壁高耸的城堡均具备一定的封闭性,而这正是女主人公长期居住和爱情发生的地方。小说《菟丝花》的主要场景是罗宅,这是一座掩映在花木树影之间、远离人烟的独栋别墅,女主人公忆湄寄居此处,男主人公中枡是其家庭教师,二人爱情的发生、矛盾的产生全部集中在罗宅,而书中其他主要人物如罗教授、罗太太、皑皑、皓皓等也不超出罗宅的范围。在《紫贝壳》中,男主人公夏梦轩为女主人公许佩

---

① 邵燕君.网络时代的文学引渡[M].桂林:广西师范大学出版社,2015:407.
② 张春梅.网络文学"现实"的多重变异、未来性与大众美学[J].中国文艺评论,2022(3):70.

青购置了一处静谧幽深的庭院,二人相爱后,许佩青终日在院落中默默等待夏梦轩的到来。在《梅花烙》中,孤苦无依的白吟霜先后被皓祯安排在府外宅院和府内庭院,而无论在哪一处,二者的爱情日常均为白吟霜等待皓祯。在《彩霞满天》中,少女时期的女主人公殷彩芹则居住在城堡之中,那由石头高高堆砌起来的城堡不仅在现实中隔绝了乔书培和殷彩芹这对有情人,也象征着二人身份上的差距。

　　言情空间多限于庭院、城堡等封闭式、家庭式空间反映了女主人公在爱情中的被动性和爱情在其生活中的重要占比。一则,在上述小说中,女性人物往往处于等待的一方,这就决定了她们在这段情感中的被动、从属位置,如忆湄在罗宅等待中枬为其补习功课,否则她便没有见到中枬的机会;许佩青居住在夏梦轩准备的别院中日日期盼他的到来;白吟霜也是如此——“逐渐地,他不来,她生活在期待里,他来了,她生活在惊喜里。期待中有着痛楚,惊喜中有着隐忧,她是那样患得患失,忽喜忽悲了。”①由此可知,居住在庭院、城堡中的女性人物受客观条件所限,在爱情中难以获得主动权,从列斐伏尔的空间生产理论来看,任何空间都包含并掩盖着社会关系②,琼瑶小说的言情空间所体现的两性关系即是女性往往处于被压制的一方,居住在庭院、城堡等私人空间的女性们显然是男性的私人所有物,而这并不是一段平等的两性关系。再则,琼瑶小说中的女性人物往往陷于等待之中而无他事可做,因此爱情约等于其生活的全部内容,这说明爱情对女性人物具有重要意义,这一点从《紫贝壳》中许佩青对夏梦轩的表白可见一斑:“别对我变心,梦轩,我太弱了,只能依赖你给我生命。”③在琼瑶生活的年代,女性仍被禁锢于传统性别想象的枷锁之中,在经济、社会地位、心理状况上都无法获得和男性相同的处境,这也导致了婚姻事实上成为女性的重要谋生手段,因此也成为其生活中的重要部分。《庭院深深》中的章含烟从茶厂女工一跃而为少夫人,后化身为小学老师重新出现在柏园,原本已经是经过国外生活历练的独立女子,但终逃不过一个“情”字,所思所想依旧是原先的路子。显然,琼瑶时代的社会现实限制了作者对女性生活内容的想象,因此爱情在女主人公生活中的重要占比是可以想见的,琼瑶小说的独特意义也正在于此,即作者将爱情推上了神坛,将婚姻这一具有交换性质的行为赋予情感层面的强力支持和肯定。然而随着时代的发展和观念的改变,女性逐渐从家庭走向社会,相应地,爱情发生的场所也有所扩大,这在 21 世纪以来的网络言情小

---

① 琼瑶. 琼瑶全集:第 6 辑·梅花烙[M].北京:北京十月文艺出版社,2014:33.
② 亨利·列斐伏尔.空间的生产[M].刘怀玉,译.北京:商务印书馆,2021:124.
③ 琼瑶.紫贝壳[M].北京:北京十月文艺出版社,2015:129.

说中得到很好的呈现。

　　网络言情小说中的言情空间集中于社会空间,这一点尤其体现于网络都市言情小说,即各类职场空间和消费空间。网络都市言情小说涉及的职业十分广泛,如小说《第三种爱情》中的律师邹雨,《何处暖阳不倾城》中的明星秦暖阳,《佳期如梦》中的广告公司职员尤佳期,《蜜汁炖鱿鱼》中的主播佟年,《翻译官》中在外交部工作的乔菲,《何以笙箫默》中的摄影师赵默笙,丁墨的"商战"系列作品——《你和我的倾城时光》《莫负寒夏》中的职场精英林浅、木寒夏,以及其"探案言情"系列小说——《他来了,请闭眼》《美人为馅》《如果蜗牛有爱情》中的翻译员、警察,等等。工作时间,她们出入于律师事务所、高档写字楼等职场空间;下班后,她们出现在餐厅、商场、咖啡厅、酒吧等消费空间,因此其与男性主人公的相遇以及相爱正是在上述两类空间中展开。如《莫负寒夏》中木寒夏和林莫臣在工作过程中彼此欣赏,感情逐渐升温;《他来了,请闭眼》中薄靳言通过招聘翻译助手与简瑶相识,在工作过程中二人配合无间,情愫暗生;而《翻译官》《佳期如梦》中的男女主人公则在夜总会相遇。此外,即便是古代言情也逐渐走出深宅内院,将笔触延伸至庙堂之高与江湖之远。以《凰权》为代表的"权谋文"和《有匪》为代表的"江湖文"打破了传统的性别想象,将女性作为武侠、权谋等具有男性气质题材的主人公,扩大了谈"情"的空间和场所。在《有匪》中,周匪和谢允在一场场生死关卡中确认、升华情感,携手平定江湖纷争;《凰权》中,风知微和宁弈在一次次朝堂博弈中相互吸引,互表心意。此外在古代言情中也不乏"职场空间",如《名门医女》《娇娘医经》等小说,女主与男主人公的相遇正发生在行医过程中。可见,在网络言情小说中,男女主人公的谈"情"场所不再限于庭院、城堡等封闭式空间。

　　显然,网络言情小说对性别空间进行了重新划分,而其对言情空间的拓展正表明爱情不再是女性生活的唯一。如果说传统的教育和习俗强加于女性的局限在一定程度上限制了其对世界的控制和责任感,使其被动地困在家庭之中,那么现代社会则给予了女性更多机会来打破这种局限,使其能够走进更广阔的社会活动空间,反映到文学创作中则女性社会经验明显增多,对自我期许发生转变,女性人物获得自我实现的路径不止爱情一条,她们完全能够通过创造社会价值来实现人生价值,换言之,相比于琼瑶小说中的女性人物,网络言情小说中的女性不再将人生的全部意义寄托于爱情。具体来说,女性人物从庭院、城堡等家庭性、私人性空间走出,她们更多出现于办公楼、商场等社会性空间,这里不仅是男女主人公爱情的发生地,也是女主人公创造并实现社会价值之所在,也就是说,她们的生活重心不限于爱情,尽管情之一字仍是小说重要的讲述内容,爱情是其人生意义的组成部分之一,但已经不是全部,她们在追求爱情的道路上同样注重追寻个体的成长。由于网络文学的互动性质,网文作者能够及时、有效地了解当下读者的心理需求并将其呈现出来,因此以上创作的变化正折射了当下的社会现实心理,如果说琼瑶时代的女性读者更期望从小说中获得美好的爱情体验,网络言情小说读者的期待显然已不止于此,除爱情之外,读者同时希望看到女主人公的成长发展历程和个人价值的实现,从而产生一种对现实生活的替代性满足。因此,当女性能够获得经济独立和人格独立时,如琼瑶小说中女性处于被动地位的局面就很难说服现在的女性读者,更大的社会活动空间才是当下女性心之所向。总的来说,通过对现实文化心态的及时捕捉,网络言情小说反映出了当下女性期望能够独自创造社会性价值的心理,这也侧面反映出爱情在其生活中比重正在发生变化。

同时由于空间的性别属性,其变化也呈现了两性位置的转变。女性主义地理学者认为,空间中也蕴含着男女的二元对立,即"这种二元划分也深刻隐含于空间的社会生产、在[自然]与人造环境的假设,以及影响谁该占用哪些空间,而谁应该排除在外的规则中"①。因此,在女性主义地理学家看来,空间并不是中性的,它刻有性别权力关系的印记,如琳达·麦道威尔所指出的——男性的空间意味着公共、外在、工作、生产、权力和独立,女性所处的空间则意味着私人、内在、家庭、休闲/娱乐、消费、依赖和缺乏权力②,因此公共空间是男性的,而私人空间是女性的,两性在空间权力上并不平等。由此再次印证了列斐伏尔的观点,空间是社会的产物③,渗透着人类意识,在这个意义上,性别空间的变化也反映了性别划分和空间区分之间新的关系的产生。

因此言情空间的拓展不仅表现了爱情在女性生活中占比的下降,更反映了当下社会中新的两性关系的构建。在琼瑶小说中,女性的固定活动场所是厨房、卧室、院落,这类空间设置仍然遵循传统性别空间规范,即在男尊女卑的等级设定下,女性被限制在一种具有从属性、私人性质的空间之中,这也正对应着其在两性关系中的从属地位,显然这并不是一段平等的情感关系,从这个意义上说,空间刻有性别权力关系的印记,而网络都市言情小说则更多将女性放置于城市空间之中,使其能够在一定程度上与男性处于平等位置。空间的改变意

---

① 琳达·麦道威尔.性别、认同与地方:女性主义地理学概说[M].徐苔玲,王志弘,译.台北:群学出版社有限公司,2006:15.

② 琳达·麦道威尔.性别、认同与地方:女性主义地理学概说[M].徐苔玲,王志弘,译.台北:群学出版社有限公司,2006:17.

③ 亨利·列斐伏尔.空间的生产[M].刘怀玉,译.北京:商务印书馆,2021:124.

味着社会关系的重组和社会秩序的重构,也就是说,社会格局不再由男性独自规划,而由男女两性共同参与打造,其背后反映的是女性对平等的两性关系的追求,网络都市言情小说对言情空间的拓展正是对这一社会现实的反映。当女性更多地参与到社会事务中后,她们的自我期许和自我想象也将发生改变,从而满足当下读者的期待。

第二节　言情主体的改变:从"女弱男强"到"女强男强"

女性人物形象是言情小说的主体,关涉到小说主题思想的表述,而从琼瑶小说到网络言情小说,女主人公的形象已然发生变化。相比于琼瑶小说中的"女弱男强",网络言情小说致力于塑造"女强男强"的人物类型,也就是说,女主人公由柔弱无依变为坚强独立,相应地,两性关系由女性依附男性变为女性与男性并肩,由此显示了有别于琼瑶时代的大众文化心态。这里的"弱/强"并非指人物性格力量强弱,而是在人物出场之时,就已经被安排在社会结构中的弱势位置,由此,在社会关系和生存条件上设定了社会差异。不同场域,其法则也必然不同。但越是社会阶层差异大的爱情,越能见出爱情的动人。

"女弱男强"是琼瑶小说中一种常见的人物设置,许多女性人物身份被设定为"孤女"。在琼瑶小说中,这类女性人物虽贫寒无依,与男主存在身份之别,但她们宁折不弯,追求有尊严的理想爱情,如《梅花烙》中的白吟霜、《紫贝壳》中的许佩青、《几度夕阳红》中的李梦竹、《秋歌》中的董芷筠、《心有千千结》中的江雨薇、《菟丝花》中的孟忆湄等。《梅花烙》中,白吟霜在养父去世后,孤苦无依,被皓祯安排在王府之外的别院,当皓祯之母雪如先后以名誉、荣华要挟诱惑她主动离开皓祯时,白吟霜宁死不从,宣言道:"要我负皓祯,以绝他的念头,不如让我消失,以绝所有的后患"①,由此可见其对爱情的忠贞不为任何外力所改变。《几度夕阳红》中,当丧夫离母的梦竹独自奔赴千里来到何宅寻找恋人何慕天,却被告知其早有家室,对梦竹只是逢场作戏时,李梦竹虽仍深爱着何慕天但仍决然断绝这份关系,不为瓦全。《菟丝花》中,女主人公忆湄也只是罗宅收养的孤女,但当罗夫人要求她将爱人中枬让给自己的女儿皑皑时,忆湄并未同意,由此可知忆湄虽然在物质条件上有所欠缺,处境上受制于人,但并不因此舍弃自身尊严。以上种种都表明了"自尊"对女主人公的重要性,表达了其追求有尊

---

① 琼瑶.琼瑶全集:第6辑·梅花烙[M].北京:北京十月文艺出版社,2014:55.

严的相爱的爱情观念。

琼瑶小说中的女性人物以"孤女"身份追求"自尊自爱"的爱情,虽然反映了一定的现代爱情观念和女性自我意识,但仍然处于传统两性关系中的依附状态,生活中除了至死不渝的爱情,似乎再无其他。其一,身份差异造成爱情延宕。她们也曾因"孤女"身份感到自卑,在心理、情感上对男性人物产生依赖、崇拜,甚至将其视为精神支柱。《梅花烙》中,白吟霜被皓祯安置在别院时心里感到不安——"自己的身份,非主非仆,到底会怎样呢? 皓祯对自己,虽然体贴,却保持着一定的距离……这种生活,是苟安呢,还是长久呢?"①白吟霜的这种自我怀疑心理究根结底源于她对皓祯潜意识上的依附,因此在爱情关系中,她往往处于弱势的一方。当皓祯苦等吟霜而终于等到时,他立刻爆发压抑已久的情绪——焦急、烦躁,而吟霜面对其责问只有不断的道歉、自责,而实际上她并未做错什么——"吟霜急切地点着头,眼里充满哀恳之色。'我知道错了,以后再也不会了!'"②此处女主人公的一味退让和委曲求全是暗含潜台词的:我以为身份重要,但爱情是我的生命,所以"我错了"。"爱情"在这里被塑造成"神"。其二,经济基础的差异决定交往方式。身为"孤女",白吟霜等人常在经济层面受限于人,从而导致她们在生活上不得不依赖男性主人公,这主要受当时的社会情况所限,即社会并没有为大部分女性提供独立生存的空间。琼瑶小说中的女性多为自尊自强者,在爱情的结构中常因经济问题而被迫撤离,如《秋歌》里的董芷筠;或等待爱情天神来解构现世的物质残酷,把经济问题抛掷一边,只要有爱情,男女双方便可以拥有一切。显然,这样的想法、写法都有一种极浪漫、超俗的气质运作其中,在物质并不发达的 20 世纪六七十年代,或者说大家彼此之间经济差异并不明显的彼时彼刻,这种超拔的爱情是很给人以梦想实现的可能性的。当到了 21 世纪的当下,世界的互联互通,早已打破了诸多禁忌,经济上的独立前所未有地成为重要的立身之本。网络言情文学接纳了琼瑶反复书写的自尊自爱,但更宣扬"自主"的现代爱情观念,较好地呈现出爱情中的女性主体意识。

"女强男强"是网络言情文学中一种较受欢迎的人物设置,这类女性人物自立自强,能力过人,表达了现代女性希冀与男性处于平等位置的情感诉求和社会意识。一则,在部分网络言情小说中,男女主人公不再存在身份差距,从而在一定程度上消解了琼瑶小说由于身份差异造成的男性对女性的拯救,或女性对

---

① 琼瑶. 琼瑶全集:第 6 辑 · 梅花烙[M]. 北京:北京十月文艺出版社,2014:33.
② 琼瑶. 琼瑶全集:第 6 辑 · 梅花烙[M]. 北京:北京十月文艺出版社,2014:38.

男性的依附。这一点在仙侠文中有集中体现,如《三生三世十里桃花》《三生三世枕上书》《上古》《香蜜沉沉烬如霜》等。在这些小说中,女主或为地位尊贵的上神,或为神族后裔,身份与男主人公旗鼓相当,这一设置也侧面反映出以身份、门第为基础的婚恋观仍影响着人们对配偶的选择,琼瑶小说中不为身份限制的爱情神话逐渐走下神坛。二则,这类女性人物往往能力出众,是男性欣赏的对象。在《三生三世枕上书》中,女主白凤九需亲手打造一款兵器方能接任青丘帝君之位,而其恋人东华帝君善于造匣,时间紧迫,任务繁重,当好友劝她主动向帝君寻求帮助时,凤九表示拒绝,并独自完成了剑匣的制作,凤九并不愿成为依附帝君的菟丝花的态度实际上折射了现代女性的爱情心理诉求,即在一段美好的爱情关系中,男女双方彼此独立平等,心灵上共同成长。总的来说,相比于琼瑶小说,网络言情小说中的女性人物形象整体上形成了一种转变,即不再柔弱无依,而是独立自主,她们在爱情中的位置也获得了相应的提升。

网络言情小说中女性人物设置的变化在一定程度上颠覆了男性视角下的女性想象,具备一定的女性意识。在女性主义学者看来,文学作品中也充斥着男权中心主义色彩——"立法者、教士、哲学家、作家、学者都热衷于表明,女人的从属状况是上天安排的,有利于人间。"①因此女性形象往往被塑造为弱小的、脆弱的,她们需要男性的保护,而这实际上是男性对女性的一种虚构和想象,但这种话语却在很长时间内主导着人们的思想,可以说,琼瑶小说中"女弱男强"的设置即是这一话语体系的产物,而网络言情小说中"女强男强"的人物设置则在一定程度上颠覆了男性视角下的女性想象,即是说女性人物不需要依附任何人,同样能够生存下去,同等条件下,她们取得的成就并不逊色于男性。事实上,如白吟霜般美丽但柔弱、善解人意并且逆来顺受的人物形象也并不符合现代女性的自我追求。因此,网络言情小说改换笔墨,试图恢复女性原有的面貌,体现了一定的女性意识。

此外,女性人物形象的转变实际上表现了网络言情小说对理想爱情关系的一种探求,即男女双方在情感中处于平等的位置,两人能够相互促进,共同成长,而不是女性依附于、臣服于男性。波伏娃已经鲜明地指出自人类社会存在以来,男女并不处于同一地位——"两性彼此必不可少,但这种需要从未曾在他们之间产生相互性;女性从来不构成一个与男性在平等基础上进行交换和订立契约的等级。"②由此,女性被迫放弃了作为人的独立自主性,成为第二性,这一

---

① 西蒙娜·德·波伏瓦.第二性[M].郑克鲁,译.合卷本.上海:上海译文出版社,2015:17.
② 西蒙娜·德·波伏瓦.第二性[M].郑克鲁,译.合卷本.上海:上海译文出版社,2015:546.

思想长久地影响着人们对两性的定位,比如琼瑶小说中的女主人公大多柔弱无依,在男主人公的保护下生活,如白吟霜、许佩青,因此爱情不但是维系两人关系的重要纽带,同时也是女主人公的生活保障,双方在爱情中的位置也不言自明,造成这一局面的主要原因在于女性人物缺乏经济独立。但现代社会则为女性提供了经济独立和人格独立的可能,使她们一定程度上在价值创造方面与男性处于平等的位置,进而唤醒了其参与社会事务、打造社会格局的欲望,如波伏娃所言:"女人正是通过工作跨越了与男性隔开的大部分距离,只有工作才能保证她的具体自由。一旦她不再是一个寄生者,建立在依附之上的体系就崩溃了;在她和世界之间,再也不需要男性中介。"①而这势必导致女性对个人时间、精力的重新规划,也伴随着爱情与事业之间矛盾的产生。从现实层面来说,网络言情小说中爱情事业双丰收的美好结局终究是具有白日梦性质的一种代替性满足,但其中女主人公对爱情和事业的双重追逐却是现下部分女性心理的真实反映,它展现了现代女性对自身主体地位的确认和捍卫,因此琼瑶小说中并不平等的两性关系显然已无法满足当下女性读者的期待,而网络言情小说对女性自主的描写以及对更加平等的两性关系的刻画就是题中应有之义了。

第三节　言情机制的重组:从"纯情"到"情与欲的纠缠"

网络言情小说对欲望的描写显然多于琼瑶小说。琼瑶小说更注重对情感的呈现,即便写到欲望,也是由情而起,即欲由情生,而网络言情小说则普遍重视对欲望的突显,情欲关系一变而为由欲生情,同时作为欲望物质载体的身体也被细致描画继而成为吸睛的焦点。

琼瑶小说将精神之爱作为叙事的重点,心灵的契合是爱情萌生的重要甚至唯一的要素。"不食人间烟火"是这种爱情发生的理想前提。《窗外》的女主人公江雁容是在心灵孤独的处境下遇见了赏识她的康南,从而与其相爱。当江雁容读过康南写给她的信后,她"苍白的脸显得更苍白,黑眼珠里却闪耀着一层梦似的光辉,明亮得奇异,也明亮得美丽"②。可见康南对她的怜惜与理解、安慰与鼓励是促使二人真正相爱的重要原因。《紫贝壳》中的许佩青和夏梦轩虽各有家室,但心灵上却处于孤独状态,二人相谈后引以为知音,对于许佩青来说——

---

①　西蒙娜·德·波伏瓦.第二性[M].郑克鲁,译.合卷本.上海:上海译文出版社,2015:883.
②　琼瑶.窗外[M].武汉:长江文艺出版社,2004:115.

"他显然能了解她所说的话。而已经有那么长的一段时间,她以为自己的语言,是属于恐龙时代或者火星上的,在地球上不可能找到了解的人了。"①夏梦轩则惊叹和佩青的相遇是"怎样的遇合"②！这场相遇对二人来讲促成了生命的再生,也促成了爱情,而他们之所以彼此吸引,甚至枉顾道德地相爱,原因就在于这知己般的相遇,可以看到,两人之间的爱情不关涉欲望,只涉及真性与真情。《在水一方》中,杜小双之所以爱上卢友文是发于内心的崇拜和欣赏,当卢友文尽情发挥他的文学才华时,小双"就安安静静地靠在卢友文身边,用她那双清清亮亮的眼睛,含笑地注视着他"③。同样,二人的结合并非来自肉体的吸引,而是精神上的契合。综合以上情节可知,琼瑶小说着重强调精神、心灵在爱情中的重要位置,对肉欲层面较少涉及,偶有谈起,也是生发于二人的真挚情感。在小说中,男女主人公的一切行为都由情指引,这也是标题中"纯情"二字的由来。

网络言情小说则注重呈现欲望之于爱情的影响,表现形式之一就是由情欲产生爱情。这类小说以晋江作者明月珰、尤四姐、蓬莱客的作品为代表,她们笔下的女主无不拥有绝佳的身材样貌,而男性人物对女性人物的爱怜也与其身材样貌紧密相关,情遂由欲起,此时"身体"已成为女性在爱情中的"武器"。比如在明月珰的小说《七星彩》中,作者就多次展现女主人公纪澄的容貌身段对男性人物造成的视觉冲击力,当纪澄策马时,让沈御印象最深刻的并不是她高超的技术,而是身体的魅力——"刚才纪澄活泼泼的'鹞子打滚',已经凸显了她腰肢的纤细和惊人的灵活,还有那双比平常人都更为修长的腿"④,这种属于女性身体本身的光彩也在男主人公沈彻心中留下了不可磨灭的痕迹,促使其情欲涌动,并逐渐爱上纪澄,如书中所言:"情由欲起,终将欲灭"⑤,因此欲望是其爱情生发的重要原因。"爱情"与"身体"在网络言情小说中构成了稳定的情感动力结构,当"身体"在前,其行为的表演性决定了这场后来发生的"爱情"是"可视可感"的,这就与琼瑶小说读者的"会心"有很大区别。欲望经济替代理想爱情成为当代人理解婚姻、爱情的法则,这一法则间接打破了惯见的男/女二元对立,赤裸裸的现实和欲望经济主宰下的大众审美趋向成为网络爱情书写的前文本和期待视野。当这种现实态度和欲望观被广泛接受为"真",琼瑶小说写法就

---

① 琼瑶.紫贝壳[M].北京:北京十月文艺出版社,2015:33.
② 琼瑶.紫贝壳[M].北京:北京十月文艺出版社,2015:33.
③ 琼瑶.琼瑶全集:第2辑·在水一方[M].北京:北京十月文艺出版社,2014:82.
④ 明月珰.七星彩:第37章[M/OL].(2016-11-27)[2023-08-27].https://www.jjwxc.net/onebook.php? novelid=2569832.
⑤ 明月珰.七星彩:第161章[M/OL].(2016-12-06)[2023-08-27].https://www.jjwxc.net/onebook.php? novelid=2569832.

显得"假"了。

以身体为资本的欲望书写赋予男性／女性各自论域内的文化资本,当琼瑶小说人物还在为身份、经济差异而苦恼,网络言情早已解决了这一问题。承认经济问题的首要性,和追求爱情之间并不矛盾。男性理所应当是护花使者,强大且英俊就是其必备外挂,女性则温柔、可爱、魅力妖娆等等,不一而足,总之是十足的欲望客体。如袖侧的《如果你是菟丝花》。女主人公夏柔是寄养在男主人公曹阳家中的孤女,夏柔坦言:"成婉面对曹雄时,便只有柔顺的姿态。如果那样反而能过得平安、开心的话,夏柔愿意在曹阳面前也只做一个乖乖听话的姑娘。"①她服从的姿态甚至令曹阳本人感到震惊——"夏柔却听话到了出乎他意料的地步。从她来到曹家,几乎是他说的每一句话她都遵从了。曹阳内心有些惊奇,但……非常受用。他就和他的父亲一样,是个有些大男子主义的男人。他们喜欢下命令,也喜欢被服从。"②而夏柔并不以为自己的服从是丧失尊严的表现,因为如果没有曹阳一家人的收容,她将流离失所,无枝可依——"谢谢你们,在我无枝可依时的收容。谢谢你们,容我在这屋檐之下,在你们的庇护之下,安稳生活,慢慢长大。"③夏柔纤细柔弱的身姿常常令曹阳产生怜爱之感,她的无条件服从极大满足了曹阳由男性中心主义思想生发的占有欲,而曹阳之所以对夏柔表白心意,则是因为无法忍受另一位男性对夏柔的占有,由此可见,相比于琼瑶小说中心意的相通,对于这部分网络言情小说中男女主人公爱情的发生而言,欲望的驱使是更为重要的先决因素。

这不仅表明欲望在爱情中的重要位置,同时显示了作者对于现实问题的思考,即在一段感情中,个人尊严与稳妥的生活孰轻孰重。两个时代的言情书写都对这一问题作出了问答,如果将琼瑶的《菟丝花》和袖侧的《如果你是菟丝花》放在一起作比较,就会发现作者给出了完全不同的答案。《菟丝花》对作为攀附的女性表达的是否定态度,作者期望女性能够成为坚韧的藤条,而非攀附他物生长的菟丝花。这和舒婷《致橡树》的启蒙诉求一脉相承:"我必须是你近旁的一株木棉,作为树的形象和你站在一起。"④男女两性,被社会化为差异的个体,但在爱情世界是公平的,这是现代以来为千万女性奉为精神圭臬的社会法

① 袖侧. 如果你是菟丝花:第 19 章[M/OL]. (2022-04-09)[2023-08-27]. https://www. jjwxc. net/onebook. php? novelid=2875055.

② 袖侧. 如果你是菟丝花:第 20 章[M/OL]. (2022-04-09)[2023-08-27]. https://www. jjwxc. net/onebook. php? novelid=2875055.

③ 袖侧. 如果你是菟丝花:第 3 章[M/OL]. (2022-04-09)[2023-08-27]. https://www. jjwxc. net/onebook. php? novelid=2875055.

④ 舒婷. 舒婷诗[M]. 武汉:长江文艺出版社,2012:76-77.

则。琼瑶、舒婷,她们的文字和对于爱情的呼喊并不是个人的,是经历了现代文化洗礼的现代人的底色。

　　网络小说《如果你是菟丝花》却通过"穿越"两世这样一个"假如可以重来"的假设,将两段生活彼此对应,打开曾被遮蔽的诸多裂缝,进而回答"我需要怎样的生活""怎样做才是我想要的"这一穿越而来的难题。与其说这部小说对成为菟丝花的女性表达了谅解和某种程度的肯定,即"她本就是一个精致、温婉又脆弱的女人,须得男人好好呵护才能活得下去。她一旦失去了这种呵护,甚至感到无法独自的活下去,只能懦弱的去寻死……成婉,真的就只能做一株被精心养在名贵瓷器中的菟丝花"①,倒不如说丁墨巧妙地在前世后世之间搭建起了所谓"误会"这一浮桥,从而将男主人公曹阳内心的"软弱"和女主人公夏柔的"自以为是"作为"真相"呈现在读者面前,至于夏柔是否要做菟丝花,是否要将自己寄人篱下的生活窘境与爱情冲突扭结得乱七八糟,都不重要。作者所要呈现的是两度为人的"虐心之恋"。夏柔虽然发出疑问——"前一世,她那么拼命逞强,就是为了不成为和成婉一样的女人……她深爱成婉,却也不喜成婉。可她自己,却还活得甚至不如成婉,一辈子,图的到底是什么?"②但这并不是说夏柔就舍弃了自尊,相反,在这"重来"的人生,她获得了认知自己的可能,她"清醒"地看着自己生活,反省"曾经的我"之种种,最终看到了曹阳内心的"真爱"。当把网络小说《如果我是菟丝花》和琼瑶的《菟丝花》连在一起,就好像曾经的爱情之问再次被唤醒,那些有关真爱空间、现实空间的诸种问题并没有从生活中走开,只是空间中的人的观念发生改变。经济问题,已经不是爱情天平中必须搁置一边的问题,它就在那里,否认就是欺骗,网络言情已经不再在这上面大做文章了。反过来看,琼瑶小说"止乎情",几乎不谈"日常生活",网络言情则将重点落在"凡俗人生",衣食住行之间的爱情是今之读者稳固的阅读取向,其生活态度可见一斑。

　　在20世纪80年代后期以来的文学书写段落中,"性"被赋予结构和解构的文化功能,曾以一种"先锋"姿态进入文学、走进社会,王安忆的《小鲍庄》、贾平凹的《废都》、陈忠实的《白鹿原》,这些作品打破了沉重的社会禁锢和伦理禁忌,把人内在的被遮蔽的本性释放开来,以形而上的自然之态与腐败而古老的社会现状对话。但关于"身体""性"的书写很容易就同茶余饭后的"情色文化"

---

　　① 袖侧. 如果你是菟丝花:第9章[M/OL]. (2022-04-09)[2023-08-27]. https://www.jjwxc.net/onebook. php? novelid=2875055.

　　② 袖侧. 如果你是菟丝花:第9章[M/OL]. (2022-04-09)[2023-08-27]. https://www.jjwxc.net/onebook. php? novelid=2875055.

接轨,经由网络这一无远弗届的新媒介,与民间的狂欢底色接壤。不断翻新的类型化书写在情色一脉上可谓下足功夫。由言情,到情色,再到肉文,常常就是一墙之隔,其区别则在于写者的定位在哪里,思想的高度就在哪里。

　　琼瑶小说和网络言情小说同为言情小说,但时代不同,观念也就各有其限制。琼瑶笔下的爱情在古诗文加持之下刻意营造的情境展开,空间决定了人物的行为和彼此关联,社会关系的复杂性也就打了折扣,但她所追求的独立自主自尊的爱情,时至今日,仍然动人心魄,这是琼瑶的力量。网络言情小说,却不能以一者论之,它的论域太广,空间太过于恣意,写者和看者共同游戏,这就很难将其定于一端,给出确定的方向。但其雷同的舒适生活,图画般的人物形容,共同走过山水美景,莫管是古代还是现代,乡村还是城市,必备的元素却是都在,这就将其爱情落在了确定的物理空间,一切都已安排好,只看主角如何纵横捭阖、驰骋江湖。纵是游戏,也有游戏的前提,在这个意义上,游戏就是现实。像夏柔这样"穿越"而来,看似不可能,却呈现出了今时今日的爱情观和人生态度。可以说,在女性意识自觉这方面,今之网络小说并不一定就超越了琼瑶时代,但生活认知和价值趋向已大为不同。正如学者邵燕君所指出的:"很多人认为网络文学脱离现实是不对的……这里,所有的幻想都是现实焦虑的折射,更文的形式使这种折射特别及时,类型文的变迁正是社会价值和心理趋向变化的轨迹。"①从这个意义上说,网络言情小说成为管窥当下大众心理的有效路径。

---

　　①　李敬泽,邵燕君,陈晓明.网络时代的文学[J].中国现代文学研究丛刊,2016(08):14.

第六章　化身为"道"：玄幻文对传统生命观的继承和再阐释

　　自 1997 年罗森在网上连载了玄幻文《风姿物语》开始，网络小说逐渐进入快速发展时期；2004 年，被称为"网络四大奇书"的玄幻文(《紫川》《小兵传奇》《诛仙》《飘邈之旅》)横扫各大网络小说网站，"玄幻文学"成为网络关键词；2005 年，网络玄幻文线下出版，出版册数独占鳌头；2006 年至 2014 年进入网络玄幻文发展的有利时期，涌现出了不少玄幻文的代表作品，如耳根的《仙逆》《一念永恒》、天蚕土豆的《斗破苍穹》、辰东的《神墓》、梦入神机的《永生》、忘语的《凡人修仙传》，等等。第一届橙瓜网络文学奖"网文之王"的评选于 2015 年开始，评得"网文之王""五大至尊"等头衔的半数以上获奖者皆为玄幻文作家(唐家三少、天蚕土豆、我吃西红柿、耳根等)。截至 2020 年 2 月，在起点中文网，作品分类为玄幻的共计 721 722 部作品，在男频网文中(除女生网外)位居榜首，远超其他类别文学作品，玄幻文的影响力可谓巨大。

　　"长生"作为一种生命观，是玄幻文[①]必不可少的要素。在玄幻文中，无论是《凡人修仙传》中的韩立，还是《永生》中的方寒，主人公似乎皆有明显的去肉体特征且老而不死。然而，当经历了科学技术革命、拥有唯物主义世界观的现代人与具有强烈玄学、唯心主义色彩的生命观产生碰撞时，"长生"所具有的社会精神力量将如何被再接受？接受群体的文化心态和情感结构会发生怎样的变化？这一系列思考构成了论述的起点。

---

　　① 玄幻文在创作上深受武侠小说、神话小说、科幻小说、西方魔幻小说的影响，它是指基于武侠小说衍变而成的一种新型小说文本，内容上多以异时空为背景，以拥有超自然能力的主人公为小说内容，追求强烈的阅读快感和代入感，以其娱乐性和游戏性迎合读者的小说类别。(张鑫佩.网络玄幻小说研究[D].苏州：苏州大学,2020)

第一节　作为母题的"长生"与生命观的嬗变

"长生"作为典型的文学母题,反映了人类对生命的认知与想象。世界上很多民族神话,如汉族的《山海经·海外南经》中的"不死族人"、普米族的"神牛喊寿岁"、纳西族的"人狗换寿"、景颇族神话"死的来历"等,都认为人最初像神一样具有长生的能力,他们把人类的早期历史想象为长生不死的黄金时代。从发生学的角度而言,人类历史上一定存在一个"人"是"自在"但尚未"自觉"的时代,同动物一般没有自主意识,也不知道死亡的意义。当"人"有了对死亡的认识之后,人类从动物中分离了出来。斯宾格勒说:"正是在关于死的知识中产生了我们作为人类非兽类的世界观。"①对"死亡"的恐惧意味着对"生命"的认知与渴望,这种渴望具化为"长生"愿,故而,不同时代对"长生"的认知往往反映着不同时代的生命观,象征着人类在哲学与科学的指导下逐步认识了自我价值、存在与极限,这个过程复杂而曲折。

一、生命神圣观：前诸子时期

相传上古伏羲氏时,洛阳龙马背负"河图"献给伏羲,伏羲依此演成八卦《易经》,一阴一阳谓之道,在阴阳相合的道中"长生"有了萌芽。"道"的本义是道路,后引申为应行之路、所由之路,最后进一步上升为天地万物运行变化和发展的规则或道理,成为一个可以涵盖全部体系的崇高概念。② 春秋时期,老庄衍生了以"道"达成长生的生命观。庄子认为"人之生,气之聚也;聚则为生,散则为死"③,"气"是生命的基础,"万物出乎无有"④,"气"自"无"中生。老子所说:"天下万物生于有,有生于无"⑤,又说"道生一,一生二,二生三,三生万物"⑥。可见,老庄思想认为生命本就是"无",而"道"是我们能够追求"无"的一种途径,他们将"生"的本质归于无形的物质,达到了精神上超越的高度。孔子的生命观与"道"也息息相关,"朝闻道,夕死可也"⑦,孔子认为人的价值"志于道",

---

① 奥斯瓦尔德·斯宾格勒.西方的没落[M].齐世荣,等译.北京:商务印书馆,1963:101.
② 凌先威.孔子生命情态观研究[D].合肥:安徽大学,2013.
③ 庄周.庄子[M].文心,主编.成都:天地出版社,2017:161.
④ 孔子,等.中国文化经典·庄子:下[M].杭州:浙江古籍出版社,2018:138.
⑤ 老子.老子译注[M].贾德水,译注.北京:北京联合出版公司,2015:93.
⑥ 陈鼓应.老子注译及评介[M].修订增补本.北京:中华书局 2009:225.
⑦ 倪可.论语新解:全译本[M].沈阳:万卷出版公司,2016:63.

要以德和仁来实现君子的人格。这是一种"君子式"的生命观,它以"学"来认识世界与自我,将形而上的理想人格具化到形而下的现实人格,是一种带有入世色彩的生命观。虽然以上两种生命观对生的认识有所不同,但毫无疑问,这两种生命观都强调人的生命是神圣的。

二、生命人生观:西汉时期至魏晋南北朝

西汉时期,与前诸子时期时代不同,汉儒董仲舒将阴阳五行纳入到了对"人"的认识当中,强调人"下长万物,上参天地",个体具有至高无上性,以天人关系的理论建构强调了"生"的现世意义。"生"不再是无形物质的认知影响了大众对生命观的认知,人者,一切生命中之一类生命,人生者,人在生活中掌握的生命长短,人生观者,寻求生命之秘以留存生之愉悦、超脱死之苦闷者。西汉史学家司马迁所编《史记》中叙述了秦始皇、汉武帝求取长生的故事。① 汉魏六朝出现了大量的遇仙小说与游仙诗,无论是郭宪的《洞冥记》、干宝的《搜神记》、刘向的《列仙传》,它们都在承认神仙、仙境存在的真实性,与尊道贵生的道教一般,认同人可以完成"长生不死、羽化登仙"。葛洪在《神仙传》中特别阐述了任何人均可享有神仙术②,拓展了接受"生命人生观"的群体,为后期生命价值观在中国文艺中的发展奠定了基础。

虽然在这一阶段对"生"追求的宗教意义大于文学意义,但这种思潮能够反映出生命观从神圣、不可道破转向了与人相关、由人把握,即从"生命神圣观"转向了"生命人生观"。"生命人生观"是人类在充分认识理解了自我与周边环境的大统一之后,以珍惜、参悟自我生命历程的积极方式,建立起了向内转的现实"生命观",是"生命物质观"的雏形。

三、生命物质观:唐宋时期

生命物质观是生命人生观的延续,相较于生命人生观它更加世俗化、物质化。就唐代相关的纯宗教小说而言,《玄怪录》《广异记》《续神仙传》都记载了修仙之人喝美酒、食佳肴、赏美人,他们持续着尘世的快乐,宗教意蕴已被入世行乐所取代。而唐代的凡人遇仙小说也摆脱了前世对虚无、仙界的追求,《逸史》记载了齐映遇见仙人后拒绝了飞仙的选择,反而选择了当宰相。此时,对

---

① 沈文华.从"长生不死"到"成真合道"——道教宗旨演变的历史考察[J].世界宗教研究,2017(01):127.

② 吴光正.域外中国道教神话、道教传记、道教小说研究及其启示[J].社会科学研究,2020(03):181.

"生"的追求已与功成名就、享乐现实不可分割,也可以说这是孔子"人世"的生命神圣观的延续。在《杜子春》中,"求仙"败给了"母爱",而爱是人性中最为基础的情感之一,由此,可以看到此时人性已经有了超越仙性的端倪。无独有偶,《莺莺传》中的莺莺已完全褪去了仙性,与现实生活中的女性无异,这也从侧面说明人性较仙性更能够吸引读者。

值得注意的是,生命物质观也体现在求"生"的手段上。唐宋"神仙主题"类小说讲述了神仙、道士们因炼制食用外丹、内丹而长生的故事,这种手段较生命神圣观的求"道"更加物质化。故而,生命物质观是生命人生观的进一步世俗化、物质化,它不仅以人性解构了仙的超越性,并且形成了可通过物质手段追求长生的观念。

四、生命价值观:明清时期至今

进入明清时期,生命观的内涵因小说的快速发展而被大大拓展,发生了嬗变。随着神魔小说的创作进入高峰期,出现了大量以取经故事、神话传说为原型的文言小说,如《西游记》《封神演义》《东游记》《西洋记》等作品,但在此阶段吸人眼球的不再是肉体何以长生的神话传说,而转向关注故事的情节发展与精神价值。寻求肉体"长生"的往往是丑恶的妖魔,《西游记》第七十八回师徒四人路过比丘国,国王为求长生而要求家家户户把小孩装在门前的鹅笼,吃其心肝,终是被师徒四人消灭;《红楼梦》中贾敬将庞大的家业抛下,以道观为家,整日只知道打坐、念经、炼丹,终是死于丹药过量。从这一类被反面书写的人物之中,可以看到创作者所寻求的生命绝不仅仅只是物质意义上的肉体"长生",《西游记》重在弘扬师徒四人克服九九八十一难的坚韧不屈精神,《红楼梦》则意向于人物背后不同人生观、价值观所导致的不同命运结局之蕴。小说的出现挖掘了生命背后的社会精神价值,对生命观的理解超越了"生命"本源,即肉体不死,以此阐述人类生命价值与伦理道德之间的对立统一。对生命的价值取向、本源思索实质上是对生命人生观、生命物质观的批判,是对生命神圣观的扬弃。

纵观玄幻文,无论是《一念永恒》《凡人修仙传》《陌路行客》《我师兄实在太稳健了》等以追求长生为目的的玄幻文,抑或是《斗破苍穹》《斗罗大陆》《遮天》《仙逆》等以追寻力量为目的的玄幻文,现当代大众所接受的"生命价值"往往更侧重个体生命价值的重量,即当面临冲突时,个人的选择对他人、对社会及对自身具有何种作用与意义,而不是肉体长生不死。它更侧重将生命价值作为自然现象与社会现象的综合,故而,生命价值观具有永恒性、时代性,它是个体价值与社会价值、内在价值与外在价值、潜在价值与现实价值等诸多价值的有机统一。从这一视角出发,生命观的嬗变过程兼具时间性与空间性,这也就解释了生命价值观的重要性,它是承前启后的。在现当代文学中,对生命价值观的书写与接受也会在继承传统的基础上有所创新,玄幻文也同样如此。

第二节　如何构建"长生"想象:
重构生命物质观中的"部分"

　　玄幻文的生命价值观何以在继承中国传统生命观的基础上兼具当代精神内涵,而不落入神秘学的窠臼?由于整体由部分构成而大于部分的功能,为解决这一问题,可以从玄幻文的"部分"看起,思考其何以重构"整体"的当代性。从细节处着眼,玄幻文往往以名称、手段、建构三个"部分"来继承传统、重构"整体"的当代性。

　　第一,发生了重构的是名称,尤其体现在"神""仙"二字。在早期,"古代神话中的'神'被描写为与常人完全不同的异类形象。而他们的长生不死和自由飞行等特征则是他们作为异类形象所具有的特征"[1],这样具有"异类"特征的神在《山海经》中比比皆是,《山海经·西山经》里的西王母"野豹尾虎齿而善啸,袁蓬发戴胜袁,是司天之厉及五残冶"[2],一个具有兽化特征的凶神形象跃然纸上;然而在东汉以后成书的《汉武帝内传》与《穆天子传》中,西王母已化身为"文采鲜明,光仪淑穆"[3]的温丽女神形象。这一典型的事例说明了"神"的"人格化",神不再是高高在上、凶神恶煞的神秘存在,其"人性"凸显了,生命物质观初现萌芽。在中国春秋以前相当漫长的时期里,有神而无仙。"仚(仙)"与"善"古音相近,极可能就是"仙"和"僊"的古字,马王堆帛书《老子乙本·道经》曰:"古之仚,为道者,微眇(妙)玄达,深不可志(识)"[4],对仙的形象遐想从一开始就与"为道者",即与人相关。由神而仙,由塑造凶神到向神仙"求不死之道"[5],"神仙"这一偏正概念[6]的出现反映了"神"的逐渐"人性化",反映了随着生产技术的发展,古代人民在逐渐拥有了改造自然的力量之后,诞生了对生的念想,其流变过程反映了生命物质观的成熟。

---

　　① 苟波. 神仙形象的"人性化"与道教的"世俗化"[J]. 宗教学研究,2008(03):26.
　　② 袁珂. 山海经校注[M]. 北京:北京联合出版公司,2013:45.
　　③ 张继禹. 中华道藏:第46册[M]. 北京:华夏出版社,2004:160.
　　④ 国家文物局古文献研究室编. 马王堆汉墓帛书·壹:下[M]. 北京:文物出版社,1980:96.
　　⑤ 王利器. 新语校注[M]. 北京:中华书局,1986:93.
　　⑥ 曾建华. 观念复合与宗教神权——道教"神仙"观念的建构[J]. 江淮论坛,2016(03):96.

玄幻文的神仙也是长生不死的,但是他们往往被禁锢于尘世的竞争、迫害和俗欲,这表明玄幻文对"生"的想象与古代神圣观、物质观对"生"的想象的范畴已产生了变化,后者侧重自然死亡,而前者更似对现实人生困境的想象。《凡人修仙传》中付家老祖因曾经杀害辛如音、齐云霄而惨遭韩立灭门,此时的"死"是复仇的象征;《一念永恒》中落陈家族背叛了灵溪宗,甚至不惜追杀进入境界内的原同宗门师兄妹,此时的"死"是背叛的象征;仙人从未离开现实世界,他们没有脱离世间苦难烦恼,没有脱离现实人的范畴,"神仙"的超越性被解构了。通过这一线索,从人物属性上看,"神仙"一词只是借用了传统名称,"神仙"故事展现的是抛开自然死亡后,人所要面临的当代现实困境。故而,从幻想"生命"到书写"死亡",从生到死的想象转变中,玄幻文"生""死"的价值复杂性凸现,玄幻文也就以"部分"的传统性建构了"整体"的当代性。

第二,从手段上而言,生命物质观与玄幻文认为"修炼""不死方术"和"丹药炼制"是延续生命的方式,但内涵相异。从传统的角度而言,《抱朴子内篇》对金丹推崇备至,述有详细的效果和步骤;被称为"万古丹经王"的《周易参同契》表明炼药金丹所产生的效果是改形、改体质、改貌等,即个人内部或者外部的净化与提升。就其本质而言,是以物质的手段追求精神上的和谐,可以说是将生命物质观作为目的,将生命神圣观作为手段,是以生命物质观延续对生命神圣观的认识。

玄幻文中也有类似追求长生的方式,比如《永生》中灵丹妙药"可以疏通筋骨,调理内脏,清理淤血,活络精神"[①],但是玄幻文的修炼手段更为丰富、更强调等级性与现实性。就丰富性而言,《诛仙》中有了炼器的体系,这一体系类似铁匠提纯材料、制造坯子、附加辅材的流程;《一念永恒》中有以多色火焰熔炼提升的器物质量的炼灵体系;就等级性而言,《斗破苍穹》的丹药体系共十级(一品为最低,帝品为最高),其中九品丹药因品质高低还分出三阶;就现实性而言,大部分丹药更凸显实际价值,而非修身养性,《仙逆》中的造化丹"服下后修炼者吸纳灵气的速度会提高数倍"[②];天离丹"可增加结丹几率"[③],这类丹药不只是"净化"或创设以生命神圣观为手段的可能性,而是在强调丹药的实际辅助功能。这正类似现代人观念里的"保健药物""补品",药效褪去了幻想色彩,更强调其

---

① 梦入神机. 永生:第4章[M/OL]. (2022-11-21)[2023-08-27]. https://www. qidian. com/chapter/3236044/736369766/.

② 耳根. 仙逆:第32章[M/OL]. (2009-06-18)[2023-08-27]. https://www. qidian. com/chapter/1264634/23933334/.

③ 耳根. 仙逆:第138章[M/OL]. (2009-08-18)[2023-08-27]. https://www. qidian. com/chapter/1264634/24720801/.

强化效用,反映了玄幻文追求实用的价值取向。《仙逆》中还存在着与现实挂钩更加紧密、效果更为特殊的丹药,化形化声丹可以让对方"不可能认出自己"①,《一念永恒》中更是有分手丹、致幻丹等,它们的出现就已经超越了传统"丹药",指向了个人幻想与现实。

丹药用途的多元化意味着"将生命神圣观作为手段"的思想呈现出物质化的色彩,它更加生活化、贴近现实社会,可以说,是生命物质观取代生命神圣观成为了手段,而它的目的则由生命物质观转向关注现实世界。故而,从达成长生的手段中,我们看到了思想的转向,它表明生命不再仅仅局限于"肉体",或某种"自然现象",它是具有社会价值、现实价值的集合体,其重构"整体"的现实性。

第三,就神仙能力等级构架而言,"筑基、结丹、元婴"三个玄幻文中常出现的概念,与传统生命人生、物质观中对应的概念虽有相同,但也发生了重构。首先,在方式上有所不同:传统生命人生、物质观的筑基只重内在精神气脉的修炼;而玄幻文中则受到外界的极大影响,往往需辅助外物、丹药等,练就的等级越高,对外部条件的要求越苛刻,《仙逆》中若是想要突破化神境界②,若不是服用极其稀有的婴变丹,就要冒险去仙界吸收足够的仙界之气,向外转的关注表明人的价值是一种社会现象,这就超越了生命物质观将生命归结为自然现象的范畴。其次,传统生命人生、物质观中无论是哪一层次,它们的本质都是一种达成高质量生活状态的方式,人人可为之,无区分度;但玄幻文中的每一层次都具有高低之分,在《一念永恒》与《仙逆》中结丹的等级高于筑基,元婴高于结丹(玄幻文中其余的神仙架构等级概念多为作家完全创新),这种等级构架的方式打破了传统生命物质观不重层级而更重灵肉和谐的内涵,反而建构了一个具有等级性、现实性的生命价值观,这在《一念永恒》《斗破苍穹》《斗罗大陆》《诛仙》等玄幻文中都有体现,往往等级高的人更受尊重、更有资格轻蔑弱者,它反映了现实社会中以权力、力量为价值取向的观念社会,某种程度上,向外转的价值取向也能够反映当代社会灵肉分离的危机,看似相似的等级框架,玄幻文背后隐藏的是整个当代社会。

可以说,玄幻文重构了传统生命人生、物质观中的概念、手段、建构,呈现出生命价值观的取向,为其注入现实色彩。以此,摆脱了传统生命观里的神秘色彩,使得读者在感受奇幻中不乏"熟悉感",这种感觉源自其本质指向生命价值观,它述说着在现实世界中,人与外界是交互作用的,人的生存价值是社会多方

① 耳根. 仙逆:第35章[M/OL]. (2009-06-19)[2023-08-27]. https://www.qidian.com/chapter/1264634/23945905/.
② 《仙逆》中修真七个境界:凝气,筑基,结丹,元婴,化神,婴变,问鼎。

面共同影响的结果，它并不是个人强烈需求便可求得的事物。这也正是玄幻文的超越之处，它抒写了当代人的生存现状，以"部分"的传统性完成了重构当代现实社会。

第三节 "长生"的价值图谱：当代生存现状的抒写

从生命物质观到生命价值观，这折射出人类对自我存在的理解变化。论及当下的"生存价值观"，就是在谈当代人对自我生存外在环境、内在价值的思索。玄幻文作为当代网络文学中最为主要的类型，由于其接受群体、聚焦大众，其"生存价值观"的指向反映出普通大众的文化心态和情感结构。

首先，玄幻文并未完全舍弃以往的生命物质观，但生命物质观不再是小说的核心，它只是构成玄幻文的元素或手段，这表明玄幻文对"长生"的书写已是旧药换新汤。玄幻文《一念永恒》中男主人公白小纯对长生的追寻是从生命物质观伊始，"'我怕死啊，修仙不是能长生么，我想长生啊'，白小纯委屈地说道"①。为了生存，白小纯在宗门比武时，给自己贴了十多道防护符、形成了四尺宽的屏障，以躲避战斗当乌龟的方式，气得对手灵气枯竭、吐血下台，轻轻松松躲进了前五，"我辈修士，不都是为了长生么，打打杀杀太野蛮了，不是我白小纯要去做的"②。《凡人修仙传》中韩立从资质平平到飞升成仙、《永生》的主角方寒最终达到永生境界……生命物质观的"影子"常伴玄幻文。然而，生命物质观往往只能作为一个引子，处于最浅层的目的，创作者与接受者并不认同仅停留在物质观上的生命取向，《一念永恒》中众人嘲笑白小纯躲避决斗而苟且生存的选择，但当杜凌菲看到白小纯不顾生死也要选择拯救同伴时，"看着对方赤红的双眼，颤抖的身体，她无法想象对方需要多么大的勇气，才可以不再逃走，选择归来"③，她被白小纯感动，认同了他。也就是说，真正具有社会精神力量的生命观在于矛盾中的价值选择。当逃避意味着伙伴死去、家园毁灭时，当外在的社会价值、物质价值与自我生存价值对立时，以"道义"打破追求生存的本能，以生命的死促"道义"的生才是大众阅读网文中所寻觅的生命价值观。耳根以"坚守

---

① 耳根. 一念永恒：第 1 章［M/OL］.（2016-04-28）［2023-08-27］. https://www.qidian.com/chapter/1003354631/306873415/.

② 耳根. 一念永恒：第 31 章［M/OL］.（2016-05-12）［2023-08-27］. https://www.qidian.com/chapter/1003354631/307657337/.

③ 耳根. 一念永恒：第 160 章［M/OL］.（2016-07-09）［2023-08-27］. https://www.qidian.com/chapter/1003354631/311523101/.

道义"对抗"贪生怕死的内在本能"塑造了一个铁骨铮铮、重情重义的英雄形象，在两种生命观的对立中放弃物质观而选择价值观，由此，强调了人何以为人的精神道德品质。

在铁骨铮铮、重情重义的英雄形象塑造中，不难看到中国传统侠义精神在生命价值观中的接续。传统"侠"的精神通常以《史记》中"今游侠，其行虽不轨于正义，然其言必信，其行必果，已诺必诚，不爱其躯，赴士之厄困，既已存亡死生矣，而不矜其能"①为基础，并逐渐形成为一种带有理想人格寄托的人文精神，直到在武侠小说中也没有太多变化。多数玄幻文作者直接受到金庸、梁羽生等武侠小说作家作品的影响，耳根直言"（我们）看武侠小说长大的这一代人都有特殊的侠义情结，也可以说是曾经憧憬的梦"。玄幻文作家所创作的主人公也往往具侠义精神，《诸天万界》中许道颜儒道兼修，除恶扬善，保家卫国；《人道崛起》主角青阳恒带领人族将荒野大地建设为人族的生息地……《神墓》也同样如此，辰南意识到自己体内有一个邪恶而强大的魂魄时，他对龙舞和潜龙说："杀死我……生固欣然，死亦无憾。"②在面对与天道的最后一场决战中，"不断牺牲己方的最强战魂来重创天道，是唯一灭掉他的办法！"③字里行间无不体现出传统舍生取义、杀身成仁的大义精神。

若仅限于此，玄幻文的生命价值观未脱离传统的范畴，但其可贵之处恰恰在于创作者突破了传统，对"生"进行深入思索，这就让生命观呈现出独具当代气息的多维度价值取向。"修行为何要打打杀杀，修仙不就是为了长生？"《一念永恒》中的白小纯对这一问题的思考贯穿全文。④ 从一开始以轻松的语调来阐述自己的目的、行为缘由；到陨剑深渊内，看到不同宗派的人残杀自己宗派的同胞以此争夺灵气以及同胞为保护自己惨死的画面，从悟到"长生路太窄，尽管他（白小纯）愿意与人一起走，可太多人不愿意他在身边""很多时候不是你想去杀别人，而是别人要来杀你"的弱肉强食的丛林法则，到怒吼出"我不愿打打杀杀，可这不代表我不会杀人"⑤；再到愤怒后深深的无奈、疲惫、迷茫、甚至麻木，

---

① 司马迁.史记·游侠列传［M］.上海：中华书局，1959：3181.
② 辰东.神墓：第2部第342章［M/OL］.（2008-05-30）［2023-08-27］.https://www.qidian.com/book/63856/.
③ 辰东.神墓：第2部第513章［M/OL］.（2008-11-24）［2023-08-27］.https://www.qidian.com/book/63856/.
④ "打打杀杀"作为关键词在全文共出现41次.
⑤ 耳根.一念永恒：第160章［M/OL］.（2016-07-09［2023-08-27］.https://www.qidian.com/chapter/1003354631/307657337/.

"为什么……修行，一定要打打杀杀……"①最后，他的生命观烙印在了"想要不打打杀杀，必须无敌于天下"后，再创造出更美好的一个世界。男主人公的思考是一种伴随成长的思索，是对"人性之争如何才能结束"的追问，由于玄幻文基本摒弃了自然死亡，对该问题的探索正是对超越生死的生命价值意义的探索。回答该问题不得不先寻找源头：人性之争何以开始。《一念永恒》中，四个宗派之所以有战争，是因为每一个宗派在历史、道德、优越感的压迫下，不愿合作分享资源，宗门子弟间也是如此；《凡人修仙传》中修仙之人（王天古、尤姓修士、南陇侯等人）之所以会残杀，正是因为要抢夺宝器。问题的根本看似是因为私利、抢夺资源，实际则源自实现自我与现存资源的不对等。由于评价的单一性（实力至上），个体为了在世界之中寻得一席之地、实现自我，必然需要与他人争夺同一件事物；他们不考虑共享，凡事只以自我为中心，结局就只能是生活在一个人人皆痛苦的世界。这从反面阐述了简单却引人深思的生命共享观：当世界合作共享资源，以多元化的发展实现不同个体的自我价值时，人们才能追求到真正的"生命"、高质量的生命、快乐的生命。故而，玄幻文中常呈现共享取向的生命价值，印证了和谐共享才能共创和平世界的深度思考。

借传统生命物质观入题，玄幻文由浅入深剖析自我对生命价值、社会法则的深邃思索：生存若是苟且，必然遭受嘲笑，这也就否定了生命物质观的本质；当外界环境与内心愿望发生强烈冲突之际，生命价值的本质在于奉献与共享，这反映出生命价值观的取向，由于对生命的理解超越了"生存"本身，这种精神其实也是对生命神圣观精神的继承。由此，融入了当下价值取向的生命价值观完成了对传统生命神圣观的扬弃，继承并超越了传统生命人生、物质观，走向了大众的现实生活，这正是玄幻文的点睛之处。

但与此同时，我们也不能忽视"评价单一化"现象的内在逻辑与矛盾心理，即对权力和力量的高度厌恶与崇拜。首先，接受者往往在反叛、冲破权力中获得了阅读快感，以代偿的方式实现了对生命价值的想象。所有玄幻文遵循等级观念数目化的等级体系，在玄幻的世界中，等级被无限放大，它遵从着最原始的弱肉强食的野蛮原则，歧视弱者、尊重强者。《一念永恒》中，大部分人歧视白小纯的滑稽行为，而当他展现力量时，又涌现出尊重；《斗破苍穹》中萧炎因天才陨落、没有灵力而受尽白眼，在其恢复力量后，大众又重新开始尊重"昔日废物"。在弱肉强食的世界中，读者在充满力量的主人公身上看到了反抗的可能性。我

---

① 耳根. 一念永恒：第 877 章［M/OL］.（2017-06-30）［2023-08-27］. https://www.qidian.com/chapter/1003354631/307657337/.

们生活在理性化的社会之中,总是感受着无处不在的等级压力。这种等级压力是金钱、权力,它们严重压迫着个人梦想,造成了精神上的自我生命价值认知危机。然而,当读者在阅读玄幻文时,以第一主人公的视角冲破了等级束缚,完成了精神对现实社会束缚的超越。"这种冲动根植于追求绝对自由的人类精神和抽象的权力意志,其想象世界建构必然具备高度的投射特征"①,被权力压得喘不过气的个体在超越权力中得以找回自我梦想与存在价值。但同时它也体现出当代人实用至上的价值取向,而其背后则是各类压力导致的灵肉分离的社会精神危机。在多数玄幻文中,创作者通过不断地对"实力"的崇拜,在等级制的逻辑下,主人公通过暴力完成对权力的追求、对情欲的追求,而失去了作为小说主人公的自主性,创作伦理缺乏对"人"的成长的关照,反而成为权力的符号,成为读者欲望的符号。

顺着以上对生命观嬗变的梳理,思索玄幻文何以重构生命价值观,可以看出,传统生命物质观往往聚焦于个人,充满了"个体超越生命"的想象,无论是"嫦娥奔月"的神话,抑或是"观棋烂柯"②的传说,"长生"意味着与世俗隔离,对仙人的想象反映了古人对神秘不可知事物的构想,"神仙"象征着神秘莫测、不可言说,颇具不可知论的色彩,这离不开古代的社会发展水平。随着古代经济水平的发展,受到指向金钱的价值观与儒家入世精神的影响,人对物质性的追求逐渐超越了人对超越性的想象,大量明清小说中讽刺了追求长生而炼丹等行为,而随着科技的进一步发展,唯物论思想与可知论的引入更是淡化了人类对超越性的想象,提倡以实践促真知;社会的高速发展昭示着人类认识世界的可能性,医学的蓬勃发展战胜了以往所谓的"天灾人祸",天花、水痘等疾病的治愈已不在话下,尽管现实生活中我们仍然面临着绝症的威胁,但医学家的努力给予了治愈的可能性;科技的发达得以让人类认识到"天怒"(雷电)何以形成,甚至给予了合理利用自然现象的可能性,如人工造雪等。人类步入了理性社会,对自我的认识更为深刻、清晰,文学史上对人性的书写比比皆是,如《浮士德》《人间喜剧》《变形记》等,我们在认识自我的道路中从未停止,实际上,生命观的嬗变也就是人类对"生命"的认识之旅。

综上所述,生命观作为人认知自我的反映,在漫漫历史长河中不断变化发展着,最后呈现出多维度的价值取向。玄幻文在抒写故事情节中往往直面"生与死"的矛盾,对玄幻文的广泛接受度则昭示着作者与读者在文本两端广泛认

---

①　邵燕君.网络文学经典解读[M].北京:北京大学出版社,2016:99.
②　陶宗仪.说郛三种[M].上海:上海古籍出版社,2012:2744.

可了某种"何以为生、何以为死"的价值观,它往往是复杂的、具有当代特色的。"生命"不再是单一指向的物质,而是一种具有外在价值的社会现象,无论其是积极的价值指向,抑或是消极的价值取向,无一例外,都是当下人类生存现状的表达。

第七章　神墓·诛仙·择天：
玄幻文"灭天"符号的文化隐喻①

　　我们在关于幻剑书盟的前世今生的回顾中已经提到，玄幻文是中国网络文学的重要类型，它集玄学、奇幻、魔幻、科幻于一身，并随着题材的不断开拓，开掘出奇绝的想象空间，这是一种文体或一种类型得以发展的关键。东方玄幻、修真仙侠小说因其浓烈的本土化色彩成为创作量更高、接受度更广的玄幻类型。这里的"本土化"与采用大量中华传统典籍中的意象有关，如"天道""昆仑""仙人""气""心"等，进而创设出符合中国读者审美趣味和文化记忆的审美氛围。其中"天道"一词频现于文本，这一基本贯穿中国哲学的关键词在网络文学文本中再度构成一个对话的意象。

　　"天"与"道"是中国哲学论域的核心，是中国传统文化的题中应有之义。相传上古伏羲氏时，洛阳龙马背负"河图"献给伏羲，伏羲依此演成八卦《易经》，一阴一阳谓之道，在阴阳相合的道中"长生"有了萌芽。"道"的本义是道路，后引申为应行之路、所由之路，最后进一步上升为天地万物运行变化和发展的规则或道理，成为一个可以涵盖全部体系的崇高的概念。② 基于哲学的天道，指向天的运动变化规律，世界规则，万物根本。但借助传统概念的玄幻文并不依存既有理论，常常借鉴这些形而上的哲学表述对之进行个性化的理解，不同理解表现出当代人对自身社会生存处境的思考。人与天、主体与规则、无情与有情、天界与人间等二元范畴成为玄幻修仙类小说创作的思想基础，普罗大众的世俗意识借由网络文学这一当代文化现象得以凸显。

---

① 江南大学网络文艺研究中心成员王心怡参与了有关"神墓"的讨论和写作，谨此致谢！
② 凌先威.孔子生命情态观研究[D].合肥：安徽大学，2013.

辰东的《神墓》①是网络文学启元时代的玄幻代表之作,以之为切入点连带起系列代表性玄幻作品,透过关于上述系列二元范畴书写,展现出文本结构中"灭天"这一符号的文化隐喻以及玄幻书写的共通性,这是本文在研究中的着力之处。所要提出的问题是,这些作品中"天道"指向何处?灭天为何?这一行为的精神指向何在?这些问题构成接下来按图索骥的路线,提供了一条观审传统文化现代转换的有效路径和新的阐释角度。

第一节 何为"天道"

《神墓》从一个独特的视角阐释了天道的形成、变化和结局。在《神墓》的结尾处,"辰南向魔主询问:'所谓的天道到底是什么?'魔主答,'曾经的天道,无欲无求,代表着公正。现在的天道,代表着私欲,杀戮众生,壮大自己,已经是一个有了私欲的庞大生物'""所谓天道并不是一个单一的生命体,在过去他是众生的思感,是所有活着的人的念力交织在一起形成的浩瀚意志,它是众生意志!"②这段话中的"天道"会聚以下三方面内涵,即它是"众生意志"的集合,同时又有自我意识,但其自我意识表现为"恶"。

一、众生意志的集合

"众生意志"在网文领域出现的频率很高,尤其在网络文学玄幻文初期作品中被大量使用,作为架构世界观的重要组成部分,已经成为玄幻语境下一个特定的指向。这一概念脉络与19世纪叔本华的"唯意志论"和柏格森的"意识流学说"有着直接的亲缘关系,其内在连接着基督教自奥古斯丁时期形成的"天道观",当将众生意志集合起来,汇聚而为一种宇宙的力量。在玄幻文中提到的这一说法,显然并没有对这一说法有详细考证,虽为顺手借用,却很好地表达了对"抽象世界"的拒绝,从而将论述拉到要"诛仙"的"人"的层面。

在各类玄幻文中"众生意志的集合"与"天道"总是存在着一定的关系,或

---

①　辰东《神墓》于起点中文网连载至完结"中国网络文学20年20部"入选作品,《2017猫片胡润原创文学IP价值榜》排名第七。辰东,起点中文网白金作者,中国作协成员。橙瓜见证·网络文学20年十大玄幻作家、百强大神作家、百位行业人物。崛起于网络小说青铜时代,是当前网络小说界最具影响力和代表性的写手之一,其代表作有《圣墟》《完美世界》《遮天》《长生界》《神墓》《不死不灭》《深空彼岸》等。

②　辰东. 神墓:第二部 第511章[M/OL].(2008-11-23)[2023-08-27]. https://www. qidian. com/chapter/63856/21865414/.

借名、或对立、或融合，如《地球是上界》①中提到"天道是世间所有生灵意志的融合"；《晶壁国度》②把天地空间替换成"位面"，并解释"'位面核心'是'众生意识的集合'"；《大奉打更人》的整体架构即以洪荒对峙人界，其"天道"约等于"众生意志的集合"③。

从《神墓》解释"天道"的过程看，辰东对很多概念的运用是通过普世的观念来呈现的，如"众生的思感""所有活着的人的念力""众生意志"，"众生"在这里脱离了原本的含义，而指代"所有活着的人"；"思感""念力""意志"被当作同种事物，指向人为达到某种目的而产生的心理状态。当人的内心无数纷乱的意识汇集起来，形成了《神墓》世界里的"天"，这样的因果关系形成一个奇妙的逻辑链条：由于个体的意识无规律、无真理，则作为集合体的"天"的底色也并没有规律和真理，只是主观力量的会聚。我们看到，《神墓》世界中的"天道"并不是世界法则和秩序的象征，它转变了"天"与"人"的传统顺序观念，认定"天道"本于"人道"，这就和中国传统"人本观"联通起来，犹如《尚书·泰誓》所言："天视自我民视，天听自我民听。"④《神墓》中的"天"不再是遥不可及的概念，其与"人"的肉身和精神联系打通了"人"之力量的无限性，所谓"人定胜天"在这个意义上是成立的。而小说也因此获得重新建构世界观的可能。

二、有自我意识

当"天道"不再是抽象概念而与具体的"人"有密切联系的理解确定下来，"天道"便被描述为一个"庞大生物""生命体"，但又不等同于"人"，因此还是具有抽象性的，就像是挂在剑锋所指的高处，或被仰视，或被挑战。

《神墓》中的"天道"即是如此，其本身没有实体，单纯只是意识体的集合，不具备新陈代谢和繁殖的能力。但它却给"天道"赋予了自我意识这一特征："天道"的形成依托众生意志，在众生意志的基础上，继而生成独立意识。"天道"的独立意识可分解为个体的意识本体，"天道"与"人"在某种程度上达成了一致性，推及人的形态与特征，"天道"自然而然也拥有了生命，这也是作者将"天道"理解为生命体的原因所在。《神墓》虽然不断强调"天"的冷漠、无情，但"天道"的话语依然可以让人感受到情绪的波动，如辰家八魂对天道造成重创，

---

① 一叶败秋1著《地球是上界》，首发于起点中文网，未完结，现已下架。
② 梦里成神著《晶壁国度》，首发于起点中文网，现已下架。
③ 卖报小郎君的《大奉打更人》，首发于起点中文网。是一部探案与仙侠相结合类型的网络小说，在第六届阅文原创IP盛典中，《大奉打更人》获得"年度最佳作品""年度男频人气十强""年度东方幻想题材作品"及"年度影视改编期待作品"四项称号。
④ 周秉钧.白话尚书[M].长沙:岳麓书社,1990:311.

文中描述"天道都难以承受,发出了厉啸"①;当人王将天道困在一方世界中时,天道大笑,道:"我求之不得你们封闭世界,不然我如何借你们之手再次蜕变呢。"②这让读者很难不把"天道"与"人"等同起来。这一形态的"天道"形象缩小了惯常以为的"天"的概念,在人们心中的位置和地位下降不断拉平,从而使"天"与"人"能够站在同一高度对话。此时此刻的"天道"与其说是法则,是秩序,不如说是欲望体的汇聚,是一个卡里斯马型的人物,而"神墓"之名指示着高高在上的"神圣"的陨落。在作品的开始,当辰南在万年后从已成为神话的寂灭之墓醒来,一个具有自我意识的"人"终将踏上征战"神圣"的路途就此开始。这是小说给读者和故事设定好的开端,"神墓"将"曾经有神"和"神终将死亡"结合起来编写了一个"欲与天公试比高"的当代神话,可谓豪情万丈。

三、"恶"的意识

《神墓》关于天道的描述,隐约指向"恶"的代称,"现在他是怨气的纠集体,众生的意念早已被腐蚀、被粉碎,天道已经不是原来的天道!现在,他不再代表公正,他只是代表着毁灭,代表着私欲""当众生的意志被天地间邪恶的怨气所腐蚀后,天道已经不再是天道,他只是庞大的、复杂的、恶性的生命体"。③

这里的"恶"有两个层次,一个是善/恶二元对立范畴的两极,当以"人"为主体的现世英雄要追凶逐恶,要"历劫",要"救世","天道"便成为英雄之举的敌人,是剑锋所指。这是从整本小说情节动力来说。而换个角度,镌刻"恶"名的"天道"反过来指向善恶共存的人间,比如"天地间邪恶的怨气"这种说法,在玄幻文类型中基本上是必有架构,也将思考推向了更深的层次:怨念从何而来?答案是源于众生。当怨气腐蚀了众生意志,被腐蚀的众生意志进而会聚为天道的自我意识,权力、欲望不断加持终成"大恶":天道之"恶"源于人之"恶",人性之恶的无穷无尽与强大毁灭力才是"恶"的根源。

由此反推,"天道"的实质变成了人性之摩菲斯特,是映照出的魔性,天道之恶即人性之恶。则《神墓》中的"灭天"之举便不是与自然规律、社会规则的抗争,实为人与自身之恶的对抗。"恶天道"可以被灭杀,可是新的天道随即产生,在这一净化天道或净化人性的过程中,一种善恶循环往复的世界格局和人心之

---

① 辰东. 神墓:第二部 第 513 章[M/OL]. (2008-11-24)[2023-08-27]. https://www. qidian. com/chapter/63856/21874612/.
② 辰东. 神墓:第二部 第 513 章[M/OL]. (2008-11-24)[2023-08-27]. https://www. qidian. com/chapter/63856/21874612/.
③ 辰东. 神墓:第二部 第 511 章[M/OL]. (2008-11-23)[2023-08-27]. https://www. qidian. com/chapter/63856/21865414/.

界构成了《神墓》等玄幻文的基本世界观架构。其所主张的"恶"虽无法彻底消除，但于浮生中"向善"和"不屈"的主体意识却照亮了世界，也唤起了电脑界面两端的写者和看者的"英雄"情怀。从这个角度说，"崇高感"是网络文学诸多优秀作品能够吸引读者的重要品质所在。

第二节 以何"灭天"

本能与理性的抗争、人性深处的善恶之争一直是文学书写的重要主题，这连接起一条漫长的"认识你自己"的探索之路。兴起于21世纪初的网络文学，虽以网络为媒改变了生产者、读者和传播的关系，但在"文学"传统和"社会"的规约下，"人"毫无疑问是叙事的重心。玄幻小说远离屏幕所在的现实，以天马行空的幻想营造出一个异在的世界，这个"世界"有其运行法则，有追求的目标，有英雄，有神魔，也有凡人，从而在想象界创造了一种"新现实"。这是文学的魅力，也是想象力加持于人的神性。在这样的世界，人的力量不断放大，人之善恶二重性的矛盾也随之加剧。《神墓》等玄幻文通用的做法是将这善恶两性在一定程度上分离，从而形成"天道"与"人"的对立，"打怪升级"的乐趣就此产生。

一、遏制人的本能

关于本能的探讨，在文学史上千年之前即已开始，但到了19世纪才成为文学书写的重点。彼时科学、医学、心理学的大发展使人们的自我认知和世界范畴向前跨了一大步，实证主义哲学和唯意志论看似相背而行实则宣示着"人世"取代宗教的时代到来。欲望、本能、自然，这些词汇成为挖掘人内在世界的密道。玄幻文中的"天道"身兼数职，既可理解为人欲的集合，又是人之力量无限大的象征符号。后者常常被小说的男主（常常是男主，女性处于辅助地位）承担起来，以英雄之名带领线上线下的普罗大众一道征杀。而"欲望""恶"的一面就由"天道"及其追随者承担。这是类型小说惯常使用的叙事路子，简单，但实用，好看，渲染直接，也容易将读者带入异度空间。

众生灭天，看似是"天灭众生"引发的人对天道的反抗，折射出人对原始本能的遏制，对"辨"和理性的追求。天道的污染代表着人的生存本能和欲望压倒了人的意志中善的一面，而以辰南为首的主角团象征着与之相对应的人的理性，表现出对自我的压制和对众生的爱心。

一方面，天道具有一种趋于原始的人的利己本能，且不受理性的控制。利己是人的生命本能,在人类诞生的初始阶段,生存是第一要义,此时的人类还没有形成社群、社会,往往遵循着本能生活。人能够拥有理性,是在社会性的基础上不断迭代的后果。在传统哲学中,这种基于"社会人"的理性被理解为"辨"。荀子在《非相篇》中言:"人之所以为人者何? 曰:以其有辨也。饥而欲食,寒而欲暖,劳而欲息,好利而恶害,是人之所生而有也……然则人之所以为人者……以其有辨也。"①而天道生于自然、长于自然,如同"狼孩",依然处在最基本的需求阶段,缺乏分辨能力,不分善恶,人却能够在社会生活中获得"辨"的能力。

另一方面,自然弱肉强食的竞争环境下,生存需求促使天道去追求力量。天道灭世,正是感到自己的"生命"受到了威胁,"他(指天道)知道,当他自己虚弱时,众生的意念早晚还会合成新的天道。所以,每当他感觉受到威胁时,定然要灭世,毁灭众生,才能够阻止众生的意念合成新的天道!"②在追求力量过程中,天道发现可以通过"吸收"强者增强自己的实力时③,于是它毫不犹豫地发动战争满足自己对力量的需求,不会考虑众生的生命和灭世这一行为背后的意义。

在这样一段关系中,儒家学说对中国人的深层影响是明晰的,尤其是"仁"的学说,孔子以"克己复礼"的"仁"为其思想核心;孟子说:"仁者爱人"④;韩非子有"仁者,谓其中心欣然爱人也"⑤,这些观念以叙事的方式贯穿人物的言行,彰显出"中国性"和集体期待视野。

二、自我意识觉醒的人格理想

网络文学产生和发展的路线明确指向市场,如何获得大众的喜爱是每位写手毫不讳言的重点。其人物大略外貌出众、天资出众、运势极佳、情感顺遂、内外兼修,人见人爱,从而表征出当代审美取向。但若由此而将其定性,则会失去玄幻文的重要特征:成长。大部分作品中主人公仍是一个普通人,有这样那样的小毛病,具有反圣人、反完美的底色。这样就会制造出一条期待链,从不完美到完美,从起初的阻碍重重到本领养成,其核心是"不服输"的斗争精神。如此一来,那些类型化的外在表现内化为对理想人格的追求,从而接续中国文学传统,如《西游记》中的孙悟空、《儒林外史》中的杜少卿和《红楼梦》中的贾宝玉

① 方勇,李波.荀子[M].北京:中华书局,2011:54.
② 辰东.神墓:第二部 第511章[M/OL].(2008-11-23)[2023-08-27].https://www.qidian.com/chapter/63856/21865414/.
③ 辰东著《神墓》,中天道用"以身合天道"的假象将强者的实力收为己用。
④ 郭庆财.《论语》《孟子》《老子》《庄子》译注:上[M]//《孟子·离娄下》第二十八章.天津:天津古籍出版社,2006:320.
⑤ 刘文典.三余札记[M]//韩非子·解老篇.合肥:黄山书社,1999:65.

等,这些人物所传达的文化精神是中国大众叙述的光辉所在。

不同的是,当代人对理想人格的诉求不再向圣人靠拢,或完全延续儒家"穷则独善其身,达则兼济天下"①,转而肯定自我意识的觉醒,维护个体的人的生命价值。② 如《庆余年》中刻在监察院门口石碑上的话:"我希望庆国的人民都能成为不羁之民。受到他人虐待时有不屈服之心,受到灾恶侵袭时有不受挫折之心;若有不正之事时,不恐惧修正之心;不向豺虎献媚……"③玄幻文中,无论是正义的一方还是邪恶的一方都不停止地追寻自我认同和自我价值,《神墓》"灭天"行为不仅为了保护生存空间,更是为众生争夺生存的权利,在反抗中实现生命价值。

同时,人自身内在矛盾的斗争也成为理想人格追求的精神内涵。天道作为人的本能和人性之恶的具象化存在,"灭天"这一举动即在说明人对自身的不足有着清晰的认识,有着自我完善的要求。这一"明知山有虎,偏向虎山行"之举包含着人的善恶判断和存善去恶的期许,正应和了王阳明的"无善无恶心之体,有善有恶意之动,知善知恶是良知,为善去恶是格物"④。玄幻文虽没有明确地彰明善恶观念,但却在具体行动中将"国""民""家""尊严"摆在了判断的轴心位置,例如:《斗破苍穹》⑤中主角萧炎之"莫欺少年穷"的坚定心志;《庆余年》中范闲以"弑父"之举还天下公义;《神墓》中魔神的立场虽与所谓正道立场相背,依然会为天下苍生牺牲自己。这些角色都更加贴近当代人的价值观,并以"我很强"为自己的行为背书。

《神墓》中辰南的成长不仅在于武力的提高,还在于心境的修炼,这是成就"我很强"的关键途径。小说中辰南修炼了这样一则功法《太上忘情录》,"《太上忘情录》很邪异,若想修炼非要看遍人世浮沉,体验尽人生百态不可"⑥,此后辰南便一直与妻子过着普通人的生活,身份不断变化,"体验人世诸多的苦辣酸

---

① 孟轲.孟子[M].长春:时代文艺出版社,2008:130.

② 谈霜瑜.网络时代的理想主义书写——论"文青"派玄幻小说[D].杭州:杭州师范大学,2017.

③ 猫腻. 庆余年:第 26 章[M/OL].(2007-05-14)[2023-08-28].https://www.qidian.com/chapter/114559/3050982/.《庆余年》是猫腻所写的一部架空历史小说.猫腻,2003 年以北洋鼠为笔名在爬爬书库连载《映秀十年事》,未完成.2007 年,创作《庆余年》.2009 年,写出《间客》,被评为"中国网络文学 20 年 20 部优秀作品"之首.2011 年,连载《将夜》,包揽起点年度作家(2011)、年度作品(2012)与年度月票总冠军(2012)。

④ 朱得之.宵练匣[A]//四库全书存目丛书:子部 第 87 册[C].济南:齐鲁书社,1995:340.

⑤ 《斗破苍穹》,是起点中文网白金作家天蚕土豆的玄幻网络小说.2016 年 11 月,《斗破苍穹》荣登 2016 中国泛娱乐指数盛典"中国 IP 价值榜——网络文学榜 top10".2017 年 7 月,《斗破苍穹》荣登"2017 猫片 胡润原创文学 IP 价值榜"榜首.天蚕土豆,中国内地网络小说作家、85 后著名作家、浙江省网络作家协会副主席.橙瓜验证·网络文学 20 年十大玄幻作家,百强大神作家,百位行业人物.代表作有《斗破苍穹》《武动乾坤》《大主宰》《元尊》.

⑥ 辰东. 神墓:第二部 第 343 章[M/OL].(2008-05-31)[2023-08-28].https://www.qidian.com/chapter/63856/20428208/.

甜,见过了太多的悲欢离合"①。显然,玄幻文对"善"的理解更大意义上是对世俗人生的肯定。而"邪恶的第二辰南"虽指向人内心的"恶",其生成原因却有着凡人爱恨情仇的底色。"恶性辰南"与辰南自身神识相同、意识相连,诞生于辰南极度希望救回儿子、为儿子报仇欲杀死法祖的急切心境,这就将善/恶对立放在了凡人日常生活的层面上,七情六欲鲜明,善与恶也就不再是抽象的道德概念,变得可触可感,人物形象随之生动起来。

第三节 "灭天"的精神指向

玄幻文以其天马行空的想象力构造幻想中的世界,并被读者迅速接受,不仅靠内在合乎凡俗的逻辑支撑世界观,一方面玄幻的空间为人对自身的反思和探索提供了理想环境,与现实境况形成反差,表现出网络文学的区别性和逃避性;另一方面精神或文化上的同一性也是不同类型玄幻文被认同的原因。单从《斗破苍穹》《星辰变》②《大主宰》等小说的名字就可看出大众文化心态和价值观念,"斗""变""主宰"……反映出以自我为中心的奋斗意识和追求普世成功意义的人生理想。

一、幻想世界的精神补偿与现实隐忧

网络为大众提供了第一重匿名空间,互联网的开放性、匿名性、互动性为公民提供了更为自由、即时、充分的意见表达空间;网络小说则为读者提供了第二重神话空间,玄幻文特殊的世界观构建使文本世界更加虚幻,作者与读者一道共建现实隔绝的幻想"现实",借此表达自己的人生理想。如《将夜》的理想世界是"唐律之外无律法",《狩魔手记》③塑造力量至上的社会。幻想空间的意义

---

① 辰东. 神墓:第二部 第 343 章 [M/OL]. (2008 – 05 – 31) [2023 – 08 – 28]. https://www. qidian. com/chapter/63856/20428208/.

② 我吃西红柿著《星辰变》,在起点中文网上连载的奇幻修真小说。2017 年 7 月 12 日,《2017 猫片·胡润原创文学 IP 价值榜》发布,《星辰变》位列 32 位。我吃西红柿(我吃番茄),又名番茄,中国作家协会会员。橙瓜见证·网络文学 20 年十大仙侠作家,百强大神作家,百位行业人物。著有《星峰传说》《寸芒》《星辰变》《盘龙》《九鼎记》《吞噬星空》《莽荒纪》《雪鹰领主》《飞剑问道》《沧元图》《宇宙职业选手》等作品。2017 年 11 月,荣获第二届"中华文学基金会茅盾文学新人奖网络文学新人奖"。2018 年 5 月,第三届橙瓜网络文学奖荣获"网文之王"。

③ 烟雨江南著《狩魔手记》,小说 2009 年首发于 17K 小说网. 末日废土流作品。烟雨江南,阅文集团旗下起点中文网签约作者,中国作家协会会员,代表作《褻凂》《尘缘》《狩魔手记》《罪恶之城》《永夜君王》《道缘浮图》《六迹之梦域空城》《天阿降临》。烟雨江南创作手法灵活多变,题材新颖,号称网络文学经典制造者。2020 年,烟雨江南入选橙瓜见证·网络文学 20 年十大奇幻作家,百强大神作家,百位行业人物。

就不仅是弗洛伊德意义上的"作家与白日梦",互联网的介入,使其变成大众的梦想,是屏幕两端共同参与的重构理想社会图景的共识。当拥有了一个理想世界,一切阻碍就被人为地消除了,主角在这个世界中的所作所为即是为实现在现实中不可成功之事,网文的"爽"感也由此生发。尤其是主角走上人生巅峰时,功成名就、富可敌国、美人环绕、世界至尊等成为成功的代名词,读者可以根据自己的喜好获得物质上或精神上的满足感。物质现实与幻想现实互为映像,彰显出当下社会状况和大众的所思所想。

二、"反抗"与"奋斗"的命运观

儒家认为"天行健,君子以自强不息"①"谋事在人,成事在天"②,奉行在命运的限制下积极进取;道家与之相反,主张"死生存亡,穷达贫富,贤与不肖毁誉、饥渴寒暑,是事之变,命之行也"③,外在的一切只能遵循命运,只能向内心求索。这些主张都有个限度。但玄幻文的主人公往往从"不认命"开始,正所谓"我命由我不由天"④。

这种"不服输"的精神自古代神话即已有之,蕴含于广阔的民间文化之中。如燧人氏钻木取火、大禹治水开山疏浚、夸父逐日精卫填海……一些观念游离于主导思想之外,在后世逐渐兴起如"人强胜天"⑤,主张人的力量可以战胜自然,融入由西方传入的自由思想,"人是生而自由的,但却无往而不在枷锁之中"⑥。这些思想杂融而成玄幻文的两个关键词:"长生""逆天"。《一念永恒》⑦的主角白小纯一心追求长生,《凡人修仙传》⑧中韩立从资质平平到飞升成

---

① 姬昌. 中国古典名著百部藏书:周易全书[M]. 昆明:云南人民出版社,2011:309.
② 罗贯中. 三国演义[M]. 沈阳:万卷出版公司,2011:587.
③ 上海辞书出版社专科辞典编纂出版中心. 老庄名篇鉴赏辞典[M]. 上海:上海辞书出版社,2016:179.
④ 原句为"一颗灵丹吞入腹,始知我命不由天"。张伯端,董德宁,等. 悟真篇三家注[M]. 史平,点校. 北京:华夏出版社,1989:46.
⑤ 黄怀信. 逸周书校补注译[M]. 西安:三秦出版社,2006:112.
⑥ 卢梭. 社会契约论[M]. 何兆武,译. 北京:商务印书馆,2005:4.
⑦ 《一念永恒》是耳根的第四部长篇小说,2016 福布斯中国原创文学风云榜上,《一念永恒》跻身年度前三甲。2018 年 5 月,第三届"橙瓜网络文学奖"评选中《一念永恒》荣获年度百强作品奖。耳根,是起点中文网白金作家,现已成为起点仙侠类小说的一面旗帜。2018 年 5 月,第三届"橙瓜网络文学奖"评选中荣获"年度最受欢迎作家"之"年度仙侠作家"。其主要代表作《仙逆》长期占据起点仙侠类小说月票榜的前列。中国作协第九届全委会委员。橙瓜见证·网络文学 20 年十大仙侠作家,百强大神作家,百位行业人物。
⑧ 《凡人修仙传》是忘语连载于起点中文网的一部仙侠修真小说。2017 年 7 月,《凡人修仙传》荣登"2017 猫片·胡润原创文学 IP 价值榜"第三名。2018 年 12 月 20 日,荣登"2018 猫片·胡润原创文学 IP 价值榜"第二名。2021 年 9 月 16 日,《凡人修仙传》被列入"中国网络文学影响力榜(2020 年度)IP 改编影响力榜"。

仙、《遮天》的主角叶凡最终成为世界最强者……都表现着人们否定对天赋的评判,不愿屈从于外在力量的压制,勇于与命运抗争的生命观。

《神墓》中打败一直压制在所有人之上的"天道",就属于第二种"逆天"类型的玄幻文。在小说中,修炼者不以为"神魔毁灭"是"天地永恒不变的规律",他们决定打破规律,待发现其背后有实质性的操纵者——天道后,"人界"反抗的决心更加坚定。这其中对命运或未可知且不可抗力量的反抗正体现了人对现实生活中种种无奈的抗争诉求,而主角的奋斗史则为读者注入了心灵上的力量。

三、"自我"与"大我"的人生观

从上述分析可见玄幻文对中国传统侠义精神在文学上的接续,自战国末韩非子在《五蠹》中写道:"侠以武犯禁"①,"侠"和"武"就以一种密不可分的关系进入了文学领域。

《史记》这样阐释"侠"的精神:"今游侠,其行虽不轨于正义,然其言必信,其行必果,已诺必诚,不爱其躯,赴士之厄困,既已存亡死生矣,而不矜其能。羞伐其德"②,这种"其言必信,其行必果,已诺必诚"③的侠士品格逐渐形成为一种带有理想人格寄托的人文精神。玄幻文是对这一精神的延续,如第九天命的《一品道门》中张百仁积极入世,关注并干预社会问题;虾米 XL 的《诸天万界》中许道颜儒道兼修,除恶扬善,保家卫国;山人有妙计的《人道崛起》中主角青阳恒带领人族将荒野大地建设为人族的生息地。《神墓》也同样如此,辰南意识到自己体内有一个邪恶而强大的魂魄时,他对龙舞和潜龙说:"杀死我……生固欣然,死亦无憾。"④在面对与天道的最后一场决战中,"不断牺牲己方的最强战魂来重创天道,是唯一灭掉他的办法!"⑤字里行间无不体现出传统舍生取义、杀身成仁的大义精神。

与此同时,21 世纪的网络文学写作不再是单一的过往文化空间,全球化是其文本生产的重要背景,当代人的物质生活和精神世界都发生了重大改变。欧阳友权曾分析网络文学的"祛魅"行为、对中心话语的消解和削平深度模式与后

---

① 王先慎.国学典藏·韩非子[M].姜俊俊,校点.上海:上海古籍出版社,2015:536.

② 司马迁.史记:卷一百二十四《游侠列传》[M].长沙:岳麓书院.1988:896.

③ 司马迁.史记:卷一百二十四《游侠列传》[M].长沙:岳麓书院.1988:896.

④ 辰东.神墓:第二部 第 342 章[M/OL].(2008－05－30)[2023－08－28].https://www.qidian.com/chapter/63856/20421687/.

⑤ 辰东.神墓:第二部 第 513 章[M/OL].(2008－11－24)[2023－08－27].https://www.qidian.com/chapter/63856/21874612/.

现代主义之间的关系①,可以看到网络的自由性与开放性和网络文学的平民化和狂欢化特征。

玄幻文的首要特征就是消解了英雄或者大侠的崇高。主角往往是普通人,甚至是不如普通人的"废柴",他们的性格没有清晰的善恶之分,在玄幻"第二世界"的背景下,人不受法律的约束,社会结构简化,相比于现实生活,小说人物的性格更加尖锐突出,他们否定完美人格,其人生的终极追求也不再是救世济民、为国为民,取而代之的是对个人情感体验和关乎自身的理想的实现②,如追求长生,追求爱情,追求力量,满足个人的权力欲望等。其次,体现了对自我精神的拯救。玄幻世界与现实世界存在相当大的间距,对于作者与读者来说,这里是他们的"乌托邦",在幻想世界他们可以抛弃现实世界,将情绪和希望寄托在主人公身上,现实的失意在看到主角"走上人生巅峰"时烟消云散,自己无法实现的人生理想通过幻想得偿所愿,在逃避中获得心灵的补偿与救赎。对"自我"的关注成为人生观中极为重要的一部分,甚至因时代因素,在多数情况下超越了"大我",不能不说这是玄幻文对现实的一个重要反映。

"灭天"的过程中充满了矛盾,人与人的斗争、人对权力的抗争、人对自我价值的认识……追究到底都脱不开一个"人"字,作品虽然描述的是偏向古代风格的玄幻世界,但人物却是当代人精神的投射,网文作家与读者不再是由纸质书隔绝的两端,彼此身份互换且同为俗世中的普通人。他们对人与人关系的理解建立在烟火人间,平凡的小人物们内心也有其价值追求,怀揣着英雄梦,可以破除荆棘,砥砺前行,更重要的,差序格局不再如现实般是不可跨越的高山,"努力改变世界"是一个"我可以"实现的梦想,这既是大众的审美乌托邦,也是当下国人昂扬面貌的显影。理想与现实,平凡与非凡,精英与大众,借由网络这一无远弗届的媒介,传达出今人的精神需求,也为文学素材的拓展提供了无限的想象力资源。正是在这个意义上,网络文学拥有了纸质文学所缺乏的世界的丰富性。

---

① 欧阳友权.网络文学的后现代化情结[J].文艺理论与批评,2003(02):38.
② 李静.网络玄幻小说的"侠文化"分析[J].牡丹江教育学院学报,2017(09):2.

后　记

　　这本书,是自从做网络文学研究,就一直想写的书。它饱含我对网络文学最感兴趣的命题:当网络+文学发生结构性变化的时候,对于已有的文化与文学,这种经由数据、网络和屏幕加持的写作,带来了什么?

　　围绕这个命题,我集中在网络文学与传统文学的冲突与反哺,东奔西走,看到了很多网络文学的风景,体验了不同文类的内在寻思,也感受到这个时代的青年人内在蓬勃的力量和压抑不住的紧张。几乎所有在社会上体会到的宏大意识、主体困惑、生存困境,在这万千变化的网络世界尽可寻得。或许,还有那许多不曾发现的去处,同样有意识伸出头来,说着日常很难言表的话语,尽管乔装打扮,换了地图,变了容颜,可心底的希冀和焦虑还是透出了字面。

　　在戴锦华老师的工作坊,老师曾经问我们,网络文学中大量的佛道文化,是否喻示着佛道等文化传统的复归?这是怎样的传统,我们又是站在什么位置上言说传统?老师所言,将喧闹一时的"传统热"带到了历史与现实交汇的当下,而我,就像是不断寻找视角和坐标的穿梭者,在不同的类型文本中找寻着说者—被说者—景观—看者之间或隐或显的段落,意图打开它,以敞开洞察当代大众心理和审美视界的大门。

　　我把这些林林总总看作是一种群体记忆,没有用集体这个修饰语。后者显得刚硬,群体则有鲜明的民间气质,并没有被索解成一种固定的概念,却在众人之间流走,成为或隐或显的文化记忆。这一记忆,跨越了万水千山,跨越了国界、民族、性别和赛博世界,却又很奇妙地有着铭心刻骨的中华记忆,这才是最值得珍视的,也是我们今天面对亚文化、青少年文化,无论如何不能忽略和跨过去的文化现实。我曾在文中说,姬野并非是西方个人式英雄,也不是东方圣人式英雄,而是兼具二者之长,既个性飞扬又心系天下。这种在思想上呈现中西合璧式的人物在之后的各类网络小说中都颇为流行。江南在创作《九州缥缈录》时便是带着自己对中国历史文化的思考来冲破西方奇幻主义的封锁，呈现了独树一帜的从中西差异走向南北共融的文化观，或多或少影响了此后我国网络小说，特别是玄幻小说的创作与发展。"九州"虽已成过去，但"铁甲依然在"的九州精神仍在延续。群体记忆是有根的，不用专门去强调，在群体交往和交流之间，在代际传承之间，根就这么深种下来，蔓延中华大地的角角落落。

我把我的发现，和我的同学们分享，我们组成了网络文学工作坊，后来变成网络文艺研究中心。人员也从最初的 9 人变成现在的 30 多人，每年都会有新生加入。与同学们在一起是轻松而快乐的，每周一次头脑风暴，大家畅所欲言，选定目标，逐个破之。这本书里的论题基本都是我们平时讨论的论题。我把思路方向抛出去，谁接着，就开始搜集材料，围绕问题逐个破之，最后就出现了不同维度和视域中的网络文学研究。不一定深刻，却来得认真，不敷衍。

感谢加入这些话题的同学，他们有王天昊、郭丹薇、陈一飞、隋东鑫、夏玉溪、杨雨玄、王心怡、刘士伊、张淋珺、刘洛筠、王宁、谢蓉、汪仕惠、侯雯雯、邵梦瑜、姜琴、孟庆楠、周雨薇、武亚雯、王心绎，还有一些同学，零星参与工作，一并谢过。有些同学就因为参与工作坊，毕业论文有了方向，玉溪作场域调研、姜琴做克苏鲁、梦瑜对幻剑书盟、谢蓉对"榕树下"的关注都是如此。希望我亲爱的同学们个个前途路远，智慧绵长。

最后，我要感谢该书的责任编辑李珊主任，跟编辑聊本书想法的时间大概在 2020 年。那时我获得了江南大学重大项目培育工程的支持，这使工作坊的读书更加集中，学院随之成立了网络文学研究中心和数字人文教师工坊，我们中文系的"文启江南"公众号也连续推出网络文学系列研究成果。

古波斯诗人鲁米这样说，对这进化世界的游戏，不要怕。/对眼前的，未来的，不要怕。/充分利用生命这呼吸。/不要想逝去的，未来，也不要怕。愿一切安好！

谨以此志过往的六年！

2022 年 7 月 8 日有感于江南大学田楼